Azul

Azul

Lou Aronica

Traducción de Rosa Borrás

Barcelona • Madrid • Bogotá • Buenos Aires • Caracas • México D.F. • Miami • Montevideo • Santiago de Chile

Título original: *Blue*
Traducción: Rosa Borrás
1.ª edición: abril, 2012

© 2010 by The Fiction Studio. Publicado por acuerdo con Baror
    International, INC, NY, USA
© Ediciones B, S. A., 2012
    para el sello Bruguera
    Consell de Cent 425-427 - 08009 Barcelona (España)
    www.edicionesb.com

Printed in Spain
ISBN: 978-84-02-42079-4
Depósito legal: B. 6.911-2012

Impreso por Novagrafic Impresores, S.L.

Para Molly, que me enseñó una clase de magia
muy real cuya existencia desconocía.

Agradecimientos

La elaboración de esta novela ha precisado mucho tiempo, y mucha gente ha colaborado, de formas muy diversas, en el proceso.

Mi familia —mi esposa Kelly y mis hijos Molly, David, Abigail y Tigist— siempre ha sabido lo que esta historia significa para mí y siempre la han apoyado.

Los primeros lectores me ayudaron a mantener el rumbo. Un especial agradecimiento para Peter Schneider, Keith Ferrell, Debbie Mercer y mi hermana Fran Alesia por su ánimo y sus comentarios.

Ricky Levy y Lisa Tatum desempeñaron un papel clave en un momento crítico durante el cual trataba de llevar esta novela a un plano distinto. No lo habría logrado sin vosotros dos.

Dammy Baror y Scott Hoffman se entregaron en cuerpo y alma en momentos cruciales, por lo que les estoy inmensamente agradecido.

Quiero dar las gracias a Barbara Aronica Buck —y quiero dejar tan claro como sea posible que el personaje de Polly en esta novela no se inspira en ella— por el diseño original de la portada, y a Brooke Dworkin por evitar que cometiera estúpidos errores editoriales. Si encontráis algún estúpido error editorial, podéis atribuirlo a mi testarudez.

Por último, quisiera dar las gracias a Ray Bradbury, en gran parte porque todos deberíamos hacerlo, pero más concretamente porque él me enseñó de primera mano a qué debería aspirar todo escritor.

1

El zumbido suave del reproductor de DVD era el único sonido que se escuchaba en la habitación. Chris estaba sentado en el sofá frente al televisor, y sujetaba el mando a distancia aunque no tenía intención de utilizarlo. Se iba a limitar a dejar que la máquina siguiera mostrando imágenes aceleradas en *fast-forward*.

En la pantalla, la grabación en vídeo de la vida de su hija Becky se reproducía a toda velocidad. La que él consideraba su primera sonrisa. Su obra maestra, *Naturaleza muerta con manchas de papilla de pera y Cheerios sobre bandeja*. Cuando todavía era un bebé, relajándose temporalmente para dormir una breve siesta sobre el pecho de Chris. La boda perfectamente orquestada entre su osito y su perrito de peluche en la cual Chris oficiaba tanto de padrino como de dama de honor. Su cabeza cubierta por un pañuelo durante la fiesta de su sexto cumpleaños. Luciendo como una modelo su nuevo peinado cuando le volvió a crecer el pelo tras los tratamientos. Su ex esposa, Polly, con aspecto demacrado y cansado —o simplemente enfadada por algún motivo— a la salida del auditorio, junto a Becky, tras la representación teatral de segundo de primaria. Saltando de espalda a la piscina en el complejo turístico de las Berkshires. Becky poniendo los ojos en blanco a la cámara durante el pícnic de la escuela. La carcajada forzada en una reunión familiar. Las imágenes que ella grabó de él durmiendo en la silla Adirondack durante el que iba a ser el último fin de semana que él iba a pasar entero en la casa.

Becky y Lonnie caminando hacia la habitación de Becky en ese mismo apartamento antes de cerrarle la puerta.

Horas y horas de movimiento transcurrieron a una velocidad enormemente acelerada. Como una filmación a intervalos de la creciente irrelevancia de Chris en la vida de Becky.

A lo largo de los últimos cuatro años, Chris había visto las viejas grabaciones con frecuencia. Lo había hecho varias veces desde que al fin se había decidido a convertirlas a formato digital hacía seis meses. Era una actividad para los viernes por la noche. La primera vez que había escuchado la voz preescolar de Becky en los vídeos, había llorado instantáneamente. Añoraba aquella voz desesperadamente, más de lo que hubiera creído. Echaba de menos la manera como ella le hablaba, el modo como el sonido de su voz al pronunciar la palabra «papá» definía todo aquello que valía la pena en el mundo. El hecho de que ella le diera todos los motivos necesarios para creer que podían cumplirse todas las promesas, que podía salvarse cualquier contratiempo. Aquella noche, cuando la había llamado a casa, Becky le había hablado en un tono displicente. Había quedado con sus amigas y llegaba tarde. Chris no podía competir con su lápiz de ojos, y mucho menos con las compañeras de escuela que pronto la estarían esperando.

Para acabar de empeorar las cosas, había contestado al teléfono Polly. Siempre tenía algún comentario preparado. Cuando respondía Al, el segundo marido de Polly, al menos cabía la posibilidad de que dijera algo divertido. Si Polly se ponía al aparato, siempre mencionaba alguna nueva obligación económica que acababa de descubrir o sugería oblicuamente que su hogar ronroneaba un poco menos cada vez que él llamaba. El mes anterior, había sido la primera vez que no había llamado a Becky por la noche desde el divorcio. Había vivido un día espantoso en el trabajo y sencillamente no disponía de la energía emocional necesaria. Después de eso, se había saltado la llamada otras dos veces. Si Becky lo había notado, no había hecho ningún comentario al respecto.

Las últimas imágenes del disco tenían menos de un año. Eran de la visita de los padres de Chris, que vivían en Florida. Polly aceptó que se quedara con Becky todo el fin de semana y pasaron el sábado en Essex y en Old Saybrook. Chris le había comprado una pulsera en una tienda de artesanía y Becky la agitaba en su muñeca frente a la cámara, riéndose despreocupadamente. A Chris no le había gustado nada despedir a sus padres aquel domingo. Tal vez había llegado el momento de volverlos a traer.

Sonó el teléfono y Chris pulsó el botón de pausa del mando a distancia. En el televisor, Becky caminaba tres metros frente a él por Main Street, en Essex.

La llamada era de un vendedor que pretendía ofrecerle la oportunidad de comprar una residencia de vacaciones en la Isla Victoria de la Colombia Británica. Chris había estado en Victoria y le parecía un lugar precioso, pero no acababa de entender por qué alguien pensaba que una persona de Connecticut podría desear poseer una residencia de vacaciones al otro extremo del continente. Rechazó educadamente la «oportunidad». Aparentemente, en su casa ya no recibía más que llamadas intrascendentes. Llevaba años queriendo añadir su número a la lista nacional de teléfonos vetados a la venta telefónica, pero no lo había hecho.

La interrupción le dejó irritado y alterado. Tal vez debería haber esperado a que saltara el contestador automático, pero nunca había sido capaz de hacer eso. Aunque hubiese esperado, el timbre le habría distraído y habría desviado su atención de aquella experiencia visual.

Miró la pantalla del televisor, que mostraba la espalda de su hija. Por primera vez se fijó en una mujer que se acercaba a la cámara. No recordaba haberla visto antes. Probablemente porque siempre estaba mirando a Becky. La mujer tenía poco más de veinte años. Su rostro le resultaba algo familiar, aunque Chris era totalmente incapaz de ubicarlo. Se parecía un poco a su sobrina Kiley, tal vez era ella. Evidentemente, había visto a aquella mujer cada vez que había pasado el vídeo, pero sólo había quedado grabada en su subconsciente. Chris tomó el mando a distancia, quitó la pausa del reproductor de DVD y contempló cómo la imagen de la pantalla recobraba la vida a la velocidad normal. La mujer dejó atrás la cámara y desapareció.

Un instante después, Becky se volvió y le puso cara de: «¿No crees que ya has usado bastante ese trasto por hoy?» Pocos segundos después, la imagen se desvaneció y la pantalla quedó azul.

—Dos paradas más y después un helado —anunció Al en un tono más propio de un niño de ocho años que de un adulto. A Becky le parecía hilarante que no pudiera pasar más de una hora sin un tentempié. No tenía ni idea de dónde terminaba tanta comida. En realidad, parecía estar en bastante buena forma para ser un viejo.

—Tengo que ir a American Eagle pase lo que pase —dijo Becky.

Mamá le mostró los dos pulgares.

—También tenemos que ir a Papyrus a comprar algo para el cumpleaños de Patricia.

Lonnie, la mejor amiga de Becky, levantó la mano como si estuviera en clase de inglés.

—Eso está junto a The Body Shop. Tengo que ir a toda costa. Si no compro crema hidratante, se me caerá la piel como a una serpiente.

—Eso son más de dos paradas —protestó Al en un tono muy cercano a la súplica. Becky sonrió.

Mamá se inclinó y besó a Al en la mejilla sin aminorar la marcha.

—El helado te esperará, cariño. Lo guardan en congeladores para que no se derrita.

—Si antes tenemos que ir a tres tiendas, me pienso comer dos cucuruchos —anunció Al, y acto seguido se volvió hacia Lonnie y la señaló con un dedo—: Y para ti no hay helado. Es malo para la piel.

Lonnie se rio y rodeó a Becky con los brazos cargados de bolsas.

—Perfecto; Becky compartirá el suyo conmigo.

—Ni hablar —se opuso Al, que continuaba fingiendo que estaba enfadado—, porque también me voy a comer el suyo.

Mamá dio unos golpecitos a Al en el brazo y dijo a Lonnie:

—Lonnie, si quieres helado puedes comer.

—Gracias, mamá.

Lonnie había llamado «mamá» a la madre de Becky desde que ambas muchachas habían formado parte del mismo grupo de exploradoras, pero a mamá todavía le brillaban los ojos cada vez que Lonnie la llamaba así.

Giraron a la izquierda y se dirigieron a American Eagle. Aunque le costaba admitirlo y no le apetecía un helado, Becky también necesitaba un descanso. Llevaban horas en el centro comercial. Se habían comprado zapatos, habían curioseado en la librería y habían adquirido algunas camisas nuevas para Al, una chaqueta de primavera para mamá, un par de regalos de cumpleaños y media docena de cosas para Lonnie. Lo único que había comprado Becky había sido una copia de la nueva novela de Neil Gaiman que se moría por leer. Con eso le bastaba. Siempre le había gustado mucho más ir de compras que comprar.

El resto del grupo parecía capaz de mantener aquel ritmo todo el día, pero lo que Becky ansiaba de veras era sentarse. De todos modos, no pensaba decirlo. Las burlas de todos serían incesantes y despiadadas. En aquella familia, los maratones de compras eran un orgullo y, en una situación como aquella, a Becky no se le ocurriría desmarcarse de los demás.

En cualquier caso, antes de poder descansar un rato, necesitaba desesperadamente comprarse unos vaqueros. Durante el último mes, varios de sus pares de pantalones habían pasado de muy desgastados a raídos. Apenas se los podía poner en público, por lo que la situación rozaba la emergencia. Entraron en American Eagle y, una vez dentro, Becky supo que habían ido al lugar adecuado. Siempre tenía suerte en aquella tienda y, en cuestión de minutos, ya había escogido varios pares para probárselos.

—Esos no —le advirtió Lonnie señalando uno de los pares que llevaba colgados del brazo—. Son demasiado moninos.

Becky alzó los vaqueros.

—¿En serio?

—¿No ves ese ribete verde azulado de los bolsillos? Anda, Beck, que ya no tienes ocho años.

Becky volvió a revisar los pantalones.

—A mí me gustan.

Lonnie sacudió la cabeza.

—Si te los pones, será bajo tu responsabilidad.

Becky miró a su madre.

—Me voy a probar todos estos.

—Te esperaremos aquí soñando con un Moca Chip Explosion —contestó Al.

Becky le dedicó una sonrisa. Al era como un bufón. Sin embargo, ir de compras con él era bastante divertido y tenía un gusto excelente, aunque no quería que nadie lo supiera. Le costaba creer que, a los catorce años, todavía le gustara ir de compras con su madre y su padrastro.

Becky tuvo que esperar unos minutos para entrar en un probador. Aquel día, el centro comercial estaba abarrotado y aquella tienda en concreto estaba triunfando. Mientras esperaba, echó un vistazo a su alrededor y su mirada fue a parar primero al tío increíblemente bueno que había tras el mostrador (estaba bastante segura de que el chico iba a su escuela, un curso por delante; ni siquiera debía saber que ella existía) y después a la chica que limpiaba el suelo con unos trapos enormes. Tal vez podría trabajar en aquella tienda al cumplir los dieciséis. No era una mala manera de ganar algo de dinero y seguro que le harían algún tipo de descuento.

Ya en el probador, Becky colgó los vaqueros que pensaba probarse, se quitó las zapatillas de deporte y los pantalones y alargó el brazo hacia el par del ribete verde azulado. No entendía por qué Lonnie pensaba que eran demasiado moninos.

A ella le parecían estilosos, incluso algo atrevidos. A veces, Lonnie podía ser un poco estrecha de miras en lo referente a la moda.

Al inclinarse para probarse los vaqueros, de pronto y sin motivo, estuvo a punto de caerse. El probador parecía girar a su alrededor vertiginosamente. Extendió un brazo para recobrar el equilibrio apoyándose en la pared, pero el vaivén no se detuvo.

La cabeza le daba vueltas y no lograba centrar la vista.

Por unos instantes, no pudo más que apoyarse en la pared y, después, se agachó lentamente hasta tumbarse en el suelo. Estaba mareada y sentía náuseas. Una segunda oleada de mareo se apoderó de ella y se giró de lado intentando respirar hondo.

Aquella vez fue peor que las anteriores.

Poco después dejó de sentirse desorientada, pero necesitó unos minutos más antes de notarse lo bastante recuperada como para levantarse. Sólo se incorporó lo suficiente para sentarse en el banco del probador. Escondió la cara entre las manos e intentó serenar su respiración mediante una técnica que había leído en un libro. Al final, logró ralentizarla y empezó a encontrarse algo mejor.

Becky no quería pensar en las causas. Llevaban mucho tiempo de compras. No había comido gran cosa a mediodía. Probablemente sólo necesitaba poner los pies en alto y relajarse un poco. Se levantó con cuidado, agradecida por haber dejado de sentirse tan desorientada, y se quitó los pantalones que se había enfundado hasta media pierna. Como la inquietaba volverse a inclinar, los levantó con el pie, los agarró y los volvió a dejar en el colgador. Con la espalda tan erguida como pudo, se volvió a vestir con los pantalones con los que había entrado en el centro comercial y respiró hondo antes de abrir la puerta y salir del probador.

—¿Nada? —preguntó Lonnie cuando Becky regresó a la parte delantera de la tienda con las manos vacías.

—Tenías razón: esos vaqueros son demasiado moninos. Los otros no me quedaban bien.

—Es una lástima. Aquí te suele ir genial.

—No tengo el día.

Al se acercó a mamá.

—Intentaba convencer a tu madre de que una de esas sudaderas con capucha me quedaría de muerte.

—Cariño, confía en mí —replicó mamá—, parecerías un pervertido.

Al frunció el ceño y parecía a punto de contestar, pero Becky le interrumpió:

—Mamá, estoy agotada. ¿Podemos ir a casa, por favor?

—Pero antes un helado, ¿verdad?

Becky cerró los ojos. En aquellos momentos no deseaba nada más que tumbarse en el sofá y ver la televisión.

—Al, tenemos helado en casa —dijo mamá observando a Becky atentamente—. Vamos, en marcha.

Becky se sintió aliviada, pero esperaba no haber convertido el asunto en un drama. De camino al aparcamiento, mamá la rodeó con el brazo.

—¿Estás bien? Pareces un poco pálida.

—Solo estoy cansada. Estoy bien.

—¿Seguro?

Becky asintió.

—Estoy bien.

Llegaron al coche y Lonnie y Al (que había encajado extraordinariamente bien el tema del helado) se pusieron a charlar sobre la mujer que daba muestras de perfume en Nordstrom. Había sido un diálogo recurrente a lo largo de todo el día. Por algún motivo, parecían obsesionados por cómo la mujer había dicho: «¿Puedo perfumarles con Chanel?»

Mientras Al sacaba el coche del aparcamiento, mamá se dio la vuelta y dio unos golpecitos afectuosos a Becky en la mano. Becky le dedicó una sonrisa con la esperanza de tranquilizarla. Mamá repitió el gesto cariñoso y se volvió hacia delante para asegurarse de que Al mantuviera la vista en la carretera. No siempre la mantenía fija.

De camino hacia casa, Becky empezó a encontrarse bien de nuevo. Sabía que se recuperaría.

Siempre se le pasaba al cabo de un rato.

Era terrible y emocionante. A cada paso que daba por la plantación, más se convencía Miea de que algo iba espantosamente mal. Sin embargo, no podía evitar sentir también cierta emoción por el mero hecho de volver a estar en aquel lugar. Volvía a hacer algo en vez de presidirlo todo.

Se arrodilló para examinar las manchas negras cancerosas de un manojo de hojas. Acarició con un dedo las profundas estrías verdes de otro. Al comprender el significado de todo aquello, se sintió abrumada.

Pese a todo, una minúscula parte de ella se sentía algo más liviana. Una parte consciente de su mente se alegraba de un modo muy sutil por el simple hecho de regresar a un lugar donde podía sentirse cerca de la tierra. La invadieron recuerdos sentidos de los miles de días de juventud que había dedicado a plantar, abonar y cultivar; especialmente de aquel verano libertador en aquellos mismos campos abiertos, perpetuamente sucia, cubierta de mugre, con la misma despreocupación de sus compañeros y felizmente desconocedora de los cambios que le esperaban apenas unos meses más tarde.

La sensación de ligereza se esfumó y recobró plena conciencia de su situación actual. Miea era demasiado joven para recordar con claridad la Gran Plaga, pero había recordatorios por todas partes. En las sombrías esculturas pigmentadas de Naria Solani. En la poesía de tono discordante de *La edad marchita*. En las decenas de volúmenes de historia, análisis y revisiones que se habían dedicado al asunto en los años transcurridos desde entonces. Lo que sí recordaba de aquella época eran las acaloradas discusiones de sus padres, y cómo se habían reñido, interrogado y criticado el uno al otro mientras su mundo se derrumbaba. Miea se había sentido incómoda junto a ellos porque no estaba acostumbrada a verles actuar de aquel modo. Recordaba haber deseado desesperadamente que hubiese menos tensión y que su hogar recuperase la armonía que ella siempre había creído tener.

Y de pronto, así fue. La Plaga se esfumó. Sin explicación alguna. En cuestión de dos estaciones, el suelo arcilloso color caoba de los campos había vuelto a engendrar estallidos de azul celeste, añil y tonos cerúleos con la misma intensidad de antes. Después de eso, las cosas nunca habían vuelto a ser como antes entre ellos. No obstante, la vida después de la Plaga había sido próspera y prometedora.

Y ahora aparecían esas manchas amarillas. Esas venas verdes.

—Esto no tiene por qué significar nada —declaró Thuja solemnemente.

Miea se volvió hacia el ministro de Agricultura, un hombre de facciones marcadas más de cuarenta años mayor que ella. Él le había pedido que no fuera. Había tratado de utilizar su considerable influencia para evitarlo, sin llegar a entender lo mucho que Miea necesitaba ver aquello con sus propios ojos.

—Cuesta creerlo.

—Las enfermedades menores son algo común. Sobre todo aquí, en las zonas más apartadas. Descubrimos sus causas y las curamos.

Miea ladeó la cabeza.

—¿Y cuál es la causa de esta enfermedad en concreto?

El hombre desvió la mirada. Era evidente que le disgustaba tener aquel tipo de enfrentamiento con alguien tan joven. Se tendría que hacer a la idea.

—Es pronto. Lo descubriremos.

Miea hundió los dedos en la tierra oscura. El suelo era fértil y estaba húmedo a causa de las lluvias matutinas ricas en nutrientes que distinguían el territorio de Jonrae. Costaba imaginar que algo destructivo campara por aquellos lares. Sin embargo, más difícil todavía era negar lo que le dictaba su instinto.

—Si hay alguna posibilidad de atajar esto antes de que se extienda, debemos hacerlo.

—Tenemos a gente trabajando de sol a sol. Granjeros, científicos y especialistas.

Thuja hablaba más deprisa que de costumbre. Una clara señal de que, a pesar de sus palabras, los hallazgos le habían puesto nervioso.

—Quiero informes quincenales.

Miea percibió que su tono de voz acobardaba ligeramente a Thuja, que, acto seguido, asintió con una indiferencia ensayada.

—Así se hará.

—Y regresaré pronto.

Thuja miró a su alrededor con un gesto dramático.

—Puede que no sea lo más productivo. Majestad, no pretendo faltarle al respeto, pero creo que su presencia altera a la gente. —Sonrió con profesionalidad y, a continuación, extendió la mano para ayudarla a levantarse. Miea apartó la mirada de él y se volvió hacia una viña encogida.

Mientras lo hacía, recordó el estallido de ira de su madre al conocer su decisión de pasar unos meses en aquellos campos.

—¿Todo el verano? —había preguntado Madre—. Si insistes, ve unos días, pero pasar allí el verano entero es ridículo. Hay otras cosas que hacer, y otros lugares a los que debes ir.

—Pero no hay ningún otro lugar al que desee ir.

Su madre había fruncido el ceño y se había marchado, dejando a Miea, una vez más, sin saber muy bien en qué había quedado la conversación. Aquella misma noche, durante la cena, había hablado con su padre sobre los planes de pasar el verano en Jonrae y su madre no había puesto ninguna objeción. Tal vez Madre había comprendido lo mucho que significaba para ella aquel viaje. Tal vez no lo había entendido en absoluto. He ahí una de las muchas cosas que habían quedado sin respuesta para siempre.

Miea sostuvo una hoja mustia entre el pulgar y el índice. ¿Era posible que ella misma hubiera plantado las semillas de aquella planta? Aquel grupo de viñas podía tener fácilmente cuatro años. El supervisor del campo que, en todo momento, le había dispensado un trato de favor, le había asignado tareas tan cerca de la garita como había podido sin que el favoritismo la irritara. Así pues, Miea siempre había trabajado cerca del lugar en el que se encontraba en aquel preciso instante. Todo lo que le pasaba por la cabeza —absolutamente todo: los recuerdos de sus días en los campos, el supervisor asustadizo, la planta enferma y su añorada madre— amenazaba con llenarle los ojos de lágrimas. Unas lágrimas que no podía derramar. No pensaba permitir que Thuja la viera llorar. Y también sería un error que lo vieran los demás.

Se inclinó para besar la hoja, para insuflar parte de su espíritu a su superficie azul.

La hoja se desprendió en sus manos.

Miea inclinó la cabeza y cerró la mano alrededor de la hoja. Selló sus ojos con fuerza y musitó una plegaria pidiendo fuerza y respuestas. Después, dejó la hoja sobre la tierra con suavidad, se levantó y, aunque intentó evitar los ojos de Thuja, le resultó imposible esquivar las miradas preocupadas de sus socios.

Ella no era más que una niña durante la Gran Plaga y, aunque fue consciente de los problemas que hubo en su casa, ignoraba las implicaciones mayores y más solemnes que tuvo para el mundo que la rodeaba. Ahora, ya no era una niña. Si la Plaga regresaba, ¿qué más iba a cambiar esta vez?

—Tenemos que irnos —dijo suavemente, casi para sí misma.

No era el momento más indicado para escuchar, pero Gage escuchó de todos modos. En aquel preciso instante, el equilibrio era tenue a lo sumo y Gage tenía mucho por hacer, pero escuchar era esencial. Escuchar era el futuro. Escuchar permitía que las historias dieran comienzo.

Desde las profundidades de la concentración, Gage se centró y se instaló en el mundo de la isla, extendiéndose por la inmensidad para escuchar. Sofocó los gritos —demasiados gritos— y amplificó los susurros. Sabía que los gritos mantenían las historias. Los susurros, no obstante, las iniciaban. Los susurros merecían reconocimiento y atención.

Como de costumbre, había centenares de susurros. Algunos eran tan suaves que resultaban inaudibles. Otros —muchos, muchos otros— no decían nada. Otros decían algo poderoso, algo conmovedor, pero lo decían demasiado tarde. A pesar de que Gage lo había sofocado, el griterío ahogaba muchos más susurros.

Sin embargo, Gage concedía un don a todos los susurros. Pocos entendían el don, y aun menos lo aceptaban y lo usaban para imaginar. Pero, a veces, surgían sorpresas.

Gage se concentró más profundamente. Cuando se concentraba en las nuevas historias, en las posibilidades del mundo de la isla, experimentaba una profunda sensación de sentido y propósito. No le importaba demasiado que muchas promesas quedaran sin cumplir. Lo que le importaba era que la promesa seguía viva.

Desde su estado de profunda concentración, Gage escuchó dos susurros. Hablaban el uno con el otro con voces distintas. Una voz era joven. La otra añoraba la juventud. Se percibía una intensa consternación. Confusión. Desafío. Sabían que su historia era una historia equivocada. Sentían que su auténtica historia juntos todavía no había comenzado. Aquello era poco corriente. Una rareza que valía la pena animar. Si llegaban a comprenderlo, si entendían que esperaban la llegada de una nueva historia, tal vez harían algo con la inspiración. Gage estaba escuchando a otros con el mismo potencial en aquel momento, pero en estos dos había una chispa especial.

Desde lo más profundo de la concentración, Gage imaginó un don y se lo entregó a ambos susurrantes. Tenía pensado regresar con ellos para volver a centrarse en su potencial. Había motivos para pensar que iban a enriquecer aquel don. Si lo hacían, tal vez surgiría una nueva historia. Una historia que debía ocurrir.

Lamentablemente, no sería una historia simple.

2

El tráfico se arrastraba sobre el puente estrecho que unía Moorewood y Standridge. Chris volvía a llegar tarde a recoger a Becky. Para empezar, había mantenido una interminable conversación con Jack en el vestíbulo sobre «apretarse el cinturón», y ahora encontraba un atasco en el puente. Aquella zona de Connecticut no estaba pensada para acoger a multitudes. Sin embargo, un número cada vez mayor de empresas se había trasladado a la zona, y un número creciente de personas había considerado que la zona se encontraba a una distancia razonable de sus puestos de trabajo en aquellas empresas. Esa era la causa de la eterna retención sobre el puente y de que él llegara más tarde de lo que había anunciado una noche más.

Becky nunca protestaba por sus retrasos. ¿Comprendía el problema del tráfico? El padre de Lonnie volvía a casa desde aquel mismo lugar todas las noches, así que tal vez su mejor amiga le había contado que el trayecto podía llegar a ser muy complicado. O eso, o a Becky ya no le importaba la hora a la que se presentase Chris. En realidad, ya no se quejaba nunca de nada.

Aquel día se cumplían cuatro años exactos desde que Chris se había mudado al apartamento de Standridge. Quería vivir tan cerca de Becky como le fuera posible, pero no se había visto con fuerzas de quedarse en Moorewood. Al menos en Standridge no se encontraba con algún conocido de Polly y suyo cada vez que iba al supermercado o a la oficina de correos. Todavía se sentía un poco incómodo cuando se producían estos encuentros porque sabía que mientras charlaban con él, la mayoría pensaba: «Polly le echó de casa.» Hasta que terminó su matrimonio, no se dio cuenta de que casi todos sus amigos de Moorewood eran en realidad amigos de Polly y que él había estado dejándose llevar todos aquellos años.

Transcurridos cuatro años, Chris seguía tan desconcertado por el fin de su matrimonio como el día que había sucedido. Evidentemente, él ya se había planteado dejarlo con Polly. Discutían casi a diario desde que Becky enfermó. Antes lograban superar sus diferencias de opinión, pero la leucemia de Becky les había separado en casi todos los sentidos.

En cualquier caso, Chris era consciente de que él nunca habría pedido el divorcio. No por el mero hecho de mantenerse unidos por la niña, sino porque no deseaba pasar ninguna noche lejos de Becky. Sabía que se acercaba a la adolescencia y que ya no querría pasar tanto tiempo con su familia como antes, pero quería que ella supiera que él siempre estaba disponible. Que todavía podían repetirse con frecuencia los buenos momentos espontáneos que habían compartido. Que él iba a ser tan fantástico cuando ella fuera adolescente como su hija le había considerado en el pasado. Necesitaba estar cerca de ella en todo momento para que su plan funcionara.

Claramente, Polly no compartía estas preocupaciones y era obvio que tampoco él le importaba lo más mínimo. Era innegable que se habían distanciado emocionalmente mucho antes de separarse. No recordaba la última vez que había disfrutado de una velada junto a ella fuera de casa o que había deseado que pasaran una noche juntos a solas. A menudo, Polly se acostaba poco menos de una hora después que Becky, y Chris se quedaba leyendo o viendo algún acontecimiento deportivo en la tele. La otra opción era hablar, pero la conversación solía ser desagradable.

Tuvo que haber un tiempo en el que les gustara estar juntos, ¿verdad? Guardaba vagos recuerdos de una época en la que le encantaba la compañía de Polly, le fascinaban sus opiniones y todavía le fascinaba más su contacto físico. Hubo un tiempo en el que decía que Polly era su «gran amor», ¿verdad? Hubo un momento en su relación en el que la echaba tanto de menos cuando se separaban que sentía dolor físico. Estaba seguro.

No obstante, como ocurría con tantas cosas acontecidas antes de que Becky enfermara a los cinco años, aquellos recuerdos eran confusos. A partir de aquel momento —y aquello sí que lo recordaba con claridad— fue como si Polly y él vivieran en mundos distintos. Discutían sobre el tratamiento y si deberían o no visitar a distintos especialistas. Discutían sobre lo que debían decir a Becky y cómo debían ocuparse de ella. Discutían sobre el exagerado optimismo de él y sobre cómo debían afrontar las terribles pesadillas que despertaban a Polly en plena noche. Cuando Becky entró en remisión, discutieron incluso si podían creérselo o no.

Llegados a aquel punto, no necesitaban ninguna enfermedad potencialmente mortal para iniciar un conflicto. Podían discutir sobre el tiempo.

—No puedo seguir así —le había dicho Polly una noche. Hacía media hora que había subido al dormitorio, y a Chris le sorprendió verla de nuevo en la sala de estar. Por toda respuesta, Chris levantó la vista del libro—. Estar en esta casa contigo me resulta doloroso —continuó ella mientras se sentaba frente a él.

Chris bajó el libro.

—¿Quieres que desaparezca? —preguntó sarcásticamente.

—No es exactamente la solución en la que estaba pensando.

Chris rio nerviosamente.

—¿Qué?

—¿A quién queremos engañar, Chris? Si puedes decirme con franqueza que nuestra situación te hace feliz, pediré el ingreso voluntario en una clínica mental.

—No me hace feliz, Polly.

—Entonces, ¿por qué sigues aquí?

Chris lanzó una mirada al dormitorio de Becky, en el piso de arriba.

—Debería ser obvio.

Polly miró en la misma dirección y frunció el ceño.

—Eso no es un matrimonio.

—Es una familia.

Polly cerró los ojos y permaneció un momento en silencio.

—No es la idea que yo tengo de una familia.

Chris respiró hondo.

—¿Intentas decirme algo?

Polly le miró fijamente.

—Quiero que te mudes a otra parte.

Chris sintió un cosquilleo en la piel.

—No puedo mudarme.

Polly frunció nuevamente el ceño e inclinó la cabeza hacia la derecha.

—Quiero que te vayas. No quiero que las cosas se pongan feas y tampoco quiero un enfrentamiento. Compartiremos a Becky. Puede quedarse contigo una noche a la semana y la mitad del fin de semana.

Chris se rio de la naturaleza surrealista de lo que acababa de decir Polly.

—¿A eso le llamas compartir?

—Necesita un hogar estable. Tiene muchos deberes y trabajos para la escuela. No puede andar de un lado a otro toda la semana.

La ira de Chris creció tan rápidamente que ni siquiera se dio cuenta de ello.

—Estupendo. Múdate tú y yo me ocuparé del «hogar estable» de Becky.

Polly se inclinó hacia delante con aire despreocupado.

—Sabes que las cosas no irían así si fuéramos a juicio. Tengo un trabajo a tiempo parcial. Soy la que lleva a Becky a la escuela y estoy aquí cuando vuelve. Mi abogado me ha dicho que sería imposible que un juez te concediera la custodia.

—¿Ya has hablado con un abogado?

A Chris le sorprendía incluso el hecho de poder pronunciar palabra.

—Tenía que protegerme antes de hablar contigo.

—¿Protegerte? —Chris se levantó, caminó hasta el otro extremo de la habitación y entonces se volvió de nuevo para darle la cara—. ¿Acaso soy un acosador? ¿También has conseguido una orden de alejamiento? ¡No puedo creer que hayas ido a ver a un abogado antes siquiera de que habláramos de esto!

—No hay nada de lo que hablar.

—No pienso abandonar este hogar.

Polly le miró fijamente unos segundos antes de volver a hablar.

—Chris, escucha lo que te digo. No hay nada de lo que hablar.

El recuerdo de las dos semanas siguientes era muy borroso. Contrató a un abogado. Buscó un nuevo sitio para vivir. Se obligó a no hablar de ello con Becky porque no quería que ella supiera cómo le afectaba todo aquello y porque no se veía capaz de disimular la rabia que sentía contra Polly. Pasó largos ratos con Lisa, su mejor amiga, sin hablar de otra cosa. Completó los últimos preparativos antes de irse, incluido el acuerdo provisional de custodia, extremadamente insatisfactorio para él, que terminó por convertirse en el acuerdo oficial de custodia. Comunicó la noticia a su hija e intentó aguantar mientras ella intercalaba sollozos con demostraciones de enfado. Por último, se marchó en su coche mirando por el retrovisor lateral mientras Becky levantaba una mano y susurraba un adiós. Consiguió salir del barrio antes de detenerse en un aparcamiento y echarse a llorar incontrolablemente. Veía aquella palabra formándose en los labios de su hija una y otra vez, y a cada repetición se sentía más impotente y más convencido de que su vida había terminado.

Siendo franco consigo mismo, la vida, o al menos la vida que más amaba, realmente había terminado aquel día. La vida con Becky siempre se había basado en los descubrimientos instantáneos y en pequeños momentos de oro. Ahora se basaba en los planes y los momentos capturados. Recogerla para cenar todos los martes por la noche. Hacer todo lo posible tres de cada cuatro fines de semana que terminaban a las 4 de la tarde del domingo. Tratar de mantener un cierto nivel de continuidad y relevancia a través de conversaciones telefónicas y algún correo electrónico ocasional. No había tardado en convertirse en un simple invitado en el mundo de su hija. Ni siquiera unos meses antes del divorcio, se hubiera imaginado algo como aquello.

El tráfico se mantuvo denso todo el camino a través de la ciudad, y solo se despejó cuando estaba a pocas calles de la casa. Llegó al camino de entrada casi media hora tarde. Salió del coche a toda prisa y se dirigió a la puerta principal. Todavía le parecía extraño tener que llamar al timbre para entrar en aquella casa que un día había sido su hogar.

Afortunadamente, Polly no estaba. Había salido a cenar con Al.

—Mamá me ha dicho que te recordara que necesita el cheque para pagar mi ortodoncia.

Aquellas fueron, literalmente, las primeras palabras que le dedicó Becky.

—¿Hay alguna razón para que no pueda pagar directamente al dentista?

—Eso lo tendrás que hablar con ella.

Becky agarró su chaqueta de entretiempo, sostuvo la puerta abierta para que saliera Chris y cerró al salir.

—Siento llegar tarde. Últimamente el tráfico de la zona es una locura.

—No pasa nada. Estaba hablando por Messenger con unos amigos.

Subieron al coche y Chris se inclinó para besar a Becky en la frente. Ella se inclinó hacia él un instante y después se volvió a apoyar en la puerta del acompañante.

—Se me había ocurrido que podríamos cenar comida china —propuso él—. ¿Te parece bien?

—Claro, donde sea.

—¿Al Rice Noodle?

—Genial, me parece bien.

Chris condujo de vuelta a Standridge. El Rice Noodle había abierto una semana después de que se mudara al apartamento y era uno de los primeros restaurantes a los que había ido con Becky tras la ruptura. Aquella noche, habían pedido una cantidad ridículamente exagerada de comida, pero Becky pareció disfrutar probándolo todo. A Chris, le encantaba verla comer teniendo en cuenta lo hundida que parecía durante la ruptura... Y desde entonces la había llevado a menudo al local.

—¿Qué tal ha ido el día en la escuela?

—Nada del otro mundo. Examen de geometría. Estamos leyendo la *Odisea* en inglés.

—Caramba. Odiaba ese libro.

Becky arrugó la nariz.

—Papá, lo escribieron hace un par de milenios. Algo bueno debe de tener.

—Tiene muchas cosas buenas. Eso no significa que sea divertido leerlo.

—A mí me parece bastante bueno. Esta tarde he leído los dos primeros capítulos. No me extraña que hayan salido tantas historias del libro. —Becky se encogió de hombros y Chris no fue capaz de distinguir si lo hacía para descartar la conversación en conjunto o simplemente la contribución que había aportado él.— ¿Llevas algo nuevo en el iPod?

—El nuevo disco de Urgent.

Becky se volvió hacia él, pero Chris no pudo identificar su expresión porque fijaba la mirada en la carretera.

—¿Te gustan?

—Tú fuiste quien me los descubrió.

—¿De verdad?

—¿No te acuerdas? Hace unos seis meses, Lonnie y tú poníais canciones de su anterior disco en el coche a todas horas.

Becky asintió.

—Ah... Sí. ¿Hay algo que valga la pena en este?

—Sí, hay algunas canciones francamente buenas. ¿No lo has escuchado?

—Ahora ya no habla nadie de ellos. La verdad es que ni sabía que habían sacado un disco nuevo.

—Ponlo.

Becky desechó la idea agitando la mano.

—A lo mejor de camino a casa. ¿Qué más tienes?

Chris señaló el equipo de música del coche, que controlaba su iPod.

—Lo que quieras. Acabo de descargar mucho material, así que hay un montón de cosas nuevas.

Becky revisó la lista de reproducción de temas «añadidos recientemente».

—Arcade Fire, estoy impresionada. Death Cab for Cutie está bien. ¿Quién es Tim Buckley?

—Un cantautor de los años setenta. Tenía un hijo al que apenas conocía que se convirtió en una gran promesa en los 90. Los dos murieron muy jóvenes y de forma misteriosa.

—Qué raro. ¿Vale la pena escuchar algo?

—Algunos temas son muy buenos. Prueba.

—Creo que me apetece algo un poco más duro. Caramba, ¿tienes cosas nuevas de Crease?

Becky puso en marcha el reproductor. El coche se llenó instantáneamente de guitarras distorsionadas, un bajo palpitante y más angustia de la que debería sentir cualquier cantante de veintiún años. Chris se había identificado con aquel grupo la primera vez que los había escuchado y sus nuevos trabajos le parecían especialmente conmovedores. Era imposible seguir con la conversación, pero al menos Becky aprobaba sus gustos musicales... En su mayor parte, al menos.

Al llegar al restaurante lo encontraron prácticamente vacío. Era toda una sorpresa aunque fuese un martes por la noche, porque The Rice Noodle se había convertido en el clásico por excelencia de los restaurantes chinos de la zona. En la única otra mesa ocupada había una mujer y dos niños que

Chris calculó que debían tener seis y cuatro años de edad. Unos cinco minutos después de que Chris y Becky tomaran asiento, un hombre con corbata y camisa arremangada se sumó a la otra mesa, agarró a su hijo pequeño y lo puso bocabajo. El niño chilló y la madre dedicó una mueca bienintencionada a aquel par incorregible. Chris contempló toda la escena mientras Becky miraba la carta.

Chris volvió a centrar su atención en ella.

—¿Qué vas a pedir?

—Me cuesta decidirme. —Cerró la carta y la dejó sobre la mesa—. La verdad es que no me apetecía demasiado la comida china.

—¿En serio? ¿Qué hacemos aquí entonces?

—Me pareció que a ti sí que te apetecía.

—¿De verdad? Yo sólo propuse que viniéramos. Podríamos haber ido a cualquier otra parte.

—No pasa nada. ¿Pedimos algo al vapor y un plato de fideos?

—Si de verdad no te apetece, podemos irnos.

Becky miró hacia las abundantes mesas vacías de su alrededor.

—No, papá, no podemos irnos. Vamos a pedir. Pide lo que quieras.

Chris miró la carta desconcertado. Nunca tenía una respuesta adecuada cuando Becky se ponía de aquel modo. ¿Cómo lograban los padres llegar a sus hijos cuando levantaban aquellos muros? Se preguntaba si la muchacha hacía lo mismo con Polly. Si la relación de Chris con su ex esposa hubiera sido ligeramente distinta, se lo podría haber preguntado directamente a ella. Sin embargo, no podía hablar con Polly de un problema de comunicación como aquel. Demasiada munición.

Una vez hubieron pedido, la comida no tardó en llegar. Becky no parecía tener muchas ganas ni de comer ni de hablar. Tras varios conatos de conversación: los deberes, sus amigos, el trabajo de él, un intento de que ella sugiriera algo que pudiesen hacer el fin de semana, Chris se dio cuenta de que no había nada que hacer. Terminaron de comer en silencio y cuando volvieron a subir al coche fue él quien puso en marcha el iPod.

—Gracias, papá, ha estado genial —dijo Becky cuando llegaron de nuevo al camino de entrada de la casa de Polly.

—¿A ti te lo ha parecido?

Becky parecía auténticamente sorprendida por la réplica cortante. Su rostro adoptó una expresión entre herida y confusa, pero en seguida recuperó el desenfado.

—Muchas gracias, papá —insistió, y se acercó a él para darle unos golpecitos afectuosos en el brazo antes de abrir la puerta.

Chris observó a Becky mientras subía la escalera del porche dando saltitos y se metía en la casa. Continuaba dando brincos al caminar, algo que hacía desde que era un bebé. No se había dado cuenta en toda la noche.

Becky desapareció por la puerta principal. Chris se dio cuenta de que todavía sentía el tacto de su mano en el brazo. A todos los demás efectos, ella había desaparecido por aquella noche.

—¿Hasta qué punto debo preocuparme? —preguntó Miea al hombre que Thuja había enviado a informarla.

—Majestad, se trata de un insecto.

—Y esta especie concreta de insecto solo existe en Jonrae.

—Sí, majestad.

—Y se alimenta de las plantas que están muriendo en la zona, lo que significa que el insecto también está muriendo.

—Sí, majestad.

Miea se reclinó en el asiento. Sentía el cuello tenso. Necesitaba un masaje, aunque todavía hubiera agradecido más recibir alguna buena noticia.

—Entonces supongo que debería preocuparme en extremo.

—El ministro me ha pedido que le transmitiera su firme convencimiento de que no hay ningún motivo para la alarma grave y que...

Miea levantó una mano.

—No es necesario aplacarme. Tampoco me interesan las verdades a medias o las afirmaciones vagas.

El hombre agachó la cabeza ligeramente.

—Majestad, le estoy diciendo todo cuanto sé.

—No lo pongo en duda —respondió Miea pacientemente. Aquel hombre no tenía la culpa. De todos modos, tendría que tener otra conversación con Thuja. Tenía que hacerle saber que esperaba que las personas que mandara para informarla dispusieran de la misma información que el propio Thuja. Era consciente de que una conversación de este tipo iba a afectar al ministro. Aun así, en aquella situación no había tiempo para andar cuidando de los sentimientos de nadie.

El hombre se marchó pocos minutos más tarde tras un nuevo intento fracasado de tranquilizarla. Era tan evidente que a aquel hombre el asunto le quedaba grande como que llevaba buenas intenciones. Parecía realmente preocupado por cómo iba a afectar la noticia a Miea. ¿Por qué tanta gente se apresuraba a asociar su juventud con una gran fragilidad?

Miea podía soportar aquella noticia. Estaba convencida de que llegado aquel punto ninguna nueva podía parecerle una sorpresa devastadora. Pese a ello, no estaba en absoluto segura de qué podía hacer al respecto. Si realmente una nueva plaga se cernía sobre ellos, por mucho que se repetía que no debía precipitarse a llegar a esta conclusión, ¿estaba preparada para enfrentarse a ella? ¿Lo estaba alguien?

Disponía de unos minutos. Tiempo suficiente para prepararse una taza de argo. Como de costumbre, el personal de cocina se sorprendería e incluso se sentiría un poco ofendido por su presencia. Por más que llevara haciéndolo casi toda la vida, nunca se acostumbrarían a verla preparándose sus propias infusiones. Miea echó a andar por el pasillo, pero por el camino se encontró con Sorbus, su ayudante personal, quien se acercaba a ella con una bandeja de piedra decorada con grabados sobre la cual reposaba una tetera de madera.

—Buenas tardes, majestad —la saludó inclinando la cabeza—. Me pareció que tal vez le apetecería una infusión caliente antes de su próxima reunión.

Miea se esforzó en sonreír. Detestaba de veras que la sirvieran. Evidentemente, había momentos en los que era necesario, si así lo exigían las circunstancias. No obstante, podía prepararse ella misma sus bebidas.

—Gracias, Sorbus. La verdad es que pensaba visitar la cocina yo misma.

El hombre se rio como si Miea le estuviera tomando el pelo con tonterías.

—Majestad, eso nunca es necesario.

Miea miró al techo con exasperación. No tenía sentido tratar de explicar aquello a Sorbus o a ningún otro miembro del personal. Le siguió de vuelta a sus habitaciones, le permitió que le sirviera el argo y le dio las gracias de nuevo antes de que se marchara. Se sentó y sorbió la bebida caliente, que todavía burbujeaba mientras los pétalos de ingénito del fondo de la taza liberaban su sabor. Aquel era el primer momento de paz del que disfrutaba desde el alba. La primera oportunidad para pensar con claridad.

La primera auténtica ocasión de situar aquel día.

Cuatro años atrás, en aquella misma fecha, Miea no se había despertado al alba. Tenía clase a última hora y había decidido dormir antes de reunirse con Dyson para un desayuno a media mañana. La noche anterior había gozado de la velada más romántica de toda su vida. Miea esperaba que sus planes para aquella noche consistieran en hacerse preguntas el uno al otro sobre el inminente examen de ética natural, pero Dyson tenía en mente algo totalmente distinto. Había pedido prestado un coche a un amigo y la había llevado a un minúsculo restaurante cerca del Perrot Arch, un trayecto de casi una hora desde la universidad. Bajo un palio de hojas de kaibab, con la única luz del brillo de las estrellas, una luna de cera y la incandescencia de las mianusas que revoloteaban por el lugar, habían cenado las delicadas creaciones de la mujer que había preparado toda la comida que se había servido en aquel local durante los últimos treinta y siete años. Una espiral de espuma cargada de esencia de adria. Un sutil guiso blanco de caldo de crema de leche y lidia salpicado de deliciosas raíces de kunz. La ligereza dulce de un jactorres preparado con maestría.

Con todo, la comida y el escenario no fueron en absoluto los detalles que convirtieron aquella velada en una noche especial. Quien se había sentado frente a ella era un Dyson diferente. Llevaban meses saliendo juntos y él siempre había sido amable, eternamente divertido y, en todo momento, le había hecho sentir que era importante para él. Pero Miea también había notado que él se había estado reprimiendo, que por mucho que disfrutaran juntos, Dyson no estaba dispuesto a soltarse del todo con ella. Lo notaba en el instante de duda que le asaltaba antes de besarla, o en cómo se le nublaban los ojos cuando hablaban sobre el futuro. Hasta ese momento.

—Me he estado engañando —dijo Dyson con suavidad, apenas haciéndose escuchar por encima del tañido leve de la música de okka que sonaba de fondo.

—¿Qué quieres decir? —preguntó ella, irracionalmente preocupada por si Dyson se planteaba abandonarla.

Dyson bajó la mirada hacia la mesa y después se miró las manos. Entonces, sonrió tímidamente a Miea y perdió la vista en la distancia.

—He pasado los últimos dos meses intentando convencerme de que me conformaba con lo que tenemos, de que comprendía que el hecho de que pertenezcas a la realeza podía interponerse entre nosotros algún día. De veras pensaba que podía vivir con ello.

—Dyson, no sabemos...

Él le tomó la mano y Miea dejó de hablar.

—Lo pasamos muy bien, Miea.

—Sí, siempre.

—Y podemos hablar.

Ella asintió, recordando las conversaciones que a veces les mantenían en vela toda la noche.

—Es cierto.

Él le apretó la mano.

—Y cuando te toco, cuando te miro, me siento... no sé... como de otro mundo. Es como si nuestro contacto existiera totalmente en otro plano.

Miea no tenía ni idea de qué decir, así que simplemente se llevó la mano de él a los labios y la besó. No podía estar rompiendo con ella si hablaba de aquel modo, pero no tenía ni idea de lo que estaba haciendo.

—Y ahora me doy cuenta... —Dyson calló un momento, como si tratara de decidir si debía decir algo más—. Me doy cuenta de que realmente me he estado engañando. Sí, comprendo que tu futuro está predeterminado y que no debería incluir un botánico de Elcano, pero no importa. No podré abandonar lo que tenemos. Te quiero, Miea.

La confesión de Dyson abrumó a Miea hasta el punto de dejarla sin habla. ¿De dónde había salido aquello? ¿Qué había pasado mientras ella no miraba para que él reconociera unos sentimientos tan profundos?

—No querías escuchar eso, ¿verdad? —dijo él al tiempo que parecía empequeñecer un poco.

Miea volvió a tirar de su mano y la sujetó con fuerza junto a su mejilla.

—Sí lo quería escuchar. Lo deseaba de todo corazón. Simplemente, no me esperaba escucharlo.

—Necesito que lo sepas.

En ese momento, Miea se levantó de la silla, se acurrucó junto a Dyson y le abrazó hasta que los dos perdieron el equilibrio y cayeron juntos al suelo. El camarero se les acercó a toda prisa para preguntarles si estaban bien.

—Estamos tan bien como podemos llegar a estar —contestó Miea, que se volvió hacia Dyson, le miró a los ojos resplandecientes y suplicantes, y le besó más apasionada y abiertamente que nunca. Esta vez, él no había dudado en absoluto.

Miea no había pensado demasiado en el amor mientras crecía, pero aquella sensación era mucho más intensa de lo que había imaginado—. Yo también te quiero —añadió, y volvieron a besarse antes de volverse a sentar a la mesa.

Miea quería sujetar a Dyson cerca de ella. Quería mirarle desde el otro extremo de la mesa. Quería verle entrar en la habitación repetidas veces. Quería estar a solas con él y quería estar justo donde estaban demostrando su amor frente al mundo entero. Deseaba cualquier cosa en la que participase Dyson y, sólo entonces, se dio cuenta del tiempo que hacía que se sentía de aquel modo.

Por la mañana, desayunaron de picnic en un prado junto a la universidad. Hablaron poco mientras comían, pero las cosas eran distintas entre ellos. Miea sentía como si una parte de ella se hubiera fundido con Dyson, como si una parte de ella fuese a permanecer con él para siempre, del mismo modo que una parte de él iba a quedarse con ella.

—Nos podríamos saltar la clase —propuso Dyson, aparentemente ebrio por el sol primaveral de primera hora de la mañana, aunque tal vez estaba ebrio de otra cosa.

—Ojalá pudiera. Ya sabes que si me saltara una sola clase, causaría un escándalo real.

Él rio.

—Debe de ser una tortura ser perfecta todo el tiempo.

Ella le dio un beso burlón en los labios y le volvió a besar el puente de la nariz.

—Una tortura terrible.

La abrazó y Miea sintió la calidez de su respiración en el cuello y los músculos perfilados de los brazos del chico. ¿Cómo sería desaparecer para siempre en aquella sensación?

Un instante después, Dyson se separó de ella y se puso a recoger sus cosas.

—Vamos, mi perfecto amor; el profesor nos espera.

A desgana, se levantó junto a él. Descendieron por la colina agarrados del brazo y Miea se planteó la posibilidad de dejar que el viento se llevara toda precaución para pasar un día entero junto al hombre al que amaba. Sus padres se enterarían, sin duda. Su madre fruncíría el ceño y su padre haría alguna observación sobre la responsabilidad de su derecho de nacimiento. En realidad, no era un precio muy elevado a pagar, y tampoco tenía planeado adoptar un estilo de vida alocado. Solo quería unas horas más de diversión junto a Dyson y volver a clase al día siguiente.

Descartó la idea por caprichosa y entraron en el patio principal de la Escuela de Estudios Naturales diez minutos antes de la clase de Propagación y Perpetuación con el profesor Liatris. Al llegar, Camara, la compañera de habitación de Miea, se les acercó corriendo, agitada y sin aliento.

—Miea, te he buscado por todas partes. ¿Ya has ido al edificio de administración?

—¿De qué estás hablando?

—Han enviado a media docena de nosotros a buscarte. ¿No has visto a nadie?

Miea posó una mano en el hombro de su amiga.

—No tengo ni idea de lo que intentas decirme.

—Tienes que ir al edificio de administración.

—¿Por qué?

—No sé por qué. Solo sé que decían que debías ir en cuanto te encontráramos.

Miea miró a Dyson. Por su expresión, dedujo que él era consciente de que la escuela no le pediría que fuera al edificio de administración por algo intranscendente.

—Iré inmediatamente —dijo Miea con aprensión.

Dyson le tocó el brazo.

—¿Quieres que te acompañe?

Miea sacudió la cabeza.

—Tienes que ir a clase. Te veré después.

Le besó a toda prisa y se volvió a tal velocidad que él no pudo devolverle el beso.

Administración estaba a poca distancia. «Estamos en guerra», pensó Miea. Ya hacía meses que los problemas con los espinas iban en aumento y, la última vez que su padre la había visitado, le había dicho que temía que las tensiones entre ambas naciones empeoraran mucho. Evidentemente, aquello supondría un aumento espectacular de la protección de Miea, que tal vez incluso tendría que llevar un grupo de escoltas personales. A Dyson no le iba a gustar aquello. A ella tampoco.

El decano Sambucus estaba de pie frente al edificio. A medida que se acercaba, a Miea le resultó obvio que el hombre llevaba rato esperándola allí. En cuanto la vio, la llevó a un despacho privado en el que solo esperaba sentado Amelan, el ayudante principal de su padre.

Un escalofrío recorrió a Miea al ver a aquel hombre. «No estaría aquí si estuviésemos en guerra. Estaría participando en la planificación. Esto es por otra cosa.»

—Hola, Miea —la saludó—. Siéntese, por favor.

Miea se sentó cautelosamente y el decano salió de la sala. No corría el aire. ¿Amelan tenía los ojos rojos?

—¿Va todo bien? —preguntó, aunque sabía que no existía ni la más remota posibilidad de que todo fuese «bien».

—Ha habido un accidente —dijo el hombre, bajando la cabeza y sacudiéndola lentamente. Cuando volvió a levantar la vista para mirarla, Miea supo con certeza que Amelan había estado llorando. De pronto se sintió mareada—. Esta mañana, una caravana viajaba por la Cresta de la Colina. El rey y la reina... Perdón, sus padres, se dirigían a Armaespina para reunirse con el primer ministro de los espinas para intentar dar comienzo a las negociaciones para firmar un tratado de paz. Mientras cruzaban el Puente de Malaspina, el puente se ha derrumbado.

Miea se llevó una mano a la boca. Cerró los ojos y deseó que aquella conversación formara parte de una elaborada pesadilla.

—Me temo que hemos perdido toda la caravana.

Miea abrió los ojos.

—Papá y mamá.

—No puede imaginar cómo lo siento, pero ambos nos han dejado. El puente estaba a más de tres cientos metros sobre el agua.

Miea apoyó la cabeza en la mesa y sollozó. Lloró durante un periodo de tiempo que le pareció eterno y a todas luces insuficiente. En algún momento sintió una mano sobre la espalda que supuso que pertenecía a Amelan, aunque el sentimiento de dolor que la embargaba era demasiado intenso para confirmarlo. «Mi madre y mi padre han desaparecido de pronto. Sin previo aviso. Sin una despedida.» Finalmente, levantó la cabeza. Veía el mundo desenfocado a través de las lágrimas.

—Debe volver a palacio conmigo. Todo el país conocerá la tragedia en unos minutos y el pueblo quedará sobrecogido y devastado. Necesitan saber que nuestro futuro está a salvo. Necesitan verla, majestad.

«Majestad.» ¿Cuántas veces había soñado con ese apelativo a lo largo de los años? ¿Cuántas veces había imaginado cómo sería sentarse en el trono y recibir a sus súbditos? Sin embargo, jamás había pensado que lo haría antes de cumplir los veinte años. Y siempre lo imaginaba con sus ancianos padres a su lado para enseñarle cómo debía gobernar su reino.

—Majestad.

El título le parecía artificial. Como si no estuviera hecho para ella.

—Majestad.

Las investigaciones se sucedieron durante un tiempo. Tras cada informe, Miea ordenaba otro estudio. Aquello tenía que haber sucedido por algún motivo. Los puentes no se hunden sin más. Algo o alguien debía ser el culpable. Si no habían sido los espinas, tal vez había sido otra facción. Era imposible imaginar que un desastre de aquella magnitud fuese simplemente una desgracia arbitraria, aunque un estudio tras otro apuntaba en esa dirección.

—Majestad.

Miea sintió la calidez de la taza de madera en sus manos y olió el ingénito efervescente. Lentamente, se dio cuenta de que una voz la llamaba. Allí. Ese día. Cuatro años después.

Levantó la mirada. Los ojos de Miea se adaptaron al presente.

—Majestad, está aquí el embajador —anunció Sorbus—. Le he hecho pasar a la sala de juntas.

—Gracias.

—¿Necesita un minuto más?

«No, necesito mucho más que un minuto. Mucho más de lo que podéis concederme tú o cualquier otro en este reino, Sorbus.»

—No, gracias. Por favor, anuncia al embajador que iré enseguida.

—¿No lo ha mencionado? —preguntó Lonnie cuando Becky la llamó unos minutos después de que su padre la dejara en casa.

—Ni una palabra.

—¿Crees que se habrá olvidado?

—¿Mi padre? Imposible. Sabía qué día era. Y también tenía que saber que yo lo sabía.

Becky estaba segura de que recordaría los detalles de aquel día para siempre. Todo el fin de semana había sido una locura, comenzando por el momento en el que sus padres la hicieron sentarse el sábado por la mañana para decirle que se iban a separar. Como papá ya tenía un domicilio nuevo en Standridge, era evidente que no le estaban pidiendo su opinión. El mensaje básico que le transmitían era que tenía que callarse y aceptarlo. Aquella actitud por parte de su padre le resultaba casi tan impactante como la noticia en sí. Pese a todo, le había seguido todo el día mientras él trataba de hacer ver que todo iba bien, incluso mientras guardaba sus cosas en cajas, pero, cuando trató de acercarse directamente a su padre y pedirle algún tipo de explicación, él no le respondió más que un montón de palabras vacías. «Todo irá bien. A veces el camino toma una dirección inesperada, Beck.» «¿En serio, papá? ¿No podrías hacer un poco más evidente que crees que soy demasiado joven para afrontar lo que está pasando en realidad? Recordaba haberse enfadado con él como nunca.»

Tenía que haberle obligado a entender cómo se sentía ella. Pero no pudo, y aun se enfureció más.

Por supuesto, la muchacha era consciente de que el matrimonio de sus padres no iba como la seda. Era bastante difícil no darse cuenta de ello. No recordaba la última vez que les había visto ir de la mano o besarse y, a veces, eran innecesariamente desagradables al hablarse. De todos modos, no se esperaba que simplemente se rindieran. Eso no era lo que hacía la gente a la que de veras importaba su familia.

Y el hecho de que su padre simulara que todo iba a ir bien cuando cualquier idiota se habría dado cuenta de que no era verdad resultaba directamente insultante. Al menos su madre tenía la decencia de demostrar que estaba disgustada. Papá caminaba por la casa como si le hubieran dado un martillazo en la cabeza, pero cada vez que la veía, sonreía y le hablaba sobre lo que iban a hacer juntos el fin de semana siguiente. ¿Qué le pasaba? No había montado un espectáculo semejante ni siquiera cuando ella estaba enferma.

Ver cómo se alejaba su coche aquel domingo por la tarde fue una de las experiencias más tristes de toda su vida. Se echó a llorar en cuanto desapareció el automóvil y su madre la abrazó durante lo que le parecieron horas, dejando que expulsara de su interior todo el dolor que pudiera. Finalmente, entraron y jugaron al Scattergories en el comedor mientras cenaban galletas de las Girl Scout. Más tarde, aquella misma noche, Becky le pidió que le explicara qué había sucedido, y su madre le explicó claramente que hacía mucho tiempo que su padre y ella tenían problemas graves. Ella no intentó simular que no sabía qué había provocado la ruptura, como había hecho su padre. Al menos su madre la tomaba en serio.

Cuando papá la llamó esa noche, la ira que Becky sentía contra él era desbordante.

—Hola, cielo, ¿te ha ido bien el resto del día? —preguntó.

¿Y a él qué le parecía?

—Muy bien.

—Ya casi es la hora de acostarte, ¿verdad?

—Sí, supongo que subiré en unos minutos.

Se hizo un largo silencio al teléfono y Becky se preguntó qué hacía su padre. ¿Acaso pensaba continuar callado? ¿Aquella era su idea de estar con ella? Finalmente, Chris dijo:

—¿Quieres que hagamos una historia?

—¿Una historia?

—Podríamos hacer una historia por teléfono como aquella vez que viajé por negocios.

Becky no podía creer que a él se le hubiera pasado por la cabeza siquiera sugerir aquello.

—No quiero hacer una historia, papá.

Se hizo otro silencio y entonces su padre dijo:

—De acuerdo. Podemos esperar al fin de semana que viene.

Becky notó que se le hacía un nudo en la garganta.

—El fin de semana que viene tampoco.

—¿Qué quieres decir?

La voz de Chris sonaba algo temblorosa, como si las palabras de Becky le hubieran llegado al corazón.

—Ya no quiero hacer más historias de tamariscos —respondió Becky. Aunque sintió que su propia voz flaqueaba, no se lo calló.

—Cariño, ya sé que ahora las cosas te parecen muy confusas, pero...

—Basta, papá. No me trates como si fuera una niña pequeña. No soy una niña pequeña.

En un tono tranquilo, su padre respondió:

—Ya lo sé, cielo.

—Se acabó Tamarisco, papá.

Otro largo silencio.

—Si es así como te sientes ahora, está bien.

Becky agarró el teléfono con más fuerza.

—Así es como me siento, y punto. —Sintió que los ojos se le humedecían y supo que le iba a costar mantener la compostura—. Escucha, me tengo que ir a la cama.

—De acuerdo, cielo, ve. Te quiero.

—Sí, yo también te quiero, papá.

En cuanto colgó el teléfono, Becky se echó a llorar de nuevo. Ya acostada, al pensar en lo que había dicho a su padre sobre Tamarisco, lloró aun un poco más. Pero no pensaba cambiar de opinión. Ahora todo era diferente. Aquello significaba que Tamarisco debía desaparecer.

Todavía entonces, en el cuarto aniversario de aquel día espantoso, su padre continuaba actuando como si todo fuera bien, aunque era evidente que él no estaba bien, que no había estado bien desde que se fue.

—Entonces, ¿por qué crees que no ha dicho nada? —preguntó Lonnie.

—Probablemente no quiere que piense en ello. Seguramente cree que me está protegiendo, o algo. ¿Puedes creerlo?

—¿Habéis hablado alguna vez del tema?

—Sí, claro que lo hemos hablado. A ver, es difícil hacer como si no hubiera pasado nada durante cuatro años. Pero nunca profundiza cuando habla conmigo. Nunca me cuenta lo que siente de veras. Nunca me explica su versión de la historia. Siempre pensé que se nos daba bien hablar antes de esto, pero ahora se ha convertido en una especie de padre fantasma. Está pero no está, ¿entiendes lo que quiero decir?

—Ni idea.

—Eso es porque durante los últimos catorce años has estado viviendo la vida más fácil del mundo. ¿Te ha salido alguna espinilla, siquiera?

—No estamos hablando de mis espinillas, aunque sí me han salido algunas. Hablábamos de tu padre.

A Becky le pareció que el teléfono empezaba a pesarle.

—No quiero hablar más de mi padre.

—Me parece que no es el único que evita el tema.

—Dame un respiro, ¿vale? Ya sabes que lo paso especialmente mal este día. Mi madre tiene una cita romántica con su nuevo marido y mi padre es un zombi. ¿De verdad hay algo más que decir?

—No, supongo que realmente con eso lo dices todo.

Becky se sintió súbitamente agotada.

—Sorprendentemente, lo dice todo. Mira, me voy a la cama. Decididamente, este día se ha acabado para mí.

—Si me necesitas, seguramente me podría escapar de casa sin que me vean.

La imagen mental de Lonnie descolgándose sigilosamente del tejado de su casa despertó en Becky lo más parecido a una sonrisa que había lucido en horas.

—Reservaremos esa carta para una crisis de verdad. Sobreviviré por esta noche.

—¿Estás segura?

Becky cerró los ojos. Entonces vio la expresión del rostro de su padre un momento antes, cuando ella se había vuelto para bajar del coche. Antes no se había dado cuenta del detalle. Era como si él estuviera esperando algo.

—Sí, estoy segura. Siempre lo hago.

3

Los susurros habían enmudecido. Los gritos, menos iracundos que de costumbre. Gage se instaló en aquel momento de equilibrio temporal. Los momentos como aquel siempre pasaban deprisa. El equilibrio nunca duraba. No todo el mundo estaba hecho para el universo tal y como era. Desgraciadamente, Gage no podía rehacer el universo. Aquello quedaba fuera de su alcance. Lo único que podía hacer era regalar dones e imaginar.

Un susurro se elevó por encima de los demás. Le resultaba familiar en cierto sentido, pero con un timbre distinto. Gage no se había centrado antes en aquella voz en concreto. Era una voz dolida. Una voz que había sufrido una experiencia devastadora. Era la voz de la madurez en la juventud.

Gage se concentró en la voz más atentamente. La historia de la voz tenía un trasfondo. Un trasfondo significativo. Una sensación de desconexión. Aquella historia había terminado antes de gozar de un comienzo adecuado.

Asombrado, Gage se percató de que aquella voz era el resultado directo de un don anterior. Aquello sucedía en muy contadas ocasiones. Nunca antes había ocurrido de aquel modo. Pero aquel extraordinario embellecimiento de un don entrañaba ciertos peligros. Peligros profundos. Aquella voz, en realidad, la persona de quien procedía, sufría un tremendo problema. Un problema mortal.

El susurrante dejó de susurrar. Demasiado dolor. Demasiada represión. No disponía de recursos para continuar la historia, aunque continuar la historia tenía más importancia que cualquier otra cosa.

Gage concedió un nuevo don al susurrante. Como mínimo, aquello le proporcionaría algo parecido a la serenidad. Tal vez algo más. Tal vez un camino para reconectarse con la fuente, un camino para continuar la historia.

Cuando se le presentaba la oportunidad, Gage concedía el don del puente. Sin embargo, los dos deberían cruzarlo solos. Tendrían que encontrar su propio camino para armonizar sus susurros.

Hasta entonces, Gage continuaría escuchando.

Aquellas historias resultaban sumamente prometedoras.

A Lisa le gustaba ir de bares. Como a Chris le gustaba Lisa y la consideraba su mejor amiga, la acompañaba a los bares. Para él, los lugares como aquel habían dejado de serle útiles después de graduarse en la universidad. ¿De verdad necesitaba que alguien le sirviera una bebida? Tampoco es que su copa de Cabernet necesitara ningún tipo de preparación. Si hubiese podido elegir entre una selección más amplia de vinos, nunca habría escogido el que estaba tomando, si pudiera elegir la música, sin duda se habría inclinado por algo menos trillado, y un asiento con respaldo habría sido algo de agradecer. De todos modos, a Lisa le gustaba ir a aquel tipo de locales por algún motivo que nunca le había llegado a aclarar en todos los años que hacía que se conocían. Así pues, fueron a un bar.

—Estoy convencida de que podría conseguir que la muerte de mi madre pareciera un accidente —dijo Lisa melancólicamente.

—A ti te lo parece, pero los de la policía científica te pillarían.

Lisa se derrumbó dramáticamente.

—Seguramente tienes razón. Malditas innovaciones tecnológicas.

—Además, no creo que el hecho de que te llame tres veces al día sea motivo suficiente para el asesinato.

Lisa se echó las manos a la cabeza.

—Lo dices porque tú no tienes que contestar a esas llamadas. Prueba a escuchar todos los días un resumen de veinte minutos de los programas de televisión de la noche anterior. Prueba a escuchar una y otra vez sus quejas absurdas sobre su amiga Millie. Prueba a escuchar los informes palabra por palabra de las conversaciones que mantiene con el encargado del supermercado Stop & Shop. Después no emitirías un juicio tan precipitado.

Con la misma pompa, Lisa vació su vaso —aquella noche bebía Cosmopolitans— y lo dejó de nuevo sobre la mesa.

Chris se rio.

—Tu madre me llama «cariño». A mí me da la impresión de que no puede hacer ningún daño.

—Necesito buscarme un nuevo mejor amigo.

Lisa hizo un gesto al camarero para que le sirviera otra copa. Apoyó ambos codos sobre la mesa y se inclinó hacia él. Aquella postura la hacía parecer fácilmente veinte años más joven, sobre todo iluminada por la tenue luz del bar. Chris se preguntaba a menudo cómo debió de ser Lisa en sus tiempos de universitaria. Parecía perpetuamente a punto de cumplir los cuarenta, aunque cuando se habían conocido debían tener unos veinticinco años.

—¿Qué me cuentas del trabajo?

Chris lanzó un suspiro automático.

—Una mujer de mi equipo, que estaba de baja por maternidad, llamó ayer para comunicarme que ha decidido quedarse en casa para cuidar al bebé; hoy un tipo ha entrado en mi despacho para contarme que es víctima de acoso sexual; y la dirección ha decidido limitar los aumentos salariales para este año a un dos por ciento. ¿Te he dicho últimamente cómo me gusta ser administrador?

—Deberías haber aceptado aquel trabajo en Rhode Island.

—Era el lugar equivocado en el momento equivocado.

—Era el trabajo adecuado.

—En el lugar equivocado y el momento equivocado.

—Entonces el trabajo de Westport.

—Era un negocio recién creado. Demasiados riesgos.

Lisa le dio unos golpecitos en la mano.

—Sabes que sus acciones están por las nubes, ¿verdad?

Chris retiró la mano y la usó para gesticular.

—Sí, sé que sus acciones están por las nubes. Desgraciadamente, el día que me ofrecieron el puesto tenía la bola de cristal en el taller, así que no pude ver qué iba a pasar un año más tarde.

Lisa sacudió la cabeza, miró a su alrededor y simuló concentrarse en la canción que sonaba. Chris se limitó a concentrarse en su vino de calidad justita.

Cuando llegó la nueva copa de Lisa, hizo chocar su vaso con el de él para llamar su atención.

—Entonces, ¿ya no puedes manosear?

«Manosear» era como Lisa llamaba a la ingeniería genética, que era lo que Chris se había pasado haciendo quince años, antes de que le dieran la patada hacia arriba dos años atrás.

—Hace siglos que no manoseo. Hoy en día, un doctorado en botánica solo sirve para una cosa: hacer revisiones de presupuestos.

—No tenías por qué aceptar el ascenso, ¿sabes?

—No debería haber aceptado el ascenso. Pero lo hice. Ese barco ya ha zarpado. No tengamos esta conversación por segunda vez en cinco minutos.

—Oye, por lo menos en tu trabajo puedes conseguir un ascenso. Yo estaré atascada en mi puesto hasta que me retire.

Chris hizo una mueca.

—Sí, todo un tormento. El mes pasado vendiste dos casas de varios millones de dólares, ¿me equivoco? Mientras continúes vendiendo a una clientela de altos vuelos y a prueba de recesiones, dispondrás de ascensos constantes.

—Pero no tendré casos de acoso sexual.

—Siempre puedes iniciar uno.

Lisa resopló.

—No te has pasado por las oficinas últimamente. Lo único que podría iniciar es un caso de acoso asexual.

Chris no pudo evitar reírse.

—Hablando de sexo, ¿qué me dices de Ben?

—Creo que esta noche está en Melbourne. O ahí o en Taiwán. Aterrizará en este continente en algún momento de la semana que viene. Creo que tiene un viaje en coche programado para antes de que se acabe la primavera.

—La relación perfecta.

Lisa puso los ojos en blanco.

—Sí, perfecta. Llevamos casi tres años y creo que hemos pasado menos de cien días juntos.

—Pero nunca discutís y el sexo está genial.

—No te niego ninguna de las dos cosas.

—¿Y cuál es el problema?

—¿El problema? —Lisa miró a su alrededor y se inclinó hacia él todavía más, como si fuera a confesarle un secreto de estado—. Creo que le quiero.

Aquello era toda una sorpresa. En todos los años que hacía que eran amigos, Chris no había escuchado nunca decir a Lisa que estaba enamorada de nadie.

—¿En serio?

—Seguramente solo me estoy engañando a mí misma, pero cada vez le echo más de menos. Últimamente le hago alargar más y más las conversaciones telefónicas.

—De tal palo, tal astilla.

Lisa estiró la mano y golpeó a Chris en el brazo.

—Eso no ha sido nada justo.

Chris se frotó el brazo.

—¿Y qué piensas hacer acerca de estos... sentimientos?

—¿Qué puedo hacer?

—¿Contárselo?

—¿Y cargarme lo que tenemos? Me parece que no. No, ni en broma. —Miró a Chris como quien mira a un monstruo de tres cabezas—. Como no has dicho ni una palabra de Patty, supongo que tu cita con ella ha ido como suelen ir todas tus citas.

Chris se estremeció al escucharla mencionar a la última mujer con quien Lisa le había concertado una cita a ciegas. Llevaba haciéndolo desde pocos meses después del divorcio. Lisa parecía disponer de un suministro interminable de mujeres que presentarle y un suministro igualmente inmenso de optimismo respecto a las citas a ciegas a pesar del lamentable rendimiento de Chris en el tema.

—Me temo que sí.

—¿Qué has hecho esta vez?

Chris se hizo el ofendido.

—¿Por qué presupones automáticamente que yo soy el que se carga las citas a ciegas?

—¿En serio me estás haciendo esta pregunta?

Chris sabía que no debía seguir por ese derrotero.

—Me pareció realmente agradable. Le gustan los libros, le gusta el sushi y tiene unos ojos preciosos. Por un momento, pensé que las cosas estaban yendo bastante bien.

—Hasta que...

—Hasta que me puse triste.

—¿Te pusiste triste? Sorprendente, esta es nueva.

—Fue por lo del aniversario.

—Ah, sí, el día que pervivirá en la infamia.

Chris lanzó una mirada a Lisa para indicarle que con eso no se bromeaba y Lisa levantó las manos como si quisiera admitir que se había pasado de la raya.

—Basta con que el año que viene recordemos no hacer nada parecido por estas fechas —dijo Chris—. No se me dan muy bien.

—Cariño, tarde o temprano deberías superarlo.

—Lo he superado, pero eso no significa que no pueda recordarlo en cierto modo.

Lisa asintió muy lentamente. Chris no sabía muy bien si eso significaba que ella comprendía lo que quería decir o si se lo reprochaba.

—¿Cómo estaba Becky cuando la viste esa noche?

Chris se encogió de hombros.

—¿Quién sabe? Seguramente soy la persona menos capacitada del mundo para responder a esa pregunta.

—Los adolescentes son complicados.

—Nosotros no teníamos que haber pasado por esto.

—En realidad, es probable que sí. Por lo que sé, no importa cómo vaya la relación con una hija antes de que entre en la adolescencia. Una vez la alcanza, se le cruzan los cables. De todos modos, entiendo lo que quieres decir. Vosotros dos encajabais.

—Excelente conjugación del verbo en pasado.

Lisa le volvió a tomar la mano, pero esta vez se la apretó. Chris le devolvió el gesto y la miró a los ojos por un instante. ¿Cuántas veces le había animado a lo largo de los años, cuando Becky estaba enferma, cuando las cosas habían comenzado a ir mal con Polly o cuando se marchó de casa? Nada podía sustituir a los viejos amigos.

—¿Sabes? Por algún motivo, todavía pienso en el mundo fantástico que creasteis —comentó Lisa—. Una manera espléndida de pasar el tiempo con tu hija. A veces, mientras enseño una casa, entro en la habitación de un niño y me hace pensar en vosotros dos contando historias juntos. Era algo asombroso.

Sin lugar a dudas, era algo asombroso. La inspiración para ello podría haber sido el momento más lúcido que Chris había experimentado en su vida. Ocurrió una semana después de la primera sesión de quimioterapia de Becky, cuando la niña, de cinco años, estaba visiblemente asustada y desconcertada. Le costaba dormir y él ya había pasado bastantes noches en vela con ella tratando de hallar alguna manera de consolarla, algún modo de aliviar su mente. Chris nunca había creído que Becky fuera a morir. De hecho, su negativa a «tomarse su enfermedad lo bastante en serio» había sido uno de los motivos de discusión con Polly por aquella época. Aun así, no se le ocurría el modo de contagiar aquella confianza a su hija.

La cuarta noche que compartieron en vela, Chris estaba

sentado contra en el cabezal de la cama de Becky y ella le apoyaba la cabeza sobre el pecho, su postura habitual. Llevaban como mínimo un cuarto de hora sin hablar, pero Becky no estaba más cerca de conciliar el sueño que cuando había despertado a Chris al pasearse por la habitación una hora antes, más o menos. Chris odiaba que aquello resultara tan aterrador y desconcertante para ella. Deseaba poder decirle simplemente que todo saldría bien y que ella lo creyera. Pero el cuerpo de la niña opinaba algo distinto.

En aquel momento se le ocurrió una idea, como si se la hubiera entregado un empleado de paquetería sobrenatural.

—Vamos a hacer algo —propuso, un poco sorprendido por el sonido de su voz tras el largo silencio.

—Me parece que no podré, papá —respondió Becky en un tono agotado.

—No me refiero a hacer algo con las manos. Quiero decir con la cabeza. ¿Quieres?

—¿Hacer algo con la cabeza?

—Una historia. Pero no solo una historia. Inventaremos todo un mundo en el que situarla.

Becky se separó un poco de él y le miró. Ya habían inventado historias, a menudo durante trayectos largos en coche, normalmente basadas en personajes de alguno de los libros que habían leído juntos antes de acostarse. Sin embargo, ahora, le estaba sugiriendo algo distinto y, por la expresión de la niña, Chris constató que había despertado su curiosidad.

—¿Cómo lo hacemos?

—Simplemente empezando —respondió Chris mientras se incorporaba ligeramente—. Ahora mismo. ¿Qué tipo de mundo es?

Becky reflexionó un momento y entonces se iluminó. Sus ojos parecían más azules de lo que habían sido en los últimos meses.

—Hagamos que sea un reino. Como en el libro que leímos el otro día.

—¿Con un rey o una reina?

—Un rey y una reina. Juntos. —Se llevó la mano a la frente un instante—. Y tienen una hija adolescente que es muy inteligente y les hace sentir muy orgullosos.

«¿Tal vez parecida a tu prima Kiley, a la que adoras?», pensó Chris.

—¿Y en este mundo hay magia?

—A toneladas —contestó Becky en tono jovial—. La hay por todas partes.

—¿Y vacas?

Becky se rio a carcajadas. Hacía tiempo que no la escuchaba reírse así.

—¿Vacas?

—Es un detalle importante. ¿En este mundo hay vacas, cerdos y pájaros o hay criaturas diferentes que no hemos visto jamás?

—¿Qué te parecen vacacerdos voladores?

Chris se rio.

—Podemos hacerlo.

—Y peces que hablan.

—¿Cómo los vamos a escuchar bajo el agua?

—Papá, no hablan cuando están bajo el agua —replicó Becky, como si fuera algo sabido por todo el mundo.

Que estuviera lo bastante animada para mofarse de él, le dio alas para seguir:

—De acuerdo, claro. Así que son peces que hablan y caminan.

—No caminan. Ruedan. Bueno, en realidad tampoco ruedan. Hacen algo así como revolcarse hasta que llegan al lugar al que quieren ir.

La conversación prosiguió hasta que Becky, bostezando, reposó la cabeza sobre el pecho de Chris y se quedó dormida. La noche siguiente, a la hora de dormir, continuaron inventando fragmentos del mundo, y el ejercicio les absorbió tanto que no comenzaron a inventar una historia hasta la noche siguiente, la primera noche en la que Becky durmió de un tirón en más de una semana.

Bautizaron el reino como Tamarisco, en honor de un árbol que a Becky le encantaba y que había visto en uno de los libros de fotografías de plantas que Chris le había comprado. Con el paso de los años fue evolucionando en muchos sentidos. A medida que Becky se iba haciendo mayor, los peces dejaron de hablar y sustituyó los vacacerdos voladores por criaturas directamente extraídas de su imaginación y elecciones de nombres con los que parecía disfrutar especialmente. A los nueve años, Becky decidió que el proceso de adjudicación de nombres debería guardar una lógica interna. Una noche, al volver Chris del trabajo, Becky le entregó una lista de las reglas que regían la nomenclatura tamarisca. Ahora bien, algunas cosas no habían cambiado en ningún momento. Gobernaban aquella tierra el mismo rey y la misma reina, seguían llamando espinas a sus enemigos del sur, pese a que aquello no seguía las reglas de nomenclatura, y la protagonista de la mayor parte de aventuras seguía siendo la sofisticada, hermosa, valiente y brillante princesa adolescente.

Cuando Becky entró en remisión, las visitas a Tamarisco, en lugar de perder importancia, cobraron mayor protagonismo en el día. Si Becky dormía fuera de casa o Chris tenía un viaje de negocios, encontraban el modo de hablar de Tamarisco aunque solo fuera unos minutos.

Y entonces, con una precipitación que le resultó más chocante que el fin de su matrimonio, todo terminó. El día que se marchó de casa, Becky declaró que nunca volvería a contar una historia de Tamarisco. Chris estaba convencido de que aquello formaba parte de su reacción al divorcio —aquel día había percibido una hostilidad en ella que no había experimentado antes y que no comprendía del todo— y que con el tiempo mejoraría. Sin embargo, la mejora no se había producido, y los años de creación conjunta habían adquirido un estatus mítico, como si se tratara de una leyenda, en lugar de la vida real.

—Fue algo maravilloso —repitió Chris encogiéndose de hombros de un modo que indicaba que aun no lo había superado.

—La vida es larga, cielo.

—¿Qué diablos significa eso?

—Significa que nuestras relaciones pasan por diversos movimientos. Como en una sinfonía. Actualmente, te encuentras en un periodo de fuga con Becky. Eso no significa que dentro de un mes, o de tres meses, o de tres años, no puedas encontrarte en otro estadio completamente distinto con ella.

—¿Y si la fuga es el último movimiento?

—No lo es. Eso no lo crees ni siquiera tú.

—Digamos que no quiero creerlo.

—Si es importante para ti hacer esa distinción...

Chris miró a Lisa y se rio. Ella echó un vistazo a su reloj y dijo:

—Lo siento, pero se ha terminado el tiempo para tu lloriqueo por esta noche. Dedicaremos el resto de la velada a mis problemas y a que me digas lo fabulosa que soy.

Chris hizo la pantomima de postrarse frente a Lisa.

—Como gustéis, mi señora.

4

Cam Parker era un tipo realmente atractivo. Era la clase de hombre al que se podía mirar un buen rato sin encontrarle ni un solo defecto. Sí, él lo sabía y sí, sin duda se pavoneaba demasiado a menudo, pero aquello no hacía menos cierto el hecho de que era deslumbrante. Y a Becky le resultaba especialmente deslumbrante cuando hablaba con ella.

—El sonido de la guitarra es genial. Es como... —Cam se lanzó a un barrido con su guitarra imaginaria, acompañado de un juego completo de efectos de sonido y la expresión compungida de una estrella del rock sobre el escenario. Y, sí, también tenía un aspecto genial cuando hacía eso.

—Lo eléctrico está bien, pero lo acústico está un poco trillado, ¿no crees?

—A mí me parece fantástico. ¿A quién copian?

Becky ladeó la cabeza.

—¿No te parece escuchar Pearl Jam o Guns N' Roses en acústico dentro de su repertorio?

Cam adoptó una expresión estúpida y tierna a la vez, y dijo:

—No sé de qué estás hablando.

Lo primero que pensó Becky era que Cam le tomaba el pelo. Entonces se dio cuenta de que tal vez no entendía realmente de qué le hablaba. A veces olvidaba que pocos de sus amigos habían recibido tan buena formación en el rock and roll como ella.

—Da igual —cedió, porque no quería que él pensara que

le estaba riñendo—. ¿Irás a la batalla de bandas del viernes por la noche?

—Por supuesto. Thunderclap aplastará a todos los demás grupos.

A Becky le parecía que Thunderclap era un peso ligero, pero optó por no mencionarlo.

—Debería ser un buen espectáculo.

Cam se inclinó sobre la mesa de la cafetería. Becky se ruborizó, pero no pudo dejar de observar que se veía especialmente guapo visto desde esa perspectiva.

—A lo mejor podríamos ir juntos —propuso en tono confiado.

A Becky le sonó bien. Estaba a punto de decírselo cuando se percató de que la expresión de Cam cambiaba, y entonces vio la gota de sangre sobre la mesa. Se llevó una mano a la cara y se dio cuenta de que la sangre salía de su nariz. Agarró una servilleta, se disculpó a toda prisa y salió de la cafetería en dirección al lavabo de chicas más cercano. Pasó junto a dos estudiantes que no conocía, se metió en un cubículo vacío y echó el pestillo. Sustituyó la servilleta por un montón de papel higiénico y echó la cabeza tan atrás como pudo.

Aquello no podía estar ocurriendo. Había logrado pasar por alto los mareos. Pero si también tenía hemorragias nasales... Apenas podía pensar en ello. La quimioterapia había hecho lo que tenía que hacer en su momento y mejoró. Evidentemente, era consciente de que técnicamente había entrado en remisión y que no estaba curada, pero, pasado un tiempo, una podía sentirse más o menos segura de que había derrotado a esa cosa, ¿no?

Becky recordó aquellas espantosas sesiones de quimioterapia: recordó que le habían hecho vomitar hasta las entrañas, que le habían hecho sentir como si fuese de gelatina y que, a veces, ni siquiera había podido levantarse de la cama en todo el día. Se le había caído todo el pelo, le habían salido ojeras y todo el mundo la había mirado como si fuera la criatura más digna de lástima del universo. Becky no recordaba todos los detalles del asunto —al fin y al cabo, habían pasado nueve años—, pero nunca olvidaría cómo se sintió. Y, sin duda alguna, jamás olvidaría cómo odiaba sentirse así. No quería tener que volver a pasar por todo aquello. Tal vez era otra cosa, aunque cada vez le costaba más venderse a sí misma aquella idea.

—¿Beck? Beck, ¿estás ahí?

Era Lonnie. Había estado sentada junto a ella en la cafetería, aunque tan ocupada con Brent como Becky con Cam.

—Estoy aquí —dijo Becky al tiempo que abría el pestillo para que pudiera entrar.

Sustituyó el papel que llevaba en la nariz por otra bola. La hemorragia se estaba deteniendo.

—¿Qué pasa? —preguntó Lonnie al encontrarla—. Has salido corriendo de la cafetería. Cam me ha dicho que estabas sangrando.

—Estoy bien. Casi ha parado.

Lonnie corrió el pestillo y se sentó en el suelo.

—¿Te sangra la nariz?

—No pasa nada. A mucha gente le sangra la nariz de vez en cuando. ¿Se ha molestado mucho Cam?

—Me da igual Cam, Becky. Y ahora mismo tú tampoco deberías estar pensando en él.

Lonnie lo sabía todo acerca de las hemorragias nasales, junto con todos los demás síntomas de la leucemia infantil. Lonnie había ido a menudo a jugar al dormitorio de Becky cuando estaba enferma y habían hablado sobre la enfermedad varias veces en todos aquellos años.

Becky echó la cabeza hacia delante y se quitó el papel. La hemorragia se había interrumpido. Miró a su amiga y vio que Lonnie parecía muy preocupada.

—Solo me sale un poco de sangre de la nariz, Lon.

—¿Estás segura?

—Claro que estoy segura.

Lonnie la observó atentamente unos segundos y Becky terminó por desviar la mirada.

—No estás segura, ¿verdad?

—¿Podemos hablar de otra cosa?

—¿Se lo vas a contar a tu madre?

La mirada de Becky volvió a clavarse en la de Lonnie.

—No. Y tú tampoco le dirás nada. Si vuelve a pasarme algo parecido, se lo contaré. Ahora mismo, sólo es una hemorragia nasal aislada, y no pienso calentarme demasiado la cabeza con el tema.

—Beck, no puedes tontear con una cosa así.

Becky se levantó, arrojó el papel ensangrentado al inodoro y tiró de la cadena para que el agua se lo llevara junto al otro trozo de papel, con la esperanza de que Lonnie no se hubiera fijado en la cantidad de sangre que había.

—Me sangraba la nariz. ¿Me estás diciendo que a ti nunca te ha sangrado la nariz?

—Puedes probar esa excusa con alguien que no te conozca como yo.

Becky dio un golpecito a Lonnie en el brazo y sus ojos se encontraron un segundo.

En aquel instante, Becky sintió que estaba a punto de echarse a llorar y deseaba de todo corazón que aquello no ocurriera. Se dio la vuelta.

—Si quieres saber la verdad, antes de ir a comer me he metido el dedo en la nariz y supongo que he hurgado demasiado hondo.

Lonnie le dio un puñetazo en el hombro.

—¿Quieres que me den arcadas? ¿Quieres que te vomite encima?

—Nada de vómitos por hoy. Al menos, no cerca de mí. Esta camiseta es nueva.

Becky abrió el cubículo y salieron las dos. Lonnie le pasó una mano alrededor de la cintura.

—Estás oficialmente bajo vigilancia las veinticuatro horas —anunció Lonnie.

—Estoy bien, mamá, en serio.

Lonnie sonrió mientras salían del lavabo. Becky era consciente de que no había calmado la preocupación de su amiga. Vistas las circunstancias, era algo difícil resultar convincente.

Polly no era exactamente una mujer adicta a la manicura. Las uñas se le agrietaban con una regularidad predecible, y consideraba que pocas cosas hacían parecer menos digna a una persona que un pintauñas descascarillado. Pese a todo, durante los últimos años, Becky y ella habían acudido juntas a un salón de manicura una tarde al mes. Había comenzado como un capricho para la boda de un primo, pero Becky parecía tan entusiasmada con la experiencia que se había convertido en una costumbre. Ahora que Becky estaba en plena adolescencia, a Polly le gustaba mantener tantos rituales conjuntos con ella como le fuera posible.

Polly detuvo el coche en el aparcamiento de la escuela para recoger a su hija —la experiencia completa incluía ir a buscar a Becky en coche en lugar de esperar a que volviera en autobús y después hacer una parada en Starbucks para tomar un *caramel latte*— y vio a Becky flirteando abiertamente con un chico alto de pelo desaliñado. Becky se inclinaba hacia el chico como si la atrajera magnéticamente, probablemente mediante el mismo imán que le mantenía los labios torcidos en una sonrisa permanente mientras hablaba. Al ver el coche, Becky dio unos golpecitos al chico en el brazo, se despidió con un gesto y corrió hacia su madre.

—Hola, mamá —saludó Becky radiante al entrar. Arrojó la bolsa al asiento de atrás y le dio un beso en la mejilla.

—Hola. —Polly cedió paso al autobús escolar y a continuación salió del aparcamiento—. ¿Te ha ido bien en la escuela?

—Sí —contestó Becky en un tono cortado que daba a entender que no era del todo sincera.

—¿Ah, sí?

Becky agitó una mano.

—Sí, sí, ha sido bastante normal.

—¿Seguro?

Becky respiró hondo y se encogió de hombros.

—El señor Zales nos ha castigado todo el trimestre por el examen de historia que cateamos todos la semana pasada. Es ridículo. ¿No es culpa del profesor que toda la clase suspenda un examen?

Los pensamientos de Polly se relajaron al recordar la reacción marcadamente seria de Becky tras suspender por muy poco.

—Seguro que es culpa del profesor. De todas maneras, pasar unos minutos más estudiando en lugar de estar enviando mensajes de texto no te hubiera ido mal.

Becky arqueó las cejas y Polly se preguntó si la conversación se iba a transformar en una de aquellas que toman un rumbo equivocado por cualquier detalle insignificante. Polly las detestaba.

Afortunadamente, Becky cambió de tema rápidamente.

—De todos modos, he sacado un excelente en el trabajo de lengua y literatura.

—¿El de los choques culturales?

—Correcto.

Polly dedicó una sonrisa orgullosa a su hija.

—Bien hecho. Era un trabajo muy bueno.

—Parece obvio que la señora Kellerman comparte tu opinión.

—¿Ha pasado algo más?

Becky agitó la cabeza animadamente.

—No, nada. De veras, nada en absoluto. Ha sido un día agradable, fácil y normal.

—¿Quién es ese chico?

—¿Qué chico?

—El chico al que cortejabas cuando he llegado.

Becky se rio socarronamente.

—Yo no estaba cortejando a nadie. ¿Qué significa eso?

Polly se acercó a Becky y le dio un golpecito afectuoso en la cabeza.

—Significa que le estabas dejando bien claro que sientes interés por él.

Becky volvió a entrecerrar los ojos.

—Yo no he hecho eso.

Polly sonrió.

—Si ese chico no sabe que te gusta, su sitio está en un jardín de rocas, no en la escuela.

—Mamá, dame un respiro. No lo estaba haciendo tan mal.

—Yo no he dicho que lo hicieras mal, pero sin duda le estabas cortejando.

Becky se enfurruñó y miró en otra dirección. Era obvio que a su hija le gustaba aquel chico. Si no, hubiera aceptado la broma más alegremente.

Polly se detuvo en un semáforo y dejó que el silencio entre ellas se alargara. Cuando se puso en verde, dijo:

—¿Cómo se llama?

—¿Cómo se llama quién?

—El chico al que... El chico con el que hablabas.

Becky resopló.

—Cam —respondió.

—¿Es agradable?

—Es majo.

—¿Eso significa lo mismo?

—También es agradable.

—Parece un tipo genial.

Polly estacionó en el aparcamiento de Starbucks y las dos salieron del coche. Mientras entraban en la cafetería, Becky comenzó a balancearse al ritmo de una canción que Polly no reconocía. A Polly le encantaba ver cómo se movía Becky. Era una exhibición de elegancia y torpeza. Era sorprendente la rapidez con la que la joven alternaba entre las dos cosas últimamente, pero Polly sabía que la elegancia se impondría a largo plazo. Becky sería una adulta bien pulida sin lugar a dudas.

Pidieron las bebidas y se sentaron en la única mesa que quedaba libre en el local.

Becky dio un sorbo, hizo una mueca al comprobar la temperatura y le quitó la tapa para que el café se enfriara.

—Te parecería bien si Cam y yo saliéramos de vez en cuando, ¿verdad? Si me lo pide, claro.

—Siempre y cuando sepa dónde estás en cada segundo —respondió Polly con una sonrisa irónica.

—¿Me quieres poner un dispositivo de rastreo?

—Me parece que confiaremos en el rastreador que llevas instalado de serie. —Polly probó el café y se reclinó—. Mira, Beck, por lo que respecta a los chicos, el mejor consejo que te puedo dar es que siempre mantengas los pies en el suelo.

Becky arqueó una ceja.

—¿Eso es una manera elegante de decirme que nada de sexo?

Polly se rio y desvió la mirada. Becky nunca había abordado ese tema tan bruscamente.

—Bueno, eso también, pero me refería a otra cosa. Lo que intento decir es que es importante que seas realista con los chicos. Pueden ser algo muy divertido si te aseguras en todo momento de que llevas las riendas de ti misma.

—¿Y tú siempre te aseguraste de que llevabas las riendas de ti misma con Al?

—Siempre. En todo momento.

Becky se inclinó sobre la mesa.

—¿En serio? ¿Incluso cuando te hacía morir de la risa?

Polly sonrió recordando aquella época.

—Sí, por supuesto. Al es un muy buen hombre y parece tener una habilidad insuperable para hacerme reír, pero siempre he mantenido la cordura con él. Por cierto, eso no ha afectado en absoluto nuestra relación. De hecho, la refuerza, porque sabemos, o al menos yo lo sé, que no hemos basado nada en emociones pasajeras.

Becky inclinó la cabeza hacia ambos lados.

—Lo tendré presente.

—Si lo haces, no te hará falta nunca un dispositivo de rastreo... Y a mí tampoco.

Becky tomó otro sorbo de café, decidió que ya podía beber sin peligro y le dio un trago más largo.

—¿Lo hiciste con papá?

—¿Si hice qué con papá?

—Mantener los pies en el suelo.

Polly se tomó un segundo para considerar su respuesta. Sus pensamientos volaron hasta el día en el que Chris y ella se habían colado en el arboreto a altas horas de la noche y habían hecho el amor. A continuación, le vino a la cabeza una imagen que hacía años que no recordaba: Chris empujando el columpio en el que ella estaba sentada la mañana después de su tercera cita. No había montado en un columpio desde hacía años y se había sentido un poco extraña al hacerlo frente a un grupo de niños y sus madres, pero Chris le suplicó que extendiera las piernas para subir más alto y, contra todo sentido común, le hizo caso y le encantó.

—No siempre, la verdad. Te aseguro que los primeros años, no. Creo que podríamos decir que tu padre fue el único hombre por el que me dejé llevar.

Recordó la sensación de estar volando que sintió aquella mañana al cerrar los ojos en el columpio. Y entonces, se encogió de hombros.

—Mira cómo terminó.

Polly vio una mueca fugaz en el rostro de Becky justo antes de dar otro sorbo al café.

—Pero la parte en la que te dejaste llevar debió ser divertida.

—Fue divertida. Después dejó de serlo. Me temo que la primera parte no compensó la segunda.

—¿Y crees que siempre pasa lo mismo?

Polly asintió.

—No creo que valga la pena descubrir si hay excepciones a la regla.

Becky volvió a poner la tapa al café.

—Pues menudo asco.

Polly todavía no se había acostumbrado a escuchar aquel tipo de frases en boca de su hija.

—En realidad, no lo es. Se trata simplemente de un hecho con el que tienes que convivir.

Becky se volvió ligeramente y miró a los demás clientes de Starbucks.

—Suena muy divertido.

—¿Cómo conociste a Lisa? —preguntó Chris a la mujer morena de ojos grises llamada Celia que estaba sentada frente a él en el restaurante. Ya habían hablado del tiempo y del tráfico y suponía que podían llegar a algo más trascendente antes de que llegara el primer plato.

—Vendió mi casa hace ocho meses, cuando terminó mi matrimonio, y hemos mantenido el contacto. Hablamos la semana pasada y me dijo que tenía un amigo al que quería que conociese. Decidí tomarle la palabra, y aquí estamos.

Era obvio que Lisa era una agente inmobiliaria que ofrecía un servicio muy completo. Chris pensó que ojalá le hubiera conseguido al menos un buen precio por la casa.

—Es muy amable por tu parte haber venido a conocerme. A mí estas cosas me ponen un poco nervioso.

—Ya sé qué quieres decir —dijo Celia en un tono conspirativo—. Te prometo que no soy peligrosa.

Chris sonrió. Indudablemente, Lisa tenía un gusto excelente para las mujeres. Como tantas de las anteriores (llegados a aquel punto ya pasaban de las dos docenas), Celia era atractiva y brillante, y parecía perfectamente normal. No era habitual que Chris se marchara de una de aquellas citas planteándose en qué debía haber estado pensando Lisa cuando la concertó. No obstante, sus citas a ciegas rara vez conducían a una segunda cita.

—¿A qué te dedicas, Chris?

—Trabajo en el ámbito de la ingeniería genética.

—¿De verdad? Parece interesante.

—Lo fue mientras consistía en trabajo de laboratorio. Por aquel entonces, era un trabajo alucinante día tras día. La idea de alterar el orden natural de las cosas para crear algo que continúe encajando en el orden natural de las cosas siempre me resultaba fascinante.

Celia abrió unos ojos como platos. Eran unos ojos muy bonitos.

—No trabajabas con humanos, ¿verdad?

Chris se rio.

—No, nada de eso. Árboles y plantas. Alteraba las variedades vegetales para hacerlas más resistentes a las enfermedades, y esas cosas.

Celia se inclinó hacia delante y dijo en un tono sugerente:

—Entonces no eres un científico loco.

—Lo cierto es que ahora mismo no soy científico de ningún tipo. Ahora soy funcionario, un chupatintas trajeado. Me patearon hacia arriba y ahora, en vez de hacer lo que más me gusta, tengo que celebrar un montón de reuniones sobre otras personas que hacen lo que más me gusta.

Celia frunció el ceño de un modo que Chris interpretó como un gesto de solidaridad.

—¿Y no puedes volver a bajar?

—La escalera no funciona de bajada. Me temo que, llegado a este punto, la única escapatoria es a través de la ventana... Y trabajo en un sexto piso.

La expresión de Celia cambió. Sus cejas descendieron ligeramente, se apoyó en el respaldo de su silla y miró a su alrededor. Después, se puso a examinar la carta que tenía delante.

—Me sorprende que todavía no haya venido el camarero a tomar nota.

La conversación se desvió hacia las noticias más destacadas: el último discurso del presidente, la economía y un espectacular rescate en el desierto de Arizona. Aquello les llevó hasta el primer plato y, cuando el camarero lo sirvió, Celia miró su comida y exhaló profundamente. Comieron un rato en silencio sin preguntarse más que si les gustaba la comida.

—¿Qué haces para divertirte, Chris?

—Me gustaba hacer largas excursiones en coche con mi hija, pero ahora ya no quiere ir.

—¿Y eso significa que tú tampoco puedes ir de excursión?

Chris se encogió de hombros.

—Supongo que podría, pero no sería lo mismo sin ella.

—¿Y qué más te gusta?

—Me gusta ir a restaurantes.

Celia miró su plato y se sonrió. Chris no tenía ni idea de cómo interpretar la expresión.

—Y también me gusta estar al aire libre.

—¿Ir de camping, de excursión y ese tipo de cosas?

Chris reflexionó la respuesta un instante.

—No exactamente. En realidad me gusta simplemente salir al aire libre. Caminar, tomar el aire... Simplemente me gusta sentir el mundo, aunque no sé si tiene mucho sentido. No he ido de camping desde que Becky y yo...

Celia le observó atentamente.

—¿Becky?

—Es mi hija.

—¿Qué decías de ella?

Aquella conversación no seguía el camino adecuado. Chris no tenía muy claro si sabía en qué dirección debía ir, pero sí tenía muy claro cuál era la equivocada.

—No, nada. Decía que no voy de camping ni de excursión.

La cita terminó unos veinte minutos más tarde. Chris acompañó a Celia al coche, le dio las gracias por haber pasado un rato con él y contempló cómo se alejaba su coche. No hablaron de volverse a ver.

«¿Por qué sigo haciendo estas cosas?», pensó mientras regresaba a su coche. Era evidente que se le daba de pena, pero seguía permitiendo a Lisa que le buscara citas. Antes de acudir a aquel encuentro no había sentido ningún entusiasmo previo, y tampoco había tenido el presentimiento de que estaba a punto de dar comienzo un nuevo futuro para él. Aquella fecha era una marca en su calendario, una reunión a la que debía acudir. Celia parecía muy agradable, pero no se le pasó por la cabeza ni por un segundo que fuese a ocurrir nada entre ellos.

Lo cual le devolvía a la pregunta inicial: «¿Por qué sigo haciendo estas cosas?» Carecía de una respuesta satisfactoria. De hecho, carecía de respuesta alguna. Probablemente había llegado el momento de decir a Lisa que se dedicara a otra causa perdida.

5

—Majestad, ha llegado el ministro.

Miea levantó la vista del escritorio, donde había estado centrándose en los detalles de un acuerdo diplomático con los maurelle. Dio las gracias a Sorbus y tomó la carpeta con los informes que Thuja le había ido entregando desde la visita a Jonrae. El ministro le había solicitado una entrevista en aquel preciso momento aunque solo faltaban dos días para la entrega del próximo informe oficial, algo que despertaba su curiosidad y la inquietaba a la vez. Tal vez acudía simplemente porque había conseguido convencer a aquel hombre de lo importante que era mantenerla escrupulosamente al día.

Cuando Miea entró en la sala de juntas, Thuja se levantó y la saludó en un tono sombrío pero servil. Miea no se dio cuenta inmediatamente de que había otro hombre tras él. Sin embargo, cuando Thuja se sentó, a Miea casi le fallaron las rodillas.

—Majestad, me gustaría presentarle a Dyson Specta. Hemos trabajado codo con codo durante el último año y le he nombrado su enlace directo para todos los asuntos referentes a mi ministerio. Le prometo que, como mínimo, está tan bien informado como yo sobre la agricultura de nuestro reino. Bueno, tal vez debería decir casi tan bien informado como yo.

Thuja se rio de su pequeño chiste, pero Miea apenas se dio cuenta. Su mirada encontró la de Dyson por un instante, y en aquel preciso momento regresó al patio y recordó la visión fugaz de su expresión preocupada cuando ella le besó y se dio la vuelta para ir al edificio de administración. No le había vuelto a ver desde entonces; no había podido despedirse de él antes de que Amelan se la llevara. Y después de aquello... Bueno, después de aquello, nada había vuelto a ser como antes.

Miea recobró la compostura rápidamente porque no estaba segura de lo que podía pasar si seguía mirando al hombre al que una vez había amado y, a continuación, se volvió hacia Thuja:

—Gracias, ministro: confío en que el flujo de información mejorará considerablemente en el futuro.

—Me temo que tendrá que ser así. Majestad, traigo malas noticias. —El ministro miró sus papeles aunque era evidente que ya sabía lo que iba a decir. Tristemente, Miea también lo sabía—. El follaje enfermo de Jonrae se extiende a un ritmo bastante vertiginoso. Casi dos tercios de las plantaciones de lolo y un elevado porcentaje de las de chugach y gunison han quedado devastados. Dada la velocidad a la que se extiende la enfermedad y en vista de la casi total destrucción de las plantas afectadas, debemos entender que sufrimos una plaga.

Pese a que se había preparado para la noticia, y aunque llevaba semanas esperándola, las palabras de Thuja alteraron a Miea.

—¿Qué sabemos?

Thuja se volvió hacia Dyson y el joven habló.

—Las hojas y los tallos de todas las especies afectadas exhiben unas franjas verdes durante un periodo que oscila entre los diez días y las dos semanas. A partir de entonces, las franjas se desvanecen y la necrosis da comienzo casi inmediatamente. Las plantas se marchitan y mueren en cuestión de días desde ese momento. Los análisis realizados a las raíces de las plantas muertas indican que las raíces se asfixian, como si algún elemento invasor las estuviera estrangulando.

Miea absorbió aquella nueva información.

—¿Qué podría causar algo parecido?

Dirigió la pregunta a Thuja, porque todavía no tenía muy claro cómo debía hablar con Dyson. El ministro contestó:

—Esa es una de las muchas preguntas desconcertantes que se nos plantean en este momento, majestad. Hay muchas posibilidades, pero hemos llevado a cabo todas las pruebas concebibles y no hemos sacado nada en limpio. No hay nada en la tierra, el aire o en las propias plantas que nos ofrezca pista alguna sobre la causa de esta enfermedad.

—Exactamente como la otra vez —recordó Miea en tono suave.

Thuja y Dyson asintieron. La causa de la Gran Plaga era uno de los grandes misterios sin resolver, un misterio aterrador, dado que la falta de cura implicaba que no había forma de evitar que regresara.

—Hemos solicitado asesoramiento a otros departamentos —anunció Thuja—. Es posible que una perspectiva distinta nos proporcione información que hayamos pasado por alto.

—Y mientras tanto, la plaga se extiende.

—Me temo que ese es el otro tema del que debemos ocuparnos, majestad. Sabemos por experiencia que, si no contenemos la plaga, podría llegar a todos los rincones del reino. Evidentemente, no podemos permitirlo.

—Pero también sabemos por experiencia que, la última vez, fracasaron todos los intentos de contener la enfermedad.

—La última vez, el reino optó por evitar ciertas medidas.

Miea entrecerró los ojos.

—¿De qué medidas se trataba?

—Sus padres se opusieron tenaz y ruidosamente a la esterilización de las zonas afectadas, pero...

—¿Esterilización? ¿Se refiere a denudar la región entera?

—Si esterilizamos la zona, es probable que la enfermedad muera en el proceso.

—Pero en Jonrae hay plantas que no existen en ningún otro lugar de Tamarisco. En Jonrae hay seres vivos que no existen en ningún otro lugar de Tamarisco y que no pueden sobrevivir sin esas plantas.

—Eso significa que, de todos modos, es probable que mueran.

Miea apenas podía hacerse a la idea de lo que estaba diciendo Thuja. Se volvió hacia Dyson.

—¿Está de acuerdo con esta sugerencia? —preguntó en tono brusco.

Dyson pareció sorprendido de que le hubiera formulado la pregunta directamente a él. ¿Qué pensaba él de todo aquello? Se giró hacia Thuja, que levantó una mano.

—Majestad —intervino Thuja—, he debatido el tema ampliamente con mi equipo. Esta es la recomendación que le hago.

Miea se tensó.

—No autorizaré esta medida hoy mismo.

Thuja asintió sabiamente.

—Cada día que nos retrasamos, la enfermedad se extiende. Pronto podría verse obligada a tomar una decisión todavía más complicada.

—No creo que esperara que accediese a esto —replicó Miea sin intentar disimular su irritación—. ¿Qué datos me traen?

Thuja agarró una carpeta que había junto a Dyson y se la dio a Miea.

—Aquí está todo, majestad. No creo que encuentre nada en esta carpeta que contradiga mi recomendación. Debe saber que no lo haría si creyera que hay alguna alternativa.

Miea tomó la carpeta y la miró sin abrirla, como si deseara que contuviera alguna revelación.

—Lo examinaré atentamente. Mañana conocerá mi respuesta.

Miea se levantó y Thuja y Dyson se apresuraron a imitarla.

—Gracias, majestad —dijo el ministro, le dedicó una reverencia poco entusiasta y se encaminó a la puerta.

Dyson pasó justo por delante de ella. Sus ojos volvieron a encontrarse por un instante. En aquel momento, Miea deseó pedirle que se quedara para ayudarla a encontrar algún sentido a aquella reunión y tal vez para tender un puente sobre el río de años que se extendía entre ellos. Pero, entonces, Dyson también hizo una reverencia, mucho más marcada que la de Thuja.

—Gracias, majestad —dijo, y seguidamente se dio la vuelta.

Miea sintió como se le escapaba toda la energía mientras los dos hombres se marchaban. En lugar de regresar a su despacho, Miea informó a Sorbus de que necesitaba aplazar su próxima reunión. Se dirigió a sus aposentos sin soltar la carpeta, se desplomó en el sofá y cerró los ojos.

Thuja quería esterilizar la zona, erradicar toda la vida de la región. Borrar de la faz de la tierra el chapleau y el marpodet con la esperanza de que eso sirviera para salvar a todas las demás especies.

Miea volvió a revivir mentalmente los días que pasó trabajando en los campos de Jonrae. Nunca se había sentido tan cercana a su tierra, y nunca se había sentido más en contacto con la fuerza vital de su mundo. Se veía obligada a decidir si ahogar una parte insustituible de aquella fuerza vital para siempre.

Sola en su habitación, sola en su reino y sola en el universo, Miea buscó desesperadamente otra solución.

Por primera vez en su recuerdo reciente, Chris decidió dejarlo todo a un lado.

«Tiene catorce años. ¿Cuántos días más crees que podrás pasar a solas con ella?»

Era un hecho irrefutable que Becky seguía adelante y que, aunque Polly y él no hubieran roto, aun en el caso de que las cosas no se le hubieran ido escapando de las manos durante los últimos años, Becky continuaría siguiendo su camino. No podía hacer nada para evitarlo y tampoco podría haber hecho nada para cambiar aquella realidad. El mundo de Becky era un mundo distinto, un mundo de amigos, obligaciones y, de forma inminente, y aunque Chris se estremecía al pensarlo, un mundo de citas. Aquel día, una confluencia de acontecimientos sumamente improbable le concedía un sábado entero a solas con su hija. Lonnie no estaba en la ciudad, los demás estaban ocupados, nadie celebraba una fiesta ni ningún tipo de reunión aquella noche y Polly no le había hecho ninguna jugarreta de última hora. Por una vez, Becky y él iban a estar solos. No lo iba a estropear.

El tiempo era maravilloso: poco más de veinte grados, sin nubes y con una ligerísima brisa. Era un día ideal para una visita en coche al valle del río Connecticut. A Becky le encantaban los pueblos de la época colonial de aquella zona, con su mezcla de sabor americano antiguo y la independencia contemporánea de una localidad pequeña. Pasarían el día explorando tiendas de artesanía y anticuarios, tal vez pasearían un rato siguiendo el curso del río y podrían comer algo en cualquiera de la docena de buenos restaurantes de la zona. No le anunció nada de todo ello a Becky porque era casi imposible mantener una conversación mínimamente larga con ella un viernes por la noche, pero sabía que le gustaría la idea.

—¿Una excursión en coche? Claro, me parece genial —dijo Becky mientras salían del vecindario.

—Iremos hasta allí y daremos una vuelta. Podríamos ir a algún sitio y cenar pronto.

Becky suspiró, pero no reaccionó de ningún otro modo.

—¿Te parece bien? —preguntó Chris.

—Sí, sí, perfecto.

—No tienes planes para hoy, ¿verdad?

—No, no iba a hacer nada.

Chris frunció el ceño.

—Por tu reacción, parece que a lo mejor no querías ir tan lejos.

—No, no, me parece genial. Solo estoy un poco cansada.

Chris estaba seguro de que «cansada» era una palabra clave para referirse a otra cosa.

—¿Saliste hasta tarde anoche?

—No era demasiado tarde. No sé, ha sido una semana de locos en la escuela, solo estoy un poco molida.

Chris no quería ir si solo se lo iba a pasar bien él.

—Si prefieres no ir de excursión, nos podemos quedar en la ciudad.

Becky pensó un instante, y entonces contestó:

—No, vamos. —Volvió a vacilar y añadió—: Será divertido.

No hablaron demasiado durante el viaje de ida. Becky escogió la música, algo sorprendentemente tranquilo, y pasó la mayor parte del tiempo mirando por la ventanilla. Chris no quería pensar lo que solía pensar: que su actitud tenía algo que ver con él, pero le costaba abandonar aquella costumbre. Pese a todo, consiguió reprimir la idea.

Chris recordó una mañana de sábado cuando Becky tenía siete años. Había tenido una semana brutal en el trabajo; la compañía estaba en plena reestructuración y Chris debía tomar algunas decisiones difíciles sobre los miembros de su equipo. Además, su relación con Polly había llegado a un punto en el que, cada fin de semana, ella solía ponerle de un humor de perros antes de mediodía. Aunque intentaba que Becky no se diera cuenta de todo eso, era obvio que, en aquella ocasión, no lo había conseguido porque ella le acabó sacando el tema.

—¿He hecho algo mal? —preguntó Becky.

La pregunta desconcertó a Chris.

—No, claro que no. ¿Por qué lo dices?

—Pareces bastante enfadado. Pensaba que a lo mejor había hecho algo.

Chris se alteró. Aquel era el último mensaje que quería transmitir a su hija.

—No, en absoluto. Solo estoy preocupado por un asunto del trabajo.

—Pero los sábados no trabajas.

Chris asintió.

—Es cierto, pero a veces las personas se llevan las malas semanas a casa consigo. No deberían hacerlo, pero a veces lo hacen. Te diré lo que vamos a hacer: pon el dedo aquí —le pidió, señalando un punto en el centro de su frente. Becky obedeció y él la recompensó con una sonrisa enorme—. Gracias. Acabas de pulsar mi botón de reinicio.

—¿Qué es eso?

—Es algo que arregla cualquier cosa que esté estropeada y que me hace volver a ser como soy normalmente.

Becky le volvió a tocar la frente, sonrió, y entonces se tocó la suya.

—¿Yo también tengo uno?

—Sí, en el mismo sitio.

Chris estiró el brazo y presionó el «botón de reinicio» de Becky con el pulgar.

—Pero yo no estaba de mal humor —dijo la niña.

—Solo comprobaba que estuviera en su lugar.

A partir de aquel día, mientras él siguió viviendo en la casa, se pulsaron los botones de reinicio mutuamente varias veces. No siempre funcionaba con Becky, sobre todo si le había pasado algo con una de sus amigas, pero siempre le hacía saber que él era consciente de que algo la angustiaba y que estaba dispuesto a ayudar. Hacía mucho tiempo que él no lo intentaba, porque era una de las muchas cosas que su instinto le instaba a evitar. No obstante, se preguntaba si no sería lo adecuado aquel día.

Aparcaron en el centro de Chester y visitaron galerías, tiendas y la Cooperativa de Artesanos. Como de costumbre, Becky parecía fascinada con los objetos hechos a mano, pero parecía casi demasiado absorta en ellos. En más de una ocasión, Chris la observó mirando el mismo objeto durante un rato inusualmente largo. ¿Qué le estaría pasando por la cabeza? ¿Por qué no consideraba que podía hablar con él de lo que fuese? Allí, en un lugar apacible y apartado de sus vidas cotidianas era donde Becky se había mostrado siempre más abierta hacia él, incluso recientemente. Aquel día, sin embargo, no era así.

—¿Quieres bajar un rato al río? —preguntó mientras salían de otra tienda.

—¿Nos podemos ir?

—¿Quieres irte? Estupendo. ¿Quieres que vayamos a East Haddam? O, si quieres, podemos ir a Old Lyne. Hace mucho que no vamos.

—Pensaba que a lo mejor podríamos volver a Standridge.

Chris se miró el reloj. Apenas eran las dos y media pasadas. Pensaba que habían acordado pasar allí el día.

—¿Quieres volver a casa?

Becky arrugó la nariz.

—¿Te parece bien?

Chris se encogió de hombros.

—Supongo que sí —respondió mientras se metía la mano en el bolsillo para buscar las llaves del coche. Echaron a andar hacia el lugar donde habían aparcado. Chris se sentía algo abatido por lo abrupto del cambio de planes.

La idea de un viaje de vuelta a Standridge casi en completo silencio seguido de una reclusión de Becky en su habitación, de la que solo saldría para cenar a toda prisa con él, le torturaba. Por una vez, estaba seguro de que no había hecho nada mal. Si aquel día se les escapaba, era culpa de ella, no suya.

Se detuvo bruscamente.

—¿Sabes qué? No me parece bien. ¿Qué te pasa?

Becky pareció sorprendida por su tono de voz, y se puso a la defensiva.

—A mí no me pasa nada.

—Mira, al menos dame la razón en esto, ¿vale? No soy un completo inconsciente. Soy capaz de darme cuenta cuando tienes la cabeza en otra parte.

Becky bajó la mirada al suelo.

—No pasa nada, papá.

Chris miró las llaves que tenía en la mano.

—Nada. A eso es exactamente a lo que me refería.

—¿Qué se supone que quiere decir eso?

—No importa —contestó Chris, pulsando el control remoto que llevaba en el llavero y abriendo el coche a distancia—. Vayámonos.

—Si quieres podemos ir a Old Lyme.

—No quiero ir a Old Lyme. Lo proponía por ti, Beck. Si no quieres ir, yo tampoco.

—Podemos ir, en serio. Vamos.

—Nos vamos a casa.

Hablaron tan poco durante el camino de vuelta como en el viaje de ida. Sin embargo, la diferencia en aquel trayecto era que ya no quedaba ninguna duda acerca de si algo iba mal entre ellos. Chris se sentía dominado por la ira. Llegado a aquel extremo, no habría podido evitar sentirse furioso aunque lo hubiera intentado con todas sus fuerzas. Como siempre que se enfadaba con Becky, y aquello era algo que no había cambiado desde un principio, Chris se sentía frustrado, engañado y bastante culpable.

Miró fugazmente a su hija y lo que vio no fue el objetivo de su enfado actual, sino una chiquilla tierna envuelta en sus propias emociones, alguien que, sin duda, no merecía ser vilipendiada y que probablemente tampoco merecía los reproches de su padre, ni siquiera en aquellas circunstancias. Era una persona íntegra, una buena persona y una persona capaz de sentir unos excepcionales niveles de amor. Una breve ojeada a su rostro le apuntó todas esas cosas, cosas que sabía desde hacía tanto tiempo como era capaz de recordar y que raras veces olvidaba, ni siquiera unos segundos.

Deseaba llegar a su corazón, pero no podía. ¿Cuándo había pasado a ser incapaz de confesar a Becky cómo se sentía? Aquella reacción no era una novedad. Simplemente, acababa de reconocerla en ese momento. En tiempos mejores, Polly le había comentado que estaba impresionada porque Chris no permitía que nada se interpusiera entre Becky y él. Si la mandaba a su habitación, subía cinco minutos más tarde para hablar con ella de lo que había pasado. Si percibía problemas de comunicación, se comprometía a resolverlos. ¿Cuándo había dejado de ser así?

La lista de reproducción que escuchaban en el coche terminó y ninguno de los dos se molestó en poner una nueva.

Recorrieron los últimos veinte minutos de camino en silencio. Al llegar al apartamento, Becky se dirigió a su habitación.

—¿Te apetece algo concreto para cenar?

Becky se volvió hacia él. Chris quería comprender la expresión de su rostro, pero le resultó completamente imposible.

—Prepara lo que te apetezca, seguro que me gusta —respondió ella educadamente y, a continuación, se metió en el dormitorio sin cruzar la mirada con él.

Eran las 4:08. Mientras el reloj devoraba uno de los contados días de los que disponía a solas con su hija, Chris se sentó solo en el sofá de la sala. No tenía ni idea de cuánto tiempo iba a poder seguir soportando aquello.

—¿Qué quieres de mí? —preguntó Becky en tono enérgico.

En cuanto pronunció aquellas palabras, se dio cuenta de lo mucho que llevaba fraguándolas y de cómo necesitaba aquel enfrentamiento. Aunque solamente estuviera ocurriendo dentro de su cabeza.

¿Qué quería de ella? ¿Por qué era tan dramático volver pronto a casa? ¿Le había fastidiado algún Plan Maestro? ¿Se iba a acabar el mundo por no haber pasado el día entero mirando baratijas? A lo mejor debería haberle dicho que sentía que le volvían a flaquear las piernas. Tal vez debería haberle contado que estaba preocupada por lo que estaba ocurriendo en su cuerpo. Sin embargo, aquello hubiera desencadenado una avalancha de cuidados para los que ella no estaba preparada. Y tampoco debería ser necesario contarle aquel tipo de cosas. Antes, nunca había sido necesario.

Becky salió de su habitación a la hora de cenar. Para entonces, estaba dispuesta a olvidar lo que fuese que había sucedido aquella tarde y proseguir con el día, pero en cuanto vio la expresión de su padre, se dio cuenta de que él no había olvidado lo ocurrido aquella tarde. Él seguía lamentándose y tratando de hacerla sentir culpable por tener un cerebro propio.

No tardaron en retomar el conflicto. Becky cenó deprisa, casi sin saborear la comida que Chris había cocinado. No pronunció más de tres palabras en todo el tiempo.

—Voy a leer a mi cuarto —anunció cuando terminaron de colocar los platos en el lavavajillas. Se limpió las manos en un trapo y se dispuso a salir de la cocina.

Chris la detuvo.

—Becky.

Becky respiró hondo y le miró.

—¿Qué quieres, papá?

Chris levantó las manos y las volvió a dejar caer.

—Me rindo.

—¿Cómo dices?

—Me rindo. Ahora la pelota está en tu tejado.

¿Qué se suponía que significaba aquello?

—Si tú lo dices...

—¿Entiendes lo que quiero decir?

Becky sacudió la cabeza.

—La verdad es que no.

Su padre parecía mirarla sin verla. Nunca le había parecido tan alejado de ella.

—Tal vez se te ocurra mientras lees.

Becky sintió que la frustración se encharcaba en su interior. En vez de hablar, consciente de que si lo hacía su padre probablemente iba a decirle algo más hiriente, se dio media vuelta.

«¿Te rindes, papá? ¿Es una novedad? ¿Acaso no hace mucho tiempo que te rendiste? Podía señalar el día exacto, tal vez incluso el minuto preciso.» Tardó un poco en demostrar que se había rendido, pero era incuestionable que, desde el minuto en el que mamá y él habían roto, nunca había sido el mismo para ella. Siempre le pasaba algo, algo que le hacía parecer distante, desconcertado o triste. Nunca había sido así. Si aquello no era una forma de rendirse, ¿qué era, entonces?

Becky se sentó en la cama y agarró el libro de la mesita de noche. Ni siquiera se molestó en abrirlo. Se reclinó sobre la almohada y miró el techo. Si su padre siempre iba a comportarse así, perfecto. No pensaba permitir que le afectara nunca más. No iba a dedicar más tiempo a preguntarse por qué ya no conectaban. No iba a intentar simular que el tiempo que pasaba con él en aquel apartamento era una parte de su vida que le gustaba.

«¿Qué quieres de mí, papá? ¿Quieres que haga ver que mamá y tú no me dejasteis jodida cuando rompisteis? ¿Quieres que me crea que es normal que las cosas no hayan vuelto a ser iguales entre nosotros desde que te fuiste? ¿Quieres que diga que entiendo por qué ya no eres la misma persona? ¿Quieres que olvide todo lo que compartimos y que te diga que lo que tenemos ahora está perfectamente bien?»

«Lo siento, pero no eres el único que se rinde.»

Becky se tapó la cara con las manos y cerró los ojos con fuerza. ¿Cómo podía su padre decirle que se rendía respecto a ella? ¿Qué clase de padre decía eso a su hija? Y con todo lo que le rondaba por la cabeza en esos momentos, aquello era más de lo que podía soportar.

«¿Te rindes? ¿Qué harías si te dijera que creo que me estoy volviendo a poner enferma? ¿Saldrías corriendo de la casa dando gritos y nunca más vendrías a verme?»

En cuanto se le ocurrió la idea, Becky fue consciente de la gran mentira que era. Papá no huiría chillando, independientemente de cómo hubiesen sido los últimos años. La abrazaría con todas sus fuerzas. Le diría que no tuviera miedo, aunque fuera evidente que él mismo estaba aterrorizado.

Y haría cuanto pudiese para ayudarla y para animarla. Igual que la última vez. Becky recordó las primeras noches que pasó enferma, cuando no podía dormir. Mamá se portaba genial, pero papá estaba con ella todas las noches, la envolvía entre sus brazos robustos y se quedaba levantado junto a ella. Durante los primeros días, Becky se había sentido muy confundida. No tenía ni idea de qué le estaba pasando y tampoco de lo que le iba a suceder a continuación. Pero cuando a él se le ocurrió la idea de crear juntos un mundo fantástico y Tamarisco cobró vida dentro de su cabeza, Becky comenzó a encontrarse mejor de pronto. A veces se preguntaba si Tamarisco la había ayudado más que los médicos.

Tamarisco y su padre.

Había desechado el primero y el segundo se había rendido.

Y entonces, al final de una semana de incertidumbre, cuando nada en absoluto parecía irle bien, Becky sintió una tristeza abrumadora. Echaba de menos a su padre. Desesperadamente. Echaba de menos saber que siempre estaba ahí para ella. Echaba de menos poder hablar con él de cualquier cosa. Echaba de menos jugar con él, hacer el tonto juntos. Y lo que le parecía más triste era que tal vez era demasiado tarde para recuperarlo. Tal vez lo que habían compartido una vez había desaparecido para siempre.

Becky se puso bocabajo y hundió la cara en la almohada. Notó que las lágrimas le resbalaban por los bordes de los ojos, le surcaban el puente de la nariz y llegaban a la cama. Y a la sensación de aquellas primeras lágrimas le siguió todo un torrente. Lloró como no lo había hecho nunca, ahogando los sollozos para que no la escuchara su padre. Sin embargo, una parte de ella quería que él la viera en aquel estado.

Siguió llorando. Más tiempo del que creía que fuese posible. No podía parar. Cada vez que lo intentaba, se sentía más triste todavía. Pronto, se sintió como si ella misma no fuese más que tristeza.

—Necesito algo —dijo suavemente sin dirigirse a nadie en concreto. Llegada a aquel punto, aceptaría casi cualquier cosa. De veras, casi cualquier cosa.

6

Tenía la carpeta a su lado, y la vigésima lectura de su contenido no le había ofrecido más opciones que las primeras diecinueve. Era tarde y Miea sabía que debía intentar dormir un poco. La agenda del día siguiente, como la de todos los demás días, estaba repleta. Sin embargo, esta vez, junto a los demás puntos del día, tenía un compromiso que anticipaba con profundo temor: una conversación con Thuja para comunicarle su decisión respecto a la esterilización de los campos de Jonrae.

Aunque era tarde, irse a la cama carecía de sentido. Era obvio que no podría dormir y era bastante improbable que estando tumbada pensara con mayor claridad que sentada en aquella silla de su antecámara.

Cuando era una niña, Miea encontraba algunas veces a su padre sentado tranquilamente en una silla en sus aposentos. Tenía la mirada perdida en la distancia, como si no estuviera concentrado en nada pero, a la vez, en todo. Como era natural, el rey no deseaba que le molestaran, así que ella se apresuraba a salir de la habitación con la esperanza de que no la hubiera visto. A pesar de todo, en una ocasión, cuando ella tenía unos ocho años, su padre la llamó cuando a penas estaba cruzando el umbral de la puerta. Miea se volvió hacia su padre y le dijo que lamentaba haberle molestado.

—No es preciso que te disculpes —respondió él—. Solo intentaba ganar un poco de perspectiva.

—¿Perspectiva?

—Sí, al menos un poco. He tenido unos días muy complicados y me pareció que a lo mejor podía hallar sentido a algunas cosas si las contemplaba desde un ángulo distinto.

Miea se colocó junto al asiento de su padre y miró en la misma dirección que él.

—¿Este es el nuevo ángulo?

Su padre se rio.

—Solo era un modo de hablar. En realidad, lo que estoy haciendo no tiene nada que ver con los ángulos.

Miea trató de concentrarse en el lugar exacto hacia el que miraba su padre, pero pronto le volvió a interrumpir:

—¿Y te ha servido de algo?

Él le acarició la cabeza y asintió lentamente.

—Creo que me ha ayudado un poco. ¿Sabes? Llega un momento en el que te das cuenta de que cada solución comporta nuevas complicaciones, pero tengo algunas ideas nuevas para este problema concreto.

—¿Entonces has ganado un poco de perspectiva?

—En cierto sentido, sí. Tal vez podría ganar un poco más si mi hija jugara una partida de Kem conmigo.

Miea se reclinó en el asiento de su antecámara y pensó en el juego de tablero de cuatro dimensiones con piezas que cambiaban de forma. Tal vez aquello era justo lo que necesitaba en aquel momento: alguien con quien jugar una partida de Kem. Sin duda, había ganado toda la perspectiva que podía ganar perdiendo la mirada en el vacío.

¿Habían tenido sus padres que tomar una decisión tan trascendente alguna vez? Sabía que no habían esterilizado nada durante la Gran Plaga. Sin embargo, ¿se lo habían llegado a plantear seriamente? ¿En algún momento se habían visto obligados el rey y la reina a pensar en erradicar el mal condenando a varias especies a la extinción? Para ellos, la esterilización no había resultado necesaria. ¿Sería Tamarisco tan afortunado esta vez como la anterior? Y si no lo era, ¿dónde iba a terminar la extinción?

Tal vez podría pedir consejo a su padre. Desde su muerte,

Miea había «hablado» con él muchas veces, dirigiéndose al retrato del rey que tenía en su despacho e imaginando sus respuestas. Siempre ayudaba, unas veces más que otras... Además, estaba convencida de que así estaba más cerca de su corazón. Sin embargo, nunca había hablado con él de nada tan trascendente.

Miea echó la cabeza hacia atrás y cerró los ojos. Si iba a mantener una conversación de tal magnitud, tenía que vaciar la mente de todo lo demás para centrarse en el rostro, la voz y la sabiduría de su padre.

—Papá, necesito una cosa —susurró.

Miea se concentró en la oscuridad. Lentamente, surgió la imagen de su padre. Era solo una cabeza, y parecía bastante informe, pero a Miea le bastaba para reconocerla. Al percibir su presencia, Miea comenzó a sentirse más liviana, casi ingrávida, como si la silla ya no sujetara su peso. Aunque era una sensación desconcertante, sabía que no debía abrir los ojos. Algo le decía que debía permitirse aquella nueva sensación en toda su plenitud. Aunque estaba segura de que su cuerpo no se movía, sí flotaba una parte de ella. Se abandonó por completo a aquel espacio en el vacío. Se sentía cómoda. En paz.

—Hola, Luz —la saludó su padre con su melindrosa voz de barítono. Nunca la había llamado «Luz», pero a Miea le gustaba el apelativo.

—Te echo de menos, papá —dijo ella en tono lastimoso.

—Echar de menos enriquece.

—Pero también duele. Cambiaría sin dudar este «enriquecimiento» por pasar más días contigo.

—Nuestra historia es más larga que eso, Luz. Nuestra historia es eterna.

—Lo sé.

Miea lo creía de veras, pero no por ello iba a lamentar menos la pérdida de su padre.

El rey inclinó la cabeza hacia delante y Miea sintió que la recorría una oleada de calidez. Su padre sonrió y Miea le devolvió la sonrisa. Permanecieron así un largo rato. Rara vez se había sentido Miea tan aliviada al intentar sentir a su padre y deseaba desesperadamente poder regodearse en el momento. Con todo, Miea sabía muy bien que necesitaba algo más que el apoyo de su padre.

—Papá, tenemos un problema en Tamarisco.

—Hay peligros terribles.

—Ocurre lo mismo que la última vez y no sabemos más que entonces. Nunca supimos qué la detuvo en aquella ocasión. Ahora Thuja quiere que esterilice Jonrae para evitar que la Plaga se extienda.

—Esa solución no aporta nada.

—Ya lo sé. Claro que lo sé. Me lo dice el alma. Desgraciadamente, no dispongo de más respuestas.

—Imagina y abraza, Luz. No elimines.

Aunque se sentía en paz, aunque la presencia de su padre la consolaba y estaba segura de haber recibido su mensaje, algún detalle de aquella conversación con él no encajaba.

—Papá, no suenas como tú mismo.

Miea siempre había pensado que las conversaciones que mantenía con su padre procedían del recuerdo que guardaba de él. ¿Por qué le «escuchaba» ahora de un modo diferente?

La imagen se enturbió por unos segundos y Miea temió que estuviese a punto de desvanecerse. En cambio, cuando ya casi parecía invisible, revivió con mayor intensidad. Miea hubiera jurado que podía oler la loción de afeitado de su padre.

—Hola, cielo.

Miea sintió que la cara se le calentaba y los ojos se le humedecían.

—Hola, Papá.

—Thuja no es un loco. En realidad, se le da extremadamente bien su trabajo.

—Ya lo sé, pero...

—Es muy corto de miras.

—Es una manera muy afortunada de describirlo.

—Es una manera muy precisa de describirlo. Thuja y su

gente te pueden ser de gran ayuda durante esta crisis. Entienden la tierra. Sin embargo, tienen que saber que tú eres quien toma las decisiones. Déjales claro que tomarás en consideración cualquier sugerencia razonable, pero también que tú estás en la cumbre de la cadena de mando.

—No puedo permitir que esterilice Jonrae.

—De ningún modo. Fue una mala idea durante la Gran Plaga, y también lo es ahora. Tamarisco necesita permanecer completo.

Miea asintió, aunque estaba bastante segura de que, en realidad, su cuerpo no se había movido.

—Lo sé, papá, lo sé.

—Llegará una respuesta.

—Eso espero.

—Llegará. La respuesta llegará. Solo recuerda enfocar desde todos los ángulos.

—¿Ganar un poco de perspectiva?

—Exacto.

—Lo intentaré. Ojalá fuera más fácil, pero lo intentaré.

Su padre volvió a inclinar la cabeza hacia ella y Miea sintió otra oleada de calor. Durante más de un minuto en que no se dijeron nada, aquella energía reparadora fluyó sobre ella.

Entonces él dijo:

—Espera.

—¿Qué?

—Simplemente espera.

En ese momento, el rostro de su padre vibró formando una nebulosa de puntos de luz y se dispersó en la oscuridad. Miea sintió cómo algunos de esos puntos atravesaban su propia imagen incorpórea al disgregarse.

Todo volvía a estar oscuro.

Pasó el tiempo.

Miea hizo lo que su padre le había pedido.

Esperó.

Becky se notaba increíblemente cansada. Las profundidades del sueño la atraían con una firmeza que, en un primer momento, le resultó desconcertante. Sabiendo cómo se sentía, jamás habría pensado que fuera a dormirse pronto. Lentamente, se rindió a aquella atracción. En realidad, no tenía alternativa. Era demasiado fuerte.

—Este encuentro será enriquecedor.

Becky escuchó la voz como si sonara a la vez dentro y fuera de su cabeza. ¿Ahora también escuchaba voces? Se estaba poniendo enferma, su padre la estaba abandonando y se estaba volviendo loca. Las cosas no podían ir mejor. Además, ¿qué significaba eso de que «este encuentro será enriquecedor»?

—Las imaginaciones sin límite crean.

Caramba, aquello se entendía mucho mejor. Si tenía que comenzar a escuchar voces, estaría bien que dijeran algo un poco más fácil de comprender.

Becky se sentía caer, aunque sabía que ya estaba tumbada. Aquello no se parecía en absoluto a la sensación de dormirse. ¿Se trataba de un nuevo síntoma del que preocuparse? ¿Tumbarse en la cama se iba a convertir en algo tan imprevisible como inclinarse hacia delante o moverse demasiado rápido?

En cualquier caso, no se sentía mareada. En realidad, no le parecía que fuera una caída incontrolada. Daba la impresión que estuviera yendo hacia alguna parte. Una minúscula parte de ella comenzó a ser presa del pánico, pero al resto de su ser le parecía algo fascinante. Tal vez volverse loca no fuera lo peor que podía pasarle. Tal vez disfrutaría de su demencia.

Becky distinguió algo informe en la oscuridad. Al acercarse (¿cómo se estaba moviendo?) la imagen comenzó a ganar nitidez. Era la nuca de una mujer. Una cabeza con brillantes mechones de cabello rubio, como el de su prima Kiley. La cabeza se volvió hacia ella y, cuando Becky vio el rostro, supo inmediatamente de quién se trataba.

«Las imaginaciones sin límite crean.»

Una parte de su cerebro le decía que no era posible que aquella mujer fuese quien ella pensaba, pero otra parte de su mente le recordó que nada de todo aquello debería ser posible.

El rostro la miró. Parecía un poco confundida, algo desconcertada. Becky seguía acercándose a ella y su cuerpo, o lo que fuera que tuviese en aquel lugar, viajaba completamente a su antojo. Si alguna vez se armaba de valor y le contaba aquello a Lonnie, sería una historia genial. Finalmente, se encontró a escasos metros de la cara, que no era más que eso, un rostro sin cuerpo. Becky era consciente de que aquello debería resultarle bastante sobrecogedor, pero no se lo parecía en absoluto. Lo que sentía era indescriptible. Seguramente esa era la palabra, teniendo en cuenta que nunca había tenido una experiencia remotamente parecida. ¿Acaso la había tenido alguien?

—¿Princesa Miea? —preguntó tentativamente. Becky casi esperaba que su voz sonara tan extraña como aquel lugar, pero sonaba normal.

El rostro que tenía delante parecía sorprendido.

—¿Me conoces?

—Supongo que te reconocería en cualquier parte. Incluso aquí.

La mujer hizo un esfuerzo visible para descifrar sus palabras. Becky se percató de que era mayor de lo que la imaginaba. En la mente de Becky, ella siempre había sido una adolescente, pero aquella Princesa Miea parecía tener algo más de veinte años.

—¿Te conozco? —insistió la cara.

—No, no nos habíamos visto nunca.

—Entonces, ¿cómo me conoces?

«Te he llevado en la cabeza desde que tengo uso de razón», pensó Becky, aunque creyó que no sería una explicación especialmente útil.

—Creé muchas historias sobre ti, sobre Tamarisco, sobre

el rey y la reina, los pantanos burbuja, la Feria del Arco Iris y los caniches danzarines...

Los ojos de la mujer se abrieron como platos.

—¿Conoces a mi caniche danzarín?

—Sí, podríamos decir que lo inventé yo. Al menos pensaba que lo había inventado. Ahora no estoy tan segura.

La mujer pareció entristecerse de pronto.

—Cuando era más joven tenía un... Supongo que podríamos llamarle compañero. Era un animal de cuatro patas con el pelo rosa y rizado que me divertía mucho con sus danzas. Yo quería mucho a aquel animal, pero nadie más lo recuerda, ni siquiera recuerdan la existencia de los caniches danzarines. No he visto ninguno en el reino y tampoco queda constancia de ellos. Salvo en mi corazón.

Becky se preguntó por qué había mencionado los caniches danzarines. Los había inventado cuando era pequeña, pero, después, al crecer, había decidido que Tamarisco debía ser más exótico y que nadie en todo el reino debía poseer mascotas, por lo que los había suprimido.

—Cambié las historias —explicó Becky.

—¿Qué historias?

—Las historias que había contado sobre Tamarisco. Como quería que fueran más sofisticadas, hice desaparecer los caniches danzarines. —Becky trató de recordar algunas más de sus primeras creaciones—. Y las salmodamas, unos peces muy inteligentes, y los pétalos de caramelo, una flor muy sabrosa.

—Los pétalos de caramelo —repitió la mujer suavemente, casi con nostalgia.

La mujer cerró los ojos un largo rato. Parecía estar meditando. Al volverlos a abrir, su expresión había cambiado.

—Tú has permitido que existamos —aventuró tentativamente.

—¿Tú crees? Tal vez. Supongo que sí.

Aquello era sumamente extraño. Se encontraba flotando en el espacio, hablando con la princesa de las historias fantásticas que tiempo atrás inventaba con su padre. Aun así, eso no era lo más extraño. Lo más extraño era que la situación no le parecía nada rara.

—¿Eres una diosa?

Becky rio ruidosamente.

—Te aseguro que no soy una diosa. Puedes preguntárselo a mi padre. Ni siquiera estoy segura de que todavía me considere una persona.

—Pero tú nos creaste.

Esta vez fue Becky quien calló un instante. ¿De veras había creado Tamarisco? ¿Literalmente?

—No creo que sucediese así —replicó sin estar completamente segura de por qué lo decía.

Becky se percató de que la oscuridad que rodeaba a la Princesa Miea comenzaba a cambiar. Le pareció distinguir partes del resto del cuerpo de la mujer y un poco de la habitación que la rodeaba. Becky miró tras de sí, esperando ver parte de su dormitorio, pero no vio nada.

—Esto está ocurriendo por algún motivo —declaró Miea—. Hay un motivo por el que nos hemos encontrado.

—Este encuentro será enriquecedor.

—¿Qué has dicho?

—Es algo que me acaban de decir.

—¿Quién?

«Sí, buena pregunta.»

—No tengo ni la menor idea. ¿Se te ocurre algún motivo por el que esto esté sucediendo precisamente ahora?

La princesa agachó la mirada y, cuando volvió a levantarla, lucía una expresión ligeramente sumisa.

—No tengo ni la más remota idea. —Se rio y entonces añadió—: He tenido el peor día que te puedas imaginar.

—El mío tampoco ha ido demasiado bien. Y ahora tengo alucinaciones.

La expresión de la princesa se tornó más seria.

—No son alucinaciones, ¿sabes?

Becky miró unos segundos a los ojos de la mujer. Era como observar algo que conocía de toda la vida.

—Ya lo sé.

Y lo sabía. Lo había sabido al instante. Aunque nada de aquello tenía ni pies ni cabeza.

Miea llevaba varios minutos hablando con la chica en lo que antes había sido una total oscuridad. La forma de la chica parecía proyectarse y Miea podía distinguir la silueta de una cama a su alrededor. Aquella chica no parecía una diosa. De hecho, a Miea le recordaba a las amigas que había tenido en el instituto o en la universidad antes de que cambiara todo. En cualquier caso, la chica era sin lugar a dudas quien había creado Tamarisco. Su instinto le indicaba que aquella era la verdad. De lo contrario, ¿cómo podía conocer los caniches danzarines y los pétalos de caramelo? Cabía la posibilidad de que se tratara de un engaño elaborado (al fin y al cabo, Miea había mencionado ambas cosas «perdidas» a otras personas a lo largo de los años), pero por algún motivo, Miea estaba convencida de que no lo era. Aquello era lo que se suponía que debía «esperar».

—Ya no soy princesa. Ahora soy la reina.

—¿La reina? ¿Y tu madre y tu padre?

—Murieron —respondió Miea, que todavía se sorprendía de lo mucho que la entristecía admitir la tragedia—. Hace unos años sufrieron un terrible accidente.

La chica agachó la cabeza.

—Murieron. Es espantoso. —Levantó la mirada y Miea pudo comprobar que aquello la afectaba sinceramente—. Debe de ser increíblemente duro para ti.

—Lo que más me irrita es que ni siquiera he comenzado a superarlo. Después de todo este tiempo, todavía me duele cada vez que lo pienso.

—Sí, creo que sé muy bien lo que quieres decir.

—¿Tus padres?

La joven sacudió la cabeza.

—Ellos viven, pero a veces parece que la familia que teníamos esté muerta.

Miea no sabía de qué estaba hablando la chica, pero era evidente que la angustiaba mucho.

—Lo siento.

—Gracias. —Los ojos de la joven miraban algún punto de detrás de Miea, que se preguntó qué debía ver ahí atrás la muchacha. Se volvió a mirar en esa dirección, pero no vio nada—. ¿Qué lugar es este?

—No estoy segura. Yo solo quería conversar con mi padre...

—Pensaba que tu padre había fallecido.

—Es cierto. Quería conversar con él mentalmente, imaginar el tipo de consejo que me daría... Y he terminado aquí.

—Conmigo.

Miea sonrió.

—Contigo. ¿Qué buscabas tú?

La chica arqueó las cejas y sacudió la cabeza.

—No sabía que estuviese buscando algo, pero ahora que lo pienso, justo antes de que pasara esto he pedido ayuda.

—¿A quién?

—No lo sé. A quien fuese.

—Es posible que aquí haya algo para ambas aunque es difícil saberlo mirando a nuestro alrededor.

—Por cierto, me llamo Becky. ¿Debería llamarte majestad?

Miea se estremeció.

—Estaría bien que fueras la única persona que conozco que no lo hiciese. Y dadas las circunstancias, no me parece apropiado.

—¿A qué circunstancias te refieres?

—Supongo que debemos descubrirlas entre las dos.

Miea detectó un brillo en los ojos de Becky que no había visto hasta entonces. Aquello no era en absoluto lo que se esperaba cuando había cerrado los ojos en su cámara para «ganar perspectiva». Sin embargo, tras uno de los días más desconcertantes de su vida, una sorpresa de aquel tipo era más que bienvenida.

—Puedes llamarme Miea.

—Gracias. Siempre me encantó ese nombre.

—Gracias. A mí también me ha gustado siempre.

—¿Estamos en Tamarisco?

Miea lo consideró por un instante.

—No creo. Tal vez estamos en el lugar del que vienes.

—Estoy segura de que esto no es Connecticut. Al menos no es ninguna parte de Connecticut que yo conozca.

—Entonces estamos en algún otro lugar. Un tercer lugar; un lugar en el que nos podemos encontrar.

—¿Este tipo de cosas te suelen ocurrir?

—No me había pasado nunca, pero me alegra que suceda.

Becky sonrió y se intensificó el brillo de sus ojos.

—Sí, a mí también. ¿De verdad crees que nos hemos encontrado por un motivo?

—Creo que ese motivo debe existir. Supongo que se trata de algo que aprenderemos juntas.

Miea sintió que su silueta se alejaba de la chica. A medida que se ampliaba la distancia que las separaba, se preguntó si se trataba de una especie de señal que indicaba que aquella reunión iba a ser única. Sin embargo, al fin, el movimiento se detuvo. Aunque a duras penas, todavía podía ver a Becky. Veía el cuerpo entero de Becky tumbado en una cama.

Mientras la miraba, la oscuridad imperante entre ellas se tornó todavía más negra. Un denso camino negro la conectaba a su cautivadora nueva amiga.

—Enséñale el camino —dijo una voz que no pertenecía ni a Miea, ni a Becky ni al rey. Eran unas palabras absolutamente carentes de sentido para ella.

Contempló el espacio sombrío que llevaba hacia Becky.

De pronto, comprendió lo que quería decir la voz.

—Antes de que te vayas —dijo Miea en un tono que esperaba que fuera lo bastante elevado para que Becky pudiera oírla—, debo decirte una cosa más. Algo que nos mantendrá en contacto.

7

Movido por el enfado, Chris había olvidado que Polly planeaba acudir pronto a su apartamento el domingo para recoger a Becky. No recordó que tenían una salida relacionada con la familia de Al hasta que el portero llamó a su intercomunicador a las 8:30. Pulsó el botón para pedir al portero que invitara a subir a Al y Polly y, a continuación, fue a la habitación de Becky para despertarla. Estaba muy dormida y no le apetecía levantarse.

—Vamos, tienes que ponerte en marcha. Ya sabes que a tu madre no le gusta estar aquí esperándote.

Y él tampoco quería estar allí esperando con ella. Polly había ido pocas veces al apartamento de Chris (por algún motivo había recaído en él la responsabilidad de ir a buscar a Becky y llevarla de vuelta), y él siempre se sentía incómodo con ella allí. La imaginaba juzgando su elección del mobiliario y hasta el último detalle del comedor mientras se decía que aquello no podía compararse con el «auténtico hogar» de Becky.

Para tener una hija en común, durante los últimos cuatro años había pasado muy poco tiempo con Polly. Cuando había representaciones teatrales escolares solían sentarse en extremos opuestos de la sala. Solo se quedó media hora en la fiesta que Polly organizó para Becky cuando se graduó en el instituto. Si Becky no estaba lista cuando Chris llegaba a recogerla, Polly le abría la puerta y le hacía esperar solo y de pie en el recibidor.

En una ocasión, unos seis meses después de la separación, Becky había insistido para que fueran a cenar los tres juntos. Becky lo había organizado todo e incluso había escogido el restaurante, y Chris las tuvo que esperar quince minutos después de estresarse pensando que iba a llegar tarde por culpa del tráfico del puente. La cena fue incómoda sin paliativos. Chris continuaba muy enfadado con Polly. Todavía estaba resentido por su decisión de echarle y no se le ocurría qué decirle, aparte de preguntarle por su familia y por un par de vecinos. Por eso, concentró casi por completo su atención en Becky e intentó iniciar conversaciones con preguntas tan estimulantes como: «Al final, el examen de matemáticas que hiciste la semana pasada fue muy fácil, ¿verdad?»

En ese momento, diez minutos después de que Polly y Al entraran en la sala de estar, ni siquiera disponía de esa opción. No entendía por qué Becky tardaba tanto en vestirse. No necesitaba maquillaje para aquella salida (aunque era perfectamente posible que se maquillara un poco), así que le bastaba con vestirse, cepillarse los dientes, peinarse y salir. Sin duda sabía que él detestaba tener que amenizar la espera a su madre y su padrastro.

—¿Queréis un poco de café o alguna otra cosa?

Polly sacudió la cabeza y desvió la mirada hacia la habitación de Becky.

—Tenemos que irnos. Tenemos al menos un par de horas de viaje.

Chris se encogió de hombros.

—¿Quieres que vaya a darle otro toque?

Polly hizo una mueca.

—¿Servirá para algo más que la última vez?

Al se acercó a la mesita de café.

—Monty Python. Me encantan.

Agarró el estuche con el DVD de *Los caballeros de la mesa cuadrada*, la película que Chris tenía intención de ver con Becky la noche anterior, al regreso de su excursión, antes de que, una vez más, se fuera todo al garete.

—Sí, son geniales —coincidió Chris dirigiéndose al sofá para acercarse a Al, feliz por poder alejarse de la creciente impaciencia de Polly.

—¿Eres de los caballeros que dicen Ni o del Conejo Asesino?

—No sabía que tenía que elegir. La verdad es que seguramente soy del Caballero Negro.

—Una herida superficial —citó Al jovialmente, y contempló el estuche con admiración—. Cine de primera.

—Primero va *Casablanca*, y después *Los caballeros de la mesa cuadrada*.

—Y no te olvides de *El club de los chalados*.

—No, por supuesto.

—¿La visteis anoche?

—No llegamos a verla.

Chris rememoró el gran momento de la noche. ¿De veras había dicho a Becky que se rendía? ¿Qué clase de padre decía algo así a su hija?

—Es una lástima —dijo Al mirando a Polly—. A Polly le encantan los Monty Python, ¿verdad, cariño?

Polly arqueó las cejas.

—Sí, los tengo en lo más alto de los exponentes del arte más sublime, junto a la gente capaz de recitar el alfabeto con eructos.

Al se inclinó hacia Chris y le dijo en secreto:

—Hemos visto juntos esta película seis veces.

Chris se rio, pero no se le ocurrió el modo de dar continuidad a aquella conversación. Al tampoco fue capaz, así que se volvió a hacer el silencio.

Chris decidió sentarse en el sofá de dos plazas y miró a Polly.

—Os podéis sentar unos minutos. Si Becky está eligiendo lo que se va a poner, a lo mejor os tendré que preparar la cena.

Polly puso los ojos en blanco y se acercó al sofá, visiblemente molesta por la humillación que suponía tener que aceptar aquel grado de hospitalidad de su ex marido. Por el camino, exclamó:

—Beck, es para hoy, ¿de acuerdo?

—Voy enseguida.

Un par de minutos más tarde, Becky bajó a la sala con un aspecto radiante, de un buen humor sorprendente y claramente ajena a la incomodidad que hubiera podido causar a sus padres. En cuanto llegó, Polly, Al y Chris se levantaron a la vez, y los cuatro se dirigieron hacia la puerta. Por el camino, Al dedicó a Becky un gesto burlón con el dedo y ella le dio un golpe suave en el hombro. Chris sintió una leve punzada al observar el intercambio de gestos afectuosos.

Polly abrió la puerta y salió al pasillo. Al la siguió. Antes de acompañarles, Becky tiró del brazo de Chris, se puso de puntillas y le besó la mejilla. Teniendo en cuenta cómo había ido la noche anterior, fue toda una sorpresa.

Sin embargo, no fue la única. Becky acercó la cabeza a la de su padre y le susurró:

—Papá, no te lo vas a creer: Tamarisco es real.

Le volvió a besar y se marchó dando saltitos.

El anuncio sorprendió tanto a Chris que no se le ocurrió pedirle una explicación hasta que la chica ya se encontraba en el otro extremo del pasillo. Y se quedó inmóvil, con la cabeza inclinada hacia delante, y mirando el pasillo desde la puerta, mucho rato después de que todos se metieran en el ascensor.

Chris no era capaz de recordar la última vez que Becky se había acercado a darle un beso espontáneo en la mejilla. Parecía que siempre le tocaba a él ser el primero, e incluso cuando él le daba un beso, ella le respondía con escaso entusiasmo. Era otra de esas «cosas de adolescentes» que tal vez le habrían desconcertado menos si se hubiera sentido más seguro cuando estaba con su hija. Por eso, la conducta de Becky aquella mañana era realmente sorprendente. ¿No recordaba la conversación de la noche pasada? ¿Cómo era posible que después de escuchar lo que él le había dicho se comportara tan afectuosamente a la mañana siguiente?

Y además, por supuesto, la mención de Tamarisco. Habían pasado años desde la última vez que Chris había hablado con Becky sobre aquel lugar que solo existía en la imaginación de ambos. Ella le había dejado muy claro que no quería saber nada más de aquel lugar y él había aprendido enseguida que ni siquiera era buena idea recordar aquellos tiempos. Bastaba mencionarlo para provocar el desprecio de Becky y, si intentaba hablar del tema, ella le reprendía por no entender que había crecido y había evolucionado. ¿Por qué había sacado el tema aquella mañana sin venir a cuento?

¿Y qué significaba que le hubiera dicho «Tamarisco es real» justo después del enfrentamiento más grave que habían tenido nunca? ¿Era una especie de respuesta o algún tipo de mensaje en clave? ¿Intentaba Becky yuxtaponer el estado actual de su relación a los días en los que inventaban sueños juntos? Era poco probable. Su hija no era amiga de hablar en código. De todos modos, si no se trataba de una especie de declaración metafórica, ¿qué estaba diciendo exactamente?

El simple hecho de que un beso en la mejilla y una referencia a sus viejas historias bastaran para desbocar su mente evidenciaba a Chris la absurdidad de lo que le había dicho la noche anterior. «Me rindo.» Para empezar, ¿por qué diablos lo había dicho? Estaba enfadado y frustrado, por supuesto, pero se enorgullecía de no dejarse llevar nunca por la rabia cuando trataba con su hija. Sin embargo, había sentido la necesidad de decirlo; no para darle a entender que se lavaba las manos respecto a ella (esperaba que ella no lo hubiera interpretado así), sino para decirle que se había resignado a permitir que su relación fuese exactamente como ella quisiera. Estaba admitiendo que no podía controlarla y que le cedía el destino de su futuro conjunto.

Se le presentaban dos problemas. El primero era la ambigüedad de sus propias palabras. Ella las podía haber interpretado de muchas maneras, casi todas malas. La segunda era que lo que había dicho no era verdad, independientemente de cómo lo hubiera interpretado ella. No se había rendido, y no se podía permitir aceptar la decisión de Becky en cuanto a los términos de su relación. Chris se habría dado cuenta de ello aquella mañana aunque ella no le hubiera besado de camino a la puerta.

Aunque no le hubiese susurrado: «Tamarisco es real.»

Daba igual lo que quisiera decir. A Chris aquello le había insuflado una dosis extra de energía que le ayudó durante el resto del día. Aquella mañana había visto una chispa en los ojos de Becky que hacía tiempo que no veía, y sabía en el fondo de su corazón que aquella chispa no era por la excursión que iba a hacer a la casa del hermano de Al. Aquello tenía algo que ver con ellos dos, aunque la naturaleza del asunto todavía era un misterio. Significaba mucho para él.

Tenía todo un domingo libre por delante. Generalmente, un día sin planificar le intimidaba. Sin embargo, aquel día, impulsado por la chispa de los ojos de su hija, la suavidad de su beso y el misterio juguetón de sus palabras, veía aquellas horas libres como una oportunidad. Pensaba hacer café, leer el periódico, a lo mejor atacar el crucigrama y tal vez incluso ver la película de Monty Python. A lo mejor hasta se saltaba el afeitado y la ducha.

Finalmente, la luz del sol que inundaba la sala de estar a través de las ventanas le llamó a salir. No se había dado cuenta de que el tiempo iba a ser tan agradable aquel día. Decidió llamar a Lisa.

—¿A qué hora te paso a buscar? —preguntó.

—¿De qué estás hablando?

—Hace un día estupendo y lo vamos a pasar juntos. ¿A qué hora te paso a buscar?

—¿Hace buen tiempo? Todavía estoy acostada.

—No te preguntaré qué hiciste anoche. Todavía no has contestado a mi pregunta.

—Lo siento, cielo, hoy no puedo salir a jugar. Esta tarde tengo puertas abiertas en una casa.

—¿A qué hora?

—Chris, no seas cabezón, por favor. Te acabo de decir que no puedo salir contigo.

—Preguntaba a qué hora tienes las puertas abiertas en la casa.

—Ah, vale. A las tres.

—Nos queda mucho tiempo para ir a comer algo. Métete en la ducha; te paso a recoger a las doce menos cuarto.

Poco después, Lisa le abrió la puerta con un aspecto frío y profesional. A Chris le gustaba más cuando iba vestida con ropa informal. Eso sí, iba vestida como alguien a quien le compraría una casa. Lisa insistió en ir al restaurante en dos coches por si acaso tenía que irse a toda prisa para llegar al trabajo a tiempo, con lo que pasar a recogerla había sido del todo innecesario. Lisa rechazó un Bloody Mary durante la comida y entonces Chris se dio cuenta de que la perspectiva de negocio de aquella tarde la ponía más nerviosa que de costumbre.

—¿No quieres beber nada? ¿Qué tipo de casa vas a enseñar?

—Una casa de las de cuatro millones de dólares.

—¿Cuatro millones de dólares? ¿Tienes que enseñar una casa de cuatro millones de dólares y estás aquí comiendo conmigo? ¿No deberías estar limpiando la lechada de las baldosas de la cocina con un cepillo de dientes, o algo así?

—Sí, seguramente debería estar en ello, pero parecías incontenible por teléfono y he decidido no intentar frenarte.

Chris sonrió de oreja a oreja.

—Gracias.

—Oye, ¿qué pasa? No tendrías suerte anoche, ¿verdad?

—No seas vulgar. Solo estoy de buen humor.

Lisa sonrió y puso la mano sobre la de él.

—Eso está bien. Hazlo más a menudo.

—Lo intentaré.

El camarero fue a tomarles nota y, mientras Lisa pedía, Chris echó un vistazo al restaurante. Sus ojos encontraron los de una joven de cabello rubio y brillante. Ella le sonrió y desvió la mirada un instante después. Le resultaba increíblemente familiar, pero no podía recordar quién era. Se parecía un poco a Kiley, y a lo mejor «veía» constantemente a su sobrina porque alguien intentaba decirle que la llamara. ¿Era una amiga de Becky? No, era demasiado mayor. ¿Una de sus maestras? No, probablemente era demasiado joven. ¿Podía ser una chica nueva del trabajo? Tampoco, era imposible porque no le había mirado con desdén.

—¿Qué le apetece tomar, caballero? —preguntó el camarero obligando a Chris a volver a prestar atención a su propia mesa.

—Una tortilla mexicana con una tostada integral, por favor. Y traiga un poco más de café cuando pueda.

—Se lo traeré en un minuto.

Chris dio otro sorbo a su taza de café y volvió a mirar hacia el otro extremo del local. La mujer rubia hablaba animadamente con sus amigos y le pareció algo distinta.

—¿La conoces? —preguntó Lisa.

Chris sacudió la cabeza.

—No, no es quien pensaba.

¿Pero quién pensaba que era? Chris se dio cuenta de que no lo sabía, aunque, por algún motivo, creía que tenía que saberlo.

Por fin volvían a casa. Becky llevaba semanas esperando aquella excursión porque la sobrina y el sobrino de Al eran dos de las personas más geniales que conocía, pero aquel día no había podido evitar estar distraída. Mientras charlaban en la habitación de Kayla, Becky perdía el hilo de la conversación y regresaba a aquel lugar, fuera el que fuese, en el que había conocido a Miea la noche anterior. Aquel encuentro había sido, sin lugar a dudas, la experiencia más extraña de toda su vida, pero probablemente también había sido la más emocionante. Al fin y al cabo, una no descubría todos los días la existencia de otro mundo, un mundo que, de algún modo, había contribuido a crear. Y Miea era tan estupenda como Becky siempre la había imaginado. Era majestuosa y elegante sin mostrarse en absoluto estirada. Lo del viejo rey y la reina había sido duro. Miea pareció muy triste al comentarlo y Becky se había compadecido de ella inmediatamente.

La experiencia había dejado a Becky con una especie de vibración que le había durado todo el día, algo parecido a cómo se sentía cuando comía demasiado azúcar. Estaba revolucionada y se sentía muy despierta. Hacía bastante que no se sentía tan llena de energía y eso la llevó a pensar que, a lo mejor, todo aquello de los mareos y las hemorragias nasales no era más que un virus. Si estuviera recayendo en su enfermedad, no se sentiría tan bien, ¿no?

—¿Seguro que estás bien? —preguntó su madre desde el asiento delantero mientras le daba unos golpecitos en la mano.

Becky se quitó los auriculares del iPod y contestó:

—Sí, estoy perfectamente.

—Pareces medio... No sé, como gagá.

—¿Gagá? ¿Como Lady Gaga? —replicó Becky entre risas.

—No me refiero a esa Gaga. Ya sabes a qué me refiero, a que parece que tengas el cuerpo aquí y la cabeza en el sur de California.

«No está en el sur de California, mamá», pensó Becky.

—Estoy estupendamente. De verdad. Solo escuchaba un poco de música. A lo mejor pongo un rato Lady Gaga.

—¿Lo has pasado bien con Kayla y Matt?

—Sí, claro. Me encantan.

Su madre no parecía convencida.

—Está bien, pero no me ha parecido que te lo pasaras tan bien con ellos como de costumbre.

—Bueno, hemos crecido demasiado para correr por la casa como hacíamos hace unos años.

Polly hizo una mueca.

—Y que lo digas. Es que... Da igual. Si dices que estás bien, estoy segura de que es verdad.

Mamá se volvió hacia la parte delantera del coche y Becky se colocó de nuevo los auriculares. ¿Qué le habría dicho su madre si le hubiese explicado por qué parecía gagá? Seguramente hubiera pedido a Al que dirigiera el coche al manicomio más cercano. Mamá era genial en muchos aspectos, pero algunas cosas la superaban. Decirle que Tamarisco existía de verdad sería como contarle que una familia de duendes se había mudado a la casa de al lado.

Su madre nunca se había implicado demasiado en lo de Tamarisco. Sonreía cuando Becky le hablaba de ello, e incluso había participado en un puñado de historias, pero a Becky siempre le había parecido que lo hacía más por ser una buena madre que porque le interesara lo más mínimo. A Becky le parecía bien. No esperaba que a su madre le interesaran exactamente las mismas cosas que a ella.

Sin embargo, su padre estaba como loco con Tamarisco. Evidentemente, era algo normal porque, para empezar, Tamarisco había sido idea suya, pero no parecía disfrutarlo solo porque era algo que podía hacer con ella. Parecía totalmente metido en ello. Si Becky quería llamar la atención de su padre, le bastaba con mencionar algo sobre alguna parte del reino (lo que fuera, de veras) y él se metía hasta el cuello. Probablemente habría logrado sacarle de reuniones de trabajo para hablar sobre la cumbre de paz entre el rey y los espinas o sobre lo que pensaba ponerse la princesa para el inminente concierto de luaka. Cuando creaban historias a la hora de dormir, él se transformaba inmediatamente en un niño y, más de una vez, mamá había tenido que llamarle la atención para recordarle que Becky tenía que dormir.

La expresión en el rostro de Chris cuando Becky le había susurrado que Tamarisco era real había sido la clásica. Becky sabía que él no tenía ni idea de a qué se refería y que, sin duda, querría volver a sacar el tema. Por eso se lo había dicho de camino a la puerta, para que intentara descifrarlo solo un buen rato. Le estaba bien empleado por decirle que se rendía. Por supuesto, tarde o temprano, pensaba decirle qué estaba sucediendo. Él lo querría saber de veras. Probablemente para él sería el acontecimiento del año, y ella lo comprendía perfectamente.

Durante el camino de vuelta encontraron un tráfico de mil demonios y Becky se puso increíblemente nerviosa, pero, por fin, Al logró llegar a casa. Afortunadamente, era lo bastante tarde para que Becky pudiera meterse enseguida en la ducha y después decirle a su madre que se iba a la cama.

Antes de que se separaran, Miea había enseñado a Becky un método, una especie de meditación, que creaba un camino entre su hogar y Tamarisco. Miea le dijo que sabía «de buena tinta» que la técnica funcionaría y la llevaría a Tamarisco, y no al lugar en el que se habían conocido la noche anterior.

Había llegado el momento de probarlo. En cuestión de minutos, estaría caminando por el mundo de su imaginación más desatada.

Antes de iniciar la meditación, Becky se preparó para acostarse. Se secó el pelo con el secador y se puso su camiseta de dormir preferida, una enorme en la que aparecía Orlando Bloom en su papel de Legolas, de las películas de *El señor de los anillos*. Se preguntó si iba a aparecer en Tamarisco exactamente como estaba en su habitación. En ese caso, seguramente debería ponerse ropa más formal. No podía presentarse en el palacio de una reina vestida con una camiseta. Por otra parte, se sentiría realmente estúpida si se ponía un vestido de gala para acostarse y, si su madre entraba en la habitación por cualquier motivo mientras se vestía, pensaría que se había vuelto loca. Tenía que confiar en que la misma magia que le iba a permitir llegar a Tamarisco también se ocuparía de que tuviera un aspecto presentable a su llegada.

Becky se sentó al borde de la cama y se concentró en vaciar su mente tal y como Miea le había indicado. Primero debía visualizar todos los acontecimientos del día y, a continuación, debía imaginar que los velaba. Uno tras otro, el rostro de su padre, su madre y Al en el coche, Kayla y Matt en la habitación de Kayla y el tráfico de la autopista se le fueron apareciendo y ella hizo que se diluyeran de nuevo en la oscuridad. Entonces, debía elevarse hasta el camino. Para hacerlo, tenía que concentrarse en la nada que había tras sus párpados hasta que empezara a sentir que se movía en el vacío, como si su cuerpo estuviera viajando hacia el interior de ese espacio oscuro. Entonces, una vez en movimiento, tenía que invocar mentalmente la imagen de Tamarisco. Debía ver a Miea tal y como la había visto la noche anterior, y la tierra tal como siempre la había imaginado. Así, las imágenes surgieron de la nada y Becky sintió realmente que viajaba hacia ellas. La tentación de abrir los ojos para contemplar aquel otro mundo era abrumadora, pero Becky sabía que tenía que resistirse a ella. Miea le había dejado muy claro que, cuando estuviera en Tamarisco, lo sabría. Solo entonces podía detener la meditación.

No obstante, aunque la imagen del mundo se volvió más nítida (Becky había tenido durante muchos años una imagen muy realista de aquel lugar, que ahora irrumpía de nuevo en su mente), no tenía la impresión de estar allí. De hecho, ya no notaba la sensación de movimiento. Le parecía como si solo hubiese pintado un cuadro mental de Tamarisco. Se trataba de un cuadro especialmente intenso y detallado, pero no dejaba de parecerle una simple pintura. Tal vez aquello formaba parte del proceso. Tal vez era una especie de barrera que debía salvar. Becky permaneció con los ojos cerrados, mantuvo la concentración y se centró en atravesar la barrera.

Nada cambió. Pasados varios minutos, se le hizo evidente que nada iba a cambiar. Becky abrió los ojos y vio su habitación y sus cosas. Bajó la vista y Legolas le devolvió la mirada. Estaba segura de que había hecho todo lo que le había dicho Miea. Había sentido que se movía, tal y como le había anticipado la reina, pero, al fin y al cabo, no se encontraba más cerca de Tamarisco que cuando estaba en la autopista.

Becky sintió cómo se desvanecía toda la emoción que la había acompañado desde la noche anterior. ¿Por qué no podía ir a ver a Miea aquella noche? ¿Tal vez Miea debía hacer algo también para que aquello funcionara? A lo mejor aquel día había estado tan ocupada con todo lo que pasaba en palacio que no había tenido tiempo de dejar la puerta abierta, o algo así.

Becky deseaba que fuera eso lo que había sucedido.

De lo contrario, lo de la noche anterior habría sido, lamentablemente, un acontecimiento único en su vida.

—La ministra de comercio ha acudido para reunirse con usted, majestad. ¿Desea que acompañe a la ministra y su equipo a la sala de juntas pequeña?

—Por favor, Sorbus, comunica a la ministra que nos reuniremos en el jardín.

—¿En el jardín, majestad?

—¿Tiene algo de malo? Hace un día maravilloso y el propósito de la reunión de esta tarde es intercambiar ideas. Creo que las ideas fluirán mejor en el jardín que en la sala de juntas.

Por un instante, Sorbus miró a Miea como si estuviera preocupado por ella. Entonces su mirada se suavizó y dijo:

—Creo que el jardín es una idea excelente. Lo arreglaré para que se instalen allí. ¿Le parece bien que la anuncie en diez minutos?

—No hay ningún motivo para hacer esperar a la ministra. Dile que llegaré en dos minutos.

Aquella mañana, Miea se había despertado como si llevase veinte horas durmiendo. Estaba impaciente por comenzar el día. Tenía la agenda llena (¿cuándo no lo estaba?), pero se sorprendió yendo de una reunión a otra ágilmente, espoleada por el destacable encuentro de la noche anterior.

Se llamaba Becky. Tenía catorce años, tenía el pelo castaño y por los hombros, los ojos azules y la cara suave y redonda, y era de un lugar llamado Moorewood, Connecticut. Su sola existencia lo cambiaba todo. Desde que tenía uso de razón, Miea se había planteado un gran número de preguntas profundas sobre su mundo. La mayor siempre había sido la de respuesta más imposible: ¿cómo llegamos aquí? No era el tipo de preguntas que interesaban a la mayoría de sus conocidos. Incluso su padre parecía agobiado por la fascinación que Miea sentía por aquella cuestión. Todos pensaban que uno debía simplemente aceptar que tenía un lugar en el mundo y dejar que los misterios mayores continuasen siendo misterios.

Ahora Miea tenía una respuesta. Como mínimo, disponía de una parte de la respuesta. La noche anterior había otra presencia: sin duda alguna, la voz que le había dicho que esperara y que le había mostrado el camino no había sido la de su padre. Aquella presencia tenía algo que ver con su encuentro con Becky; incluso parecía decirle que era importante que la conociera. Aquello contenía mensajes que apenas había comenzado a escuchar. Sin embargo, lo que Miea ya sabía era que conocer a Becky le había abierto una nueva manera de ver el universo. Saber que en algún lugar existía una fuerza cuya voluntad la había traído al mundo, aunque esa fuerza aparentemente solo fuera una vital adolescente, indicaba la existencia de un orden en el mundo que Miea no había podido constatar hasta entonces. El conocimiento de ese orden le proporcionaba una nueva inspiración y, por motivos que todavía no terminaba de comprender, una nueva sensación de optimismo.

Así pues, Miea afrontó el nuevo día con entusiasmo, aunque ni un segundo del día fue mejor de cómo lo había anticipado la noche anterior.

—La esterilización no es una opción que esté dispuesta a considerar —dijo a Thuja. Las palabras que su padre había pronunciado la noche anterior durante la parte de la conversación en la que parecía realmente él resonaron en su cabeza mientras lo decía.

El hombre agachó la mirada.

—Lamento de veras escuchar eso.

—No debería lamentar escuchar que me niego a ordenar la exterminación de varias especies únicas en nuestro reino.

—Estoy seguro de que sabe que no me refería a eso, majestad. Lo que me produce tristeza es que no puedo ofrecerle alternativas. No hemos encontrado ninguna causa de la plaga.

—Pero lo haremos.

—Me gustaría poder estar tan seguro.

—Puede estarlo, ministro. No puedo explicarle por qué lo creo, pero sé que existe una respuesta. Y sé que la encontraremos sin pasar por excesivos apuros.

Thuja no parecía muy convencido. Sin embargo, aun siendo consciente de que las preocupaciones del ministro eran legítimas, Miea le ordenó que se ocupara de que su personal se esforzara más en encontrar el origen de la plaga o, al menos, en encontrar un tratamiento que la contuviera sin tener consecuencias ecológicas devastadoras.

—Majestad, de veras desearía poder compartir su confianza —manifestó Thuja mientras se disponía a marcharse.

—Inténtelo, ministro. Tal vez la confianza sea lo que más necesitamos ahora mismo.

Miea se dirigió al jardín para acudir a la entrevista con la ministra de comercio impulsada por una sana sensación de seguridad. Pese a ello, la sesión comenzó erráticamente. El equipo de la ministra parecía encontrarse incómodo compartiendo un entorno tan informal con la reina. El objetivo de la reunión era abordar maneras de ayudar a los cultivadores de sinraya en su intento de conseguir una mayor plataforma de consumidores para aquella fruta de forma extraña y sabor ligeramente amargo. Miea escuchó los programas que le presentaron diversos miembros del comité de la ministra, planes diseñados para convencer al público de que la fruta no era tan fea como parecía, que su sabor no era tan raro y que era nutricionalmente beneficiosa (aunque la mayoría de frutas más populares eran considerablemente más nutritivas). Su intención era buena, pero a Miea no le parecía ni por asomo que ninguna de aquellas propuestas fuera a ayudar a los cultivadores de sinraya a lograr grandes progresos.

Miea era consciente de que su obligación era escuchar las diversas campañas, recibir consejos de la ministra y, a continuación, aportar comentarios. Sin embargo, aquel día no estaba de humor para aquel tipo de obligaciones. Se sentía demasiado bien y era evidente que el comité estaba pasando por alto obviedades.

—Los niños —dijo mientras un miembro del comité se sentaba y otro se levantaba para iniciar su exposición.

—¿Cómo dice, majestad? —intervino la ministra.

—A los niños les encantan las cosas amargas, sobre todo cuando son cosas amargas endulzadas. La sinraya no es una fruta especialmente dulce. Francamente, casi no se le puede llamar una fruta. También es espantosamente fea. Para serle sincera, ni siquiera tengo muy claro para qué las cultivan los granjeros. Sería mejor que dejaran que la naturaleza diera más carácter al paisaje. De todos modos, si quieren invertir sus energías en llevar esta fruta al mercado, deberían elaborar un mejunje, algún tipo de pasta o de sustancia dura, o a lo mejor una bebida, que use la sinraya en una forma más dulce y camuflada, y difundir la mezcla entre los niños.

La ministra de comercio le sonrió.

—¿Se refiere a convertirlo en un caramelo, majestad?

—Creo que es mejor opción que intentar convencer a nuestros ciudadanos de que la sinraya es maravillosa.

La ministra se rio educadamente.

—Majestad, opino que podría tener mucha razón.

—Si endulzamos la mezcla con haédrico, también será saludable.

—Es una idea muy sabia, majestad. Pondré a alguien a trabajar en ello inmediatamente.

Miea no solo sentía que había contribuido a solucionar el problema, sino que al haberse adelantado a las últimas tres exposiciones, también le había ganado tiempo a su agenda. Así pues, se había procurado un breve rato para estar sola en el jardín tomando una taza de argo y disfrutando del sol.

Se preguntaba qué debía hacer Becky para relajarse. ¿Sería muy distinto el tiempo libre en el mundo del que venía la adolescente? Miea tenía el presentimiento de que entre Tamarisco y Connecticut existían más similitudes que diferencias. De todos modos, también debían existir diferencias.

¿Cómo sería Connecticut? Miea estaba firmemente convencida de que había entendido cómo podía llevar a Becky a Tamarisco, pero, ¿sería posible que también ella viajara al hogar de Becky? La idea era demasiado fantástica para un día tan ajetreado.

Sorbus fue a buscarla al jardín y pasó el resto de la tarde inmersa en un revoltijo de diplomacia y solución de problemas. Tras ello, acudió a una cena oficial que le consumió la mayor parte de la noche. Finalmente, abrumada por todo un día de reuniones y cansada de tanto hablar, Miea se sentó a solas en sus aposentos para beber una última taza de argo. Solo entonces cayó en la cuenta de que Becky no había regresado. Después de la noche anterior, estaba convencida de que la chica visitaría Tamarisco en cuanto se le presentara la primera oportunidad. Así se lo había hecho saber Becky mientras se despedían, pero no había acudido.

¿Era posible que se lo hubieran impedido sus responsabilidades? Tal vez las adolescentes tenían muchas más cosas que hacer en Connecticut que en Tamarisco. A lo mejor Miea había hecho algo que había asustado a Becky y por eso no se había aventurado a viajar. Pero no, eso no tenía mucho sentido en vista de la conversación que habían mantenido y de la identidad de la joven. Miea estaba segura de que el proceso de meditación que había descrito a Becky la llevaría a Tamarisco (la «voz» había sido muy tajante), pero, claro, nadie había puesto a prueba jamás tales instrucciones. ¿Y si Miea había cometido algún error al transmitir las instrucciones a la chica?

En tal caso, ¿significaría eso que no la volvería a ver? Aquel pensamiento inquietó a Miea. Deseaba estirar el brazo a través del vacío y agarrar la mano de Becky en aquel mismo instante.

Tenían que hacer muchas cosas juntas.

8

Miea acarició la réplica del Puente de Malaspina que tenía en su dormitorio. Había encargado la elaboración de la maqueta poco después de ser coronada reina, como reacción al primer informe sobre el «accidente» que se había llevado a sus padres. Había exigido que los detalles de la maqueta fueran tan precisos como fuese posible para ayudarla a situarse cuando revisara los siguientes informes. Si bien el artista que creó la maqueta había realizado la tarea con maestría, las personas que redactaron los informes (más de una docena en los años siguientes) no habían tenido tanto éxito. Cuatro años después del desastre, nadie le había podido concretar su causa definitiva.

Sorbus entró en sus aposentos.

—Majestad, es la hora de su reunión con la delegación de Armaespina.

—Ocúpate de que estén cómodos, Sorbus. Iré en un instante.

Miea volvió a su despacho para recoger una carpeta en la que guardaba las notas que había tomado de las numerosas circulares que había recibido para preparar aquella reunión. Era la quinta reunión de aquel tipo con los espinas desde que Miea había subido al trono. A lo largo de la historia, Tamarisco había mantenido una relación conflictiva e incómoda con sus vecinos del norte. Las tensiones desembocaron en una guerra solo una vez, hacía más de cien años, por un pequeño terreno fértil, pero su coexistencia estaba salpicada de escaramuzas, subterfugios y apariencias. Las diferencias culturales entre los dos reinos eran profundas. Tamarisco era agrario, abierto y progresista, mientras que Armaespina era industrial, represivo y reacio a los cambios sociales. Sin embargo, lo más difícil para Miea (y para todos los monarcas tamariscos que la habían precedido) al tratar con los espinas era su obsesiva necesidad de intimidar. Los dirigentes de los espinas querían que todos los demás reinos les temieran, incluso aquellos que les igualaban o les superaban en recursos y poder. Miea sabía que existía una red de espías espinas en Tamarisco que recogían información sobre sus puntos vulnerables y creaban problemas entre la ciudadanía. Los espinas no se esforzaban demasiado en tratar de encubrir la existencia de esta red, pero se les daba tan bien infiltrarse en el tejido de la sociedad de Tamarisco que las fuerzas de seguridad de Miea nunca habían logrado desenmascararlos.

Siempre existía la posibilidad de una incursión dañina de los espinas. Ese era el motivo por el que Miea impulsaba esas sesiones diplomáticas, aunque aquella era más urgente que la mayoría. Como la búsqueda de una causa de la enfermedad que infectaba la vida vegetal de Jonrae seguía siendo estéril, Miea se planteó la posibilidad muy posible de que los espinas hubieran encontrado un modo indetectable de envenenar su reino. En tal caso, ni una intensa actividad diplomática bastaría para evitar el conflicto a sangre y fuego.

Al salir del despacho en dirección a la sala de juntas, Miea vio a un adolescente vestido con ropa de los espinas que hojeaba la copia de Sorbus de la agenda real, examinando cuidadosamente cada página. Sorbus no parecía estar por allí.

—Disculpa —dijo la reina en un tono incisivo.

El joven levantó la mirada despreocupadamente, inclinó la cabeza levemente en un modesto gesto de saludo y siguió examinando el libro.

—¿Te importaría decirme qué estás haciendo? —preguntó Miea con un fastidio evidente.

El chico frotó una página del libro entre el pulgar y el índice de su mano.

—Este papel es extraordinario. Los tamariscos son maestros en la artesanía. Incluso esta agenda es más elegante que cualquiera cosa que tengamos en Armaespina.

¿El muchacho estaba admirando la composición del volumen? No era muy probable. Seguramente estaba memorizando dónde estaría ella durante las semanas siguientes. ¿Cómo era posible que Sorbus hubiera sido tan descuidado para permitir algo así?

Miea se acercó al muchacho y echó un vistazo a la página que «admiraba». Era la que correspondía a dos semanas más adelante. Reforzaría la seguridad toda la semana. Odiaba pensar de aquella manera y, de hecho, solo lo hacía cuando había espinas implicados.

—Supongo que estás con la delegación.

El chico alisó la página y siguió mirando el libro sin inmutarse. Miea prácticamente se lo arrebató de las manos.

Al final, el joven se volvió hacia ella.

—Sí, voy con la delegación.

—Entonces, a lo mejor deberías estar con la delegación. Permite que te acompañe.

—Sería muy amable de su parte.

Miea se dirigió con el muchacho a la sala de juntas mientras el enfado la consumía por dentro. ¿Cómo podía ser tan arrogante aquel espina? Seguro que sabía quién era ella. Ya que no iba a ocultar su evidente acto de espionaje, lo mínimo que podía hacer era mostrarle cierto respeto.

El vicecanciller espina, Capsicum, se levantó para saludar a Miea en cuanto ella entró en la sala de juntas. Evidentemente, el canciller no había acudido. Nunca se rebajaría a viajar a otro reino.

—Gracias por su hospitalidad, majestad —dijo el vicecanciller—. Como de costumbre, nuestro alojamiento de anoche fue excelente.

«Capsicum, les recluimos intencionadamente para evitar que conspiren y espíen, pero probablemente eso ya lo sabían», pensó ella.

—Me alegro de que estuvieran cómodos, señor vicecanciller.

El vicecanciller hizo un gesto hacia el muchacho que había entrado junto a Miea.

—Veo que ya ha conocido a mi hijo Rubus.

Miea miró al chico, que le dedicó una respetuosa reverencia.

—No sabía que era su hijo —aclaró Miea—, pero sí, nos hemos conocido.

—A Rubus le interesa especialmente Tamarisco. Prácticamente me suplicó que le trajera en este viaje. Espero que no le importe.

—Señor vicecanciller, su hijo es bienvenido en Tamarisco. Solo le pido que en el futuro permanezca con su comitiva.

Capsicum entornó ligeramente los ojos y, a continuación, miró a su hijo desaprobadoramente. El chico no le sostuvo la mirada. Era evidente que no era tan buen espía como esperaba su padre. Miea estaba segura de que el muchacho recibiría un entrenamiento más amplio en cuanto regresaran a Armaespina.

Tal y como se esperaba, la siguiente media hora consistió en una serie de formalidades: revisiones de tratados, conversaciones sobre el grado de participación de cada reino en una futura conferencia global y referencias vagas a una revisión de las políticas de extradición. Capsicum propuso la reducción de soldados tamariscos en la zona más al sur de la frontera entre los dos reinos asegurando que los aldeanos espinas del otro lado se sentían abrumados. Miea rechazó la propuesta recordándole la política militar de respeto de las fronteras de Tamarisco, aunque optó por callarse que, al gobierno espina, poco le preocupaban sus ciudadanos y que solo quería una reducción de tropas que facilitara a sus espías el cruce de la frontera.

—Vicecanciller, ya que hablamos de fronteras, me gustaría hablar de ciertas anomalías en Jonrae que me preocupan.

—Jonrae también estaba en la frontera con Armaespina, aunque más al norte—. ¿Es posible que estén ustedes llevando a cabo experimentos en esa zona?

—¿En Jonrae, majestad? —preguntó Capsicum altivamente—. Jonrae es un territorio de Tamarisco.

—Al que se puede acceder fácilmente desde Baranov.

—La frontera entre Baranov y Jonrae está bien custodiada por sus propios soldados, majestad.

«Pero estoy segura de que, si quisieran, encontrarían la manera de hacernos daño», pensó Miea.

—Es posible que un experimento llevado a cabo en su territorio haya tenido consecuencias inesperadas para Jonrae.

El vicecanciller sacudió la cabeza.

—En Baranov no se está haciendo ningún experimento.

—¿Le importaría que mandase allí a una delegación para que tome algunas muestras del suelo?

Capsicum se irguió en su asiento.

—Me importaría exactamente lo mismo que le importaría a usted que yo mandara a una delegación a husmear por Ciudad Tamarisco.

Rubus se inclinó hacia delante.

—Tal vez yo podría ir a Baranov y elaborar un informe para la reina —se ofreció el muchacho. A diferencia del resto de diplomáticos sentados alrededor de la mesa, era evidente que no le preocupaba interrumpir una discusión entre los dos mandatarios de rango más elevado presentes en la sala.

—La reina se tendrá que conformar con confiar en nuestra palabra —dijo Capsicum tozudamente.

—Si hay anomalías en Jonrae, también podría haberlas en Baranov. Deberíamos investigar.

El vicecanciller sonrió, aunque sus ojos se mantuvieron sombríos.

—Mi hijo es muy sabio para su edad. —Capsicum se volvió hacia el chico—. De acuerdo, Rubus; lleva a un equipo científico a Baranov y vuelve con lo que descubras. Si hay algo que valga la pena compartir con la reina, se lo haremos saber.

El hombre y el adolescente intercambiaron una mirada que Miea no logró descifrar. Evidentemente, el «informe» de Rubus no iba a servir para nada. Y aquella reunión diplomática tampoco iba a servir para nada.

Aparte de para alimentar las sospechas de Miea de que los espinas tenían un papel muy activo en el nuevo peligro al que se enfrentaba su reino.

La masa de pizza se elevó por los aires y aterrizó sobre la encimera de la cocina con un extraño «puf». A papá nunca se le había dado bien esa parte del proceso de preparación de la pizza, pero, aun así, siempre insistía en hacerlo.

—¿Para qué sirve todo eso de hacer volar la pizza? —preguntó Becky mientras su padre la recogía de la encimera, la espolvoreaba con harina y lo volvía a intentar.

—La verdad es que no estoy seguro. Creo que es para darle espectacularidad al asunto.

La masa le resbaló por el borde de la mano, pero logró atraparla antes de que cayera al suelo.

—Esto no queda muy espectacular, papá.

Chris hizo una mueca.

—Hay cosas que necesitan práctica. Si te rindes después de un pequeño fracaso, nunca aprendes.

Becky no quería recordarle que llevaba intentando hacer aquello desde que ella era niña.

—Si tú lo dices... Empezaré a rallar la *mozzarella*.

—Buena idea. Supongo que tendré esto listo en unos veinte o treinta minutos. Eso, claro está, si no se me cae al suelo y tenemos que volver a empezar desde el principio.

Papá la miró socarronamente y ella puso los ojos en blanco. Chris parecía estar de muy buen humor. La verdad es que lo había estado durante toda la semana. Las veces que habían hablado por teléfono, le había añadido más preguntas a las dos habituales («¿Qué tal la escuela?» «¿Ha pasado algo interesante hoy?»), y había parecido escuchar lo que ella le respondía. La cena del martes por la noche había sido distendida. Había elegido el restaurante ella y, después, habían ido a tomarse un helado, simplemente para estar juntos un rato. No habían hablado demasiado, pero ella no se había sentido como solía sentirse cuando estaban callados, es decir, como si estuvieran hablando, pero en silencio.

Por supuesto, eso no significaba que no siguiera habiendo algo raro. Lo más extraño de todo era que él no le había comentado nada de Tamarisco después de todo lo que ella le había contado el domingo anterior. Ni una sola palabra. Comenzaba a preguntarse si tal vez no la había escuchado. O tal vez no había entendido lo que le había dicho. Si él no sacaba el tema, ella tampoco pensaba hacerlo. Al principio, Becky no le dijo nada más sobre Tamarisco porque quería que él diera el primer paso. Hacía mucho tiempo que él no intentaba de veras conectar con ella, y Becky estaba segura de que aquello le iba a animar a hacerlo, pero tenía que demostrarle que era algo importante para él.

Además, en esos momentos, tenía otro motivo para no sacar el tema. Había pasado una semana entera desde su «encuentro» con Miea y no había logrado volver a ver a la reina, por mucho que se concentrara y por más atentamente que siguiera las instrucciones que le había dado Miea. Becky estaba segura de que lo que le había pasado había sido real. Sin embargo, si lo era, ¿por qué solo había sucedido aquella vez? Se le había ocurrido una cosa más y pensaba poner a prueba su idea en cuanto se acostara aquella noche. Estaba impaciente por probarlo en ese mismo momento. De hecho hacía horas que se moría de ganas, pero no se veía capaz de concentrarse con su padre deambulando por el apartamento.

De momento, tendría que centrarse en la pizza y en rallar la *mozzarella*. Miró hacia la encimera de la cocina. Su padre había conseguido estirar la masa, pero estaba reparando un agujero.

—Estoy pensando en olivas y ajo —dijo Chris, que continuaba inclinado sobre la masa maltratada de la pizza.

—Me parece bien. ¿Tenemos chiles picantes?

—¿Chiles picantes? A ti no te gustan los chiles picantes.

—Estoy evolucionando, papá.

Chris la miró con una sonrisa irónica.

—Sí, me parece que tenemos chiles picantes.

—Solo un par, ¿vale?

Por fin, pudieron comerse la pizza, y estaba deliciosa. A papá se le daba realmente bien la pizza, una vez superada la parte «espectacular» del asunto. Después de limpiar, jugaron un par de partidas de Yahtzee y, a continuación, pusieron la nueva película de Johnny Depp en pago por visión. Aquella noche Becky tenía que acudir a una fiesta con Lonnie, pero decidió quedarse en casa con su padre. Hacía tiempo que no pasaban un sábado plácido juntos, y le pareció una buena idea.

—Johnny Depp es un actor realmente inteligente —dijo su padre mientras veían la película.

—Está buenísimo.

Papá volvió la cabeza hacia ella y ella le sonrió.

—¿De verdad crees que está buenísimo?

—¿Tú no?

—No es mi tipo.

—Nadie es tu tipo, papá. Sí, Johnny Depp está buenísimo. Y no es que sea mi opinión, es un hecho.

—¿Cómo que nadie es mi tipo?

—Da igual. Quiero postre. ¿Qué tenemos?

El postre resultó ser una tarta de manzana que su padre había comprado por la mañana, la película resultó ser simplemente correcta comparada con lo que solía hacer Johnny Depp (aunque eso era lo de menos) y papá insistió en ver el principio de *Saturday Night Live* antes de irse a dormir. Al final, consiguieron pasar un día entero juntos sin vivir ningún momento tenso o deprimente. Becky se preguntaba qué debía estar pensando su padre, qué había provocado aquel cambio de actitud. Fuera lo que fuese, ojalá siguiese en la misma línea.

Por fin, a solas en su habitación, Becky podía poner a prueba su teoría. Unos seis meses después de que papá se marchara de casa, mamá le había comprado un nuevo dormitorio con una cama de matrimonio. En lugar de regalar la cama vieja, mamá preguntó a papá si la quería, y él se la quedó. Ciertamente, era una mejora respecto a la cama destartalada que le había dado Lisa cuando se había trasladado a aquel apartamento, aunque esta fuera estrecha. Sin embargo, lo más importante de la cama en ese momento era que habían creado todas las historias sobre Tamarisco en ella. Noche tras noche, habían ido añadiendo nuevas historias a la leyenda de Tamarisco. Por extraño que pareciese (aunque, en realidad, ¿podía haber algo más extraño de lo que había sucedido ya?), a Becky se le ocurrió que era posible que aquella cama fuera una especie de «portal» hacia Tamarisco. Leía constantemente cosas parecidas en novelas de fantasía y, el día que se había encontrado con Miea, había estado en aquella misma cama.

Becky se sentó al borde de la cama y repitió el proceso tal como había hecho todas las noches desde el domingo anterior. Cerró los ojos y se puso a borrar los recuerdos del día. Justo después de comenzar, escuchó el ruido de la cisterna en la habitación de su padre y tuvo que volver a empezar. En cuanto volvió a hacerse el silencio, logró concentrarse por completo en la oscuridad. Oscureció la masa de pizza, a Johnny Depp y la canción intencionadamente penosa que Al había cantado aquella mañana a pleno pulmón. Oscureció la súplica de última hora de Lonnie para que fuera a la fiesta y el mensaje de texto que había recibido de Cam Parker para decirle que él también iba a ir. Se adentró más en la oscuridad hasta que todo estuvo completamente oscuro y, entonces, invocó la imagen de Tamarisco, el palacio y el rostro de Miea.

Sintió un tirón. Era algo nuevo, distinto de la sensación de estar cayendo que había notado la noche del sábado anterior. La sensación de movimiento era la más intensa que había sentido desde entonces. Le recordaba a lo que pasaba en un túnel de lavado: de pronto, un tirón se llevaba el coche y lo arrastraba como si fuese sobre raíles. No cabía duda de que Becky se estaba moviendo, aunque todavía no estaba segura de hacia dónde se dirigía. Todavía veía Tamarisco mentalmente y no se atrevía a abrir los ojos por miedo a perder la conexión.

Gradualmente, el ruido de pasos, voces lejanas y bullicio sustituyó al silencio. Mantuvo los ojos cerrados. Entonces, la fuerza que tiraba de ella se detuvo y los sonidos se volvieron más insistentes.

—Así que, finalmente, has decidido no abandonarnos.

Becky abrió los ojos.

Y se vio a sí misma en otro mundo.

Miea casi había dejado de esperar a Becky, y la emoción y el optimismo de principios de semana habían ido cediendo paulatinamente su lugar a las trifulcas diplomáticas con los espinas, el descontento del Gremio de Carpinteros e incluso la discordia entre los miembros de su personal a causa de la sustitución del segundo ayudante de Sorbus. Sobre todo ello planeaba el recrudecimiento de la plaga, que mataba más vegetación cada día. El equipo de Thuja no estaba en absoluto más cerca ni de encontrar una causa del problema ni una solución. En aquellos momentos, la confianza que Miea había expresado una semana atrás debía parecer, a ojos de su ministro, una auténtica exhibición de estupidez.

Miea acababa de completar su agenda del día y su secretario acababa de abandonar el despacho. Inusualmente, no tenía ningún compromiso aquella noche, una rareza en su agenda causada por la enfermedad de un dignatario que debía visitarla. Miea no se alegraba exactamente de que el alcalde de Cosmas sufriera una infección viral, pero la aliviaba la oportunidad de cenar en sus aposentos y tal vez acostarse temprano. El descanso, si es que podía descansar, le sentaría bien.

Le quedaba un último documento por revisar. Mientras leía, notó un cambio en el ambiente de la habitación, como si alguien hubiese entrado en su despacho sin avisar. Al levantar la mirada, vio a Becky sentada en su sofá, con los ojos cerrados y una expresión absorta y concentrada.

—Así que finalmente has decidido no abandonarnos —dijo Miea en tono jovial.

Becky abrió los ojos y echó un vistazo a la habitación, desconcertada. Después, miró a Miea y esbozó una amplia sonrisa.

—Lo he conseguido.

—Parece que sí.

—Tiene que ser la cama. Caramba, esto es cada vez más raro.

Miea no tenía ni idea de qué le estaba hablando Becky. De todos modos, ver a la chica la animó.

—Me alegra volver a verte, Becky.

Becky no había dejado de sonreír.

—A mí también me alegra volver a verte. ¿De veras estoy en Tamarisco?

—Estás aquí de verdad.

—Es increíble. Así que todo esto es real.

Miea se acercó a Becky y le apoyó una mano sobre el hombro.

—Todo. ¿Quieres que te acompañe y te lo enseñe?

—Sí, me encantaría.

En ese momento, Sorbus se detuvo en el umbral.

—Majestad, si no necesita nada más por esta noche, me marcho.

—Buenas noches, Sorbus. Por cierto, antes de que te vayas, me gustaría presentarte a una amiga. Esta es Becky.

Sorbus agachó la cabeza ligeramente en dirección a Becky y dijo:

—Encantado de conocerla, señora.

Viendo la expresión de Sorbus, Miea comprendió de que la presencia de la chica le desconcertaba. Probablemente se preguntaba quién era y cómo había conseguido llegar a aquella parte del palacio sin que él lo supiera. Miea valoraba positivamente su preocupación, sobre todo después del pequeño incidente con el hijo del vicecanciller. Pensaba hablarle de Becky al día siguiente con la esperanza de que el hombre creyera su relato, pero no quería sacar esa conversación en aquel preciso instante. En ese momento, quería llevar a su invitada especial a dar un pequeño paseo.

Muchas cosas eran exactamente como Becky las había imaginado, y muchas otras estaban más allá de toda imaginación. Si alguien le hubiera dicho hacía un par de semanas que estaría paseando por una tierra fantástica con una princesa (perdón, con una reina) que ella misma había inventado de niña, Becky habría hecho una mueca y habría dicho que ya era un poco mayorcita para creer en magia. Sin embargo, hacerlo era totalmente distinto a imaginarlo y, si no te dejas sorprender por esta clase de cosas, es que estás en muy mala forma.

Un elaborado mosaico multicolor de planchas de madera pulida cubría los pasillos desde el suelo hasta el techo. Becky recordaba que la madera procedía de un árbol llamado plumas. La idea del árbol se le ocurrió cuando entendió mal un proyecto en el que había estado trabajando su padre. Por aquella época, ella estaba convencida de que Chris podía hacer cualquier cosa con los árboles en los que trabajaba como ingeniero genético, y le pareció divertido que creara uno multicolor. Recordaba haberse sentido un poco decepcionada al saber que no podía hacer algo tan espectacular, pero si él no podía lograrlo en la vida real, al menos ella sí podía en Tamarisco.

Las personas con las que Becky y Miea se iban cruzando hacían reverencias frente a la reina y miraban a Becky con desconcierto. No podían conocerla, ¿verdad? A lo mejor la miraban raro por cómo iba vestida, aunque en realidad su ropa no era muy distinta de la de los demás. Durante los primeros años de las historias de Tamarisco, Becky vestía a los personajes con ropa elaborada, muy medieval, que recordaba a las ferias renacentistas a las que acudía con sus padres todos los veranos. Un año antes de dejar de crear aquellas historias con su padre, había cambiado de opinión y había decidido que Tamarisco sería un lugar mucho más atractivo y contemporáneo si todo el mundo iba vestido con ropa de nilón de colores intensos, algo similar a las sudaderas que llevaba el equipo femenino de baloncesto de UConn. Incluso Miea llevaba ropa informal, aunque era de una tela especial tornasolada que sólo tejía un artesano en el territorio de Odorico. De todos modos, a Becky no le parecía que sus tejanos y su camiseta Abercrombie (¿no se había quitado esa ropa antes de acostarse?) desentonaran demasiado, aunque era evidente que la gente la veía como una forastera.

Giraron a la izquierda en un pasillo y salieron al aire libre por una puerta. Becky recibió inmediatamente un bombardeo sensorial. Los colores eran casi físicamente abrumadores. Como era de esperar, el azul estaba por todas partes (a Becky le había parecido un cambio divertido que las hojas de Tamarisco fueran azules en lugar de verdes), pero había muchos otros colores totalmente nuevos para ella. ¿Aquel era el aspecto que tenía el aguagranate? ¿Aquel estallido de color limón, mandarina y melón podía ser el color que ella había denominado jumo? ¿Y cómo se podía llamar al color de la flor de la derecha, la que parecía a la vez verde oscuro, negro azabache y azul marino?

Aunque los colores eran deslumbrantes, los sonidos todavía eran más fantásticos. Becky escuchó retumbar la voz grave de algún animal cercano, tal vez un maritón o un morongo. Las hojas que mecía el viento emitían un punto de percusión, casi como el sonido de varios triángulos musicales tocados a la vez. Unos pájaros trinaban melodías muy bien estudiadas mientras otros chascaban el pico elaborando un ritmo complejo. Se escuchaba revuelo, crujidos, gorjeos y notas picadas, todo ello procedente de lugares que Becky no lograba situar, y todo parecía sonar con sincronía y afinación. El resultado era algo casi sinfónico, como si en Tamarisco la naturaleza interpretara un enorme concierto infinito. Era algo que no habría imaginado jamás. Su padre y ella habían inventado «voces» para los animales que habían creado y muchas de ellas se basaban en instrumentos musicales, pero nunca se les había ocurrido afinar el conjunto. Solo un sonido parecía desacorde, algo que apenas alcanzaba a escuchar en la distancia. Era monótono y triste. ¿Sonaría bien a los ciudadanos de Tamarisco? ¿Eran conscientes siquiera de cómo sonaba su mundo?

También estaba el olor. Frambuesa y chocolate. Dos de sus olores favoritos. El aroma no era demasiado intenso, pero sin duda estaba ahí, exactamente tal como ella lo había diseñado. Becky se preguntó si cualquier forastero (caramba, era una forastera de verdad en aquel mundo) que llegara a Moorewood sentiría un estallido de sensaciones similar. ¿A qué debía oler y sonar su ciudad natal a alguien que nunca hubiese estado allí ni en ningún otro lugar de la Tierra?

Sin darse cuenta, Becky había dejado de caminar. Se sentía algo mareada. ¿Cuántas cosas nuevas podía absorber de una sola vez?

—¿Estás bien? —le preguntó Miea, apartándola del paisaje.

—Estoy estupendamente. Es solo que son muchísimas cosas nuevas.

—Entonces, supongo que tendrás que volver a menudo para asegurarte de que ves hasta el último detalle.

Becky miró los ojos sonrientes de Miea.

—Sí, creo que sí.

Continuaron atravesando el jardín hasta llegar al límite, cuyas vistas daban a un gran claro que hacía las veces de entrada a un bosque por un lado y a una larga colina por el otro. Al final de la colina había una ciudad. Ciudad Tamarisco. Aunque Becky lo había bautizado todo de una manera muy particular, había puesto un nombre simple a la capital de Tamarisco en honor de la Ciudad de Nueva York. Eran lugares muy distintos (Ciudad Tamarisco era un lugar bullicioso pero pequeño), pero ambos eran el centro de sus «reinos».

Becky vio una criatura peluda que no supo identificar. El animal dio tres saltitos y alzó el vuelo. Se sumó al resto de pájaros del cielo de Tamarisco, entre los que había algo parecido a las enormes gaviotas de pasajeros a las que había llamado guacasasa. Había animales por todas partes. Algunos avanzaban con dificultad sobre patas puntiagudas, otros saltaban con patas largas y elásticas y también había otros que rodaban y daban volteretas para llegar a su destino. Estaba segura de que podía divertirse durante horas simplemente contemplando aquella escena.

Becky escuchó que Miea se alejaba unos pasos de ella y la miró. La reina se acercó a un arbusto frondoso y estiró el brazo. Becky vio que algo parecido a un hocico emplumado asomaba tras el arbusto y olisqueaba el brazo de la reina. De pronto, desapareció de nuevo y Becky escuchó que algo se movía dentro de la planta. Un instante después regresó el hocico seguido por el cuerpo alargado de un jofler, el lagarto con plumas que su padre había inventado años atrás. El jofler se subió al brazo de Miea, trepó hasta llegar a su hombro y le olió el cuello.

—¿Es amigo tuyo? —preguntó Becky.

Miea se rio.

—No estoy segura de conocer a este jofler en concreto, pero todos son muy cariñosos en cuanto comprueban que no eres un mohonk que se los quiere comer.

Becky se acercó al jofler y le tocó el hocico. El animal se apartó instintivamente, pero entonces olisqueó la mano de Becky y se acabó frotando su mejilla alargada contra ella.

—Ahora también es amigo tuyo —dijo Miea, y Becky no pudo contener la risa mientras acariciaba la cabeza del jofler.

Al final, regresaron al palacio por otra puerta. Miea mostró a Becky la sala de juntas principal, con paredes acolchadas y un mobiliario menudo pero resistente, hecho de vinema (otra de las invenciones de su padre). A continuación la llevó a una sala más pequeña en la que se celebraban las reuniones más importantes de palacio. Las paredes curvadas estaban revestidas de un material que a Becky le recordaba las espinas de pescado. El mobiliario estaba tallado en una piedra negra, marrón y verde conocida como malheur.

—Este salón es muy serio —valoró Becky.

—Es porque en él pasan cosas muy serias.

—¿Lo usáis a menudo?

—Mucho más de lo que me gustaría.

Aunque Miea pronunció esta última frase con una especial solemnidad, no añadió nada más.

A continuación, se dirigieron a los aposentos de Miea. Algunos de los detalles que Becky recordaba haber añadido a la habitación de la princesa seguían allí, como la silla extraordinariamente elevada elaborada de payette espumoso, el retrato de Miea de bebé pintado con tintes de cíbola extremadamente exóticos, o el tablero del adivino, un juego cuyas reglas cambiaban cada vez que jugabas y se iban revelando paulatinamente cada vez que realizabas una jugada. También estaba parte del mobiliario que Becky había diseñado para los aposentos del rey y la reina (donde suponía que estaban en realidad), incluida la cómoda de tres docenas de cajones y el edredón relleno de plumón del elegante seney. Además había chismes y accesorios que no reconocía, como una enorme maqueta de un puente elevado y abundantes retratos de unas personas que Becky imaginaba que debían ser los padres de Miea.

Cuando se instalaron en la antecámara, una de las ayudantes de la reina llamó a la puerta. Miea la saludó y después se volvió hacia Becky.

—Estaba a punto de cenar algo. ¿Te gustaría cenar conmigo?

—Solo quiero algo para beber, gracias. Ya he cenado esta noche.

Becky se dio cuenta de que, en aquel lugar, no podía ser la misma hora que en casa si Miea se disponía a cenar y todavía estaba anocheciendo. Tal vez Tamarisco estaba en un huso horario distinto (¿Tenía algún sentido aquella idea?) o quizás el tiempo transcurría de un modo completamente distinto.

Miea comunicó a la ayudante lo que quería comer y después se sentó en el sofá frente a Becky.

—¿A qué te referías antes cuando has dicho: «Tiene que ser la cama»?

Becky se reclinó en su asiento.

—Durante la última semana, he intentado venir muchas veces. Pensaba que no me estaba concentrando lo suficiente o que había olvidado una parte de lo que me dijiste que tenía que hacer.

—O que, de entrada, lo que te dije no era correcto.

—No, la verdad es que no creía que fuera eso. Tenía que ser algo que estaba haciendo mal. Hiciera lo que hiciese, no podía venir. Entonces se me ocurrió una idea. Cuando nos conocimos en aquel lugar, fuera lo que fuera, estaba en la cama del apartamento de casa de mi padre. Se me ocurrió que a lo mejor tenía algo que ver con la cama, con el apartamento o con la pintura de las paredes, vete a saber. Y, ¿sabes qué? Ha funcionado. No creo que haya hecho nada diferente, pero esta vez ha funcionado.

Miea pareció alegrarse.

—Empezaba a preguntarme si habías decidido que no querías venir.

—No, no, no, no, no. De ningún modo. La verdad es que comenzaba a sentirme frustrada.

—Estoy encantada de que lo hayas conseguido esta vez. Cuando nos encontramos en aquel otro lugar, me pareció como si solo estuviéramos... empezando.

—A mí me pasó lo mismo. Y, chica, si me hubiese perdido esto, la verdad es que habría sido una gran pérdida.

Miea miró a su alrededor con una expresión algo melancólica. Entonces regresó la ayudante con una ensalada para Miea. La muchacha también sirvió una taza de un líquido tibio de color escarlata. Becky olió la bebida cuidadosamente y le dio un sorbo. El sabor le sorprendió. Aunque el líquido tenía la consistencia del agua, le produjo en la lengua una sensación densa, casi como de jarabe. El sabor, salado, picante y con aromas de canela, danzó en su paladar. Estaba segura de que no había probado nunca algo igual, y no sabía si le gustaba.

—¿Te gusta el barritts?

—Está delicioso. Como el que hace mi madre —respondió Becky con una sonrisa.

Miea sonrió.

—Supongo que tenemos que aprender muchas cosas la una de la otra.

Becky dio otro sorbo. Se podía imaginar aficionándose a aquella bebida.

—Y sobre el mundo de la otra.

Miea comió un poco de ensalada.

—Has dicho que los sábados duermes en la cama de casa de tu padre. ¿Cada cuánto tiempo es sábado?

Becky recordó que los días de la semana tenían nombres diferentes en Tamarisco, pero pensó que cada semana debía tener también siete días.

—Una vez cada siete días.

—Entonces, espero que nos podamos ver al menos a ese intervalo.

«Ojalá hubiera algún otro modo de llegar aquí», pensó Becky.

—Si a ti te parece bien, así será. Y a lo mejor... —empezó, pero se detuvo un momento consciente de lo difícil que iba a ser lo que iba a proponer—. A lo mejor puedo pasar más noches en casa de mi padre para poder pasar más tiempo aquí.

Miea dejó de comer y dijo:

—Me encantaría.

«¿Y cómo piensas hacerlo, Beck?», pensó Becky.

—En ese caso, haré lo que pueda. Me gustaría mucho...

De repente, Becky sintió un tirón, casi como si alguien la hubiera agarrado por la espalda. Instintivamente, cerró los ojos, pero la fuerza no se detuvo. «Así es como se debe de sentir una cuando la absorbe una aspiradora», pensó. Cuando volvió a abrir los ojos, se encontró mirando el techo de su habitación en el apartamento de su padre.

«¿Qué ha pasado? ¿Dónde está Tamarisco?»

Becky cerró los ojos e intentó que volviera la oscuridad para volver a viajar a Tamarisco, pero no experimentó ninguna sensación de movimiento. Finalmente, se tumbó de lado y miró fijamente la ventana de su habitación. ¿Había sufrido un cortocircuito o algo parecido? ¿Tenía que reiniciar? ¿Qué estaría pensando Miea sobre lo que acababa de suceder?

Todavía tenía en la lengua el sabor del barritts, y le hubiera encantado poder terminarse la taza. Lo haría otra noche. Iba a volver a Tamarisco otra noche. Seguro.

Becky cerró los ojos y volvió a visitar Tamarisco con el pensamiento.

Ir una vez por semana no iba a resultar suficiente.

Gage observaba maravillado, eufórico, y su imaginación se aproximaba al éxtasis. El puente resistía, uniendo dos mundos que, aunque independientes, no estaban aislados.

Gage se sorprendía muy contadas veces, pero esta era una de ellas. Aquello era un uso extraordinario del don. Un poderoso recordatorio de la fuerza de las posibilidades, del potencial de la imaginación para llegar más allá del hecho de imaginar. Se centró en esta idea durante un largo rato y sintió que le recorría una oleada de calidez. Aquello también sucedía en contadísimas ocasiones.

Ese nuevo mundo ofrecía nuevas posibilidades. Nuevas posibilidades para Gage de imaginar y conceder dones. Gage se concentró en el futuro de ese mundo. Era expansivo y definido, y sus parámetros evolucionaban.

También era nebuloso. La historia que presentaba no era sencilla. Tampoco era una historia prevista por ninguno de sus protagonistas. Gage solo podía presuponer el futuro, pero todas las señales apuntaban a una historia dura y dolorosa. Tal vez demasiado para quienes participaban en ella.

Sin embargo, era una historia que debía contarse. Había un camino que solo podía completarse a través de aquella historia. Era una historia en la que Gage no podía influir. Gage podía conceder dones, pero ahora la historia estaba en manos de sus protagonistas.

Tenían que superar el dolor. Tenían que sobreponerse a la pena. Tenían que abrazar la trascendencia.

Solo sus protagonistas iban a decidir el destino de un mundo de posibilidades.

9

Esa mañana, Becky estaba durmiendo demasiado y se estaba perdiendo el inicio de un luminoso día de primavera. Chris pensó en llevarse el café y el periódico al patio comunitario del edificio, pero, al final, decidió quedarse y esperar a su hija. Dedicó un rato a navegar por una enciclopedia de plantas en línea y le fascinó especialmente la sección de «peligros conocidos», que comparaba comer un lirio de agua crudo con la sensación de cientos de agujas clavándose en el paladar y también informaba de que los perros eran especialmente susceptibles a las toxinas de las cebollas de Aspen. A continuación, descargó unas cuantas canciones y se puso a escucharlas con los auriculares del ordenador. Mientras las escuchaba, Becky le dio unos golpecitos en el hombro para hacerle saber que estaba despierta.

—¿Es bueno? —preguntó cuando él se quitó los auriculares.

—Es de los ochenta.

—Vaya, hoy papá se ha levantado un poco nostálgico.

Chris se rio y se levantó de la mesa del ordenador.

—La verdad es que he estado yendo hacia atrás. He comenzado escuchando cosas nuevas, pero mientras tú te pasabas toda la mañana durmiendo, yo he terminado llegando a los ochenta.

Becky hizo una mueca.

—No es tan tarde. Solo son las... —volvió la cabeza y miró el reloj del sintonizador del cable—. ¡Caramba! Son más de las once.

—¿Te acuerdas cuando te decíamos que tenías que quedarte en la cama hasta las siete?

—No me puedo creer que sea tan tarde. ¿Qué vamos a hacer hoy?

—Lo primero que vamos a hacer es desayunar. Estoy muerto de hambre.

—¿No has desayunado?

—Te estaba esperando.

—No hacía falta. La verdad es que no tengo demasiada hambre, pero comeré algo.

Fueron a la cocina, y Chris abrió la nevera y el congelador. Había pensado hacer una tortilla, pero si Becky no tenía «demasiada hambre», no valía la pena. La miró por encima del hombro.

—¿Un panecillo?

—Me parece bien.

Chris sacó dos panecillos envueltos en papel de aluminio del congelador y los metió en la tostadora. Tenía la costumbre de comprar una docena en la panadería aunque solo pudiera comerse un par frescos. Siempre iban bien en días como aquel, cuando tenía que cambiar de planes en alguna comida.

—Eso digo yo, ¿qué vamos a hacer hoy? —preguntó Chris mientras sacaba el queso para untar del frigorífico.

—¿Hace buen tiempo?

—Tiene muy buen aspecto. Todavía no he salido.

—¿Te apetece hacer una excursión en coche? —Chris dejó de desenvolver el paquete de queso para untar y miró a su hija—. Era broma —dijo Becky—, aunque podemos ir, si te apetece.

—Lo incluiremos en nuestra lista de opciones.

Chris volvió al paquete de queso y después cortó un tomate en rodajas.

—Escucha, tengo que contarte algo —anunció Becky. Había algo en su tono de voz que captó la atención de Chris—. Es sobre Tamarisco.

Chris llevaba una semana esperando a que ella volviera a sacar ese tema.

—¿Te refieres a eso de que «Tamarisco es real»?

Becky puso los ojos en blanco.

—No me puedo creer que no me hayas preguntado nada.

—Estaba demasiado ocupado intentando averiguar qué significaba. No te creerías algunas de las cosas que he pensado.

Becky se inclinó sobre la encimera de la cocina.

—Significa: «Tamarisco es real.» ¿Qué creías? ¿Creías que estaba hablando en clave, o algo así?

Chris tenía la esperanza de no parecer tan avergonzado como se sentía.

—No, claro, pensaba que quisiste decir que Tamarisco es real —respondió en tono sumiso—. ¿Qué significa eso exactamente?

Becky se impulsó en el mármol para separarse de la encimera y empezó a dar vueltas animadamente por la habitación.

—Significa que es real de verdad. Existe de veras. No es algo que solo exista en nuestra imaginación.

Chris no recordaba la última vez que había visto a su hija tan animada en su apartamento. Seguramente desde la última vez que Lonnie se había quedado con ella. Pero, ¿qué diablos estaba diciendo?

—¿Me puedes aclarar eso, por favor?

Becky se le acercó y le pasó un brazo sobre los hombros.

—Papá, Tamarisco es un lugar real. Todo lo que nos inventamos, y muchas cosas más, existen de verdad. Estoy segura. He estado allí.

Chris hizo una mueca.

—¿Has estado en Tamarisco?

—Correcto.

—¿Cuándo?

—Anoche.

Chris torció el gesto en una expresión de incredulidad.

—¿Anoche? Entonces supongo que será mejor que instale cierres de seguridad en las ventanas, ¿no?

Becky se separó de él.

—No he salido por la ventana. He ido por un puente superoscuro. La verdad es que ha sido bastante alucinante.

—¿Bastante alucinante?

—Tienes razón. Ha sido totalmente alucinante. Sin duda, lo mejor que he hecho en mi vida.

La tostadora expulsó los panecillos y Chris fue a buscarlos.

—A ver, ¿dónde está el truco?

Becky le miró, desconcertada.

—¿Qué quieres decir?

Por fin, Chris se dio cuenta de que Becky no le estaba gastando ninguna broma elaborada ni embarcándose en un viaje nostálgico. Hablaba en serio de viajar a Tamarisco. Estaba seguro, o al menos bastante seguro, de que se trataba de uno de esos sueños tan increíblemente realistas que uno juraría que han ocurrido de verdad, pero su hija parecía convencida de que era real.

—¿Fuiste a Tamarisco anoche?

—¿Cuándo fue la última vez que te revisaste el oído?

Chris estaba hecho un lío. ¿Cómo responde uno cuando su hija adolescente le dice que ha viajado a un mundo imaginario? Lo único que se le ocurrió fue:

—¿Estuvo bien?

Becky se rio ruidosamente.

—Sí, estuvo realmente bien. Era como estar en medio de la película más increíble del mundo. Solo que la mejor parte es que gran parte de todo aquello lo creamos nosotros mismos. No te creerías cómo son los joflers en realidad. Toqué uno que trepó por el brazo de Miea hasta posársele en el hombro.

—¿Te refieres a la princesa Miea?

—Ahora es reina, pero sí. ¿No te parece increíble?

Chris asintió lentamente.

—Sí. Es increíble.

Becky ladeó la cabeza.

—Pero me crees, ¿verdad?

Había tenido que ser un sueño tremendamente realista. Becky había tocado joflers y había interactuado con una princesa fantástica que se había convertido en reina. Muchas veces durante su infancia y, para ser sincero, incluso cuando ya era adulto, Chris había soñado que estaba en otro mundo, ya fuera en un planeta alienígena o en un universo alternativo donde las leyes de la física eran distintas. Era su manera favorita de dejar vagar la mente. Al crear Tamarisco junto a Becky, incluso imaginó que viajaba al reino. Sin embargo, tenía la impresión de que ninguna de sus ensoñaciones había sido jamás tan realista o tan tridimensional como la que Becky había experimentado la noche anterior mientras dormía.

—Sí, claro que te creo —contestó Chris, que no quería que se apagara el brillo que lucían los ojos de su hija aquella mañana. Becky se daría cuenta muy pronto de que todo aquello era una simple fantasía. De momento, ambos podían disfrutar de su euforia juntos.

Becky le sonrió.

—Sabía que me creerías. Estoy impaciente por volver, pero hay un par de problemas. Creo que solo puedo pasar allí un cierto tiempo. Anoche, estaba en mitad de una conversación con Miea cuando me arrastraron de vuelta. Primero pensé que había hecho algo para perder la conexión, pero creo que solo puedo permanecer allí un rato. El otro inconveniente es que creo que solo puedo viajar desde aquí. Estoy bastante segura de que tiene algo que ver con la cama. Creamos las historias en esa cama y debe haber creado una especie de portal, o algo así, no lo sé.

Chris encontró divertido el análisis de la situación de Becky y se rio.

—¿Qué pasa? —preguntó ella.

—Nada. Es que es un asunto bastante interesante.

Becky le miró un instante con escepticismo, pero enseguida se volvió a animar.

—Decir que es interesante se queda corto. De todas maneras, el tema del transporte es un poco fastidioso. Tengo que poder ir más de una vez a la semana. Hay demasiadas cosas por ver y por hacer en Tamarisco. Por eso he decidido pedirle a mamá que también me deje dormir aquí los martes.

Aquello era lo más sorprendente que Becky había dicho hasta el momento.

—Eso sí que es una fantasía.

Becky frunció el ceño.

—¿Por qué lo dices? Mamá me dejará si se lo pido bien.

—¿Conoces a tu madre?

—Papá, de eso me ocupo yo.

Chris no tenía ni idea de qué iba todo aquello de Tamarisco ni de qué habría pasado por la cabeza de Becky para que retomara el tema en aquel preciso momento. En cualquier caso, si lograba convencer a su madre para que la dejara quedarse con él una noche más a la semana, Tamarisco también sería real para él.

No era habitual que Becky se sintiera incómoda hablando con su madre sobre algo. A veces, mamá era un poco quisquillosa con algunos temas, pero nunca hacía que Becky sintiera que no podía hablar con ella. Sin embargo, cuantas más vueltas le daba, más claro veía que nunca había hablado con su madre de algo como aquello.

A lo largo de los años, Becky había hablado muchas veces con su madre sobre el divorcio. A mamá se le daba bien contarle lo que había pasado y dejar que ella explicara cómo se sentía. Mamá resultó ser mucho mejor escuchando que papá, algo que Becky jamás habría imaginado. No obstante, Becky aprendió deprisa a evitar cualquier tipo de conversación sobre lo mucho que echaba de menos a su padre o su deseo de pasar más tiempo con él. Durante aquellas conversaciones, mamá se volvía un poco brusca y decía cosas sobre su padre que Becky no quería escuchar aunque quizá fuesen ciertas. Tras el divorcio, Becky aprendió en cuestión de meses que era mejor evitar al máximo el nombre de papá y no mencionar nunca sus sentimientos con respecto a él a su madre, aunque estuviera realmente enfadada con él. Con el paso del tiempo, aquella actitud se convirtió en algo instintivo y, por eso, lo que quería comentar con su madre aquella noche se le hacía más cuesta arriba que la mayoría de sus conversaciones. Sobre todo porque no le podía explicar el auténtico motivo por el que quería hacer aquel cambio.

Mamá, por su parte, tenía unos planes completamente distintos.

—Me alegra que tu padre te haya devuelto a casa puntual —dijo en cuanto se marchó el coche de Chris.

—Papá siempre me trae puntual a casa, ¿no?

Mamá cerró los ojos y se encogió de hombros.

—Eso no es lo más importante. Esta noche voy a hacer el pastel de pollo que hacía tu tatarabuela.

Becky todavía se sentía llena con el panecillo que se había comido a las once y media, pero, de todas formas, le dijo que seguro que estaría delicioso. Mamá estaba muy orgullosa de su pastel de pollo.

—Ya sé que te encanta, y por eso pensaba hacerlo, pero lo que de verdad quiero es enseñarte a ti a cocinarlo.

A Becky se le plantaron las orejas.

—¿En serio? ¿Una de tus recetas ancestrales?

Mamá siempre había sido una cocinera estupenda, y su secreto consistía en preparar platos cuya elaboración se había transmitido de una generación a otra. Incluso había tomado prestados algunos de la madre de papá mientras estuvieron casados, entre los que había un asado de carne devastador.

—Ya eres lo bastante mayor. Creo que estás preparada.

—Genial.

Eso era realmente emocionante para Becky. Mamá le contaba a menudo historias sobre cómo le había enseñado a cocinar las recetas familiares clásicas la abuela, quien las había aprendido de su madre, y así sucesivamente. Becky sabía que tarde o temprano iba a comenzar su «formación», pero suponía que su madre pensaba esperar a que fuese un poco mayor.

Entraron en la cocina y se pusieron manos a la obra. Becky no había olvidado lo que quería hablar con su madre, pero podía dejarlo para más tarde. Aquello era demasiado especial para complicarlo con algo que podía terminar siendo tenso.

El primer paso era cocer el pollo. Mamá tomó un pedazo de estopilla y enseñó a Becky a rellenarla con varias hierbas y a atarla con una cuerda.

—Felicidades —dijo mamá con orgullo—. Acabas de hacer tu primer *bouquet garni*.

—¡Caray! —exclamó Becky sujetando el paquete entre dos dedos—. ¿Qué hago con esto?

—Échalo dentro de esa cazuela.

Mamá señaló una cazuela con agua hirviendo y Becky dejó caer el *bouquet garni* en su interior. A continuación, añadieron el pollo cortado y dejaron que se cociera mientras preparaban la masa para la tarta. Mamá tomó harina, sal y mantequilla y, acto seguido, llenó un cuenco con agua y hielo.

—En la familia hemos preparado así la masa toda la vida. Mi madre solía darle mucha importancia a lo de usar solo mantequilla. Mucha gente agregaba manteca vegetal o cualquier otro tipo de grasa a la masa y, en según qué tiempos, algunos le añadían manteca de cerdo, pero nosotros siempre la hemos hecho solo con mantequilla y siempre es la que sabe mejor.

—Y tampoco tiene grasas trans —añadió Becky recordando una conversación de la clase de salud.

—Correcto, no tiene grasas trans. Aunque tu tatarabuela no sabía qué eran. Simplemente le parecía que así quedaba una masa deliciosa.

Mamá enseñó a Becky a mezclar la mantequilla con la harina y a añadir la cantidad justa de agua helada para ligar la masa. Becky había amasado muchas veces con su madre (pasteles, madalenas y ese tipo de cosas), pero su madre siempre había sido reacia a dejar que participara en la masa de este pastel en concreto porque decía que requería «demasiada precisión» para una niña. Sintió otra pequeña oleada de emoción cuando su madre le enseñó a comprobar la consistencia de la masa y después a darle forma de bola.

Mientras la masa reposaba, mamá comenzó con el relleno.

—El secreto está en el *roux*.

—¿Qué secreto?

—El del sabor del plato. Si es demasiado claro, sabe demasiado a harina. Si es demasiado espeso, es empalagoso. El color lo es todo.

—Perfecto. ¿Qué es el *roux*?

Mamá se rio y le acarició el brazo.

—Uno de los pequeños secretos que te voy a desvelar hoy.

El *roux* resultó tener algo que ver con la harina y la mantequilla que tenías que remover durante un rato larguísimo a fuego lento hasta que se doraba. A Becky le comenzaron a doler las piernas de pasar tanto tiempo sobre los fogones, pero no se quejó.

—Memoriza ese color —le advirtió su madre señalando la sartén—. Ese es el color que quieres.

Becky intentó obedecer. A fin de cuentas, si la clave de todo estaba en el *roux*, conocer aquel color era una información capital. Becky se esforzó por retenerlo en la memoria. Se preguntó cómo debían llamar a aquel color en Tamarisco, aunque comparado con los colores que había visto la noche anterior, aquel era bastante corriente, aunque resultara crucial.

El *roux* y el pollo estuvieron a punto casi a la vez. ¿Era otro de los secretos de familia o era una simple coincidencia? Mamá sacó el pollo de la cazuela para que se enfriara y seguidamente añadió un cucharón de caldo al *roux*.

—Mézclalo hasta que espese.

Becky lo hizo y observó que su madre añadía dos cucharones más de caldo. Era fascinante ver cómo el *roux* absorbía el caldo. Terminado este paso, mamá le hizo poner la mezcla a fuego lento y le dijo que dejara que se cociera un rato.

—Tenemos trabajo picando y pelando.

Picar las zanahorias y el pollo era fácil. Pelar las cebolletas le resultó mucho más difícil, aunque su madre lo lograba sin esfuerzo. Era obvio que aquella era una de esas cosas en las que uno mejora con el tiempo.

—¿Estoy haciendo algo mal?

—No, son un engorro. Cuando tenía tu edad, mientras yo pelaba tres, tu abuela ya había acabado con el resto. Tú me vas ganando.

Becky miró el mármol. Frente a ella había cinco cebollas peladas. «Caramba, soy casi el doble de buena que mi madre», pensó.

Añadieron las zanahorias, el pollo, las cebollas y algunos guisantes frescos a la mezcla caldosa del fogón y lo dejaron cocer unos minutos mientras estiraban la masa y cortaban tres círculos para cubrir las cazuelitas individuales.

—Y ahora una sola cosa más —dijo mamá dirigiéndose a la licorera. Sacó una botella y la levantó para exhibirla—. Vino de Marsala. Mi toque personal. Aunque le encanta mi pastel de pollo, tu abuela me gruñiría si me viera haciendo esto, pero creo que un poquito le da otra dimensión.

Mamá se acercó a la sartén, la removió un par de veces y añadió un poco de vino. Mientras lo hacía, sonreía socarronamente, como si estuviera violando alguna ley, o algo parecido.

—Ya lo tenemos. Toma, pruébalo.

Becky aceptó la cucharada que le ofrecía su madre y sonrió al notar el sabor. Tenía algo familiar. No era de extrañar, porque había comido ese plato un millón de veces, pero no era por eso. El sabor se parecía mucho al de... Al del barritts. ¿No era genial que en Tamarisco tuvieran una bebida que sabía como el pastel de pollo de mamá? Evidentemente, aquello explicaba por qué el sabor de la bebida le había parecido raro al principio. La próxima vez que bebiera algo en Tamarisco, lo tendría presente.

Becky introdujo el relleno en las cazuelitas, las tapó con masa y las metió en el horno.

Al volverse, mamá la abrazó.

—La larga saga de grandes cocineras de la familia continúa.

El pastel de pollo estaba tan rico como de costumbre, y Becky estaba orgullosa de su contribución. Durante la cena, la conversación se centró en el «ritual de transición» que se había celebrado aquel día en la cocina, aunque Al también habló cinco minutos sobre su primera impresión acerca del nuevo sabor de Doritos que había aparecido esa semana. Mientras Al hablaba, Becky volvió a concentrarse en la conversación que quería mantener con su madre y decidió posponerla hasta la hora de irse a dormir. Todo el mundo, sobre todo su madre, estaba de demasiado buen humor.

Después de cenar fueron al salón y vieron «Los Simpson», «El rey de la colina» y «Mujeres desesperadas», como todos los domingos por la noche. Entonces llegó la hora de acostarse. Cuando su madre fue a darle el beso de buenas noches, Becky se armó de valor.

—Mamá, estaba pensando una cosa.

—¿Qué es, cariño? —preguntó su madre, sentada al borde de la cama.

—Ya sabes que me encanta estar contigo y con Al, y todo eso, y es genial que empieces a enseñarme recetas antiguas, pero estaba pensando que a lo mejor sería buena idea pasar un poco más de tiempo en casa de papá.

Becky estaba orgullosa del simple hecho de haber pronunciado aquellas palabras, pero le bastó echar un vistazo a la expresión de su madre para recordar por qué le había costado tanto hacerlo. Los ojos de mamá se entornaron y su labio inferior se deslizó sobre el superior. Tardó unos segundos en hablar y, cuando lo hizo, se inclinó hacia Becky y la miró fijamente a los ojos.

—¿Por qué dices eso, cielo? —preguntó en un tono suave, pero Becky podía escuchar la tensión que ocultaba su voz.

—Simplemente me parece que estaría bien. Es que es mi padre, ya sabes.

—Lo es, Beck, y ya sé que te encanta estar con él, pero creo que las cosas van muy bien en este hogar, ¿no te parece? Piensa en lo que hemos hecho hoy juntas, por ejemplo.

¿Qué tenía que ver una cosa con la otra?

—Solo pensaba que no sería un gran problema si durmiera allí los martes por la noche. De todas formas, ya estoy con él, así que la diferencia no sería gran cosa.

—Bueno, está el problema de tus deberes.

—Siempre los tengo casi todos hechos antes de que papá me recoja. Y también puedo hacer deberes allí. Ayer escribí una redacción de inglés en su casa.

—Eso supondría levantarte mucho antes el miércoles por la mañana para ir a la escuela. No estoy segura de que sea buena idea.

—No es un problema. Me acostaré media hora antes.

Mamá la observó atentamente. Becky podía imaginar lo que le estaba pasando por la cabeza.

—¿Sabes una cosa?, si tu padre quería pasar más tiempo contigo, me lo tendría que haber pedido a mí directamente. Tendré que hablar con él sobre esto.

Becky se incorporó en la cama. Lo último que quería era que aquello se convirtiera en otro punto de conflicto entre sus padres.

—Mamá, no ha sido idea de papá. Es solo idea mía. Te lo juro. Ni siquiera lo he hablado con él.

La mirada de mamá se volvió un poco más tensa.

—Si lo dices tú, me lo creo. Solo estoy un poco desconcertada. Hace mucho tiempo que nuestros acuerdos actuales funcionan de maravilla.

—Me parece que no hace gran cosa cuando no estoy con él. Por eso me gustaría estar un poco más con papá. Solo estoy hablando de los martes por la noche.

Mamá la volvió a observar. ¿Intentaba leerle la mente? ¿Podía percibir que había otro motivo por el que le estaba pidiendo aquello?

—¿De verdad quieres hacerlo?

—Sí, seguro.

Los labios de mamá se tensaron.

—Tu padre pensará que ha logrado una gran victoria sobre mí, ¿sabes?

—Mamá, no creo que tengas que preocuparte por esa clase de cosas.

—No conoces a tu padre como yo.

—Pero me dejarás, ¿verdad?

Mamá parecía un poco confundida, como si de veras pensara que algo tan pequeño como las noches de los martes fuesen a poner el mundo patas arriba.

—¿De verdad de verdad quieres hacerlo?

—De verdad de verdad.

Mamá se encogió de hombros.

—Entonces, supongo que de acuerdo —cedió, y soltó una risita—. Supongo que si tenemos más tiempo los martes por la noche, Al me podrá llevar a cenar a sitios más bonitos. Le encantará.

—Entonces todos salimos ganando, ¿no?

Mamá se levantó y besó a Becky en la frente.

—Nunca me alegro de que te vayas.

—No me voy a ninguna parte, mamá.

Mamá la volvió a besar y juntó su cabeza a la de ella.

—Eres mi vida.

—Yo también te quiero, mamá.

Cuando Becky se separó, su madre parecía algo triste, como si hubiese pasado algo horrible.

Pero se recuperaría. Papá estaría contento de verdad. Becky podría pasar más tiempo en Tamarisco. No podía esperar al martes por la noche.

Miea examinó tres muestras de hoja de un arbusto targuí procedente de Jonrae. Dispuestas sobre la mesa de la sala de juntas, ilustraban una progresión gradual hacia la muerte.

—Lo que ve aquí —dijo Dyson—, es el efecto de la enfermedad en sus tres fases. La primera hoja muestra las franjas de color verde oscuro que suponen el primer síntoma. La del medio, la que tiene las manchas amarillas, indica una planta castigada por las toxinas de la enfermedad. Como puede apreciar, la hoja todavía presenta una gran vitalidad azul, pero en esta fase, la planta está muy, muy enferma. La tercera hoja, la de color ceniza, es representativa de una planta con necrosis.

Aunque conocía la historia antes de que Dyson se la contara, a Miea se le encogió el corazón al escucharla. Recordó cuando jugaba al escondite con sus amigos cerca de las plantas de targuí en el jardín de palacio de pequeña. ¿Era posible que aquellas mismas plantas terminaran pronto tan cenicientas como la hoja que había sobre su mesa? Si aquello sucedía, ¿qué supondría para el bienestar del reino entero?

—¿Cuánto dura el ciclo desde la primera hoja hasta la última? —preguntó sin apartar la mirada de aquella vegetación condenada.

—Unas tres semanas, majestad. Hemos visto algunos arbustos más duros que aguantan más tiempo, pero la mayoría sucumben en este periodo.

No conseguía acostumbrarse a escuchar a Dyson llamándola «majestad». Mientras habían estado juntos, él la había llamado de muchas formas, desde «la joya de palacio» a «mi-Miea». Parecía inventar un nombre nuevo cada vez que la veía, como si hubiera pasado la noche entera pensando en ello. Sin embargo, en aquellas reuniones recientes, había pasado a ser, simplemente, «su majestad». La reina y su humilde servidor.

—No es mucho tiempo.

—Me temo que traigo peores noticias.

Miea le miró y sus miradas se encontraron. La expresión de Dyson era más sombría que cuando había entrado, si es que aquello era posible. Era evidente que, para él, todo aquello no era simplemente trabajo.

Miea guardó silencio.

—La enfermedad ha comenzado a extenderse a un ritmo acelerado.

—Como la última vez.

Dyson bajó la mirada.

—Como la última vez.

Miea sintió una oleada de tristeza.

—Debemos hacer algo.

—Majestad, la esterilización continúa siendo una opción, aunque a estas alturas deberíamos esterilizar un radio mayor.

—La esterilización no es una opción —repuso ella de inmediato.

—De hecho, durante la Gran Plaga se emplearon tratamientos agresivos.

—Usamos fungicidas y terapias químicas. No desolamos una región entera ni sentenciamos a la extinción a múltiples especies. No puedo autorizar algo así. No voy a autorizar algo así.

—Puede que las esté sentenciando al no ordenar la esterilización.

Miea sintió que le ardía la cara y estuvo a punto de contestar enfurecida, pero recuperó la compostura y dijo:

—Hay otras opciones. Debemos encontrarlas.

Dyson miró hacia algún lugar por detrás de Miea, y después volvió a mirar hacia la mesa. Tocó la hoja más azul con suavidad.

—Nuestro recurso principal es la propia vida.

La cita hizo que a Miea le temblaran las piernas. Hacía años que no escuchaba aquella frase. Cualquier rastro de ira que hubiera despertado en ella la acusación de Dyson se desvaneció por completo.

—El profesor Liatris. ¿Cuántas veces lo dijo durante aquel semestre?

—Por lo menos tres veces por clase.

Dyson volvió a mirarla y esta vez le sostuvo la mirada. Su rostro reflejaba la sombra de una sonrisa. Era lo más parecido a un gesto afectuoso que había mostrado Dyson, y consiguió devolver a Miea a sus días en la escuela. A los días en los que estuvo enamorada del hombre que tenía frente a ella. Tristemente, la memoria la llevó rápidamente a los últimos momentos que pasaron juntos.

—¿Cuántas veces lo dijo el día que me llamaron?

La sombra de la sonrisa desapareció.

—Ninguna. La clase se aplazó. Se suspendieron todas las clases de la semana.

Miea no se había enterado. Por supuesto, el reino había guardado luto, y la universidad, claro está, había hecho como todos los demás. Pero Miea se había sentido tan abrumada por el dolor y la responsabilidad prematura que nunca se había planteado cómo había encajado la tragedia el resto del mundo.

—Debería haberlo sabido.

—Tenía otras cosas de las que preocuparse.

Miea no podía explicar lo que sentía. Era una mezcla de tristeza, melancolía y remordimiento que no podía concretar.

—Debí ponerme en contacto contigo. Debí informarte de lo que pasaba. No hacerlo fue algo imperdonable. Pero el dolor... Apenas puedo describirlo. Y también está todo lo que sucedió después. Me sentí secuestrada, como si me hubieran catapultado a la vida de otra persona.

—No tiene que darme explicaciones.

—Quiero intentarlo, pero no sé si puedo. En aquel momento era una universitaria... Y tu novia. Un segundo después, era reina.

La expresión de Dyson se endureció. ¿Había dicho algo inadecuado?

—Como he dicho, no tiene que darme explicaciones. —Su tono era gélido, y Miea no alcanzaba a comprender por qué.

—Dyson, no tienes idea de lo que ocurrió.

—Como bien sabe, no tuve modo de saberlo, majestad.

Era evidente que lo que había sucedido entre ellos había hecho mucho daño a Dyson, pero, ¿por qué estaba actuando de aquel modo? Ella intentaba explicarse, pero él rechazaba su esfuerzo.

Si él no se lo permitía, ella no le iba a suplicar. Había sido un error bajar la guardia de aquel modo. No podía permitir que los sentimientos de un pasado lejano la hicieran vulnerable. No cuando el reino dependía completamente de su fortaleza. Por un instante, mirar a Dyson la había transportado a otra vida y a otro tiempo. Sin embargo, tanto aquella vida como aquel tiempo habían desaparecido para siempre. Y, lamentablemente, también había desaparecido el amor que aquel hombre que tenía en frente había sentido un día por ella. Tenían una nueva relación. Una relación basada en la necesidad común de salvar su tierra de una amenaza letal. Aquella relación estaba por encima de cualquier cosa que hubieran podido compartir en una época más sencilla. Así era como debía ser.

Miró las hojas de encima de la mesa, las recogió y se las devolvió a Dyson.

—Gracias por la información. Por favor, infórmame inmediatamente si se produce alguna novedad. Si no es así, espero tu próximo informe dentro de dos días.

—Como desee, majestad.

10

A Chris todavía le costaba creer que Becky se quedara a dormir en su apartamento. La noche anterior, cuando habían hablado por teléfono, ella lo había mencionado de pasada, como si hubiera sabido en todo momento que iba a suceder. Se moría de ganas de preguntarle cómo había llevado la conversación con su madre, pero no quería tentar a la suerte. De todas formas, era imposible que Polly hubiera encajado bien el golpe. Y si lo había hecho, todos sus prejuicios sobre ella serían erróneos.

Después de hablar con Becky, Chris había ido al supermercado a comprar los ingredientes necesarios para hacer empanada del pastor. Era uno de los platos favoritos de Becky y había podido aprovechar esa noche para la mayoría de preparativos. Chris no solía cocinar para Becky los martes por las limitaciones de tiempo, pero si iban a pasar juntos toda la noche, una cena casera era mucho mejor que volver a pedir comida china.

Mientras esperaban que se horneara la empanada del pastor, comieron unas zanahorias como aperitivo y Chris ayudó a Becky a hacer los deberes de geometría.

—Esto se te da bastante bien —le alabó Becky después de que él le ayudara a calcular el área de la superficie de una esfera—. Mamá se quedó en las multiplicaciones de fracciones, así que dejé de pedirle ayuda.

—Algunos tuvimos que hacer más clases de matemáticas que los demás. Se me tiene que dar bien todo lo relativo al cálculo. Más allá de eso, no te prometo nada.

Chris recordó que Becky tenía la costumbre de reservar una parte de los deberes hasta que él llegara a casa para poder pedirle ayuda. No lo hacía porque Polly no pudiese ayudarla y, de hecho, la mayoría de veces los habría podido hacer sola, pero parecía gustarle tenerle cerca al hacerlos. Todas las noches, después de cenar, le mostraba los deberes que ya había hecho y lo que quería que viese él. A menudo no tenía más que sentarse junto a ella en su escritorio, pero a veces tenía que echarle una mano de verdad. Se enorgullecía de no haber hecho nunca los deberes de su hija por ella, aunque a veces habría sido la solución más sencilla, sobre todo cuando los conceptos eran nuevos.

Pensar que antes podían hacer los deberes juntos cada noche le carcomió, pero se obligó a concentrarse en el presente. De algún modo, por algún motivo misterioso, tenía la oportunidad de volver a experimentar aquello, y no pensaba permitir que las viejas heridas se interpusieran.

Becky cerró el libro de matemáticas y sacó el de biología.

—¿Qué tal se te da esto?

—Yo trabajo en el sector de la ciencia, cielo.

—Pero son ciencias de la Tierra, ¿no?

—Sí, pero en la universidad hice tres asignaturas de biología. Estoy bastante seguro de que me las puedo apañar con la biología del instituto.

Becky abrió el libro y, justo entonces, sonó la campanilla del horno.

—La cena está lista —anunció Chris—. ¿Qué prefieres hacer primero, acabar los deberes o comer?

—Vamos a comer. Me encanta ese plato.

Becky no comió tanto como él esperaba, pero pareció disfrutar de la cena. Recordó que el fin de semana le había dicho que no tenía «demasiada hambre» y se le ocurrió que tal vez comenzaba a prestar demasiada atención a su peso. Aunque estaba delgada desde cualquier perspectiva razonable, Chris había leído suficientes artículos sobre los problemas de imagen de los adolescentes para saber que eso no era ninguna garantía. En el futuro, prestaría más atención al asunto y hablaría del tema con Becky si se repetía la conducta. Ese tipo de cosas eran territorio inexplorado para él, porque nunca había participado demasiado en los problemas de adolescencia de Becky, pero aquella noche se veía a la altura de las circunstancias. Lo más importante era que pensaba que ella incluso escucharía sus consejos.

Después de cenar, Becky despachó rápidamente el resto de deberes, lo que les dejó tiempo suficiente para ver un episodio de «I Love the '90s» en VH1 antes de acostarse. 1999, el año de *Harry Potter*, Britney Spears, Mia Hamm y Jar Jar Binks, y también el año en el que la fiesta de cumpleaños de Becky había tenido *La sirenita* como tema principal, se había disfrazado de pirata por Halloween y había mostrado por primera vez su interés por los Beatles. A los tres años, Becky era totalmente diferente de cómo había sido hasta entonces. Era parlanchina, tenía opiniones propias y se le daba mucho mejor hacer cosas. Tenía juegos favoritos, libros favoritos, platos favoritos y cosas favoritas que hacer en la calle. Aquel año empezó preescolar y volvió a casa un par de días después de empezar afirmando que Lonnie Cera era su «mejor amiga del mundo», lo que finalmente resultó ser cierto. 1999 tal vez no fue un gran hito para la cultura popular, pero fue un año inolvidable para Chris como padre. Recordaba que, por aquella época, Polly le había comentado que Becky estaba creciendo demasiado deprisa para su gusto. Sin embargo, Chris pensaba que estaba creciendo al ritmo justo y le fascinaban todas las novedades que acontecían a su hija.

Sin embargo, en el presente, las cosas habían cambiado radicalmente. Era innegable que había crecido demasiado deprisa. En la tele, ya se emitían programas nostálgicos sobre el año en el que Becky había comenzado preescolar. ¿Las canciones del 99 ya se consideraban carrozas? Chris se estremeció al pensarlo. Se preguntaba si iba a sentirse igual de reflexivo todos los martes por la noche o si, al final, se acostumbraría a aquella nueva situación y sencillamente la incorporaría a su vida.

—Es hora de irse a la cama —dijo Chris dando unos gol-pecitos en la pierna de su hija al acabar el programa.

—¿Vas a dejar la tele encendida?

—A lo mejor un rato. Supongo que me quedaré una hori-ta más.

Becky se levantó y dio unos pasos dirigiéndose a su cuar-to de baño.

—¿Qué te parecería leer o algo así en vez de ver la tele?

—Supongo que bien, ¿por qué?

—Con la tele encendida, a lo mejor no puedo concen-trarme.

Chris también se puso de pie.

—¿Concentrarte?

—Me tengo que concentrar mucho para hacer los ejerci-cios de meditación que me permiten viajar a Tamarisco.

Chris había olvidado temporalmente que aquel era el mo-tivo por el que Becky quería quedarse los martes en su casa.

—Si así te resulta más fácil, puedo leer.

Becky se acercó a su padre y le dio un beso en la mejilla.

—Gracias, papá, voy a lavarme los dientes y esas cosas.

Quince minutos después, Chris estaba sentado en el sofá con un libro, y el ruido que hacía al pasar las páginas era el único sonido que podía escucharse en el apartamento. Un ra-to antes, cuando había ido a dar a Becky el beso de buenas noches, le había parecido que estaba tremendamente emocio-nada con la idea de regresar a Tamarisco esa noche. Sin em-bargo, lo más probable era que por muy bien que meditara no lograse volver a invocar el mismo sueño. ¿Cómo se sentiría? ¿Se despertaría a la mañana siguiente decepcionada y, tal vez, un poco deprimida?

Cuando eso pasara, ¿decidiría que ya no necesitaba pasar los martes por la noche en casa de su padre? Al fin y al cabo, si aquel apartamento no le proporcionaba un mejor acceso a Tamarisco que la casa de su madre, ¿para qué le necesitaba a él?

Chris levantó la mirada del libro y contempló la silenciosa

sala de estar. Estaba encantado de que fuese una noche entre semana y su hija estuviera durmiendo en su casa. Solo esperaba que no fuera la única vez.

Becky abrió los ojos al escuchar bullicio a su alrededor. Volvía a estar en los aposentos de Miea, pero a pesar del ruido de actividad, no había nadie a la vista.

Se sintió aliviada por volver a estar allí. La tenía un poco preocupada que el hecho de verse arrastrada de vuelta a su cama la última vez significara que algo había ido mal y que ya no podría regresar más a Tamarisco, pero los ejercicios de meditación habían funcionado perfectamente aquella noche. Eso significaba que, ahora que su madre había dado el visto bueno a que pasara dos noches a la semana con papá, podría hacer el doble de viajes a Tamarisco.

Becky se preguntó dónde debía de estar Miea. No había pensado demasiado en el punto de Tamarisco en el que iba a aparecer, pero imaginó que aparecería en mitad de la acción. Salió de los aposentos de Miea y se dirigió al pasillo, donde encontró al hombre que Miea le había presentado la última vez. Se llamaba Sorbus, y lo había creado ella misma para ayudar a Miea en algunas tareas palaciegas que había asignado a la princesa en las últimas historias de Tamarisco. Sin embargo, le dieron ganas de llamarle Sheldon, porque se parecía mucho al abuelo de Lonnie, pero pensó que sería una idea extraña teniendo en cuenta el uniforme que vestía.

—Hola de nuevo —la saludó cordialmente.

—Hola... Supongo que debe preguntarse qué estoy haciendo aquí.

El hombre sonrió.

—Lo cierto es que su majestad me habló mucho de usted tras su última visita. Me dijo que tal vez regresaría con nosotros.

—Espero volver muchas veces en el futuro. Si a su majestad no le importa, claro.

—Creo que a la reina le complacería mucho.

Becky sonrió y miró hacia las habitaciones de Miea.

—Supongo que debe de estar muy ocupada en este momento, ¿no?

Sorbus asintió en dirección al otro extremo del pasillo.

—Está celebrando el foro abierto semanal con sus súbditos.

—El consejo del reino.

Sorbus volvió a sonreír.

—Sí, por supuesto, ya sabe lo que es. —Parecía un hombre agradable y, por cómo hablaba, Becky se dio cuenta de que se preocupaba mucho por Miea—. Estoy seguro de que a su majestad le gustaría mucho que se reuniera con ella en el foro.

—¿En serio? Sería genial.

Sorbus hizo un gesto con la mano derecha:

—Permita que la acompañe.

Becky y Sorbus recorrieron el mismo pasillo por el que Becky había caminado con Miea tres días antes, pero en vez de girar hacia el jardín, prosiguieron en otra dirección. A medida que se acercaban, Becky empezó a escuchar el ruido de una gran multitud que murmuraba y se movía. Sorbus abrió una puerta cerrada con llave a Becky y, de pronto, la chica se encontró «entre bastidores», en el gran salón de palacio. Miembros del personal de palacio iban a toda prisa en todas direcciones con aspecto de estar muy decididos a cumplir con sus tareas. Aunque para Becky aquello era como unas vacaciones increíbles, se dio cuenta de que allí había mucha gente que tenía un trabajo serio con el que cumplir.

Sorbus llevó a Becky al borde del escenario, que en realidad no era tal, sino un enorme trono de varios niveles. Miea estaba sentada en uno de los dos asientos, decorado con preciosismo, mientras que en el otro había dos bandas, una de color citrouva vibrante y la otra del color bronce más llamativo y vivo que había visto en su vida. Sorbus invitó a Becky a sentarse en una silla en la periferia del trono con un gesto.

Justo entonces, Miea se giró y la saludó con la cabeza y los ojos radiantes. Después, volvió a centrar su atención en el súbdito que tenía delante.

Una vez sentada, Becky aprovechó la oportunidad de contemplar la majestuosidad del gran salón. El techo tenía fácilmente cinco pisos de altura y de sus vigas brotaban brillantes burbujas decorativas que estallaban al llegar a lo más alto del salón, liberando un ramillete de burbujas más pequeñas y de colores más intensos que flotaban hacia abajo, hasta recorrer aproximadamente un tercio del espacio que las separaba del suelo, antes de comenzar a ascender de nuevo, al tiempo que crecían, y repetían el patrón una y otra vez. Las paredes de la sala hexagonal estaban hechas de un cristal moldeable llamado okanogan, y los centenares de sillas que cubrían por completo el suelo estaban hechas de la misma vinema esbelta que había visto el otro día en la sala de juntas. Entre la ligereza de la construcción y las burbujas que volaban por el techo, era casi como si toda la estancia estuviera flotando.

Lo realmente innegable era que estaba llena de vida. Todas las sillas acomodaban a gente vestida con varias tonalidades de la misma clase de ropa que había visto la vez anterior, aunque muchas personas habían añadido accesorios sorprendentes al atuendo, como cuentas, ramitas, una sustancia líquida parecida al plástico que Becky no conocía y combinaciones diversas de los tres complementos. En el salón no solo había humanos. Durante los primeros días de las historias de Tamarisco, Becky y su padre habían creado decenas de especies para que habitaran su mundo y las dotaron a todas del don del habla. Al crecer, a Becky le pareció que los animales parlantes, aunque fuesen animales de su propia invención, eran demasiado infantiles para su Tamarisco. Les privó de la voz, pero permitió a varios de ellos conservar la inteligencia y a algunos incluso les concedió formas de comunicación muy sofisticadas. Aquellas especies también estaban presentes en el gran salón. El carrizo, angular, peludo y observador. El minúsculo y revoltoso pájaro llamado norbeck, que tenía cuatro picos y el mismo número de ojos. El katmai, majestuoso y elegante, que gozaba de una notable destreza en sus seis enormes patas.

Becky estaba tan ensimismada admirando las maravillas de aquella estancia que no se dio cuenta de que la reina había terminado sus asuntos con el súbdito que tenía en frente y había pasado al siguiente. Un hombre fornido y de aspecto curtido con un rostro amable le dedicó una reverencia. Tras él había un grupo de adolescentes.

—Majestad —comenzó en un tono bronco—, este grupo de jóvenes es, sin duda, el mejor al que he entrenado jamás. Llevo casi treinta años trabajando con jóvenes jugadores de correatrapa y, como sabe, nuestra pequeña ciudad de Ribault apenas dispone de medios con los que competir con las ciudades más grandes por el campeonato del reino. Sin embargo, este año lo hemos logrado, y contra un equipo potente de Pinzón, gracias a la dedicación de estos muchachos. Es un honor presentárselos.

El entrenador se volvió hacia su equipo y el salón irrumpió en un aplauso. Miea se levantó y, con una amplia sonrisa, extendió los brazos para dar la bienvenida al equipo al trono. Los muchachos, que debían ser unos veinte, subieron corriendo al trono y la rodearon seguidos por el entrenador, que ascendió lentamente. Un ayudante entró por un lateral llevando una bandeja con versiones en miniatura de las burbujas (Becky no sabía cómo llamarlas porque no las había inventado ella). La reina felicitó a los miembros del equipo uno por uno y colgó una burbuja en el pecho de cada uno. Al hacerlo, las burbujas comenzaron a estallar y regenerarse igual que las del techo. Todo era muy festivo. Al llegar al entrenador, Miea le recompensó con una burbuja mayor, que estallaba más espectacularmente y sorprendió al preparador.

—Puede que no lo sepa —dijo Miea al terminar—, pero yo también tuve una breve carrera como jugadora juvenil de correatrapa, aunque me temo que no fui de gran ayuda al equipo de palacio. Sus logros llenan al reino de orgullo y la victoria de la minúscula Ribault no se olvidará fácilmente.

Miea hizo una reverencia al equipo, que le devolvió el gesto. El público aplaudió ruidosamente por tercera vez y Becky se sumó al aplauso. Le hubiera gustado poder ver el torneo. El correatrapa, un juego en el que había que correr, lanzar y saltar mientras el equipo contrario intentaba evitar que hicieras lo mismo, era un deporte que había creado junto a su padre durante varias semanas de una primavera. Incluso habían jugado a una versión simplificada algunas veces con algunos niños del vecindario. Tal vez tendría la oportunidad de ver cómo jugaban los profesionales en alguna futura visita.

El equipo bajó del trono y Becky esperó que subiera otra persona. Como no subía nadie, Becky miró a Miea, que había elevado la mirada hacia el fondo del gran salón. Becky miró atentamente en la misma dirección, pero no vio nada. Finalmente distinguió un pequeño norbeck que volaba en espirales hacia el trono. El norbeck dio dos vueltas al trono, se elevó hacia el techo y, finalmente, aterrizó sobre una silla vacía de la primera fila y se tapó la cabeza con las alas.

Miea, que se había vuelto a sentar, sonrió.

—Sus entradas son siempre bastante espectaculares, Ostrya.

Un ayudante puso una tabla de madera en la silla y Ostrya saltó sobre ella. Golpeó la tabla con uno de los picos y entonces giró rápidamente el cuerpo para dar dos golpes rápidos con otro de ellos.

—Es muy amable por su parte —dijo Miea.

Becky recordó que, de joven, la princesa Miea había estudiado a fondo los diversos métodos de comunicación de las especies no humanas de Tamarisco. Evidentemente, podía «hablar» con Ostrya.

El norbeck pasó unos segundos repicando animadamente la tabla con los cuatro picos. Parte del público murmuraba con admiración.

—Es impresionante, Ostrya. No sabía que la sinfonía estaba tan cerca de estar terminada.

El norbeck volvió a repicar sobre la tabla y terminó el comentario frotándose la cabeza con el ala derecha.

—Estoy segura de que ha trabajado en ella sin parar —respondió Miea.

La criatura dio un golpe, extendió el talón izquierdo y ladeó la cabeza.

—Sí, me encantaría escuchar un fragmento. Estoy segura de que es algo que agradaría a todos los presentes.

Miea miró a la multitud y todos aplaudieron con entusiasmo.

El norbeck repicó cuatro veces y el salón enmudeció. Desde el techo de detrás de Miea surgió un acorde de trinos. A continuación se escuchó otro en el otro extremo del gran salón. Seguidamente, uno justo sobre Becky. Ostrya se elevó y emitió tres acordes vivos usando los cuatro picos para emitir distintas notas con un sonido que parecía una combinación entre una flauta y una trompa. Inmediatamente, decenas de norbecks aparecieron en las vigas del techo y sumaron sus voces a la sinfonía. En aquella música tenía tanta importancia el movimiento como el sonido, y las notas y sus salvajes combinaciones se elevaban en espiral y caían en picado por el salón. En un instante concreto, un norbeck se puso a aletear a menos de un metro frente a la cabeza de Becky, posición desde la que ofreció una serie de rápidos arpegios antes de volver a volar hacia arriba. Entonces, de repente, todas las criaturas sonaron al unísono, cantando cuatro acordes majestuosos (que a Becky le parecieron en séptima mayor) antes de enmudecer.

Por un instante, el salón permaneció en absoluto silencio. Entonces Miea se levantó, aplaudió y todo el mundo, incluida Becky, se puso en pie y participó en la ovación.

—Ha sido magnífico, Ostrya —valoró la reina—. Si el resto de la sinfonía se parece mínimamente a esto, pronto el reino tendrá un nuevo tesoro.

Ostrya respondió con tres golpes rápidos, volvió a cubrirse la cabeza con el ala y se alejó volando a toda velocidad.

La experiencia musical emocionó excepcionalmente a Becky. Le encantaba la música y había asistido a más conciertos que cualquiera de su edad, desde que era muy pequeña, pero la breve actuación de los norbecks la había emocionado de un modo desconocido. Era casi como si estuviera sintiendo una nueva emoción, algo que bordeaba la euforia y la confusión. Se sentía físicamente reforzada, como después de correr o de jugar a tenis. Tardó unos minutos en recobrar el aliento.

Cuando el público recuperó la calma, una mujer se avanzó a los demás. Llevaba consigo dos mazorcas de algo que parecía maíz.

—Majestad, mi familia ha trabajado la misma tierra de Custis durante cinco generaciones y jamás antes ha necesitado la ayuda de palacio —empezó la mujer en tono solemne—, pero me temo que nuestra última penuria es más de lo que podemos soportar.

Miea se inclinó en su asiento.

—¿Qué sucede?

—He traído esto para mostrárselo, majestad.

La mujer peló una parte de la mazorca y se le deshizo entera. En el interior no había más que unas motas grises que cayeron al suelo. La mujer peló la segunda mazorca y ocurrió lo mismo.

La expresión de Miea dio un vuelco espectacular. Casi parecía asustada.

—¿Y dice que esto ha ocurrido en Custis?

—Sí, majestad.

—Las tierras de cultivo más cercanas a palacio. —Miea miró hacia la zona de bastidores por la que Becky había entrado, pero Becky no sabía qué o a quién buscaba allí—. ¿Tiene alguna idea de cómo ha sucedido?

Becky notó que Miea estaba realmente preocupada. Su reacción parecía un algo exagerada. Las cosechas iban mal de vez en cuando, ¿no?

—Me temo que sí, majestad.

Miea parecía sorprendida por la respuesta.

—¿Lo sabe?

—Son esas asquerosas vilas, majestad. Se meten en nuestras cosechas, se lo comen todo y solo dejan la mazorca. Son la plaga más malvada del reino.

A Becky, la explicación le sonó bastante espantosa, pero aparentemente Miea se relajó al escuchar la noticia. Se reclinó en su asiento y dijo:

—Entiendo su enfado, pero las vilas no son una «plaga malvada». La vila vive así.

—Vive destruyendo lo que da de comer a mi familia —replicó la mujer amargamente antes de calmarse y añadir—: Su majestad.

Miea llamó a uno de sus ayudantes.

—Por favor, establezcan un subsidio para esta mujer y su familia durante el resto de la temporada de cosecha. Organice también a un equipo que vaya a sus tierras a sacar las vilas y que las redistribuya. —A continuación, volvió a dirigirse a la mujer—: Cuando están dispersas, no causan problemas. En realidad, pueden resultar bastante beneficiosas. Desgraciadamente, de vez en cuando se concentran en un lugar concreto... Y ya ha comprobado el resultado.

—Gracias por su ayuda y su generosidad, majestad.

La mujer hizo una reverencia y se marchó.

Miea miró a un lado del escenario, asintió y se puso en pie.

—El consejo de hoy ha terminado. Gracias por venir y por compartir vuestras ideas, por vuestras aportaciones y vuestras preocupaciones. Antes de terminar, me gustaría presentaros a alguien.

Miea miró a Becky y le hizo un gesto para que se levantara.

—Becky Astor ha venido a vernos desde... Una tierra muy lejana. Os pido que seáis hospitalarios con ella. Es una importante amiga mía y viajará por todo el reino. Por favor, consideradla un valioso miembro de palacio.

La multitud aplaudió. Como Becky no sabía qué debía hacer, les respondió con un tímido saludo con la mano e inmediatamente se sintió como una tonta. Volvió a pegar la mano al cuerpo y miró a Miea, que se acercaba a ella.

—Bienvenida de nuevo —dijo Miea—. Tengo un poco de tiempo libre antes de mi próximo compromiso. Ven conmigo.

Becky se acomodó en el sofá y Miea pidió a Sorbus que les trajera unos refrescos. La reina estiró el cuello girando la cabeza a ambos lados y arqueó los hombros. Parecía tensa e incómoda. Becky supuso que ser el centro de atención de una gran multitud durante un largo rato no debía ser lo más fácil del mundo, y Miea tenía que hacerlo una vez a la semana. A Becky siempre le había gustado hablar en público, pero aquello era muy distinto. Se preguntaba cómo se las arreglaría ella en las mismas circunstancias.

—Ha sido genial —opinó Becky cuando Miea fue a sentarse con ella.

—Hoy el consejo ha estado bien. Me gustan estas sesiones. Hacen que me sienta conectada, y eso me hace sentir que estoy haciendo algo.

—¿No estás haciendo algo todo el día?

—En cierto sentido. Hay partes de mi papel en las que para una es todo un logro conseguir mantenerse a flote. En el consejo siempre siento que avanzamos un poco. A veces pienso que Tamarisco sería un lugar mucho mejor si pudiera celebrar un consejo diario.

Becky asintió, aunque no estaba segura de entender lo que decía Miea. Allí todo parecía ir sobre ruedas.

—A mí, me ha parecido fascinante.

Miea sonrió.

—Me alegra oírlo. El fragmento de la sinfonía norbeck ha sido de lo más impresionante, ¿verdad?

Becky abrió los ojos como platos.

—Ya lo creo. Escucho un montón de música y puedo asegurarte que nunca había escuchado nada parecido.

—Ostrya es un compositor notorio. Se merece hasta el último elogio que recibe. En todo el reino no hay ni un solo compositor humano que se acerque a su capacidad de inventiva.

Sorbus volvió y colocó una bandeja de piedra grabada sobre la mesa que ellas tenían al lado. Sirvió a Miea una taza de madera, que ella agarró con ambas manos para acercársela a la cara. El vapor y unas minúsculas burbujas le acariciaron la piel. A continuación, Sorbus sirvió un vaso de cristal a Becky. El olor despertó inmediatamente un recuerdo de su último viaje a Tamarisco.

—He pedido más barritts para ti —explicó Miea—. Me pareció que te gustaba.

Becky dio un sorbo a la bebida. Como era de esperar, el sabor ya no le resultó tan sorprendente y lo disfrutó más.

—Me gustó, aunque quiero probarlo todo.

Miea ladeó su taza hacia Becky.

—¿Quieres un poco de argo?

—De momento, bastará con el barritts, gracias.

Becky dio otro sorbo. Efectivamente, contenía los sabores del *bouquet garni*. Era emocionante pensar en cuántos descubrimientos (y redescubrimientos) le esperaban en Tamarisco. Quería ver cómo había cobrado vida todo lo que había imaginado, pero igualmente importante para ella era ver las cosas nuevas y sentirse parte de aquel lugar.

—¿Qué haces cuando no estás de servicio como reina?

Miea se rio suavemente.

—Me parece que siempre estoy de servicio como reina.

—Pero debes tener tiempo libre. Incluso el presidente de Estados Unidos (es el dirigente del país del que vengo) pasa un tiempo en Camp David.

Miea asintió.

—Me temo que yo no dispongo de ese tiempo. Mis últimas vacaciones fueron antes de que murieran mis padres. Desde entonces, no he tenido más tiempo libre que el que necesito para dormir y alguna que otra tarde.

—Debe de ser agotador.

Miea respiró hondo y volvió a girar la cabeza para estirar el cuello.

—Te acostumbras.

Becky no podía imaginar cómo debía ser pasar cuatro años sin un solo día de descanso. A ella, se le hacía cuesta arriba cuando tenía muchos deberes el fin de semana y no podía salir hasta la noche.

—¿A tus padres les pasaba lo mismo? ¿No podían pasar tiempo a solas contigo mientras crecías?

—Para ellos fue distinto. Se tenían el uno al otro y cada uno tenía sus responsabilidades. Yo tengo incontables ayudantes, pero al final tengo que tomar todas las decisiones. Nunca me he sentido cómoda desconectando de todo.

Becky dejó el vaso de barritts en la mesa y señaló a Miea.

—Entonces parece que solo tienes que hacer una cosa.

Miea ladeó la cabeza.

—¿Qué tengo que hacer?

—Tienes que encontrar un rey.

Miea se rio a carcajadas. Era lo más femenino que Becky le había visto hacer. En la imaginación de Becky, la Miea de sus historias de Tamarisco era una adolescente extremadamente confiada que seguía actuando como una adolescente. Era agradable comprobar que algo de aquello era cierto en la vida real.

—¿Un rey? —preguntó Miea en un tono asombrado—. ¿Te refieres a un marido? ¿Y dónde se supone que lo voy a encontrar?

—¿Bromeas? ¿Has echado un vistazo a la gente del gran salón? Allí dentro había unos cuantos hombres maravillosos.

Miea le mostró las palmas abiertas de las manos.

—Sí, es cierto. Créeme, me he dado cuenta. Siempre los hay. —Su sonrisa se atenuó—. La verdad es que estas cosas me resultan muy complicadas. Tengo muchas cosas que hacer. No sé cómo podría comenzar una relación.

Becky se compadeció de Miea. Al parecer, tenía que sacrificar muchas cosas por ser reina. Aquello no era lo que Becky había imaginado para ella.

—Entonces, ¿nunca has estado enamorada?

La mirada de Miea se nubló.

—Yo no he dicho eso.

La reina agachó la mirada hacia la taza y se la acercó a la mejilla.

—¿Quieres hablarme de él?

Miea miró a Becky con una expresión que la desconcertó.

—¿Estoy haciendo demasiadas preguntas? —añadió Becky rápidamente.

Miea volvió a mirar la taza de argo y respondió:

—No, en absoluto. Hacía mucho tiempo que nadie me hacía preguntas como estas.

—Entonces háblame de él.

La reina sonrió con dulzura.

—Era maravilloso. Formábamos una pareja estupenda. Y entonces los acontecimientos conspiraron contra nosotros.

Pronunció estas palabras con una enorme tristeza en la voz. Becky había hablado con muchas personas sobre sus relaciones, sobre todo con sus amigas y su madre, pero nunca había visto a nadie tan triste al mencionar a un antiguo novio. Lonnie cortaba con un tipo diferente casi cada semana y, a veces, la ruptura la afectaba mucho, pero siempre era como cuando un bebé llora porque se ha caído. Siempre podía estar segura de que olvidaría el tema en cuestión de minutos. A Becky le dio la impresión de que Miea nunca iba a olvidar la pérdida de aquel amor.

—¿Sabes qué le pasó?

—Soy reina —respondió Miea con una risa triste—. Lo sé todo.

Cuando hablaba de chicos con Lonnie, Becky no se sentía igual ni por asomo. Aquella conversación le parecía fascinante aunque lo lamentara por Miea.

—A lo mejor podrías volver a salir con él.

La expresión de Miea se tensó.

—Eso no es posible.

—Podría serlo.

En ese momento volvió Sorbus. Becky pensó que solo entraba a llevarse la bandeja, pero el ayudante dijo:

—Majestad, lamento interrumpir, pero el ministro Thuja ha venido a verla.

El rostro de Miea se ensombreció y dejó la taza sobre la mesa.

—¿Thuja en persona?

—Sí, majestad. Dice que tiene un informe que quiere presentarle personalmente.

Miea se tomó un instante para recuperar la compostura y asintió.

—Dile que iré enseguida —le ordenó, y seguidamente se giró hacia Becky—. Lo siento, pero tengo que averiguar por qué está aquí el ministro Thuja.

Becky no tenía ni idea de qué estaba pasando, pero cualquiera habría podido adivinar que no era nada bueno.

—Claro. ¿Quieres que me vaya?

Becky se dio cuenta entonces de que no tenía ni idea de cómo volver a su habitación sola.

—Puedes quedarte el tiempo que quieras. Si lo deseas, Sorbus puede pedir a alguien que te enseñe los alrededores. No volveré hasta última hora de la noche. Mi tiempo libre ha terminado oficialmente por hoy.

—Te agradezco que lo hayas pasado conmigo.

Miea sonrió amablemente y tendió una mano a Becky, que la tomó un momento.

—Me alegra haber podido hacerlo —respondió Miea—. Ha sido un auténtico placer. —La reina se dirigió hacia la puerta—. Me temo que no puedo hacer esperar más al ministro.

Dicho esto, se volvió y se fue. Miea se había puesto en pie a una velocidad fascinante al escuchar que Sorbus le comunicaba la llegada del ministro. Debía haber algún tipo de problema. Como Becky no recordaba a ningún ministro llamado Thuja, no sabía de qué era ministro.

Se acabó el resto del barritts y se levantó para ir a buscar a Sorbus. Le habría gustado pasar un poco de tiempo más en el jardín, o tal vez incluso salir a ver Ciudad Tamarisco, pero en cuanto dio el primer paso sintió que tiraban de ella en la dirección contraria.

Casi instantáneamente, estaba de vuelta en su habitación.

Agitada, se sentó rápidamente en la cama, casi como si se despertara de una pesadilla. Al levantarse, la habitación se tambaleó a su alrededor y tuvo que volverse a tumbar. La cabeza no dejaba de darle vueltas.

Eso fue lo último que recordó de aquella noche.

11

El timbre del programa de chat de Becky volvió a sonar y echó un vistazo al ordenador. ¿monsterjam18? ¿Quién era? Intentó recordar a quién conocía con ese pseudónimo y revisó mentalmente decenas y decenas de amigos y conocidos. Finalmente, se detuvo en un chico al que había conocido unos meses atrás en casa de Kayla y Matt. Guapo. De segundo. Extremadamente alto. Parecía bastante agradable, y habían hablado por el chat un par de veces, pero algo no acababa de cuadrar. Tal vez era el pseudónimo. monsterjam18. No era exactamente su tipo.

Becky recordó la conversación que mantuvo la noche anterior con Miea. Podía ser perfectamente la trigésima vez que lo hacía. ¿Qué pensaría la reina del señor Monster Jam? Probablemente, que no estaba hecho de pasta real. Sin duda acertaría en ese punto. Pero, ¿cómo seria el muchacho del que Miea se había enamorado en su día? A Becky le habría gustado de veras haber podido charlar más sobre eso. Miea parecía muy triste al hablar de su antiguo novio. Era evidente que soportaba una pesada carga y que había algo que debía resolver. Quizá cuando la conociera un poco mejor, Miea se abriría más a ella. Tal vez incluso podría ayudarla a resolver el problema. Se le daba muy bien ayudar a Lonnie a superar sus abundantes crisis relacionadas con chicos, aunque suponía que la de Miea era un poco más grave que cualquiera de las que había sufrido Lonnie.

Becky volvió a bajar la vista al libro de historia. Esa noche le costaba concentrarse. Tenía el estómago un poco revuelto, casi seguro que por culpa de la *kielbasa* que Al había cocinado para la cena. Al era capaz de hacer una tostada con mal sabor, algo bastante irónico considerando lo que le gustaba comer. Ya que su madre no iba a estar en casa, se tendría que haber ofrecido ella a cocinar. O podría haber sugerido que salieran a comer una pizza, o algo por el estilo. O tal vez incluso podría haber propuesto pasar la noche en casa de su padre. Al era genial, pero su padre era papá; ¿no tenía más sentido que se quedara con él si no estaba su madre? Así habría podido viajar a Tamarisco y a lo mejor habría tenido otra oportunidad de mantener una conversación a fondo con Miea.

Durante todo el día, Becky había deseado volver a probar el barritts, sentir la suavidad del payette o escuchar una sinfonía interpretada por decenas de norbecks. Ese día estaba echando de menos Tamarisco como nunca. Cuanto más tiempo pasaba en Tamarisco, más tiempo deseaba pasar en el reino. Le provocaba un cosquilleo en los sentidos. Le despertaba las ganas de explorar y descubrir. Ojalá pudiese viajar hasta allí siempre que quisiera. Igual haría una escapadita rápida durante el recreo. Como su cuerpo permanecía en el mismo sitio, los demás simplemente pensarían que estaba preocupada.

Sacudió la cabeza. «Hora de volver al planeta Tierra, Beck.» Tenía que concentrarse en los deberes y pensar en la revolución industrial. El sábado por la noche, cuando volviera a dormir en casa de su padre, tal vez tendría de nuevo la oportunidad de correr por los campos de Jonrae o darse una vuelta por las galerías de tiendas de Pinzón. De lo que no había ninguna duda era que al día siguiente iba a tener el examen de cuarta evaluación de historia, así que, aunque no fuera ni mucho menos tan atractivo como el consejo del reino, tenía que prestarle toda su atención. Se desconectó del chat (monsterjam18 quedaría totalmente desolado antes de que se le pasara en cuatro minutos) y volvió a concentrarse en estudiar.

Al cabo de aproximadamente una hora, su madre llamó a la puerta y asomó la cabeza.

—Hola, cariño.

—Hola, mamá —respondió Becky girando la silla. Mamá entró y le dio un beso en la frente—. ¿Ha ido bien la cena?

—Las chicas son geniales. Me encanta estar con ellas. Nos hemos puesto al día. La hija de Denise sale con un motorista y la otra noche se dio cuenta de que, a su hija, le olía el aliento a alcohol. —Mamá se inclinó y volvió a besar a Becky—. Deberías alegrarte de que vaya a estas cenas de vez en cuando. Me recuerda lo afortunada que soy.

Becky sonrió con socarronería.

—Caramba, mamá, no tendría que hacer falta que te lo recordaran.

—La verdad es que no lo necesito, pero el recordatorio lleva cócteles margarita de regalo. ¿Ha ido bien la noche?

—Sí, todo ha ido genial. He estado aquí estudiando.

—¿La cena de Al era comestible?

—A la altura de sus mejores platos —contestó Becky con una sonrisa para asegurarse de que su madre entendía lo que quería decir.

Mamá la abrazó por la espalda.

—Me gustaría dejar algo hecho para los dos cuando salgo, pero la primera vez que lo hice se ofendió mucho. Está convencido de que sabe cocinar. Lo siento, Becky, pero no quiero que se sienta herido.

Becky hizo un gesto con la mano.

—No te preocupes. Seguro que sobreviviré. He encontrado un montón de bicarbonato en el botiquín.

Mamá se sentó en el borde de la cama, y eso siempre indicaba que pensaba quedarse un rato.

—No te he visto desde ayer por la tarde. Me voy a tener que acostumbrar a esta nueva rutina de los martes y los miércoles. ¿Qué tal fue anoche con tu padre?

—Fue genial.

—¿Te mandó a la cama a una hora razonable?

Becky puso los ojos en blanco.

—Sí.

—¿Y te ha llevado a la escuela puntual?

—Mamá, papá también es un adulto.

Mamá pareció reflexionar un segundo, como si quisiera discutir ese punto, pero finalmente se limitó a decir:

—Ya lo sé, pero es importante que sigas tu rutina. No está acostumbrado a esto y no quiero que tú tengas problemas solo porque, si no, tu padre no sale de casa.

—En realidad me ha tenido que esperar y he llegado al instituto diez minutos antes de la hora.

—¿Y te ha dejado allí sin más? ¿Has tenido que esperar sola en la calle?

Becky se rio.

—Se ha quedado conmigo, mamá. Esto saldrá bien.

Mamá suspiró.

—Seguro que sí. ¿Dormiste bien? No siempre duermes bien en esa casa.

—Dormí genial. No recuerdo la última vez que me desperté sintiéndome tan bien.

Seguramente no era lo mejor que habría podido decir.

—¿Qué se supone que significa eso?

—No significa nada. Solo que dormí muy bien y vi cosas geniales y tuve una conversación muy interesante con Miea y...

Aun habiendo salido las palabras de su boca, Becky no daba crédito a lo que acababa de decir.

—¿Maya? ¿Quién es Maya? ¿Tu padre tiene una nueva novia? Si es eso, hubiera estado bien por su parte hacerme saber que te la iba a presentar.

Mamá no había hablado a papá de Al hasta que llevaban meses juntos, pero eso no venía al caso.

—Papá no tiene ninguna novia nueva.

—¿Entonces quién es Maya?

—No es nada.

Mamá la miró con recelo por un instante y entonces desvió la mirada como si tratara de recordar algo.

—Miea era el nombre de la princesa de aquello de Tamarisco que hacías con tu padre, ¿verdad?

Becky estaba sorprendida de que su madre recordara siquiera aquello.

—Sí.

Mamá se acercó más a ella, y a Becky le pareció que crecía al hacerlo.

—No te habrá convencido para que lo vuelvas a hacer, ¿verdad?

Becky se separó de ella.

—Papá no tiene nada que ver con esto. Es solo que necesito la cama del cuarto que tengo en su casa.

Mamá hizo una mueca.

—¿Qué?

«Siempre me dices que no quieres que haya secretos entre nosotras, mamá», pensó Becky, y como no se le ocurría nada mejor, continuó hablando:

—No te lo vas a creer —dijo con gran entusiasmo—. He descubierto una manera de viajar a Tamarisco.

Mamá se echó hacia atrás.

—¿En serio?

—En serio. Pero solo lo puedo hacer desde la cama del apartamento de papá. Es uno de los motivos por los que quería pasar una noche más en su casa.

—Para poder viajar a Tamarisco.

Becky sonrió jovialmente.

—¿No es increíble?

—Esa no es exactamente la palabra que yo habría usado. Cielo, tú eres consciente de que Tamarisco es un lugar imaginario que te inventaste cuando eras una niña, ¿verdad?

—Sí, yo pensaba lo mismo. Pero es real.

Mamá se levantó y dio unos golpecitos afectuosos a Becky el hombro al pasar junto a ella de camino hacia la puerta.

—O yo he bebido demasiados margaritas o tu padre te puso algo en el postre anoche, porque está claro que una de las dos no piensa con claridad.

Se detuvo en el umbral, miró a Becky y sacudió la cabeza en un gesto de desaprobación. A continuación dio media vuelta y bajó la escalera.

Becky se quería dar cabezazos contra la pared. No podía creer que hubiera hecho algo tan estúpido como soltar el nombre de Miea sin querer. Y, encima, había sido lo bastante tonta como para tratar de arreglarlo añadiendo que viajaba a Tamarisco. Casi habría sido mejor contarle cualquier otra cosa, pero no se le había ocurrido nada mientras hablaban.

De todas formas, tampoco hacía falta que la mirara como si estuviera mal de la cabeza por decirlo. Por supuesto, era consciente de que podía sonar un poco raro (de acuerdo, muy raro), pero no era una de esas personas que dicen cosas raras a diario. ¿No merecía un voto de confianza? ¿Su madre no era capaz de plantearse ni siquiera por un segundo que Tamarisco podría ser real?

Al menos papá la creía. Él no creía que estuviera loca. Su madre nunca entendía las cosas como Tamarisco.

A lo mejor mamá lo achacaba todo a los margaritas. A lo mejor incluso acababa pensando que había imaginado toda la conversación. No era muy probable. Lo más probable era que en ese mismo instante estuviera abajo diciendo a Al que su hija se había vuelto loca.

«Nota mental: recuerda usar el cerebro en el futuro», pensó Becky. En el futuro, no volvería a mencionar Tamarisco a mamá. A lo mejor todo aquello quedaba en nada. Al fin y al cabo, siempre existía una minúscula posibilidad de que a su madre se le olvidara el tema por completo.

Chris no podía dejar de pensar en la geometría. Ayudar a Becky con los deberes la noche anterior había revitalizado una parte de su cerebro que llevaba mucho tiempo dormida. Si volvía a ser capaz de calcular el área superficial de una esfera, ¿podía también recordar cómo se calculaba la de un prisma y un trapezoide? ¿Y sus volúmenes y perímetros? Se preguntaba qué tipo de deberes de matemáticas habría tenido Becky para aquella noche. ¿Habría necesitado su ayuda? No se lo había dicho cuando habían hablado por teléfono, pero tendría que haberle dicho que su línea de consulta estaba abierta las veinticuatro horas por si acaso.

Chris dejó sobre la mesa el libro que estaba leyendo, el que había comenzado la noche anterior cuando Becky le había pedido que no hiciera ruido para poder «concentrarse». El principio de la novela era prometedor, pero los siguientes capítulos no habían logrado mantener su atención. Chris había tenido una época en la vida en la que había sentido la necesidad de terminar todos los libros que comenzaba aunque no le gustasen. Ya no sentía esa necesidad. Si el siguiente capítulo no le volvía a enganchar, lo devolvería a la estantería.

En el apartamento no se escuchaba ningún ruido. La noche anterior a esa misma hora, Becky y él estaban recordando las escenas más aterradoras de *El sexto sentido* mientras veían «I Love the '90s». Había sido el colofón de la mejor noche de un día entre semana que había vivido en mucho tiempo. Era algo raro que algo tan cotidiano como ver la televisión con una hija un martes pudiera considerarse un gran momento, pero precisamente la cotidianidad de la escena era lo que la hacía tan especial. Lo había echado de menos, y siempre lo había sabido, pero no se había dado cuenta de en qué medida hasta que lo había vuelto a vivir.

Chris sintió que la maquinaria metafórica funcionaba con más fuerza que nunca. Él veía la paternidad como una campana de Gauss de hitos. Al nacer tu hija, cada uno de sus logros parece sobrepasar el anterior, y cada uno de ellos te hace sentir cada vez más unido a ella. Una necesidad biológica simple da paso a la interacción, que da lugar al juego, que da lugar a la conversación profunda, etc. La relación se vuelve más profunda a cada paso. Sin embargo, llega un momento en el que alcanzas la cumbre de la curva. Tu hija sigue creciendo para convertirse en un ser humano más pleno y sustancial, pero tu relación con estos acontecimientos se vuelve más lejana. Ella tiene conversaciones profundas con sus amigos en lugar de tenerlas contigo. Aprende lecciones cruciales de la vida lejos de casa. Interactúa de una forma más completa con el mundo y considerablemente menos contigo. Mira hacia su futuro y ve un lugar en el que tú eres algo apenas más elevado que un número en la agenda de su teléfono. Evidentemente, si estás divorciado de su madre y solo la ves los martes y los fines de semana, bajas por la pendiente de la curva todavía más deprisa.

El día que Becky había comenzado a ir al instituto, Chris había empezado a pensar que iría a la universidad. Ya casi había terminado el primer año de instituto. Cuando terminara, solo le quedarían tres años antes de irse para siempre. Pasaría en casa las vacaciones y los veranos, pero esos periodos no serían más que visitas largas. Entonces, en cuanto se graduara en la universidad, ¿quién sabe dónde terminaría Becky y con qué frecuencia la podría ver?

«Debería haber una señal que advirtiera que te acercas a lo alto de la curva y que estás a punto de iniciar el descenso», pensó Chris. «Si hubiera sabido lo cerca que estaba, habría hecho algo para conmemorar el momento, aunque no sé qué.»

No podía determinar el momento exacto en el que había llegado a lo más alto de la curva con Becky, aunque podía hacerse una idea bastante aproximada. ¿Había sido el día que se había marchado de casa? ¿Unos meses antes o después? Lo único que sabía era que había recorrido buena parte del descenso. Cuando llegara al punto más bajo, ella ya no estaría. No creía que fuera a estar más preparado para aquel acontecimiento aunque pasaran tres años.

Pese a todo, siempre le quedaba la noche del día anterior. Tal vez todos los martes serían como aquel en el futuro. Tal vez habría que empezar a construir algo a partir de ahí. Tal vez la vida con una hija no fuera como una campana de Gauss, sino una línea ondulada. A lo mejor se podía remontar.

Fue a la cocina, enjuagó los platos de la cena y los colocó en el lavavajillas porque al terminar de comer no se había sentido con ánimo para hacerlo. Esa noche había estado a punto de cenar un panecillo, pero se había obligado a prepararse una comida decente. Era todo un reto porque estaba solo, pero se obligaba a superarlo, del mismo modo que para él era importante hacer la cama todas las mañanas aunque nadie, salvo él mismo, viera si estaba desecha.

Sonó el teléfono. Cerró el grifo y descolgó.

—¿Diga?

—Me debes estar tomando el pelo.

La voz «brusca» de Polly era inconfundible. Y, para Chris, era la que mejor la definía.

—¿Respecto a qué te estoy tomando el pelo?

—¿Has vuelto a hacer que tu hija, tu hija adolescente de catorce años, vuelva a hablar sobre ese mundo de cuento de hadas?

¿Becky había hablado a Polly de Tamarisco? ¿En qué estaba pensando?

—¿Y en qué parte del tema ves un problema?

—¿Qué dónde veo el problema? A ver, a lo mejor lo veo en que no te das cuenta de que tu bebé ha crecido. O a lo mejor en que estás tan desesperado por conseguir algo de afecto de tu hija que estás dispuesto a abusar de sus sentimientos. O a lo mejor en que la tienes tan atrapada en la historia que cree de verdad que está hablando con elfos y hadas.

—¿De verdad es eso lo que te preocupa, Polly?

—¿No te parece que tenga que preocuparme?

Chris pensó un segundo. Tenía que frenar un poco la conversación para tomar carrerilla.

—Creo que ese no es el problema.

—Vaya. ¿Y cuál crees que es el problema?

—Creo que el problema es lo de anoche.

Polly volvió a levantar la voz.

—¡Maldita sea! Pues claro que es lo de anoche. Hace un rato he hablado con Becky y me ha dicho que viaja a Tamarisco desde tu apartamento. ¿No crees que eso me puede parecer un poquito preocupante?

Esta vez, Chris no necesitó tiempo.

—Creo que lo que te preocupa es que anoche estuviera aquí. Después de cuatro años, cuatro años en los que nunca has hecho nada para aclarar a nuestra hija que fuiste tú quien acabó con nuestro matrimonio, por fin, ha dado un pequeño paso en mi dirección, y eso te mata.

Se escuchó una carcajada amarga al otro lado de la línea.

—Estás convencido de que eso es todo, ¿verdad? Estás seguro de que todo fue por lo celosa que estaba de vosotros dos y crees que te aparté de su vida deliberadamente. Madura, Chris.

Chris se esforzó en moderar el tono de su voz. No quería que Polly pensara que le estaba haciendo daño.

—¿Sabes una cosa? Casi estaba esperando esta llamada. No sabía qué excusa ibas a poner, pero suponía que encontrarías la manera de sugerir que no estoy capacitado para tener a Becky en casa entre semana.

—Si le estás lavando el cerebro con esa porquería de Tamarisco y la tienes tan engañada que cree que está viajando a otros mundos en sueños es que no estás capacitado, y punto.

Chris sintió que le hervía la sangre.

—¿Eso ha sido una amenaza?

Polly no respondió inmediatamente.

—Chris, no hace falta que te amenace. Cuando Becky se dé cuenta de lo que estás haciendo, y se dará cuenta ella sola, nunca te volverá a ver igual. A lo mejor deberías pensar en ello antes de ir más lejos.

Chris se planteó la posibilidad de decir a Polly que había sido Becky quien había empezado a hablar de Tamarisco. Sin embargo, ¿qué iba a conseguir? ¿Y qué iba a responder si Polly le preguntaba si creía que su hija podía ir a Tamarisco de verdad? Becky parecía tan convencida de ello (se había pasado toda la mañana hablando de su viaje de la noche anterior) que él mismo comenzaba a creérselo, por disparatado que pareciese, pero si se lo confesaba a Polly, todavía se enfurecería más.

Respiró hondo y se limitó a decir:

—Gracias por tu sabio consejo.

—Te lo advierto, Chris, estás cometiendo un gran error. Te puedes hacer el gracioso conmigo todo lo que quieras, pero con esta nueva táctica que usas seguro que te saldrá el tiro por la culata. Y si veo que afecta a Becky negativamente, responderé como crea necesario.

Chris tenía que terminar la conversación. Si no lo hacía, volvería a calentarse y casi seguro que diría algo que lamentaría más tarde, no porque no pensara de veras lo que decía, sino porque lo pensaba de todo corazón.

—Tengo que dejarte, Polly. Estaba haciendo una cosa.

Colgó el teléfono y lo dejó sobre el mármol bruscamente. Sentía la vibrante descarga de adrenalina que acompañaba a todas las discusiones que tenía con su ex mujer. Siempre podía confiar en su capacidad de convertir algo mágico entre Becky y él en algo realmente feo.

Hablando en serio, ¿en qué estaba pensando Becky para mencionar lo de Tamarisco a Polly? ¿Acaso todo aquello la tenía tan obsesionada que no se había dado cuenta? No le parecía posible. Becky sabía qué representaba Tamarisco para su madre. ¿Cómo esperaba que se lo tomara Polly? ¿Lo había hecho a propósito por algún motivo? En ese caso, ¿qué intentaba conseguir?

Chris pensó en hablar con Becky por chat. Probablemente todavía estaba despierta. Sin embargo, lo último que quería era que Polly entrase en la habitación de Becky y reconociese su pseudónimo en plena conversación. Tal vez podrían hablar del tema por teléfono la noche siguiente. Hasta entonces, tendría que conformarse con respirar hondo unas cuantas veces e intentar pensar en cosas agradables.

Pero lo tenían que aclarar. Si Becky pensaba seguir «viajando» a Tamarisco, independientemente de lo que eso significara para ella, tendría que hacerlo a espaldas de su madre. Aunque Becky no fuera capaz de entender nada más, Chris pensaba asegurarse de que entendiera este punto.

12

Los últimos días habían sido duros. Mamá le había lanzado todo tipo de miradas extrañas aunque, afortunadamente, no había vuelto a sacar el tema directamente. Papá la había interrogado sobre los motivos por los que había hablado con mamá de Tamarisco, y Becky no había sabido darle una buena razón para explicar el desliz. Mientras tanto, Cam Parker le hablaba en monosílabos, y Lonnie estaba tan loca por Dylan Spence (el último capricho de la semana) que no era capaz de hablar de nada más.

Para rematar el conjunto, Becky había sufrido unos dolores de cabeza espantosos. Había tenido uno tan fuerte esa misma noche mientras cenaba con papá que pensaba que iba a vomitar en la misma mesa. Había conseguido aguantar toda la cena, pero al final anuló los planes que tenía con sus amigos para esa noche y se acostó pronto.

Se tomó un paracetamol y se tumbó. Nunca había tenido unos dolores de cabeza como los de aquella semana. Si seguía igual, tendría que avisar a su madre e ir al médico, algo que no entraba exactamente dentro de sus planes. Siendo realistas, no podía evitar al médico para siempre. Además, le faltaban un par de meses para la revisión anual. Si de verdad le pasaba algo malo, entonces lo sabría todo el mundo. Lo mejor que podía hacer era conservar la esperanza de poder aplazarlo un poco. Se le estaba dando bastante bien lidiar con el miedo a lo desconocido, pero no estaba tan segura de ser capaz de superar el miedo a lo conocido.

Al tumbarse, las palpitaciones se intensificaron. Sabía que dormir sería lo mejor para ella, pero no estaba segura de poderse relajar lo suficiente para dormir. También estaba el asunto de Tamarisco. ¿Debería intentar ir en ese estado? ¿Podía ir en ese estado? ¿Le estallaría la cabeza si intentaba meditar?

No quería de ningún modo esperar hasta el martes por la noche para regresar. Tal vez la meditación haría incluso que se encontrara mejor. ¿No había gente que usaba la meditación para tratar el dolor de cabeza? Por supuesto, la meditación de los demás no les trasladaba a otra realidad (o, al menos, ella no lo creía), pero eso no tenía nada que ver.

Lentamente, y aunque era demasiado consciente del pálpito que le retumbaba en la cabeza, Becky inició el proceso. Tenía que sobreponerse al dolor o nunca podría alcanzar su destino, pero durante un rato le pareció imposible lograrlo. Perseveró y, finalmente, logró oscurecer el dolor de cabeza del mismo modo que oscurecía todo lo demás.

Abrió los ojos en el despacho de Miea. Una vez más, Miea no estaba, así que Becky salió al pasillo a buscar a Sorbus.

—Es un placer volver a verla —la saludó el ayudante.

—Yo también me alegro de volver a verle, Sorbus. Supongo que la reina no está por aquí, ¿verdad?

La expresión de Sorbus cambió y bajó la mirada. A Becky le pareció una reacción extraña.

—Me temo que hoy permanecerá ocupada mucho tiempo. Se entristecerá al saber que no ha podido estar con usted.

Becky asintió. Deseaba de veras poder hablar otra vez con Miea, pero no podía esperar que la reina se quedase sentada esperándola. Tal vez podría hacerlo si Becky supiera exactamente cuándo iba a llegar, pero todavía no había resuelto el asunto del tiempo ni por asomo.

—Su majestad y yo hablamos sobre qué debíamos hacer si usted venía mientras ella no estaba disponible y formuló una sugerencia que puede que le interese. ¿Ha subido alguna vez a una guacasasa?

Para Becky, eso era como preguntarle si había estado alguna vez en Alfa Centauro, pero Sorbus no era consciente de ello.

—No, la verdad es que no.

—Si le apetece una visita panorámica del reino, le puedo preparar la de la reina.

A Becky se le iluminaron los ojos.

—¿En serio?

—Su majestad dejó muy claro que usted disponía de total acceso a todos sus lujos personales. Al fin y al cabo, ella rara vez los utiliza.

Becky notó un cosquilleo en los dedos.

—Me encantaría subirme a una guacasasa. Son seguras, ¿verdad?

—Oh, son extremadamente seguras. Por favor, acompáñeme fuera.

Recorrieron el pasillo y salieron a un vasto campo. Los colores y la música de Tamarisco impactaron a Becky inmediatamente. Algunos de los sonidos eran distintos (se escuchaba un golpeteo rítmico que sonaba parecido a unos timbales y, de vez en cuando, se escuchaba algo que parecía tocado con un arco), pero el efecto completo era tan sinfónico como la primera vez que Becky había salido del palacio. Una pequeña criatura bípeda con la cara plana y un abrigo sedoso caminó confiadamente hacia ella, estiró una pata para tocarle la pierna y, finalmente, se instaló en una roca cercana para observarla. Becky le sonrió, pero la expresión de la criatura permaneció impasible.

Becky se dio cuenta de que el dolor de cabeza había desaparecido por completo. Obviamente, lo único que necesitaba para deshacerse de él era una dosis saludable de aventuras. «Voy a explorar. Voy a descubrir. Aquí hay muchas cosas para mí.» Dio un paso hacia el bípedo con intención de acariciarlo y la criatura echó a correr en dirección al palacio.

Se volvió hacia Sorbus, que estaba diciendo algo a otro hombre. El hombre se marchó y, poco más de un minuto después, Becky escuchó a través del viento el ruido del aleteo de unas alas enormes. Becky vio la sombra de la guacasasa antes de distinguir al propio pájaro gigantesco. A pesar de su enorme tamaño, la guacasasa aterrizó con una suavidad increíble.

La criatura, similar a una gaviota, era mucho mayor de cómo Becky la había imaginado, y medía fácilmente nueve metros de largo y tres de alto. Tenía plumas de color verde plateado a lo largo de las alas, la cabeza aguagranate y mechones de color caoba en el centro del lomo. Miraba directamente hacia delante, apuntando al horizonte con su pico largo y resplandeciente.

—Puede montar cuando lo desee —dijo Sorbus alzando una mano en dirección a la megagaviota.

Becky miró hacia el pájaro.

—¿Que monte? ¿Cómo? ¿Dónde?

Becky se percató de que a las historias que había creado sobre viajes en guacasasa les faltaban algunos detalles (como, por ejemplo, cómo se sube a ellas).

Sorbus condujo a Becky a la parte delantera del pájaro. Al llegar, la guacasasa agachó el pico y Becky vio las abundantes crestas que lo recorrían. Sorbus hizo un gesto a Becky para que usara las crestas de escalera. Sonriendo, trepó por el pico hasta llegar al enorme lomo del pájaro y se instaló entre las matas de pelo centrales. Miró a su alrededor en busca de un cinturón de seguridad o de algo que la mantuviera en su sitio antes de recordar que había diseñado esas matas de pelo para que fueran lo bastante fuertes como para sujetar bien a una persona.

—¿Necesito casco? —preguntó a gritos a Sorbus.

—¿Casco? ¿Para qué?

En Connecticut, Becky no podía ir en patines sin casco, pero era evidente que en Tamarisco no había ningún problema por volar sobre pájaros gigantescos sin él.

—¿Y la presión del aire?

—¿Qué pasa con la presión del aire?

Becky sacudió la cabeza.

—Nada, no importa. Oiga, si voy a hacer una visita panorámica, ¿tendré algún guía?

Sorbus volvió las palmas de las manos hacia arriba.

—De veras me encantaría llevarla personalmente, pero me temo que hoy no puedo. Su majestad podría necesitarme y andamos algo escasos de personal.

—¿Cómo sabré hacia dónde debo ir?

—La guacasasa conoce su itinerario. Creo que le gustará el viaje.

Becky se rio.

—De acuerdo. Supongo que tendré que dar alas a la novedad. —Becky se llevó una mano a la cara—. Perdón, no quería hacer un chiste tan malo.

Becky se reclinó. Estaba a punto de preguntar a Sorbus cómo se ponía en marcha la guacasasa cuando notó que se movía hacia delante. El pájaro dio cuatro pasos enormes y a continuación se elevó de un salto. Becky sintió que el estómago le daba un vuelco, como si estuviera en una montaña rusa, y cerró los ojos instintivamente, pero en cuanto el pájaro comenzó a planear, se sintió más segura y comenzó a mirar a su alrededor.

Visto desde el cielo, el paisaje era marcadamente azul. Había puntos y manchas de color por todas partes, pero eran como elementos decorativos de una vasta alfombra azul. Era complicado contemplar las vistas porque el lomo de la guacasasa era muy ancho, pero el cuerpo del ave se hundía cada vez que movía las alas, con lo que ofrecía a Becky un ángulo distinto desde el que mirar. El palacio quedaba tras ella y Ciudad de Tamarisco empequeñecía en la distancia a un ritmo sorprendentemente rápido.

Becky no tardó mucho en acostumbrarse a la sensación de volar. Volar al aire libre no se parecía a nada que hubiese experimentado antes (de hecho se parecía un poco a sus mareos, aunque era mucho más divertido) y le encantaba. Era casi como si ella misma tuviese alas. Sabía que algunas personas soñaban que podían volar, pero ella nunca había tenido uno de esos sueños. Si esas personas supieran lo que se estaban perdiendo...

Tras unos minutos en el aire, Becky no podía ver más que bosque. Poco después, el paisaje se allanaba y llegaron a un enorme valle surcado por profundas hileras de tierra negra y los vibrantes tallos azules de los cultivos locales.

La guacasasa descendió rápidamente. A Becky le pareció que el descenso era, en realidad, excesivamente rápido. ¿Los pájaros sufrían averías? Si se estrellaban, ¿la salvarían las matas de pelo? Tal vez debería haber insistido en lo del casco. ¿Podía hacerse daño de verdad en Tamarisco? De repente, se puso muy nerviosa, pero cuando estaban a pocos metros del suelo el vuelo del pájaro trazó un arco ascendente, estiró las alas y aterrizó con tanta suavidad como si se hubiera posado sobre un colchón de plumas.

Ese método de transporte era genial.

Las matas de pelo que sujetaban a Becky se habían desplazado y endurecido durante el vuelo y necesitó un poco de esfuerzo para liberarse. Pese a todo, no tardó en bajar. Vio que se encontraba en una especie de granja. Los cultivos que había visto desde el aire estaban cerca. En una ladera, unos animales enormes que Becky había llamado bonsales pastaban perezosamente mientras los ruidosos purismas les picoteaban y acicalaban a la vez que unos pulgases casi orondos pero increíblemente ágiles saltaban en todas direcciones sobre las imponentes siluetas de los bonsales. Los saltos incesantes de los pulgases alrededor de los bonsales debían resultarles molestos, porque, de vez en cuando, un bonsal se sentaba, retozaba sobre su cuerpo e intentaba dar una patada a un pulgase, aunque nunca lo lograban porque esos animales grandes eran demasiado lentos. Le daban pena los pobres bonsales hostigados. Debería haberles concedido más destreza, pero no se le había ocurrido al crear su historia.

El sonido era distinto ahí fuera. Si el sonido de los alrededores de palacio parecía una sinfonía, allí se asemejaban más a una canción folk. Los ruidos eran más simples y ordenados, y la «melodía» era más básica. Becky podía imaginarse tarareando la tonada que creaba la naturaleza en aquel lugar. El único punto en común era la nota discordante. En aquella tierra estaba presente el mismo sonido que Becky había escuchado al salir por primera vez al aire libre de Tamarisco y que había vuelto a oír ese mismo día cerca del palacio. Estaba desafinado respecto a todo lo demás y, posiblemente, sonaba más fuerte allí que cerca de la reina. Tal vez aquel era uno de los mecanismos mediante los cuales Tamarisco se «inventaba» a sí mismo. También era posible que los tamariscos tuvieran una percepción ligeramente distinta de lo que sonaba bien, aunque a ella el fragmento que había escuchado del compositor norbeck le había sonado fantásticamente bien. Los misterios eran de agradecer. Se iba a divertir tratando de resolver aquel en concreto.

Justo al bajar la colina en la que estaba, se divisaba una estructura de madera. Becky comenzó a caminar en esa dirección y entonces se volvió hacia la guacasasa. ¿Tenía que decirle que la esperara? Las guacasasas podían aprender a ir a cualquier lugar de Tamarisco, pero solo los cuidadores especiales podían darles las indicaciones. Becky no tenía ni idea de cómo debía hablar al pájaro.

—Volveré en unos minutos —dijo, aunque estaba segura de que la guacasasa, su único modo de regresar a palacio, no la entendía.

Mientras se acercaba al granero (parecía más bien una gran nave almacén, pero las granjas tenían graneros, ¿no?), escuchó un ruido estridente de algo que se agitaba, como de canicas dentro de una lata, seguido de un silbido. La puerta del granero estaba abierta y vio a un hombre que golpeaba la parte baja de un gran tallo cubierto de tierra contra una caja de madera, para después hundirlo en un barril de agua y sacudirlo enérgicamente. Repitió el proceso dos veces mientras ella miraba. A la segunda, Becky se dio cuenta de que cientos de frutos minúsculos asomaban entre la tierra, colgando del tallo. Estaba frente a un microgranjero. Eran muy escasos en todo Tamarisco.

El granjero volvió a golpear el tallo contra el borde de la caja y la vio. Sus miradas se encontraron y, a Becky, le pareció que ya había visto a aquel hombre antes. Sin embargo, al volverlo a mirar, se dio cuenta de que no le resultaba familiar.

—Hola —la saludó el hombre.

—Hola. Espero no molestarle.

—Lo único que me molesta es la tierra que envuelve esos fenígeros. —Golpeó el tallo un poco más fuerte e hizo caer algo más de tierra—. No se rinde así como así.

Dio otro golpe al tallo y lo volvió a hundir en el agua con más fuerza. Al sacar el tallo del barril, examinó la superficie, todavía manchada de tierra, y se puso a quitar un poco más con los dedos.

—Lo estoy consiguiendo. Muy, muy lentamente, pero lo estoy consiguiendo.

Hundió los dedos en la tierra y liberó una raíz estrecha de color escarlata. Tenía el aspecto de una zanahoria, pero era mucho más pequeña y estaba retorcida como si de una espiral de pasta se tratara.

—¿Te gustan los fenígeros? —preguntó el hombre acercándole la verdura.

—No los he probado.

El hombre la miró con incredulidad.

—No eres de aquí, ¿verdad?

—No, pero me alegro de estar aquí.

El granjero asintió, enjuagó el fenígero en el barril para lavar la tierra que pudiera quedar y se lo tendió a Becky.

—Pruébalo.

—Gracias —dijo Becky mientras examinaba la verdura.

—A mordiscos pequeños.

—Sí, lo recuerdo.

Dio un bocado minúsculo del fenígero, solo hasta el primer tirabuzón, y la boca se le llenó instantáneamente de su sabor. Fue como si se hubiera tragado un plato entero de comida de golpe. El fenígero era cremoso, como un puré de patatas de primera, pero también tenía un punto picante, como si llevara jalapeños mezclados. A medida que iba masticando (algo nada fácil teniendo en cuenta el tamaño minúsculo del bocado), se le amontonaron más sabores en el paladar. Algo amargo como un pimiento verde y picante como el vinagre balsámico. Y, finalmente, regresó el sabor de puré de patatas, que permaneció en su lengua después de tragar.

—Caramba —dijo Becky mirando al granjero.

—¿Era uno de los buenos?

—No puedo saberlo, pero supongo que era uno de los muy buenos.

Becky tomó otro bocado y la sensación la volvió a envolver. De pronto, se sintió enormemente hambrienta y se comió el resto del fenígero de una sola vez. Fue un error. El hambre desapareció inmediatamente y la sustituyó una intensa sensación de hartura, como si se hubiera comido una pizza enorme.

—La mayoría de gente se lo toma con un poco más de calma —comentó el granjero.

Becky se llevó la mano al estómago. Estaba llena.

—Me he emocionado. Ha sido una estupidez.

—Si te ha tocado uno bueno, comprendo la tentación. —El granjero sonrió y ladeó la cabeza—. Si no eres de por aquí, ¿de dónde eres?

—Vivo... Cerca del palacio.

El granjero asintió.

—Eso está bastante lejos. ¿Has venido a ver a familiares o amigos?

El sabor del fenígero todavía le saturaba la boca. Estaba convencida de que iba a durar un buen rato.

—Sólo he venido a dar una vuelta.

—Pues menuda excursión. Bueno, encantado de conocerte. Que te vaya bien el día. —El granjero se volvió hacia el cubo—. Si me disculpas, tengo que volver al trabajo. Tengo que liberar al resto de mis chicos antes de cumplir los cien años.

—Por supuesto. No quería interrumpirle. Parece un trabajo duro.

—No es duro, solo es lento. La verdad es que no debería quejarme. Un granjero normal tiene que cosechar toda una hilera de verdura normal para obtener el mismo beneficio que yo con un solo tallo. Me lo recuerdo cada treinta golpes, más o menos. De todas formas, será mejor que vuelva al trabajo.

Becky estaba a punto de darse la vuelta, pero se detuvo.

—¿Le importa si le ayudo a dar algunos golpes?

El granjero parecía sorprendido por la petición.

—Llevas una ropa muy bonita. Cerca del palacio se visten de otra manera. No quisiera que te la estropearas.

—¿Y uno solo?

El granjero se encogió de hombros.

—Si es lo que quieres, adelante. Descansaré un rato junto a la valla y tú puedes dar todos los golpes que quieras.

Becky sonrió, se acercó al tallo y dio las gracias al hombre. Era muy emocionante para ella. Iba a hacer algo en Tamarisco. De momento, se lo había pasado como nunca, pero solo había sido una espectadora. Ahora, aunque solo fuera a cosechar una microverdura, haría algo útil, y eso la hacía sentirse muy bien.

El tacto del tallo no era el que esperaba. La corteza era esponjosa y flexible, pero también era bastante rígida. Miró la parte inferior del tallo y vio tierra, unas raíces delgadas y sinuosas y, los extremos retorcidos de algunos fenígeros. Echó un vistazo a la caja contra la que el granjero golpeaba el tallo y vio que solo había un par de verduras al fondo. ¿Cuánto tiempo llevaba trabajando? ¿Tenía en sus manos el trabajo de un día entero?

—¿Qué va primero, el agua o la caja?

—Dale unos golpes. A veces cuando la dejas reposar unos minutos puedes sacar un buen puñado de tierra de un solo golpe.

Becky levantó el tallo e intentó repetir el movimiento que el granjero había hecho antes. Golpeó la tierra contra la caja tres veces, pero no pasó casi nada. ¿No tenían máquinas que se ocuparan de esas tareas? Volvió el amasijo de tierra hacia ella e intentó liberar un par de verduras con la uña. La tierra negra era granular, más parecida a la sal que a la tierra de Connecticut, pero se aferraba a los fenígeros como barro espeso.

—Tienes que ir metiéndolo en el agua —dijo el granjero.

«¿Y así no se enfangará más?», pensó Becky. Aunque todo el proceso le parecía inútil, se esforzó al máximo.

—¿Cuántos fenígeros hay aquí dentro?

—Docenas. Puede que más de cien. Los habré sacado todos antes de la puesta de sol.

«Si me dejas hacerlo a mí, no.» Golpeó el tallo y lo remojó varias veces más, decidida a tener un mínimo de éxito. Casi por accidente, quedaron libres dos fenígeros, que arrancó de la raíz y los tiró dentro de la caja. Tenía los brazos tensos, pero se sentía bien, como si acabara de salir de una clase de gimnasia muy intensa.

Becky ofreció el tallo al granjero.

—Me parece que será mejor que lo deje en manos de un experto.

El granjero se levantó y tomó el tallo.

—De todas formas, te estabas empezando a manchar las uñas.

Becky se miró las manos. ¿Por qué no se caía la tierra? Pensó en preguntarle si se podía lavar las manos, pero decidió que era mejor no hacerlo.

—Gracias por dejarme probar.

—Agradezco la ayuda. Vuelve cuando quieras. Siempre me viene bien otro juego de músculos. Eso sí, si vienes, ponte otra ropa. La tierra de esta zona es distinta de la de la mayor parte del reino. Es genial para la microagricultura, pero no es tan buena para los vestidos bonitos.

Becky se dirigió a la entrada del granero.

—Lo tendré presente. Gracias de nuevo.

—Disfruta del resto de tu excursión.

Becky se despidió con la mano y comenzó a subir por la colina. Al llegar a la cima comprobó aliviada que la guacasasa todavía la esperaba. ¿Qué habría pasado si el pájaro se hubiera ido sin ella? ¿Habría vuelto a su cama pasado un tiempo como las otras noches o habría estado tan lejos que la señal (o lo que fuera que la conectaba entre los dos mundos) no habría llegado hasta ella y habría tenido que encontrar la manera de volver al palacio y a su casa sola? Afortunadamente, ya no necesitaba conocer la respuesta a esa pregunta.

Se encaramó al lomo de la gaviota y se acomodó entre las matas de pelo. Miró hacia el granero y vio que el granjero la observaba. Casi no distinguía su cara, pero le veía lo bastante bien para darse cuenta de que la presencia del pájaro le sorprendía. Probablemente, las guacasasas no aterrizaban en aquella zona demasiado a menudo. Se volvió a despedir de él con la mano y él le devolvió el gesto con inseguridad. «Debe creer que soy rica, de la realeza o algo así. Si supiera quién soy en realidad, todavía estaría más sorprendido», pensó.

El pájaro dio unos pasos largos y veloces, saltó y despegó de nuevo. A Becky le parecía raro no saber hacia dónde iba, pero se sentía segura en la guacasasa (sobre todo ahora que había experimentado el primer aterrizaje), y sabía instintivamente que la gaviota no permitiría que corriera peligro alguno. Cerró los ojos y disfrutó de la sensación de volar. No se parecía en absoluto a volar en un avión. Levantó las manos como hacía cuando subía a una montaña rusa y la sensación se intensificó. Aquel lugar parecía tener un número interminable de experiencias únicas esperándola.

De pronto, el pájaro giró bruscamente, como si algo la hubiera llamado. La guacasasa estiró el cuello y Becky notó claramente que ganaba velocidad. ¿Qué velocidad podían alcanzar esos animales? Y una pregunta todavía más importante: ¿qué velocidad podían alcanzar antes de que ella saliera catapultada por los aires? ¡Adiós al instinto! No podía contemplar el paisaje. El aire pasaba junto a ella a tanta velocidad que le costaba fijar la mirada, pero tenía la impresión de que no importaba porque seguramente el suelo se veía borroso a sus pies.

Unos minutos más tarde, el pájaro frenó un poco. Becky notó que su cuerpo se relajaba al disminuir la velocidad y, cuando la guacasasa aterrizó, Becky se sintió como si fuera montada en una cometa. Esos animales le parecían maravillosos.

Becky bajó del pájaro en un campo muy distinto de los otros que había visto en Tamarisco. El color que dominaba era el gris. No recordaba haber creado nada gris en sus historias, y seguro que no había creado un campo entero (o al menos en su mayor parte, porque había algunas manchas azules) así. Se agachó y tocó una planta. No era que fuese de un color extraño; estaba marchita. La planta que tenía en las manos no estaba completamente muerta (de hecho parecía un poco más azul de cerca que vista desde lejos), y tampoco estaba del todo mustia, pero nadie diría que estaba sana. ¿Qué le había pasado a aquel lugar? Becky recordó a la mujer del consejo del reino que se quejaba de la plaga de vilas. ¿Sería algo parecido lo que había causado ese destrozo?

Aquel lugar entristecía a Becky. Tamarisco no debía ser así. Algo iba mal. Muy mal. Sin embargo, Becky sintió simultáneamente una intensa motivación. Tal vez era porque se había «manchado las manos» en la región. Ahora se sentía parte de aquel lugar. Si el reino necesitaba ayuda, ella tenía que hacer lo que pudiere para prestársela. No sabía qué significaría eso, ni siquiera sabía cuál era el problema, pero sentía la necesidad de intentar solucionarlo.

Becky levantó la mirada y vio una silueta a lo lejos. ¿Sería el granjero que cultivaba aquel campo? Seguramente sabría qué estaba pasando.

Al acercarse, se dio cuenta de que la persona que le había parecido un granjero era, en realidad, un muchacho que no debía de ser más de dos años mayor que ella. Llevaba gafas de sol y sombrero, pero Becky se dio cuenta de que era realmente atractivo. A lo mejor hasta tan atractivo como Cam Parker.

El chico paleaba unas plantas marchitas dentro de una bolsa. Cuando Becky se acercó, él se incorporó y fue hacia ella.

—¿Esto es tuyo? —preguntó el chico.

Becky no entendió qué quería decir.

—¿El campo? No, en realidad pensaba que era tuyo.

El chico reflexionó unos segundos la respuesta.

—Yo estoy de visita —dijo finalmente.

—Como yo.

El muchacho miró la bolsa. Becky se dio perfecta cuenta de que su presencia había alterado al muchacho y, como él no dijo nada más, ella añadió:

—Por cierto, me llamo Becky.

El chico la saludó tímidamente con la mano.

—Yo me llamo Rubus.

—¿De dónde vienes?

La respuesta volvió a hacerse esperar.

—De otra... De otra parte del reino.

Era imposible que estuviera diciendo la verdad. ¿Podía ser que también viniese de otro mundo? ¡Sería rarísimo!

—¿Sabes qué ha pasado aquí? No creo que estas plantas sean así normalmente.

—Algo las ha hecho enfermar. No se me ocurre qué puede ser.

—¿Por eso las metes en la bolsa? ¿Estás haciendo una especie de investigación?

Los ojos del muchacho volvieron a posarse en la bolsa.

—Yo... Sí, eso es exactamente lo que estoy haciendo.

O a Rubus no le gustaba hablar con chicas o estaba nervioso por otro motivo.

—Bueno, pues buena suerte. Sería una lástima que el granjero perdiera estas tierras.

Rubus asintió, se miró las manos, miró a Becky un largo rato y, a continuación, contempló el paisaje.

—Es un lugar muy bonito, ¿no crees?

Becky miró en la misma dirección. Incluso el campo marchito parecía agradable. Más que gris, era plateado.

—Tienes razón, lo es. Pero me gustaría que estuviera más sano.

—No me refería solo a este sitio. Hablaba de todo lo que lo rodea. Es muy hermoso y está lleno de vida. No sé cómo consiguieron todo esto mientras nosotros solo tenemos cemento y metal.

¿Cemento y metal? Por lo que Becky sabía, no había ningún lugar de Tamarisco lleno de cemento y metal. ¿De dónde venía aquel chico? ¿De algún universo futurista de ciencia ficción? El único lugar de aquel mundo en el que casi solo había cemento y metal era...

—Armaespina.

El chico se sobresaltó cuando Becky pronunció la palabra.

—¿De qué estás hablando?

—Eres de Armaespina.

—¿Por qué lo dices?

—¿Eres un espía?

Rubus dio un paso rápido hacia ella y por un instante Becky pensó que iba a atacarla. Entonces se detuvo y sus hombros se hundieron.

—No soy un espía.

—Pero eres de Armaespina.

—Yo no he dicho eso. ¿De dónde eres tú?

Esta vez fue Becky la que dudó al responder.

—Yo soy de... un lugar a las afueras del reino.

Rubus sonrió socarronamente.

—Supongo que los dos tenemos secretos, ¿no crees?

Becky se rio. Algo en el tono que había empleado el chico hizo que se sintiera más cómoda. No sabía quién era Rubus, pero no parecía un mal tipo. Y era realmente atractivo.

—Yo tampoco soy espía.

—Eso está bien. Si fueras una espía, tendría que entregarte a las autoridades. —Volvió a sonreír y señaló a la guacasasa con la cabeza—. Bonito pájaro.

—Sí. Te invitaría a dar un paseo conmigo, pero todavía estoy aprendiendo cómo funciona. No sé cuántos pasajeros puede llevar.

—Es una lástima. Nunca he montado en una de esas. La vista de este sitio desde el aire debe ser genial.

Becky recordó que en Armaespina había aviones (bueno, algo parecido) en lugar de gaviotas de pasajeros, pero no tenían permiso para entrar en el espacio aéreo de Tamarisco.

—Esto te gusta de verdad, ¿eh?

La expresión de Rubus se volvió soñadora.

—¿Este sitio? Me encanta. Lo que daría por tener una tierra como esta.

A Becky no le cuadraron demasiado esas palabras en boca de un espina.

—¿Y por qué no te mudas?

Rubus se rio por lo bajo.

—No es tan fácil para alguien como yo.

—¿Por qué no?

El chico volvió a mirarse las manos.

—A mi familia no le parecería bien.

Becky pensó en su charla con su madre.

—Sí, sé a qué te refieres.

—A veces los padres pueden ser complicados.

—Dímelo a mí. Los míos también tienen sus prontos, pero en general están bien.

—Ojalá pudiera decir lo mismo. Oye, tengo que volver a mi... investigación. Si te apetece, nos podemos ver en otro momento.

Becky se ruborizó. «¿Qué pasa? Yo nunca me pongo colorada», pensó.

—Sí, me gustaría.

—¿Estarás por aquí una temporada?

—Voy y vengo.

—Como yo. ¿Te puedo encontrar en alguna parte?

Becky arrugó la nariz.

—No es fácil encontrarme por aquí.

Rubus reflexionó la respuesta un buen rato.

—Es una pena —replicó, y su expresión volvió a animarse—. ¿Quién sabe? A lo mejor el destino nos vuelve a reunir.

—Sería genial. —Becky levantó una mano y se despidió con el mismo gesto tímido con el que él la había saludado—. Nos vemos.

Rubus imitó el gesto.

—Eso espero.

Becky caminó hacia el pájaro y se volvió. Rubus la miraba. Cuando llegó a la guacasasa, los ojos de Rubus seguían puestos en ella. Al volverse hacia el pájaro, vio que estaba mirando a otra parte, como si estuviera avergonzado por algo. ¿Qué estaba pasando? ¿Acaso el pájaro la había llevado a algún lugar al que no debía ir? Le extrañaba que Miea quisiera que viese ese campo devastado. Becky deseó no haber retirado el habla a los animales. Estaría bien preguntar a la guacasasa qué pasaba. Subió al pájaro y despegaron.

El vuelo volvió a ser largo y el pájaro repitió su truco supersónico, pero esta vez Becky estaba mejor preparada. Finalmente, aterrizaron en un extenso campo azul. Al bajar de la guacasasa, Becky no vio nada a su alrededor. Entonces, en una colina detrás de ella, escuchó el sonido:

Pisada-crac.

Pisada-pisada-crac.

Pisada-pisada-pisada-crac-pisada-crac-pisada-crac-pisada-crac.

¡Palodisco! Becky soltó una carcajada sonora y remontó corriendo la colina para mirar al otro lado. Allí encontró a una docena de adolescentes que jugaban a otro de los juegos que ella había inventado. Tres chicos del equipo atacante rodeaban a su compañero, el lanzador, y le protegían mientras él se preparaba para lanzar el disco que sostenía, parecido a un *frisbee*. Al mismo tiempo, otros dos chicos corrían por el campo con los palos en alto para intentar atrapar el disco cuando lo lanzaran. Los seis chicos del otro equipo estaban en posición de defensa, y sujetaban sus palos en alto para intentar evitar el ataque o, mejor todavía, capturar el disco y pasar ellos a la ofensiva.

El lanzador lanzó el disco justo fuera del alcance del palo de un defensor, y el disco dibujó un arco descendente por el campo hacia un receptor. Debía de ser bueno, porque estaba marcado por dos defensores. Pese a todo, atrapó el disco y echó a correr con él girando sobre el palo todo el tiempo, tal como establecía el reglamento. Al final, uno de los defensores logró golpear el palo del receptor con el suyo e hizo caer el disco al suelo, donde empezaría la siguiente jugada.

Becky se sentó en la colina a contemplar la acción. Aquellos muchachos parecían bastante buenos, pero tenía toda la pinta de ser un partido improvisado, porque no se veía a ningún entrenador. Pasado un rato, el primer equipo puntuó, cruzando la línea de gol en una jugada en la que el receptor estuvo a punto de perder el disco. Le tocaba atacar al otro equipo. Su lanzador tenía un brazo muy fuerte, pero no era muy preciso. Sus lanzamientos no parecían dirigidos a ninguna parte en concreto y los defensores estuvieron a punto de interceptarlo en dos ocasiones durante ese ataque. Sin embargo, y aunque con lentitud, su equipo recorrió todo el campo. Antes de cada jugada, la línea de ataque se ponía en formación y repetía el mismo gesto para indicar que estaba a punto de comenzar una jugada. Golpeaban el suelo con el pie y hacían chocar los palos.

Pisada-crac.

Pisada-pisada-crac.

Pisada-pisada-pisada-crac-pisada-crac-pisada-crac-pisada-crac.

No cabía duda que esos muchachos no podían saber que lo hacían porque Becky había sacado la idea de las clases de danza irlandesa a las que había asistido un año.

Los lanzamientos erráticos del lanzador amenazaban con terminar con todas las opciones de su equipo. Su último lanzamiento fue tan desviado que aterrizó unos seis metros fuera del límite del campo. Una receptora dejó caer el palo y salió corriendo, sin dejar de mirar a su lanzador con un enfado evidente. Al recoger el disco, la chica miró hacia la colina y su mirada se encontró con la de Becky.

—Hola —la saludó la chica.

Becky le devolvió el saludo con la mano.

—Hola.

—¿Qué haces?

—Os estaba mirando. ¿Os importa?

La chica puso los ojos en blanco.

—Por mí, está bien si te gusta ver palizas. Perdemos de cinco.

—Caray.

—Sí. ¿Te gusta jugar al palodisco?

—No he jugado nunca.

La chica la miró con extrañeza.

—¿No has jugado nunca al palodisco?

Becky arrugó la nariz.

—En el lugar del que vengo, no es un deporte muy conocido.

A juzgar por la expresión de la muchacha, dedujo que le parecía muy raro, pero la joven no dijo nada y recogió el palo.

—¿Quieres probar?

Becky se inclinó hacia ella.

—¿Te refieres a jugar?

—Sí. Te presto el palo. O puedes usar uno de los de recambio. Seguramente nos dejarán jugar siete contra seis porque nos están machacando.

Becky se levantó. La idea de jugar la ponía un poco nerviosa. Al fin y al cabo, el hecho de haber creado el juego no significaba que se le diera bien.

—De acuerdo. Vale, supongo que sí.

La chica sonrió y le tendió el palo mientras bajaba por la colina. Le recordaba a alguien, pero no sabía a quién.

Como habían supuesto, al otro equipo le pareció genial lo de jugar siete contra seis. Durante las primeras jugadas, Becky hizo de rodeadora, lo que le parecía estupendo porque no exigía mucha habilidad aparte de hacer bien los pasos del principio. Consiguió mantener a los corredores alejados del lanzador, aunque la actuación errática del lanzador acabó dando al traste con el ataque. Al pasar a la defensa, sus compañeros de equipo la pusieron en la fila. No hacía falta ser un genio para darse cuenta de que los chicos de la fila eran los que tenían menos talento. Teniendo en cuenta que la única experiencia que tenía Becky en el palodisco era la que había acumulado durante los últimos minutos, la decisión de incluirla en ese grupo no era discutible. Tampoco resultó ser una buena corredora. Se le cayó el palo en la primera jugada y no se acercó a la acción ni por asomo en la segunda. El lanzador del otro equipo hizo un lanzamiento estupendo y su equipo se colocó a pocos metros de la línea de gol.

Mientras volvía a la formación después de la jugada, se encogió de hombros y se disculpó con sus compañeros. Ninguno parecía molesto salvo uno, que la miraba con el ceño fruncido.

La siguiente jugada fue fantástica. Becky intentó correr de nuevo y se encontró todavía más lejos del lanzador que en la jugada anterior. Cuando el atacante lanzó el disco, uno de los jugadores del equipo de Becky lo tocó con su palo. En vez de salir disparado hacia delante, el disco voló hacia un lateral, justo en dirección a Becky. Como no tenía ni idea de lo que hacía, Becky levantó el palo y atrapó el disco que iba hacia ella. Recordó que debía hacer girar el disco para mantenerlo en el palo, así que lo agitó frenéticamente. Entonces recordó que se suponía que debía correr con él. Como tenía todo el campo libre por delante, echó a correr hacia la otra línea de gol haciendo girar el palo como una loca. No quería ver a quién tenía detrás, así que corrió tanto como pudo. Al cruzar la línea, se volvió y vio a sus compañeros corriendo tras ella mientras los jugadores del otro equipo sacudían la cabeza.

—Has marcado por primera vez —dijo la chica que la había invitado a jugar dándole unos suaves golpecitos en la pierna con el palo.

«Caitlin Krieger, a ella es a quien me recuerda», pensó Becky. Caitlin era su compañera de pupitre en tercero y habían hecho un par de trabajos juntas, aunque nunca habían llegado a hacerse buenas amigas. Y el palodisco, lo había inventado en tercero.

—Ha sido pura suerte —admitió Becky sonriendo.

—Buen trabajo —la felicitó el chico que la había mirado mal en la jugada anterior—. Ya puedes dejar de dar vueltas al palo.

Becky miró a lo alto del palo y se dio cuenta de que continuaba manteniendo el disco en el aire. Dejó de hacer girar el palo y el disco cayó al suelo.

—¿Estás lista para intentar cubrir a un receptor? —preguntó otro chico.

Sonaba divertido, y a Becky le gustó que el chico le diera un voto de confianza, a pesar de haber marcado por pura casualidad, pero empezaba a preguntarse cuánto tiempo le quedaba en Tamarisco aquella noche. Seguramente sería mejor volver a la guacasasa.

—Gracias, pero me tengo que ir.

—¿Adónde vas? —preguntó la chica que se parecía a Caitlin Krieger.

—Me espera mi transporte. Gracias de nuevo por dejarme jugar.

Se despidió de los demás haciendo chocar los palos con un par de ellos. Acto seguido, dejó su palo junto a una línea lateral y subió la colina. Al llegar junto a la guacasasa aún escuchaba el ruido del partido, que proseguía.

Enseguida volvieron a despegar. Unos minutos más tarde, la gaviota descendió hasta quedar apenas a diez metros del suelo. Se ladeó hacia la izquierda y Becky pensó que iban a aterrizar, pero la guacasasa prosiguió el viaje. El ángulo era algo incómodo, y Becky cambió de postura como pudo. Al hacerlo miró hacia abajo y comprobó que el ángulo de vuelo le permitía ver claramente la tierra a sus pies.

Era una vista magnífica. Si buena parte del suelo del área del palacio y de las demás zonas que había visitado ese día era del color azul de la vegetación y estaba salpicado de carreteras y aldeas, en ese momento viajaban sobre una enorme extensión de agua. Olas turquesa, reflejo del cielo de Tamarisco, llenaban por completo el campo de visión de Becky. De vez en cuando, distinguía islas que parecían hechas de plástico ondulado por el viento, como si enormes bolsas de basura hinchadas asomaran a la superficie. Pero Becky sabía que ni eran de plástico ni estaban infladas.

Los pantanos burbuja. La guacasasa la llevaba a una de sus más exóticas creaciones tamariscas.

El pájaro volvió a descender y acabaron prácticamente tocando el agua. Becky vio que las olas vibraban debajo de ellos, seguramente una reacción al tamaño de la guacasasa y la enorme envergadura de sus alas. Al acercarse al agua, se notó la cara húmeda. Finalmente, el pájaro enderezó el cuerpo y aterrizó. Sus patas parecían sorprendentemente firmes sobre la superficie ondulada.

Becky se puso en pie y echó un vistazo. La isla era tan pequeña que podía ver el agua por los cuatro costados. Sin embargo, el agua no era lo más atractivo del lugar. Bajó del pájaro y dio unos pasos con mucho cuidado. Al hacerlo, el suelo suave y brillante formó ondas ante ella, primero hacia fuera, luego hacia dentro y finalmente hacia un lado. Un instante después, la tierra se hinchó formando una gran burbuja que rodó hacia el borde de la isla y se hundió en el agua. Como ocurría en todo Tamarisco, los sonidos de la naturaleza eran musicales, pero en ese lugar el sonido constaba casi por completo de percusión, tintineos, campanillas, chasquidos y explosiones.

Becky no sabía hacia dónde caminar. En cualquier momento, algo podía aparecer y hacerla tropezar o tirarla al suelo, pero tenía que explorar. Avanzó en la dirección que le apuntaba el pico de la guacasasa (¿era el norte, el sur u otro punto cardinal que solo existía allí?), e intentó prever el movimiento del suelo ondulado. No lo consiguió del todo. Resbaló tras dar unos pocos pasos y cayó sobre una rodilla pocos pasos más tarde. Plantó las dos manos en el suelo para impulsarse y levantarse de nuevo. Mientras lo hacía, una onda minúscula pasó rápidamente por debajo de ella y se detuvo a unos treinta centímetros de su mano izquierda. De la onda surgió la cabeza de un lagarto rojo, delgado y con branquias, al que Becky había bautizado como cobita hacía mucho tiempo. El animal agitó la cabeza adelante y atrás tan deprisa que Becky solo apreció un destello. La criatura se detuvo y la miró fijamente. Después entrecerró los ojos y comenzó a salir del agujero. Tardó un minuto entero en terminar de salir. La cobita apenas medía un centímetro de ancho, aunque eran varios los metros que medía de largo. Mientras el animal salía, Becky se quedó quieta contemplando cómo se desplazaba cada vez más hacia su izquierda. Cuando su cola rechoncha abandonó por fin el agujero, la cobita se volvió y se acercó a Becky. Dibujó un circuito en el suelo, rodeando los brazos y piernas de la chica y, a continuación, volvió a girarse y se encaramó a uno de sus brazos.

Becky no estaba del todo segura de si aquello le gustaba. Era genial interactuar con la vida salvaje de Tamarisco de aquel modo, pero, de alguna manera, era como si un ciempiés enorme le estuviera trepando por el cuerpo: un ciempiés enorme con la piel curtida y unas minúsculas garras espinosas. Pese a todo, no se movió. La cobita se encaramó a su hombro. «Si esta cosa me baja por el cuello de la camiseta, tendré que echarla», pensó. Entonces el lagarto se dirigió a su hombro derecho (por supuesto, parte del animal seguía en el suelo) y siguió bajando por el otro brazo. Cuando sus patas delanteras alcanzaron el otro lado, la cobita volvió a mirar fijamente a los ojos de Becky y se volvió a meter en el agujero a una velocidad sorprendente. En cuanto el animal se fue, el agujero también desapareció. Becky sintió una serie de minúsculos pinchazos por donde la cobita había pasado. Era una sensación muy rara, pero también extrañamente refrescante. A lo mejor era como la acupuntura.

Becky se levantó por fin. En cuanto lo hizo, surgió a su derecha otra burbuja que siguió rodando hasta llegar al borde de la isla. En esa ocasión, lo que había provocado la burbuja, una gornada, hizo rodar su cuerpo gelatinoso hacia el interior de la isla. La gornada era traslúcida y medía cerca de un metro ochenta de diámetro. Se parecía algo entre una medusa y una enorme bola de cola blanca. Becky no tenía ni idea de dónde fijar la vista para encontrar su mirada. Recordaba que la criatura anfibia «veía» con la capa exterior de la piel, aunque su visión solo identificaba patrones de calor. Era imposible saber si el animal la estaba mirando, aunque sin duda era consciente de su presencia. De hecho, era probable que hubiera salido a la superficie precisamente porque ella estaba allí.

A Becky, le fascinaba el animal, pero no tenía nada claro si debía acercarse o no a él. Su padre y ella habían desarrollado las criaturas con gran detalle, pero no recordaba todas las sutilezas y, desde luego, no habían definido todas las características de todos los animales. ¿Y si una de las características que no habían concretado era que la gornada era muy venenosa o que le gustaba pegarse al cuerpo de los humanos y vivir en ellos varios meses? Esa posibilidad la hizo vacilar un buen rato, pero, al final, decidió que el animal era demasiado interesante como para ignorarlo. A pesar de que las cobitas, los güinetes, los farrallones y todas las demás especies que habitaban bajo la superficie tentaron cada uno de sus pasos, Becky se acercó a la criatura.

Había conseguido llegar a tres metros de la gornada cuando, de pronto, se derritió. Todo su cuerpo se licuó y se desparramó, y parte del líquido formó un charco a los pies de Becky. «Eso seguro que no lo inventamos nosotros», pensó. Y, justo entonces, con la misma rapidez, la gornada se recompuso y volvió a rodar bajo la superficie. Su burbuja recorrió el «plástico» unos metros y se hundió.

«¿La habré asustado?»

«¿Será esa su manera de saludar?»

Becky se agachó de nuevo y pasó la mano sobre el suelo. Suave. Elástico. Sin embargo, si hundía la uña en él, parecía levantar tierra normal. Era una de sus creaciones más alocadas.

Se disponía a explorar un poco más cuando la guacasasa barritó. Era el primer sonido que escuchaba en boca del pájaro y, al principio, no se dio cuenta de que provenía de él. La gaviota lo repitió enseguida, y Becky se levantó y se dirigió hacia ella. El pico de la guacasasa apuntaba al suelo. Al ver que Becky no se apresuraba, volvió a barritar y movió el pico hacia abajo.

«Supongo que me está diciendo que tenemos que irnos», pensó. Becky dio unos últimos golpecitos a la tierra, que formó ondas, y volvió a encaramarse a la guacasasa. Esta vez, el pájaro voló a una altura mucho mayor y parecían volar todavía más rápido que las otras veces. Como a aquella altitud era difícil ver nada, Becky cerró los ojos y se limitó a disfrutar de la sensación de volar. Sentía los descensos y los giros del pájaro, y solo abrió los ojos una vez, cuando la guacasasa entró en una zona de turbulencias.

Volvió a abrirlos al notar que el pájaro descendía. Reconoció primero las afueras del palacio y después el palacio. Era obvio que había terminado su excursión. El pájaro aterrizó suavemente en el mismo campo del que habían despegado. Sorbus la estaba esperando y Becky se preguntó si se había quedado ahí de pie durante todo el tiempo que había durado su excursión.

—¿Ha tenido un vuelo agradable? —preguntó en cuanto Becky se apeó del pájaro.

—Alucinante. Muchas gracias por proponérmelo.

Sorbus asintió.

—En realidad, quien lo propuso fue su majestad. Por cierto, ya ha vuelto a sus aposentos. Dispone de unos minutos antes de su próxima reunión.

—¿Cree que puedo ir a verla?

—Estoy seguro de que a ella le encantaría.

Sorbus acompañó a Becky al interior del palacio y la llevó a los aposentos de Miea. A Becky le extrañó que Miea estuviera allí en vez de en su despacho si solo disponía de unos minutos antes de la próxima reunión, pero se alegraba de tener la oportunidad de saludarla. Sin embargo, cuando entró en su habitación, la expresión de Miea le pareció sombría y su saludo poco más que cortés.

—Te molesto, ¿verdad? —dijo Becky.

Miea sonrió débilmente.

—No, claro que no. Sorbus me ha dicho que has ido a dar una vuelta en la guacasasa. ¿Lo has pasado bien?

—¿Cómo no me lo iba a pasar bien? En este lugar todo es increíble: la gente, los animales, los paisajes...

Miea lanzó un suspiro enorme y murmuró:

—Sí, los paisajes...

Becky no había visto nunca así a Miea. La había visto cansada y triste, pero esta vez era diferente, y Becky se asustó un poco.

—¿Qué pasa?

Miea volvió a suspirar y miró al techo. Cuando volvió a bajar la mirada, clavó sus ojos en los de Becky, a quien invadió la impresión de que Miea estaba abrumada por completo.

Miea sacudió la cabeza apesadumbrada.

—No quería incomodarte con esto. Quería que tus visitas al reino fuesen agradables y despreocupadas, pero hoy estoy demasiado disgustada para disimularlo, Becky. Acabo de asistir a la peor reunión de toda mi vida. —Miea se incorporó y se inclinó ligeramente. Invitó a Becky a sentarse con un gesto, y ella lo agradeció porque no estaba segura de poder quedarse de pie mucho tiempo más—. Tamarisco está sufriendo una plaga terrible. Ya ha destruido muchos campos y la enfermedad devora más tierras cada día. Hoy he sabido que la plaga ha exterminado el nivot, un insecto originario de Jonrae. Una criatura que ha sobrevivido desde el principio de los tiempos ha desaparecido por culpa de esta plaga.

Becky sintió que los ojos se le llenaban de lágrimas.

—Es horrible.

Miea cerró los ojos y los volvió a abrir lentamente.

—Lo es. Sin embargo, no es lo peor del caso. Lo peor es que los esfuerzos de los científicos más preciados de Tamarisco no han arrojado información alguna sobre la plaga. No tenemos ni idea de cuál es la causa. Ni idea.

—Y si no sabéis cuál es la causa...

—... No sabemos cómo curarla.

Becky no podía dar crédito a lo que escuchaba. Ese mundo maravilloso, un mundo que unos minutos antes le parecía tan mágico, corría un serio peligro. La plaga ya había exterminado a una especie. ¿Acabaría exterminando todo Tamarisco?

—Me parece que hoy he visto un campo afectado por la plaga.

Miea frunció el ceño.

—¿Has visto un campo afectado? Eso no estaba en el recorrido. ¿Sabes dónde estaba?

Becky se encogió de hombros.

—No sé dónde estaba, pero era casi del todo gris.

Miea asintió.

—Es el color de las plantas en las últimas fases.

—Lo siento mucho, Miea.

Miea tomó la mano de Becky y la apretó.

—Lo sé. No te puedes imaginar cómo lo lamento yo. Sin embargo, la sensación de impotencia es mucho más profunda que la lástima. Me niego a creer que no podamos hacer nada para solucionarlo, pero cada día me acerco un poco más a creerlo.

Becky sostenía la mano de Miea. Sus dedos parecían fríos.

—¿Puedo hacer algo? Quiero ayudar.

Miea apretó la mano de Becky con más fuerza.

—¿Quién sabe? Puede que sí. Gracias por ofrecerte.

—También es mi casa.

La expresión de Miea se volvió ligerísimamente más optimista.

—Sí. Claro que lo es.

Becky recordó por un instante el rostro de Rubus.

—He estado con un chico en el campo. Estoy bastante segura de que era de Armaespina, aunque no me lo ha confirmado.

Miea abrió los ojos como platos.

—¿Un chico espina? ¿Qué estaba haciendo?

—Metía plantas en una bolsa. Me ha dicho que estaba investigando.

—Lo sabía. Sabía que estaban metidos en esto. Becky, ¿puedes decirme algo más acerca del chico o del campo?

—No sé dónde estábamos, pero la guacasasa ha volado muy deprisa para llegar hasta allí. ¿Los pájaros tienen alguna especie de registro que puedas ver?

—No, no tienen nada de eso.

—El chico me dijo que se llamaba Rubus. No me dijo su apellido.

El dato pareció confundir a Miea por un instante.

—Es el hijo del vicecanciller.

—¿Ese chico era el hijo del vicecanciller de Armaespina?

Miea brillaba. Becky nunca la había visto tan acelerada.

—Creo que sí. Y le vamos a hacer frente.

Becky no sabía qué decir. Miró a Miea, pero al hacerlo notó un tirón, como si alguien tirara de ella por la espalda. Sabía perfectamente qué significaba.

—Volveré pronto —se apresuró a decir.

No sabía si Miea la había escuchado, porque notó un tirón enérgico, seguido de la oscuridad, y finalmente, la firme presencia del colchón bajo su cuerpo.

Volvía a estar en la cama. La guacasasa, los pantanos burbuja y todo Tamarisco habían terminado para ella por aquella noche.

Pensó en la plaga y en el chico que había conocido, que tal vez había contribuido a causarla. Sabía que no iba a olvidar la magnitud de la tragedia.

Se miró los dedos y comprobó que estaban limpios. La tierra de Tamarisco había desaparecido de ellos, pero no de su corazón. Siempre permanecería en él.

Becky miró el techo y rememoró la expresión triste de la reina. Tenía que hacer algo para ayudar a Miea y a Tamarisco. Eran demasiado importantes para ella como para no hacer todo lo que estuviera en su mano.

No podía perder aquel lugar ahora que lo había encontrado.

13

Para Chris, Becky siempre había sido hermosa. Ya había sido hermosa al tomarla en sus manos un minuto después de nacer, a pesar de la cara rubicunda y los ojos hinchados. Había sido hermosa cuando gateaba por ahí con su larga melena ondulada, su generosa sonrisa y su expresión siempre curiosa. Había sido hermosa cuando todo aquel pelo había desaparecido y la curiosidad se había tornado preocupación. Y era hermosa ahora, caminando por la sala de estar algo antes de las diez de la mañana de un domingo. Sin embargo, Chris no pudo evitar percatarse de que Becky parecía agotada, como si acabara de despertar después de una noche salvaje en la ciudad. Parecía más sometida a la gravedad, más lastrada. Era como si el sueño, lejos de resultarle revitalizante, la hubiera debilitado.

¿Cuánta culpa de aquello tendrían los «viajes» a Tamarisco? ¿Acaso algo de aquello la estaba perjudicando físicamente (aunque no viajara allí realmente; Cris seguía sin saber qué pensar de todo aquello)? Definitivamente, desde que había empezado a hablar de nuevo de aquel mundo, la muchacha parecía más agotada por las mañanas.

—Eh, nena —le dijo Chris mientras ella se sentaba en una de las sillas de enfrente, frotándose los ojos—. ¿Te encuentras bien?

Becky respiró profundamente y se enderezó.

—Sí, estoy bien.

—Pareces un poco hecha polvo.

—No, estoy bien. Puede que esté incubando un catarro o algo —añadió, y le dedicó la falsa sonrisa que tanto había usado en los últimos años y a la que tan poco había recurrido las últimas semanas.

¿Cómo se suponía que tenía que interpretar ese gesto? ¿Significaba que había algo más que un resfriado subyacente? ¿Que Becky no quería que se preocupara sin motivo? ¿Que no se sentía cómoda para contarle algo que la preocupaba? Como no quería presionarla, Chris decidió tomar otra dirección.

—¿Qué tal le va a Miea?

La respuesta de Becky no le podía haber sorprendido más, ni siquiera aunque la muchacha se hubiera convertido allí mismo en la propia reina. Sin motivo aparente, los labios de Becky empezaron a temblar y las lágrimas le inundaron los ojos. Una de ellas se desprendió y resbaló rauda hasta su barbilla.

—Papá, está ocurriendo algo terrible.

—¿Qué ocurre, Becky?

Moqueó y volvió a respirar profundamente. Chris no recordaba la última vez que había visto llorar a su hija y le desconcertaba ver cómo trataba ella de contenerse.

—Becky, ¿qué pasa?

La muchacha cerró los ojos, haciendo que otra lágrima se escapara por su mejilla.

—Tamarisco tiene un grave problema. Una plaga lo está destruyendo todo. Están muriendo especies enteras. Nadie sabe cómo solucionarlo.

Una vez, cuando Becky tenía tres años, Chris había llegado a casa por la noche y se la había encontrado llorando porque Chester, su basset hound de peluche morado, estaba en el hospital. Resultó que una de sus amiguitas de preescolar se había roto la pierna y la llevaba enyesada, y Becky había proyectado su ansiedad y confusión a uno de sus juguetes preferidos. ¿Le estaba sucediendo algo similar? En aquella ocasión, Chris había calentado una sopa de pollo con fideos para

Chester y el perrito de peluche había mejorado en cuestión de una hora.

—¿Qué clase de plaga es?

—¡Nadie lo sabe! No tienen ni idea. Lo único que sabe Miea es que está destruyendo el reino. Cree que a lo mejor los espinas tienen algo que ver.

—Lo arreglarán, nena. Estoy seguro de que tienen a un montón de gente trabajando en ello.

—Tienen a todo el mundo trabajando en eso. Pero no funciona nada.

Si se lo estaba inventando, era la experiencia más real que su imaginación le había proporcionado jamás. A Chris, no le cabía la menor duda que aquello era absolutamente real para su hija. Ni siquiera en sus momentos más creativos de la trama de Tamarisco, había visto a Becky tan nerviosa por un giro dramático de los acontecimientos.

El recuerdo de esos días de historias le inspiraron de repente.

—Tal vez podamos arreglarlo nosotros.

Becky volvió a moquear y se secó los ojos.

—¿Qué quieres decir?

—Becky, tú creaste ese mundo. Todo lo que hay en Tamarisco lo inventaste tú.

—No todo, ya no. Ya te lo he dicho... Ha evolucionado.

—De acuerdo, no todo. Una grandísima parte, entonces. Y todo lo que tú creaste sigue ahí, ¿verdad?

—Supongo. La verdad es que no he hecho inventario ni nada de eso.

—Lo que significa que si crearas algo nuevo, también estaría ahí, ¿no?

Vio cómo la luz volvía a los ojos de su hija.

—¿Como qué?

—Como una cura para la plaga.

A Becky, se le iluminó el rostro.

—¿Te refieres a inventar una nueva historia?

—Eso mismo es lo que estoy pensando.

Becky se levantó de un salto de la silla y le abrazó. En el proceso, la mejilla de Chris le secó una lágrima.

—Eres un genio, papá. ¿Por qué no se me ha ocurrido antes?

—Porque todavía no has desarrollado totalmente tu propia genialidad.

Becky le sonrió. Era genial ver aquella sonrisa remplazando la anterior expresión de su cara.

—Vale, tiene que funcionar. Vamos.

—¿Adónde?

Becky comenzó a salir de la sala de estar.

—A mi habitación. Tenemos que hacerlo tal como lo habíamos hecho siempre, ¿no?

Chris jamás olvidaría la última historia de Tamarisco que había contado con Becky. Fue la noche antes de abandonar la casa, la noche antes de que Polly y él comunicaran a su hija lo que iba a suceder con su familia. Chris se había esforzado tanto por conservar la normalidad que no había querido dar a entender de ningún modo que la historia de aquella noche fuera a ser diferente de las demás. Aun así, fue imposible evitar que la tensión que se había acumulado en el hogar se filtrara en su mundo de fantasía.

Los espinas habían sido idea de Chris. Antes de sugerírselos a Becky, había reflexionado mucho sobre si sería buena idea introducir un enemigo tipo «guerra fría» en la historia. Hasta entonces, Tamarisco había permanecido relativamente limpia de elementos antagónicos. Existía algún ladrón o maleante ocasional y, de vez en cuando, alguna criatura fantástica actuaba con agresividad, pero no había nada que se asemejara a una vasta fuerza maligna. Los espinas darían más juego a sus historias, pero también despojarían a Tamarisco de su inocencia. Al final, Chris decidió que proporcionarían a Becky una forma útil de dirigir, e incluso «controlar», el mal, y que eso le haría bien.

Los días anteriores a la última historia de Tamarisco, Becky había iniciado una trama sobre la amenaza de guerra. Los espinas habían protagonizado algunas escaramuzas en la frontera y habían apresado a unos cuantos inocentes tamariscos bajo acusación de espionaje. En la historia final, el rey y la reina de Tamarisco, junto a algunos de sus más allegados consejeros, debatían la posibilidad de emprender acciones militares. Sin embargo, decidieron embarcarse en una misión diplomática con la esperanza de salvar vidas. Al final de la historia, el séquito real abandonaba el palacio, dudando que pudieran estrechar las relaciones con los espinas, pero convencidos de la necesidad de intentarlo de todos modos.

Chris jamás habría pensado que los días de Tamarisco fueran a terminar así. Incluso unas semanas después de que Becky anunciara que no quería seguir contando historias con él, Chris había seguido pensando que retomarían la costumbre. Hasta había seguido pensando nuevas vías diplomáticas para crear una paz más sólida con los espinas. Pero nunca tuvo la oportunidad de compartirlas con su hija.

Sin embargo, ahora, parecía que aquella tensa historia sobre el viaje del rey y la reina a Armaespina no sería la última que contaría con su hija. Habría, al menos, una más, aunque las circunstancias fueran las más extrañas que hubiera podido imaginar.

Para conseguir un efecto pleno, ambos se colocaron como habían hecho miles de veces en el pasado. Becky se metió bajo las sábanas, con la cabeza sobre la almohada doblada. Chris apoyó la espalda en la pared, al lado de la cama.

«Cuando me pase la vida por delante de los ojos —pensó Chris—, veré esta imagen.»

—He aquí la continuación de la saga de la tierra de Tamarisco —anunció Becky, empleando las mismas palabras que siempre habían precedido a una nueva historia.

—Una creación de Rebecca y Christopher Astor —añadió Chris, contribuyendo a su parte de la introducción.

Becky le sonrió y levantó la mirada al techo. Chris sabía, por experiencia, que así conjugaba ella sus pensamientos para la historia. Deseó que el techo del apartamento albergara tan buenas ideas como el de Moorewood.

—Eran días oscuros para Tamarisco —empezó Becky con una voz media octava por debajo de su voz normal. A Chris le hizo gracia que Becky siguiera haciendo aquello, producto de sus intentos infantiles (y vanos, aunque jamás se lo había mencionado) de poner voz de narrador—. Una enfermedad se había extendido en la tierra, marchitando las plantas, privando a sus delicadas criaturas de aliento y cobijo. Los campos de tonos añiles y celestes se habían teñido de gris. Lo que al principio había parecido una simple infestación, se había convertido en algo mucho, muchísimo peor. Era... ¡una plaga!

»Y lo más terrible era que nadie lograba descubrir su causa. Los científicos presentaron sus informes. Los cabecillas militares buscaron indicios de perfidia más allá de las fronteras. En palacio, se consideraron todas las opciones. Era la primera vez que, en sus cuatro años de reinado, la reina se sentía impotente.

Chris observaba a Becky contar su historia con el ceño fruncido y voz lúgubre. Aunque era evidente que la muchacha se estaba tomando todo aquello muy en serio, Chris no pudo evitar percibir en sus palabras una mayor carga dramática y cierta intriga. Quizá fuera porque sus dotes lingüísticas eran mucho mayores que hacía cuatro años. Aun así, el Tamarisco que Becky estaba relatando parecía más real que nunca.

Tardó un instante en darse cuenta de que Becky se había callado. Y algo más todavía en percatarse de que le estaba mirando. Y eso que él no había dejado de mirarla fijamente...

—¿Esa era mi entrada? —preguntó Chris.

—La parte de la impotencia se me hace cuesta arriba.

Chris se reclinó y dobló el brazo derecho hacia atrás para sujetarse la cabeza. Era su posición favorita para pensar.

«No me dejas mucho margen, Beck. Ya has descartado a los científicos y militares. ¿Sigo con algo espiritual? ¿Algo sobrenatural? Eh, tal vez una adolescente de otro planeta que viene a salvar el mundo...»

—Hay una criatura —dijo Chris alegremente.

—¿Ah, sí?

—Algo en el ecosistema que no han tenido en cuenta. Tal vez un patrón migratorio que ha cambiado, y una cosa ha llevado a la otra...

—Y, de repente, ¿todo el reino está infectado? Eso no tiene sentido.

Chris sacudió la cabeza.

—Tienes razón. No tiene sentido.

Volvió a su posición para pensar y perdió la mirada en la pared de enfrente.

—No, no es un patrón migratorio. O, mejor dicho, sí que lo es, pero no de una zona a otra del reino, sino de un nivel a otro.

—Me he perdido por completo.

—Una especie subterránea de insecto, o algo así, que siempre ha vivido en las profundidades de la tierra, empieza a subir a la superficie por algún motivo que aun no tengo claro y, al hacerlo, empieza a alimentarse de los nutrientes que las plantas necesitan para sobrevivir. Esta especie no se da cuenta de lo que está provocando, pero está matando de hambre a todas las demás.

—Eso está muy bien —dijo Becky, con las cejas arqueadas—. Quiero decir que podría ser lo que está sucediendo.

—Eso, en realidad, no importa, ¿no? Si decimos que es eso lo que está sucediendo, será lo que está sucediendo, ¿no es así?

Becky sonrió.

—Supongo que sí. Dilo, papá.

Chris recordó que no bastaba con hablar de la historia. Para que fuera parte de la historia oficial de Tamarisco, tenía que narrarlo. Chris se había sorprendido a menudo formulando frases para la historia de la noche mientras trabajaba en el laboratorio.

—Durante semanas, ante la desesperación del pueblo y la perplejidad de la reina y sus asesores, la plaga campó a sus anchas sin que se identificara su origen. Finalmente, la reina decidió tomar las riendas del asunto. «Llevadme a los campos de...» —Chris miró a Becky—. ¿Dónde detectaron la plaga por primera vez?

—En Jonrae.

—«Llevadme a los campos de Jonrae», dijo a sus asesores. Y una vez en los campos, la reina observó el paisaje devastado y se arrodilló. Su amado Tamarisco se estaba marchitando ante sus ojos. Acarició la tierra negra con las manos y sintió un repentino destello de inspiración. Pidió rápidamente una pala y comenzó a cavar. No tenía ni idea de por qué estaba cavando, pero se empleaba con todas sus fuerzas.

»"Majestad, deje que se encarguen los jornaleros", le recomendó uno de los asesores.

—«No», replicó ella —intervino Becky, adoptando de inmediato el papel de la reina—. «Tengo que hacerlo yo misma. Hay algo ahí. Lo sé.»

Por un instante, ni Chris ni Becky añadieron nada. Chris imaginaba que ella querría tomar las riendas del relato, pero ella le miraba como si esperara que fuera él quien continuara.

—¿Me toca a mí?

—Tú sabes qué va a pasar. Yo no. —Chris no estaba demasiado seguro de saber qué iba a pasar, pero confió que le viniera a la cabeza si seguía hablando—. Casi un cuarto de hora estuvo la reina cavando. Algo le decía que encontraría lo que fuera si seguía cavando. A los pocos minutos, otros la imitaron. Casi una docena de personas cavaban a la vez un agujero que crecía rápidamente.

»La reina dejó la pala en el suelo un momento. Le ardían los brazos agotados, pero no tenía ninguna intención de detenerse. Descansaría un minuto. Solo un minuto. Y entonces percibió el movimiento. —Chris vaciló. «Percibió el movimiento ¿de qué?» Miró a Becky y vio su mirada expectante. «Sácate ya algo de la manga.»— El insecto era minúsculo —añadió lentamente, aun esperando la inspiración—, tanto que casi no se veía. También era negro, con lo que se camuflaba casi completamente en el color del suelo. Al agacharse para examinarlo, la reina vio que el insecto no estaba solo. Cinco o seis compañeros marchaban tras él y, al apartar la tierra removida, vio emerger al menos otra docena.

»La reina, que tenía un conocimiento casi enciclopédico de las especies tamariscas, no había visto jamás ese insecto. Tomó uno en sus manos y la diminuta criatura quedó inmóvil y aparentemente aturdida. Era una cosita negra como el tizón y con un caparazón muy duro. Tenía cuatro patas traseras y dos minúsculas pinzas en la delantera. La reina era consciente de que estaba mirando algo que nadie del reino había visto hasta entonces.

Chris dedicó a Becky una sonrisa incómoda, con la esperanza de que ella estuviera bastante motivada para seguir, porque a él no se le ocurría nada. Becky miró al techo un instante y, al instante, se hizo cargo de la historia.

—Miea mostró el insecto al científico al mando de la investigación para que lo examinara. «¿Había visto esto antes?» El científico se inclinó hacia delante y observó detenidamente a la criatura. «No, Majestad, nunca», respondió el hombre. Miea volvió a acercarse el insecto. «Aquí hay una respuesta», dijo. «Lo sé.»

Los ojos de Becky se fijaron en los de Chris.

—¿Cuál es la respuesta?

—Claro, ya me figuraba que te lo preguntarías.

Chris se sintió algo retratado. Como científico, a pesar de estar ahora relegado a tareas administrativas, quería que la solución al problema de Tamarisco tuviera sentido. Sin embargo, al mismo tiempo, muchas de las cosas que habían creado en Tamarisco eran científicamente sospechosas. Al fin y al cabo, la coherencia científica no era lo más importante. Al inventar el mundo, habían creado enormes lagunas. ¿Qué más daba introducir una más?

—Durante las horas siguientes, el personal científico analizó la tierra de alrededor de la colonia de insectos y la comparó con el suelo más cercano a la superficie. Llegaron a una notable conclusión: el suelo donde habitaban las criaturas carecía de los nutrientes necesarios para mantener con vida a las plantas.

Chris miró a Becky y la encontró sonriendo.

—¿Qué pasa?

—¿Y ahora qué vas a hacer con eso?

Él le devolvió la sonrisa. Becky parecía estar mucho mejor que cuando había entrado en la sala de estar, poco menos de una hora antes.

—Te lo voy a endosar.

—¡Ni hablar!

—Beck, estás a punto de salvar a Tamarisco —replicó él con un dulce tono de mofa en la voz—. Sería muy egoísta por mi parte privarte de ello.

—No, vas por buen camino, papá. Estoy segura de que tienes algo brillante en la cabeza.

—No, en serio, te toca.

Becky entrecerró los ojos.

—Crees que no soy capaz de conseguirlo, ¿verdad?

—Por supuesto que creo que eres capaz. Por eso... Hazlo.

—Está bien, lo haré.

Becky se recostó sobre la almohada y no dijo nada en unos cuantos minutos. Chris siguió buscando una forma de continuar por si ella decidía que no sabía por dónde seguir con la historia. Pero Becky volvió a incorporarse y empezó:

—Con gran presteza... —Chris se rio para sus adentros. «Con gran presteza» era su código para decir: «Voy a dejar una enorme laguna aquí.»— los científicos analizaron los insectos y su entorno. Miea aportó su experiencia, adquirida con su trabajo en los campos y sus estudios universitarios, y ella y el vasto equipo de científicos al que había convocado para trabajar en el proyecto determinaron que los insectos habían emergido de las profundidades de la tierra porque se estaban muriendo de hambre. La solución era complicada, pero, con las mejores mentes de Tamarisco pensando día y noche, en cuestión de una semana hubieron construido máquinas que aportaban nuevos nutrientes al entorno original de los insectos. Así, los insectos pusieron punto final a las migraciones y pronto volvieron a refugiarse en sus hogares, dejando la superficie para la vegetación tamarisca.

»Casi inmediatamente, las plantas volvieron a mostrar signos de vida. Antes de un mes, el reino entero resplandecía azul como nunca antes. La intuición de una joven e inteligente reina había evitado una terrible crisis.

Becky lanzó a Chris una mirada de soslayo. «Sabe lo ridícula que suena la solución, pero sabe también que se la dejaré pasar.»

—Esa Miea es una mujer increíble —dijo Chris.

—Sí, ¿verdad?

—Entonces, ¿ya hemos terminado?

—Creo que sí.

—¿Decimos las palabras del cierre?

—Sí. Y así acaba por hoy la saga de la tierra de Tamarisco.

Becky dedicó una sonrisa tímida a su padre.

«Ese no es el cierre completo, Beck. Se supone que tienes que decir: Nuestra historia regresará mañana por la noche.»

—Y bien, ¿cómo se siente uno tras salvar un reino entero? —preguntó Chris.

—Bastante bien —respondió Becky, tras un profundo suspiro—. ¿Crees que lo hemos salvado de verdad?

—Creo que es muy probable. ¿Vas a volver ahora para comprobarlo?

—No puedo. Cada vez que salgo, tardo un tiempo en poder volver. Créeme, ya lo he intentado.

«Está absolutamente convencida de que ocurre. Y creo, que a estas alturas, me ha convencido a mí también. ¡Por Dios!»

—Has tenido una gran idea —añadió Becky.

—¿Hablas de lo de los insectos?

—Eso ha estado bastante bien. No ha sido tu mejor idea, pero, sin duda, ha estado bien. Me refiero a lo de contar la historia para mejorar las cosas. Espero que haya funcionado.

—Sí, yo también.

Becky levantó la mirada al techo un instante y, acto seguido, se destapó, se abalanzó sobre Chris y le abrazó.

—Gracias, papá.

—Encantado de poder ayudar, nena.

Como no podía regresar a Tamarisco, Becky decidió que ir al cine con su padre era una alternativa bastante aceptable. Chris la llevó a ver una película de un director que, poco menos de un año antes, le habría parecido «demasiado oscuro» para ella. La película, que trataba temas como la drogadicción, la alienación y el rechazo a la autoridad entre los adolescentes, había recibido magníficas críticas y algunos amigos de Becky ya la habían visto. Chris no estaba del todo seguro de por qué había decidido que Becky ya estaba preparada para eso. Y aun menos seguro estaba de por qué a ella le había parecido bien ir a verla con él.

—Me alegro muchísimo de que no seas como Pauline —dijo Chris en una cafetería a la salida del cine, refiriéndose a la protagonista de la película.

—¿Cómo lo sabes, papá? —le replicó Becky con una sonrisa astuta—. Puede que tenga una vida secreta.

Chris la apuntó con una galletita.

—Ya conozco tu vida secreta. Me juego algo a que Pauline nunca ha tenido un jofler por mascota.

Becky reflexionó un momento.

—Tal vez, si lo hubiera tenido, las cosas le habrían ido de otro modo.

Chris tomó un sorbo de café con leche y admiró los ojos brillantes de su hija.

—Tal vez.

Llenaron el resto del día viendo escaparates, explorando y dando un paseo por el parque. Simplemente, pasando el tiempo. A Chris ni siquiera le importó el tráfico que cruzaba el puente, algo inevitable, incluso un domingo por la noche.

Sin embargo, su humor cambió instantáneamente al llegar a casa de Polly. El día anterior, cuando recogió a Becky, Polly había salido, por lo que no la había visto desde su brusca conversación telefónica. Con todo, se hizo inmediatamente evidente que Polly no había olvidado su último diálogo. Chris casi habría jurado que, cuando Polly estaba picada, se le juntaban más los ojos a la nariz.

Polly besó a Becky en la frente antes incluso de que la chica entrara en la propiedad. Chris pensó que sería buena idea despedirse de Becky en la entrada del jardín, pero antes de que pudiera hacerlo, Polly dijo:

—¿Has pasado un buen fin de semana, Becky?

—Sí, ha sido genial —respondió Becky desenfadadamente.

Chris abrió los brazos para abrazar a su hija, pero Polly estaba hablando de nuevo, y esta vez dirigiéndose a él:

—¿Acaso seguís los dos jugando a fantasear?

Chris notó de inmediato cómo crecía la rabia en su interior. No quería enzarzarse con Polly delante de Becky, pero tampoco pensaba permitir que le ridiculizara.

—Hemos ido al cine.

Polly frunció el ceño. Chris pensó que, probablemente, Polly llevaba preparando aquella escenita desde el miércoles por la noche.

—Y eso ha sido... ¿Antes o después de viajar a la Tierra La La La?

—¡Vale ya, mamá!

Polly echó un vistazo a Becky y, en seguida, volvió a fijar la mirada en Chris.

—Lo digo en serio. Quiero saberlo. ¿Cuán elaborada ha sido la fantasía esta vez? ¿Habéis llegado a daros la mano con un dragón, quizás?

Chris revivió el abrazo que Becky le había dado al terminar su relato sobre Tamarisco aquella mañana. El contraste entre aquel momento y el presente le dio casi ganas de llorar.

—Polly, no seas ridícula.

Polly levantó la mirada al cielo.

—Ridícula —repitió insidiosamente.

—En Tamarisco no hay dragones. Pájaros gigantes, sí. Peces del tamaño de un bloque de pisos, también. Hasta glóbulos con vida propia. Pero no hay dragones.

Chris vio con el rabillo del ojo que Becky se sonreía. Estuvo a punto de sonreír él también, pero consiguió mantener la mirada de su ex mujer.

—Pájaros gigantes sí, pero dragones no —dijo Polly lentamente.

—Ni uno.

Polly ladeó la cabeza hacia la derecha. Si la ladeaba hacia la izquierda, significaba que iba a mostrar empatía o compasión. Cuando la ladeaba a la derecha, estaba a punto de llegar lo contrario.

—¿Has estado en Tamarisco, Chris?

Chris ladeó involuntariamente la cabeza, pero volvió a ponerla recta.

—Lamentablemente, no, Polly. No he tenido tanta suerte.

Polly hizo una mueca de disgusto.

—Pero dices que crees que Becky ha estado allí realmente... En ese mundo imaginario que te inventaste.

Chris echó una mirada a Becky, que le miraba con expectación. «Sin insistir demasiado. En serio —pensó—, sin insistir.» Becky le había convencido. ¿No era eso lo que se había dicho a sí mismo por la mañana? Lo último que haría en la vida sería traicionar a su hija por evitar un problema con su ex mujer.

—Sí, creo que ha estado allí. Estoy convencido.

A Polly se le hundieron los hombros, pero mantuvo la mirada clavada en los ojos de él.

—¿Lo dices en serio?

De repente, la intensidad controlada de Polly le pareció de lo más gracioso, y soltó una risotada cáustica.

—No puedo decirlo más en serio, Polly.

Deseaba ver la reacción de Becky ante aquello, pero no quería implicarla mirándola. Polly retrocedió un paso, volvió a mirar al cielo y, seguidamente, les dedicó una mirada burlona a los dos.

—No estoy seguro de qué creéis que estáis haciendo, pero si pensáis que voy a entrar en el juego, estáis muy equivocados. Becky, si sigues alucinando así, tendremos que buscar ayuda profesional. —Miró al suelo, sacudió la cabeza y volvió a mirar a Chris—. Si sigues participando en sus alucinaciones, llamaré a mi abogado.

Era la primera vez que Polly le amenazaba con llevarle ante un tribunal en muchos años, así que tendría que haberle producido un impacto mayor, pero, sorprendentemente, la amenaza surtió muy poco efecto. Algo le decía que no trataría de arrebatarle a Becky. Ahora, no.

Lo más interesante fue que Polly no esperó la respuesta de Chris. Cuando hubo terminado de hablar, se metió de nuevo en casa, dejando a Becky fuera. Chris recorrió el metro que le separaba de su hija y le pasó un brazo por encima de los hombros.

—Las cosas se van a poner feas esta noche, ¿eh?

Becky miró hacia la puerta principal y se encogió de hombros.

—No, cuando estemos solas, se le pasará. Pero contigo sí que está enfadada de verdad.

—¿Y cómo vas a saber cuándo se le pasa?

Becky sonrió y, después, rodeó la cintura de su padre con los brazos y se acurrucó contra él.

—Gracias por todo lo de hoy, papá. Te quiero.

—Yo también te quiero, Beck. ¿Seguro que no quieres quedarte en mi casa esta noche?

—Eso estaría muy bien. —Encogió de nuevo los hombros—. Más vale que entre.

Chris la besó en la frente y la soltó. Cuando ya estaba a punto de atravesar la puerta, Becky agitó la mano y dijo un «adiós» silencioso que inmediatamente le hizo regresar al día en que había abandonado el hogar.

Sin embargo, la diferencia era enorme. Esta vez, los ojos de Becky estaban iluminados.

14

A la mañana siguiente, Polly todavía estaba excitada por su discusión con Chris. Detestaba acalorarse tanto delante de Becky, pero Chris le había apretado todas y cada una de sus clavijas. ¿Por qué siempre sacaba lo peor de ella con él? Se había repetido decenas de veces después del divorcio que lo mejor para todos sería tener una relación más cordial y abierta con su ex marido. Sin embargo, cuando le veía, o incluso cuando hablaba con él por teléfono, se le removía algo que le imposibilitaba abrirse a él lo más mínimo.

Y, ahora, ese asunto de Tamarisco había rebasado todos los límites. Había sido muy bonito mientras Becky era pequeña y, sin duda, Becky y él siempre parecieron pasarlo en grande. Polly sabía que, en aquellos momentos, había servido para distraer a Becky de su enfermedad y, por ello, estaba muy agradecida a Tamarisco. Sin embargo, la idea de que Chris estuviera utilizando algo tan infantil para recuperar su relación con Becky era espantosa. Como espantoso también era el hecho de que parecía estar funcionando, al menos lo suficiente para conseguir que Becky fabricara historias sobre sus «viajes» a Tamarisco y le demostrara que padre e hija tenían un nuevo vínculo. ¿Cómo se las había ingeniado Chris? ¿Era posible que Polly hubiera pasado por alto algún indicador de que Becky necesitaba más a su padre? Hasta hacía unas semanas, lo único que había apreciado era justo lo contrario.

Si lo que pretendía Chris era abrir una brecha entre Polly y Becky, lo había conseguido, como mínimo momentáneamente. Becky se había mostrado malhumorada y distante con ella el resto del domingo y no le había hablado demasiado antes de irse a la escuela por la mañana.

Eso le ensombreció el día y le hizo revivir su pelea con Chris un montón de veces. Y, mientras tanto, ahí estaba, atrapada en casa, esperando que apareciera el electricista. Odiaba esperar a la gente que le tenía que arreglar algo. La noche anterior, se había quemado un enchufe en la sala de estar, seguramente sobrecargado por todos los juguetes que Al tenía ahí enchufados. Después, no habían podido encender el ordenador y el televisor de pantalla gigante al mismo tiempo. Al le había rogado que lo hiciera reparar antes del partido de béisbol del lunes por la noche. Así que estaba secuestrada en casa, dándole vueltas a la cabeza para pasar el rato, hasta que llegó Gary.

Cuando por fin apareció, eran las once y cuarto. Gary había hecho numerosas reparaciones en la casa desde que Polly la había comprado y esperaba que el hombre se presentara más temprano. Pero, por lo visto, Gary no concedía ningún trato especial a los clientes de toda la vida. Al entrar en la sala de estar y ver el enchufe, dijo:

—Uy, tiene mala pinta.

Y, entonces, bajó al sótano y estuvo manoseando el cuadro eléctrico un rato. Finalmente, cortó la electricidad en la sala de estar y subió a trabajar con el enchufe.

—¿Vio el programa ese de anoche en el Discovery Channel? —le preguntó Gary, mientras examinaba los daños con una linternita.

—En esta sala no paraba de saltar la corriente, así que no vimos gran cosa.

—Fue alucinante. Iba de planos alternativos de existencia.

Polly hizo una mueca.

—¿De qué?

—Ya sabe, de mundos paralelos, de versiones diferentes de la Tierra, de planetas alienígenas, y ese tipo de cosas.

—¿Y por qué iba a ver yo un programa de esos?

—Lo daban en el Discovery Channel.

Polly se frotó la frente, amenazada por una posible migraña.

—Como le he dicho, ver algo por la tele ayer por la noche era bastante difícil.

—La apertura de la mente enriquece.

Polly se inclinó hacia el electricista.

—Lo siento, pero no sé a qué se refiere.

—Los nuevos mundos embellecen los existentes y aumentan su potencial.

Polly empezaba a pensar que Gary se había electrocutado. Tal vez le estaba dando un ataque, o algo así. Su discurso parecía diferente.

—Tu conocimiento puede ayudar a tranquilizar a los demás —añadió el electricista—, hacer posible una solución. Cada uno tiene un papel.

Polly sintió cómo se le erizaban los pelos de la nuca. ¿Cuánto tardarían los de emergencias en llegar si les necesitaba?

—Gary, ¿adónde quiere llegar con todos estos aforismos?

El electricista no le respondió. Siguió concentrado en su trabajo. Sin embargo, con voz casi fantasmal, repitió dos veces más la frase: «El conocimiento enriquece.» Polly no había presenciado un brote sicótico hasta entonces, y se habría marchado de la sala, pero no se iba a quedar tranquila dejando a Gary solo.

Y, de nuevo, Gary repitió:

—El conocimiento enriquece.

Acto seguido, volvió a conectar un cable, apagó la linterna y atornilló el embellecedor. Entonces, se levantó, se volvió hacia ella, asintió y dijo, como el Gary de siempre:

—Vamos a probar.

El hombre pasó por su lado con el mínimo contacto visual posible, bajó al sótano, conectó la electricidad, volvió a la sala de estar y enchufó el televisor. Al darle al mando a distancia, la tele se encendió.

—Ya está arreglado —afirmó Gary.

Polly apagó el televisor.

—Gracias.

Gary le correspondió asintiendo con la cabeza y se puso a recoger sus herramientas.

—Gary, ¿se encuentra bien?

—Sí, estoy bien. ¿Por qué?

—¿De qué iba eso del programa del Discovery Channel?

Gary la miró un instante como si no comprendiera la pregunta y, después, sonrió en señal de reconocimiento.

—Ah, sí, el programa sobre planos alternativos de existencia. Anoche, estaba zapeando y me detuve en él. No sé por qué; nunca veo ese tipo de cosas. Menuda estupidez. Me reí a gusto. Me preguntaba si usted lo había visto.

—¿Y lo otro?

—¿Lo otro?

—Eso que decía de la mente abierta y el enriquecimiento y todo eso.

Por la reacción de Gary, Polly comprendió que el hombre no sabía a qué se refería.

—No la sigo.

Polly sacudió la mano en el aire.

—Da igual.

Gary recogió su bolsa y se dirigió a la puerta.

—Yo no me creo todo eso de los otros mundos —dijo Polly, caminando tras él.

Gary agarró el pomo de la puerta y se giró hacia ella.

—Ni yo. Por eso me reí con el programa.

Gary se detuvo un momento en la puerta y le cambió la cara. Sus ojos se volvieron más profundos, más pensativos. La miró tan atentamente que Polly se sintió incómoda e, involuntariamente, dio un paso atrás.

Pero, entonces, con la misma rapidez, Gary recuperó su cara habitual. Le sonrió con benevolencia y miró el pomo de la puerta, como si hubiera olvidado que tenía la mano puesta sobre él.

¿De verdad no se acordaba de lo que había dicho hacía unos minutos? Parecía estar bien, pero tal vez hubiera sufrido realmente algún episodio de algo.

—¿No ha pensado en tomarse el resto del día libre?

—¿Cómo? —dijo él, entornando los ojos.

Polly empezaba a sentirse violenta.

—Nada. Olvídelo. Que tenga un buen día. Gracias por ocuparse del enchufe.

—De nada. ¿Sabe? Puede que le venga bien descansar un poco.

—Sí, puede que sí. Ahora que me ha arreglado el televisor, quizá me relaje un rato viendo algún programa absurdo. —Sonrió con tirantez—. Pero no el Discovery Channel, claro.

Por tercera vez aquella tarde, Miea tuvo la sensación de que estaba pasando por alto algo de la conversación. Primero, había venido la discusión con el vicecanciller de los espinas tras echarle ella en cara la presencia de Rubus en uno de los campos tamariscos infectados. Suponía que el vicecanciller iba a disimular, pero su reacción había sido completamente inesperada. Le había dicho que su hijo había desaparecido y, después, había tenido la osadía de sugerir que lo había raptado ella.

Poco después, había aparecido Becky en sus aposentos. Sus ojos habían recorrido la habitación como si buscaran algo fuera de lugar. Se había acercado a la ventana y había mirado afuera un largo rato. Cuando le había comentado por encima que estaba a punto de llegar otro informe sobre la plaga, los ojos de Becky se habían nublado. Y, a continuación, había desaparecido, dejando a Miea con la duda sobre qué había sucedido, con un simple: «Tengo que volver.»

Y, para terminar, aparecía Dyson con el informe, pero no le aportaba ninguna novedad. «¿Qué resultados ha dado el estudio de vibración del suelo en Jonrae?» No concluyentes. «¿Hemos aprendido algo de la relativa salud de los léngulos de la pradera de Eannes?» Parece que no. «¿Qué hay de mi sugerencia de desplegar más analistas en Eannes?» El ministro Thuja quiere estudiarlo mejor. Dyson le respondía escuetamente y sin adornos. Era casi como si el muchacho se estuviera esforzando para no decir nada.

—¿Has venido a presentar hoy el informe por algún motivo en especial? —le preguntó Miea, molesta.

Por un instante, el rostro de Dyson mostró un atisbo de consternación, pero, con la misma rapidez, recuperó su ademán profesional y perdió la mirada más allá de Miea.

—Ha solicitado estos informes con regularidad, majestad. Por ese motivo, vengo a presentárselos.

—Pero esperaba que en estos informes dijeras algo. Es inconcebible que no haya nada nuevo de que informarme. Y más, en estas circunstancias.

—Solo puedo traerle la información que tenemos disponible, majestad.

¿La llamaba Dyson «majestad» más a menudo que ningún otro habitante del reino o se lo parecía a ella porque esa palabra le seguía sonando mal en boca del muchacho?

—No me lo acabo de creer, Dyson.

Dyson no se inmutó.

—Lo siento, majestad. No acabo de entender qué quiere decir con eso.

—Que no me acabo de creer que esté recibiendo toda la información disponible. Creo que el ministro Thuja me está dando la información que cree que necesito.

—No creo que eso sea cierto, majestad.

Si realmente no lo creía, sería porque no había prestado demasiada atención cuando ella y Thuja se reunían. Era obvio que el ministro trataba de parecer respetuoso sin dejar de expresar la desconfianza que le inspiraba la juventud de la reina. Thuja no quería contárselo todo, ya fuera porque temía que ella reaccionara exageradamente, ya fuera porque quería controlarlo todo para que ella no tuviera que tomar ninguna decisión. Y dada la magnitud de la crisis, aquello era inaceptable.

—¿Te tiene el ministro como hombre de confianza, Dyson?

Los ojos de Dyson se movieron ligeramente.

—¿Cómo dice, majestad?

Miea se inclinó sobre su escritorio.

—Me pregunto si comentas con el ministro información procedente de diversas fuentes. Me pregunto si Thuja contrasta diferentes escenarios contigo.

Dayson guardó silencio un momento. Cuando habló, seguía sin mirarla:

—Soy miembro del equipo del ministro. Nos anima a intercambiar ideas. Es parte del ambiente de trabajo.

—¿Sería un error asumir que parte de la información que se intercambia en estas conversaciones no me llega en los informes?

—No se obvia nada vital en los informes, majestad.

—Dada la naturaleza confusa de esta plaga, me parece difícil determinar qué información es vital y cuál no. Tal vez puedas poner en mi conocimiento algunas de las discusiones de los últimos días.

Por primera vez desde que había entrado en el despacho, Dyson miró directamente a los ojos de Miea:

—No seré su espía, majestad.

Miea rompió el contacto visual.

—Dyson, sabes la importancia que doy a los detalles.

—Sé que comparto con usted toda la información que estoy autorizado a compartir con usted. Si de veras cree que el ministro Thuja le esconde algo, tendría que hablarlo con él. Usted es la reina. Ordénele lo que considere necesario.

Miea se levantó como propulsada, invadida por una mezcla de angustia y frustración.

—¿Entiendes lo que está en juego? El reino al que amo se está desintegrando y no puedo hacer nada. Tal vez podría hacer algo si tuviera acceso de primera mano a todos los datos, si estuviera en los campos, si trabajara con los analistas. Pero no sabremos nunca si podría hacer algo o no, porque el ministro, y su renombrado asesor, creen que no estoy capacitada para manejar la información.

Mientras Miea perdía la compostura, se maravillaba de cómo Dyson mantenía la suya. La seguía con la cabeza, pero su rostro permanecía imperturbable.

—Majestad, le vuelvo a sugerir que trate este asunto con el ministro Thuja. Si de veras cree que le estamos ocultando algo vital, él es el único que puede convencerla de lo contrario.

Miea cerró los ojos. Por algún motivo, recordó la cara de desesperación de Becky al decirle: «Tengo que volver.» Miea no tenía ni idea de por qué, pero la chica parecía extremadamente triste y abatida. Sin duda, Miea conocía esa sensación. Nada funcionaba. No estaban más cerca de hallar una solución a la plaga, al menos que ella supiera, que el primer día que fue detectada. Thuja no hacía más que cuestionar su autoridad y Dyson la torturaba con formalidades.

Con los ojos todavía cerrados, Miea notó que le flojeaban las rodillas. No se sentía como si fuera a desmayarse o a perder el equilibrio, pero, por un segundo, sintió que la tierra se movía bajos sus pies. Abrió los ojos, se tomó un momento para recomponerse y volvió a sentarse tras su escritorio.

—¿Está bien? —preguntó Dyson en un tono que Miea ya no estaba acostumbrada a escuchar.

Los ojos de Miea se cruzaron con los suyos y reconoció la preocupación de Dyson.

«No, no lo estoy. Estoy preocupada. Estoy frustrada. Estoy sola. No creo que pueda sacar esto adelante.»

—Sí —respondió, asintiendo lentamente—. Estoy bien. Voy a pedir un poco de argo y puede que algo de comida. Hoy no he tenido tiempo para comer.

—Pero, ¿está bien?

—Claro que estoy bien. —«¿Qué ocurriría si dijera que no? ¿Qué harías, Dyson? ¿Me ayudarías? ¿Podrías hacerlo aunque quisieras?»— Gracias por tu informe.

Dyson se levantó y, por un instante, puso una cara que Miea no supo interpretar aunque, de inmediato, recuperó su porte.

—Gracias, majestad.

Le hizo una ligera reverencia, se volvió y salió. Miea lo vio salir y siguió mirando hacia allí varios segundos después de que hubiera desaparecido. Solo la llegada de Sorbus al umbral la devolvió al presente.

—La delegación del Comité de Fiestas está aquí, majestad.

Miea respiró profundamente y dedicó a Sorbus una lánguida sonrisa.

—Hazles pasar, por favor.

Becky lamentó haber abandonado Tamarisco tan abruptamente nada más regresar a su cama. ¿Por qué lo había hecho? Solo había dicho: «Tengo que volver», y ya estaba en casa de nuevo. ¿Eso era todo lo que iba a hacer?

Como mínimo, debía a Miea una explicación de su repentina tristeza. Llevaba dos días aferrada a la idea de que la sesión de narración que había tenido con su padre habría acabado con la plaga. Al volver a Tamarisco y descubrir que la crisis seguía existiendo, se había sentido como si le hubieran robado el aire. Le habían entrado ganas de llorar y, aunque no tenía ningún problema por llorar delante de Miea, no le habría sabido explicar por qué estaba tan triste. En ese momento, marcharse le había parecido lo mejor.

Pero, ¿qué habría pensado Miea al verla marchar? ¿Se habría ofendido? ¿Estaría confusa? Becky no iba a poder volver hasta el próximo domingo para explicarse.

Mientras tanto, la escuela le parecía monótona. La inquietud por Tamarisco había absorbido por completo a Becky y a penas escuchaba a sus profesores, que parecían haber decidido que era el día perfecto para dar lecciones interminables sobre temas insignificantes. A la hora de comer, Becky ya habría dado el día por terminado. Desgraciadamente, le esperaban biología, geometría y español por la tarde. La barrita de Nestlé que había comprado en la cafetería la ayudó un poco, pero, en realidad, lo único que deseaba era recostar la cabeza sobre la mesa y echarse una siesta de tres días.

—¿Me he perdido la parte donde mencionabas que habías hecho votos de silencio? —le dijo Lonnie desde el otro lado de la mesa.

Becky le dedicó una débil sonrisa y bebió un sorbo de su botella de agua.

—Supongo que he olvidado tomar mis pastillas de la alegría esta mañana.

—¿Qué te pasa? Parece que estés en otro planeta.

Becky se rio entre dientes.

—Sí, algo así. —Todavía no había contado sus viajes a Tamarisco a su amiga. No sabía cómo decírselo y, por supuesto, no iba a sacar el tema en medio de la cafetería—. Siento ser tan aburrida.

—No me has contestado.

—¿Lo de estar en otro planeta?

—Lo de qué te pasa. Diría que te preocupa algo. En los viejos tiempos, ya sabes, como ayer, por ejemplo, podíamos hablar de todas esas cosas.

Becky estiró el brazo y apretó la mano de Lonnie. Apreciaba de verdad lo bien que la conocía su mejor amiga, aunque no supiera de qué iba la historia.

—Hay un ambiente un poco enrarecido con mamá.

—Estás bromeando, ¿no? ¿Ahora que empiezas a llevarte mejor con tu padre, comienzas a tener problemas con tu madre?

—Todo se equilibra, ¿eh? De hecho, las dos cosas están relacionadas, al menos en parte. No creo que a mamá le guste mucho que haya recuperado la relación con mi padre.

—¿En serio? No parece propio de ella.

—Sí, sí lo es. Mamá es maravillosa, excepto en lo que concierne a papá. Tú nunca has llegado a ver esa parte de ella.

Lonnie se tomó su tiempo para considerar aquello con la mirada anclada en los fluorescentes. Después, volvió a mirar a Becky.

—Menuda mierda.

Algo en el tono de Lonnie hizo que Becky se pusiera las pilas. Lo de la otra noche en Tamarisco la había tenido muy preocupada, pero los últimos días en casa, desde la escenita que había montado su madre cuando Chris la había dejado en la puerta, habían sido incómodos y, en cierto modo, humillantes. Mamá había tenido esa tirantez en la voz que mostraba siempre que Becky la decepcionaba y, cada vez que se miraban, Becky se sentía increpada por los ojos de su madre. Becky pensó que la bronca con papá se le pasaría en poco más de media hora. Pero no se le había pasado. Mamá seguía complicándole la vida, especialmente la tarde del día anterior. Si Al no la hubiera llevado a cenar fuera antes de que llegara papá (gracias por salvarme el culo, Al), habrían tenido otro encontronazo y Becky habría salido salpicada.

—Sí —soltó Becky bruscamente—. Lo es. Es una mierda enorme. ¿Podría aplastar a mis padres para hacerme sentir cómoda en las dos casas una temporadita?

—¿Lo has hablado con ella?

—No puedo hablarlo con ella. Parece que se haya construido un foso alrededor o algo. Está siendo ridículamente intolerante.

—Puede que le cueste ver que vuelves a estar tan bien con tu padre.

—¿Por qué? ¿Qué sentido tiene? Que la relación con mi padre sea mejor no significa que tenga que quitarle nada a la que tengo con ella.

—Si no fuera por el tiempo de más que pasas con él.

—Si no fuera por el poquísimo tiempo de más que paso con él. ¿Por qué la estás defendiendo?

Lonnie levantó las manos.

—No la estoy defendiendo. Es solo que creo que debe de haber algo que tendrías que mirar desde su punto de vista.

—Ya sé cuál es su punto de vista. Y, aun así, sigo creyendo que es ridículo.

—Pues habla con ella. Hazle ver que está equivocada.

Becky sintió que su frustración iba en aumento.

—Te digo que no puedo hablar con ella —replicó con frialdad.

—Beck, te quiero, pero me parece que tú también te estás cerrando en banda.

Becky notó el calor subiéndole por la cara. A veces, Lonnie no sabía cuándo parar.

—¿Sabes qué? Tú no tienes todos los datos, así que igual tendrías que mantenerte al margen y punto.

Lonnie se le acercó. Estaba poniendo cara de «sensatez.» A Becky, esa expresión le daba risa, pero, en ese momento, solo logró cabrearla.

—Beck, si no tengo todos los datos, tal vez deberías proporcionármelos.

Justo entonces, Becky percibió un cambio abrupto en la cara de Lonnie. Parecía asustada y Becky sabía que no era por nada de lo que estaban hablando. Lentamente, Lonnie se pasó la mano por debajo de la nariz. Instintivamente, Becky hizo lo mismo. Y, al hacerlo, sintió humedad y no le hizo falta mirarse la mano para saber que la humedad era sangre. Agarró rápidamente una servilleta de papel y se la llevó a la nariz.

—Vamos al lavabo —dijo Lonnie suavemente.

Sin decir palabra, Beck se levantó y la siguió.

Si Lonnie le dijo algo mientras caminaban, Becky no lo oyó. Se metieron en el reservado del baño juntas, el mismo que la última vez, y Becky se sentó con la cabeza hacia atrás y se metió una bola de papel higiénico en la nariz. Al cabo de un minuto, retiró el papel y Lonnie le tendió otro montón de papel.

—Dime que no debo preocuparme por esto —le pidió Lonnie con voz temblorosa.

Becky se apretó el papel un poco más.

—¿Ves lo que pasa cuando me pones nerviosa?

—Sí, ya sabía que era culpa mía. —Lonnie se agachó un poco y le examinó la cara buscando algo que Becky ignoraba—. ¿Cuántas de estas has tenido últimamente, Beck?

—Solo me pasa cuando estás tú. A lo mejor sí que es culpa tuya.

—Hablo en serio.

Becky volvió a quitarse el papel. Había menos sangre que en el anterior. Lonnie le dio más papel higiénico.

—Yo también hablo en serio. No en lo de que es culpa tuya, en lo de que es la segunda vez. Las dos han sido en la cafetería y las dos veces ha sido porque estaba nerviosa. —Puso los ojos en blanco y trató de sonreír—. Esto me va a convertir en la cita más sexy, ¿eh?

El intento de Becky de sacar hierro al asunto no pareció impresionar a Lonnie.

—¿Cuándo vas al médico?

—No recuerdo haber dicho que voy a ir al médico.

—Beck, tienes que salir de dudas.

—No es lo que tú crees.

—¿Cómo lo sabes?

—Lo sabría.

—¿Lo supiste la última vez?

—La última vez solo era una niña. No sabía nada de nada.

Levantó el papel y vio muy poca sangre. Se le estaba pasando. Lonnie le ofreció más papel y Becky le indicó que no lo necesitaba.

Lonnie lo tiró al váter.

—¿Cuál es el problema de ir al médico y confirmar que esas hemorragias nasales no son nada?

«¿Cuál es el problema? No lo dices en serio, ¿verdad, Lonnie?»

—Mi médico invade mi espacio personal.

—La excusa es casi buena, pero no lo bastante.

Una parte de Becky seguía creyendo que todo esto simplemente desaparecería. Una parte de ella creía incluso que no había motivo para preocuparse. Se inclinó hacia delante y se frotó la nariz con el papel higiénico unas cuantas veces. No había más sangre.

—Si me vuelve a suceder, iré al médico. Te lo prometo.

—Si vuelve a suceder, te llevaré yo misma a rastras.

—No tendrás que arrastrarme; iré yo. —Becky tocó el brazo de su mejor amiga y tiró de ella para que la mirara a los ojos—. Pero, a menos que eso pase, no se lo dirás a nadie, ¿entendido? Especialmente, a mi madre.

Los ojos de Lonnie se velaron casi automáticamente y retiró la mirada un momento. Cuando volvió a mirar a Becky, sacudió la cabeza lentamente y dijo:

—Está bien.

Se levantaron juntas y salieron del reservado.

—Beck, tienes que estar aquí por mí, ya lo sabes —dijo Lonnie suavemente, mientras le rodeaba los hombros—. Yo no sería nadie sin ti.

Becky apoyó la cabeza contra la de Lonnie.

—No me voy a ninguna parte —dijo con toda la convicción que pudo, que no fue mucha.

Nunca las había esperado con ilusión, pero aquella cita a ciegas era lo último que Chris deseaba esa noche. Había estado con los nervios de punta desde su enfrentamiento con Polly; en el trabajo, estaba justo en medio de una estimación de presupuestos (que era tan satisfactoria como comer aire); y Becky parecía totalmente desangelada cuando le había dicho por la mañana que su historia no había curado a Tamarisco. Y cuando había hablado con ella, tan solo una hora antes, parecía estar aun peor. Todo eso de la plaga estaba afectando a su hija de verdad. Habría sido una noche magnífica para una cena rica en carbohidratos, seguida de una siesta en el sofá, pero eso no era lo que tenía en la agenda. Muy al contrario, su orden del día anunciaba a una mujer llamada Kyra.

El hecho de que Kyra ya estuviera llegando más de un cuarto de hora tarde, no le animaba a tener grandes expectativas. Quizá le dejara plantado. No sería la primera vez, pero no le habría importado lo más mínimo.

Unos minutos más tarde, decidió pedir una copa de vino. El vino y Kyra llegaron a la vez. La primera impresión que le dio Kyra fue que era deslumbrante, pero el camarero distrajo su atención. Se volvió a dar las gracias al camarero y, después, volvió a mirar a la mujer. Seguía siendo deslumbrante. Sin duda, era la más bonita con la que Lisa le había arreglado una cita. De hecho, era, sin duda, una de las mujeres más bonitas que había visto nunca. ¿Qué demonios estaba haciendo esa mujer ahí?

Kyra pidió una copa de Chianti y se volvió hacia él.

—Siento llegar tarde. Estoy trabajando en una fusión y parece que las partes se van alejando más cada día. Me he pasado media hora sujetando la mano del director ejecutivo de la empresa más pequeña. Si le pagaran por sus neuras, sería multimillonario.

—Suena divertido —dijo Chris con sarcasmo.

—Me encanta —añadió ella, abriendo unos ojos como platos—. Las operaciones fáciles me aburren. Los retos me hacen correr la sangre por las venas. El único problema es que tengo tendencia a perder la noción del tiempo. De nuevo, lo siento.

—No pasa nada. —El pelo de Kyra brillaba. Un novelista romántico habría calificado de blondo. Tuvo la tentación de tocarlo para ver si llevaba electricidad, pero se abstuvo. Cuando le trajeron el vino, la mujer dio un sorbo, gesto que atrajo la atención de Chris a sus ojos. Ni siquiera se le ocurría cómo definiría un novelista romántico aquel color, pero eran de un azul casi sobrenatural. «Dios mío, Lisa me ha citado con una extraterrestre preciosa. Seguramente creyó que nunca conectaría con una mujer humana, así que amplió la búsqueda.»— No deberías disculparte por amar algo. Aunque sea tu trabajo.

—Muy amable. Y tienes razón: amar es algo muy, pero que muy bueno.

Le apuntó con la copa y tomó otro sorbo.

Durante la siguiente hora, su encuentro con Kyra siguió la estructura de una típica cita a ciegas: conversación banal, preguntas ligeramente personales, más conversación banal, preguntas algo más personales, comentarios sobre la comida, confesiones poco comprometedoras y más conversación banal. Pero el contenido fue distinto. Kyra le intrigaba por diversas razones y tenía la extraña habilidad de hacerle hablar de sí mismo sin que se diera cuenta. La mujer mencionó incluso que era una entusiasta jardinera, lo que llevó a Chris a hablar de plantas, horticultura y algunos trabajos que había hecho cuando estaba en activo como científico.

Si la cita hubiera terminado cuando el camarero les retiró los platos, habría contado como una de las mejores primeras citas de toda su vida. Desgraciadamente, no fue así. El giro en la conversación llegó, como quien no quiere la cosa, cuando ella mencionó a sus hijos.

—Ah, ¿tienes hijos? —se interesó Chris—. ¿Cuántos años tienen?

—Mi hijo tiene nueve y mi hija, seis. Esta noche están con su padre.

—¿Cuánto hace que os separasteis?

—Casi cinco años ya. La llegada de la niña acabó con nosotros, aunque lo nuestro ya venía tambaleándose desde antes de nacer George.

—Sí, es duro. Y ¿cómo llevas lo de tratar con tu ex?

—Pues, la verdad es que nos llevamos bastante mejor desde que nos divorciamos que durante los últimos seis años de matrimonio. Cuidar de nuestros hijos era nuestro único punto de encuentro y hemos conseguido construir una relación platónica a partir de ahí.

Chris se rio entre dientes con cinismo.

—Lo siento, ¿puedes repetir eso en un idioma conocido? No he entendido lo que has dicho.

Kyra detuvo el vaso de agua que se estaba llevando a los labios.

—¿Qué quieres decir?

Chris agitó la mano al aire.

—Olvídalo. Soy un gilipollas. Digamos que no he tenido la misma experiencia con mi ex.

—¿Tienes hijos?

—Una. Una hija de catorce años. Es magnífica y a mi ex esposa le revienta que lo crea.

Kyra puso los ojos en blanco.

—Eso es difícil de creer.

—En realidad, no. Me parece que si hubiera sido distante o descuidado con la niña, o hasta incluso algo grosero con ella, mi matrimonio habría sobrevivido. Pero que amara a mi hija incondicionalmente y le entregara hasta el último pedazo de mi alma... Eso era demasiado para mi ex.

Kyra endureció el gesto.

—Qué mala suerte...

A Chris le dio un subidón de adrenalina. Después de lo que había sucedido el fin de semana, el simple recuerdo de Polly le puso como una moto.

—Sí, definitivamente, es mala suerte. Mi hogar se va al garete y me pierdo unos cuantos años de mi hija, y no porque fuera un mal tío, sino porque era demasiado buen tío. Hay que pillarle la ironía. Pero aun se está poniendo mejor. Ahora que, por fin, he recuperado algo de lo que tenía con Becky, después de tanto tiempo sintiéndome arrinconado en la cuneta, Polly está buscando el modo de volvernos a separar. Como si divorciarse de mí entonces no le hubiera bastado.

—Vaya —dijo Kyra con un hilo de voz—. Eso es duro.

Una parte del cerebro de Chris registró el mensaje de «podemos cambiar de tema» que Kyra le estaba lanzando. Sin embargo, no fue la parte que controlaba su discurso.

—Y ¿sabes qué? Que seguramente ya está bien así. Quiero decir que, si no hubiera sido por Becky, cualquier otra cosa habría acabado rompiendo nuestro matrimonio. No sé, temas relacionados con el trabajo, el dinero, el papel pintado para la pared, la salsa para la pasta o las series de la tele. Algo nos habría hecho polvo. Estaba escrito. Y ¿sabes por qué?

Porque el amor romántico siempre muere. El cien por cien de las veces.

Kyra pareció francamente sorprendida por esa afirmación.

—No todos los matrimonios acaban en divorcio. Hay personas que siguen juntas.

—¿Juntas? Sí. ¿Enamoradas? Seguro que no. Dime dos personas que lleven tiempo juntas y sostengan que están enamoradas y te demostraré que están fingiendo.

Kyra seguía teniendo el vaso en la mano después de todo aquel discurso y, por fin, decidió dejarlo en la mesa.

—Eso no te lo crees de verdad, ¿no?

¿Lo creía de verdad? Chris se tomó un momento de reflexión.

—Sí, lo creo de verdad.

Kyra levantó las cejas.

—Entonces, ¿qué estamos haciendo aquí? —dijo suavemente, y claramente herida.

Chris se dio cuenta, demasiado tarde, de lo absurdo que debió de sonar todo aquello a Kyra, que no le conocía lo bastante bien para saber de dónde salía aquella erupción. No sabía nada de la historia, más allá de lo que él había escupido por la boca en tan solo dos minutos. También comprendió, de nuevo, demasiado tarde, que ese no era el tipo de mensaje que una cita a ciegas, ni cualquier otra, quería escuchar.

—Lo siento. He tenido unos días malos... No quería explotar de esta manera.

Kyra recogió la servilleta que descansaba sobre su falda y la dejó en la mesa.

—Me parece que hace más de unos días que tienes eso en la cabeza.

Chris quería discutírselo, pero comprendió que solo retrasaría lo inevitable. No tenía nada en su limitada colección de habilidades para las citas que pudiera enmendar aquello y, aunque lo consiguiera, las cosas caerían por su propio peso en la siguiente cita.

—Me lo estaba pasando muy bien esta noche —dijo, resignado—. Siento haberte soltado el chaparrón.

Kyra retiró la silla.

—Siente lo que tengas que sentir, Chris. Lo que pasa es que me temo que lo que tú sientes no está en consonancia con lo que yo busco ahora.

Dicho esto, se levantó y abandonó el restaurante. Chris se quedó. Rechazó el postre y el café, pero pidió otra copa de vino. Era casi increíble que siguiera encontrando la forma de meter la pata con las mujeres.

Todo habría ido mucho mejor, tanto para Kyra como para él, si se hubiera quedado en casa, durmiendo en el sofá.

15

—Esto... Papá, aunque ya no hagas ingeniería genética, sigues estando al día de lo que se lleva, ¿verdad? Quiero decir
que todavía lees revista científicas y ese tipo de cosas, ¿no?

Chris y Becky estaban fregando sartenes y cazuelas después de cenar. Convencido de la necesidad de conjurar algo
festivo para mejorar el humor de ambos, Chris había decidido cocinar un elaborado plato mexicano junto a ella. La comida quedó deliciosa, pero Becky no comió demasiado. La
parte mala fue que la elaboración dejó una montaña de cacha-
rros sucios.

—Sí, claro. Ya sabes cuánto me gusta todo eso.

Becky secó la prensa de tortillas y la guardó en el armario.

—Eso significa que todavía estás bastante al día y que podrías recuperar tus habilidades científicas si fuera necesario,
¿no?

Chris lavó una sartén de hierro fundido y se la pasó a su
hija.

—Sí, ¿por qué? ¿Me has encontrado un trabajo nuevo?

—Más o menos.

Chris cerró el grifo y levantó una ceja a Becky. Nunca
había hablado de su insatisfacción en el trabajo con ella.

—¿Más o menos?

—No pienses que me he vuelto loca, pero, ¿crees que podrías viajar a Tamarisco conmigo esta noche?

Chris sintió un cosquilleo en el estómago.

—¿Viajar a Tamarisco?

—No sé por qué no se me ha ocurrido antes. Tienen un problema con las plantas y tú eres un experto en plantas. Tiene sentido intentarlo, ¿no?

Chris se rio.

—¿Que tiene sentido?

Becky miró al techo.

—Está bien, puede que nada de esto tenga sentido. Soy consciente de que todo esto de Tamarisco es bastante increíble. Pero las cosas van realmente mal por allí. ¿Quién sabe? Tal vez tú puedas dar con algo que sus científicos no hayan visto.

Becky hablaba en serio.

—¿Quieres que vaya a Tamarisco contigo?

—Creo que es necesario.

Chris se permitió un momento para valorar las implicaciones de lo que Becky le estaba proponiendo. Le estaba invitando a viajar con ella a otro universo. Viéndolo así, sonaba tan ridículo... Aun así, ¿no era cierto que una parte de él había estado esperando aquella invitación desde el momento en que Becky le había mencionado los viajes? «La magia es solo ciencia que no entendemos.» Chris no podía recordar quién lo había dicho, pero nunca había sido de los que creen que las leyes físicas son inmutables. Siempre había contemplado la posibilidad de que estuvieran a punto de salir a la luz importantes descubrimientos, incluso mágicos. ¿Estaba a punto de participar en uno?

—Pero, ¿es posible? —tanteó.

A Becky, se le ensombreció el rostro.

—¿Me estás diciendo que no crees que pueda estar haciéndolo?

—Te estoy diciendo que no sé si yo puedo hacerlo. No sé... Supongo que asumía que tú eras la única con un pasaporte en regla.

Becky consideró esa posibilidad.

—Tal vez sí, pero creo que tendremos que descubrirlo. Te necesitan, papá.

Esas palabras emocionaron a Chris.

—¿Y cómo lo hacemos?

Becky se rio, como si la pregunta la hubiera sorprendido.

—No tengo ni idea. Pero, ¿vas a probar?

Chris se encogió de hombros y un cosquilleo le recorrió la piel.

—Claro, ¿por qué no? De todos modos, no teníamos planes para esta noche.

—Tenemos que oscurecer —anunció Becky, mientras se sentaban en su cama.

—¿Las luces?

—Las luces ya están apagadas. Tenemos que oscurecerlo todo. Tienes que cerrar los ojos y cubrir con un manto todo lo que ha ocurrido durante el día y cualquier otra cosa que puedas tener en la cabeza.

—Te das cuenta de que será un poco difícil no pensar en lo que estamos haciendo, ¿no?

—Inténtalo, papá. No sé si esto nos llevará allí o no, pero estoy segura de que jamás llegaremos si no lo hacemos.

Chris cerró los ojos.

—Secuencia de oscurecimiento iniciada.

—Para viajar a Tamarisco, no se requieren estúpidas frases hechas.

—Perdona.

Chris no quería decepcionar a Becky. No quería decepcionarse a sí mismo. Sin embargo, cerrar los ojos le hizo reflexionar aun más, y no menos, sobre lo que estaban haciendo. Cuando iba a la universidad, había hecho una clase de meditación. Tal vez algunas de las técnicas que había aprendido allí le resultaran útiles. Desgraciadamente, no recordaba ninguna de las técnicas aprendidas.

—No estás oscureciendo —le reprendió Becky desaprobadoramente.

—¿Me estás leyendo la mente?

—No me hace falta. Estás inquieto. No puedes oscurecer y estar inquieto a la vez.

Chris respiró hondo unas cuantas veces e intentó concentrarse en el negro de sus párpados. Estaba unido a Becky con ambas manos para no separarse durante el tránsito. Chris no quería pensar demasiado en lo que ocurriría si se separaban. ¿Iría a parar a otra parte de Tamarisco? Tal vez iría a parar a otro mundo completamente distinto, un mundo creado quizá por otra niña con su padre. Por lo que él sabía, esta clase de cosas pasaban todo el tiempo, pero nadie hablaba de ellas.

«Deja de pensar. Estás entorpeciendo el proceso de oscurecimiento.» Chris notó que sus pensamientos empezaban a remitir a medida que la oscuridad cobraba más negrura. Más negrura todavía. Y más aún. Y, entonces, empezó a sentir movimiento y le pareció ver algo más negro que el propio negro. El movimiento casi le hizo abrir los ojos.

Con ese pensamiento, el movimiento se detuvo. «No pienses en el movimiento, sea lo que sea. Solo déjate mover.» Unos segundos después, la oscuridad volvió a intensificarse. De nuevo, Chris notó un tirón, pero, esta vez, evitó pensar en él. La sensación de movimiento continuó un rato. Después, volvió a detenerse.

Chris se sentía suspendido, como si le hubieran dejado flotando en el aire. No notaba nada más que la oscuridad que le envolvía. Por un instante, vio una cara... No, no era una cara... Era una forma o un rostro o algo que parecía tener expresión, aunque no facciones humanas. Estuvo ahí solo un momento, pero cuando Chris quiso buscarla de nuevo, no pudo encontrarla.

—El viaje es arduo.

La voz sonaba en su cabeza. En su piel. Él no había pronunciado las palabras, pero sabía que no provenían del exterior. A menos que así fuera como funcionaban las cosas en aquel lugar.

—¿Me lo dices a mí? —preguntó Chris. ¿Había hablado

de verdad o estaba aprendiendo una nueva forma de comunicarse?

—No puedo ofrecerte ningún otro don, a parte de los que ya te he entregado, para hacer esto más fácil.

—Necesito hacer esto. Ayúdame a hacerlo.

—No necesitas ayuda. El camino está abierto. Te espera un viaje arduo. Mantén tu visión. Amplía tu visión.

¿Tenía Becky una conversación como esta cada vez que iba a Tamarisco? ¿Era la voz una especie de guardián de la puerta? ¿Se suponía que Chris tenía que recitarle las palabras mágicas para que le dejara pasar?

—No sé qué significa eso.

—Absorbe todas las fuentes. Enriquécete.

A pesar de tenerse por una persona abierta de mente, a Chris le pareció una conversación un tanto espeluznante. ¿Por qué no seguía moviéndose? ¿Por qué no notaba las manos de Becky?

De repente, el rostro se fusionó. No era una cara. No era nada que Chris hubiera visto antes y no tenía palabras para describirlo. Era voluntad. Era energía.

Y le llenó. No sabía con qué le llenó, pero, de repente, Chris se sintió a la vez más ligero y más sólido.

—Absorbe esta fuente y todas las demás.

El rostro había desaparecido, dejando solo una sensación. Chris no estaba seguro de qué pensar, convencido solo de que debía seguir intentando llegar a Tamarisco por Becky. Volvía a sentir las manos de su hija. Volvió a ver el camino más negro que el negro. Sintió el tirón.

De nuevo, el movimiento cesó.

«¿Qué estoy haciendo mal? ¡Maldita sea! Estoy seguro de que Becky es la única que puede hacer esto.»

—Papá, abre los ojos.

Chris abrió los ojos y apretó las manos de su hija.

—Lo siento, nena.

Entonces, miró a su alrededor. La sala de juntas repleta de jóvenes vestidos con colores intensos. La mesa negruzca hecha de piedra. «Malheur. Estoy casi seguro de que la llamamos malheur.» El material escamoso e irisado que cubría las paredes. «No me acuerdo de cómo se llamaba esta cosa.» La joven de ademán perfecto que le miraba fijamente desde la presidencia de la mesa.

Estaba en Tamarisco.

Chris sonrió a Becky y le volvió a apretar las manos. «Esto es sobrecogedor. A ver, yo la creía, pero es que estamos realmente aquí.» Becky le soltó las manos y se volvió hacia la mujer que Chris asumió que sería Miea. Había visto su rostro antes, aunque no era capaz de situarlo. Se parecía un poco a Kiley, pero no acababa de ser igual. El vídeo. El restaurante. ¿De qué iba todo aquello?

—Majestad —dijo Becky—, ya sé que no lo he consultado, pero le he pedido a mi padre que viniera conmigo.

Miea asintió lentamente. No parecía molesta, pero parecía al mismo tiempo turbada y violenta.

—Por supuesto que tu padre es bienvenido aquí, Becky. Estoy segura de que Sorbus puede organizar una visita guiada para él.

—Ha venido a trabajar, majestad.

Chris no estaba prestando toda su atención a la conversación. El resto de su atención estaba centrada en su entorno. Los instrumentos de escritura translúcidos. El halo azulado de la luz indirecta. El trenzado laberíntico de la alfombra. La música atonal que apenas le llegaba desde fuera.

—¿A trabajar, Becky?

—Mi padre es científico. Experto en plantas.

Al oír esto, Chris dirigió la mirada a Miea. La reina le miraba fijamente. Su mirada era sobria, pero un brillo despuntaba en sus ojos.

—¿Crees que puedes ayudarnos con la plaga?

Chris se puso alerta. «Las panorámicas para luego. Ahora tenemos trabajo.»

—En realidad, no lo sé, majestad, pero me complacerá darles acceso ilimitado a mi cerebro.

—El cerebro que ayudó a conjurar Tamarisco.

Chris miró las paredes centelleantes.

—No creo que pueda colgarme esa medalla.

Miea hizo un gesto a Chris y a Becky para que se acercaran a la mesa.

—Por favor, venid a sentaros. El consejo de urgencia y yo estábamos comentando los últimos informes de daños. A decir verdad, apenas se habla de otra cosa últimamente.

Chris se sentó al lado de un anciano y de un hombre y una mujer de edad similar a la de Miea.

—¿Me pueden resumir la situación?

La reina asintió y la mujer que Chris tenía al lado se dirigió a él:

—¿Está familiarizado con la naturaleza de las plagas?

—He trabajado con algunas y he estudiado muchas otras.

—Esta progresa en tres estadios. Las plantas afectadas muestran bandas oscuras durante dos semanas. Tras esto, sigue un período más corto de desaparición de las bandas y las plantas pierden su capacidad para nutrirse. Finalmente, necrosis y muerte.

—¿Conidas?

—Las esporas se desarrollan en el sistema de raíces. Se mantienen internas hasta el estadio final de necrosis.

—¿Es eso común en las plagas de aquí?

—Las plagas en sí no son comunes aquí. En las ocasiones en que hemos tenido alguna enfermedad localizada, las conidas siempre han sido externas. No hemos tenido ningún caso de plaga con conida interna en casi una década.

Era evidente que las condiciones botánicas de Tamarisco eran diferentes a las de casa. Y eso eran buenas y malas noticias a la vez. Buenas porque daban motivos a Chris para creer que podía aportar ideas que los nativos no habrían considerado. Malas porque cabía perfectamente la posibilidad de que esas ideas carecieran de relevancia en ese mundo.

Durante la media hora siguiente, Chris interrogó a la mujer sobre cada uno de los detalles de la enfermedad, examinó muestras de plantas en las distintas fases de infección, trató de interpretar los datos en base a un conjunto de especificaciones muy distintas a las que estaba acostumbrado e intentó enumerar tantas causas posibles como pudo. De vez en cuando, el joven sentado al lado de la mujer iba contribuyendo con alguna información. Era evidente que ambos rendían cuentas al anciano, pero, aparte de asentir en un par de ocasiones a sus colegas, el hombre no participó en la conversación. Nadie más, ni siquiera la propia Miea, participó en ella. Cada vez que Chris miraba a otra persona de la mesa, encontraba una expresión entre embelesada y anquilosada.

«Seguramente, esta experiencia les ha dejado tan perplejos como a mí. Me pregunto cuántas de estas personas sabían siquiera que Becky existía... Y ahora la han visto materializarse de la nada junto a su padre.»

En un momento concreto, cruzó la mirada con Becky. Sus ojos relucían y su piel brillaba. Chris vio claramente que había estado escuchando con atención sus conversaciones y que estaba impresionada. Orgullosa de él. Tenía que acordarse de viajar a mundos de fantasía con ella más a menudo.

Chris tomó muchas notas. Como todo lo demás, esto también le resultó desconcertante al principio, porque el papel parecía quebradizo (aunque resultó ser más resistente que un papel de alto gramaje), el bolígrafo no dejaba ni rastro y la tinta tardaba un par de segundos en aparecer sobre la página. Con todo, se adaptó lo más rápido posible, porque quería llevarse consigo toda esa información para estudiarla, contrastarla con sus libros de texto e investigar en la red.

Mientras escribía algo que la mujer había dicho sobre la similitud entre la estructura biológica de las esporas y un quiste hallado en un pájaro unos años atrás en Pinzón, el bolígrafo se detuvo. Chris lo sacudió varias veces y, al final, alargó la mano para pedir otro. De repente, se sintió más pesado, como si la gravedad del planeta hubiera aumentado exageradamente de golpe.

—Papá, tenemos que marcharnos —anunció Becky.

—Necesito un poco más de tiempo.

—No tenemos alternativa. Cuando el tirón empieza...

Chris agarró los papeles. Sus ojos se cerraban como si tuvieran voluntad propia. Volvió a sentir que flotaba y quiso mirar a su alrededor para ver en qué flotaba. Pero no pudo ver nada. En poco menos de un minuto, la gravedad se normalizó y, al mirar a su alrededor, se descubrió de nuevo en la habitación de Becky.

Se recostó en la cama y miró a su hija con una enorme sonrisa en la cara.

—Ha sido increíble.

—Parecías muy listo, allí.

—Solo estaba recogiendo datos.

Becky le dio un empujoncillo juguetón.

—¿Crees que puedes descubrir qué está pasando?

—He tomado un millón de notas. Empezaré a estudiarlas mañana por la mañana. Eso si es que esta noche puedo pegar ojo. Tal vez empiece ahora mismo.

Chris se incorporó para echar un vistazo a las hojas.

Entonces se percató de que no habían hecho el tránsito con él.

realityjunkie: alysa y rob no van a durar juntos. has visto cómo hablaba ella hoy con dillon?

punkrockprincess: dillon mola!!!! Alyssa estaría mejor con él, de todos modos. quiza si rob no hubiera besado a beth en la fiesta de kendra, alyssa no estaría buscando.

ilikepie: ese beso fue del todo inocente y alyssa puede ser muy difícil a veces. pelis en mi casa viernes noche?

Becky solía encontrar entretenidas las conversaciones de chat, pero ese día no tenía la cabeza para esas cosas. Su padre y ella habían pasado una hora del sábado y gran parte del domingo intentando reconstruir la reunión informativa que había tenido en Tamarisco. Mucho de lo comentado superaba los conocimientos de Becky, pero se le daba bastante bien la memoria textual. Le recordó que había dicho algo como «Condoleezza» y que eso le había llevado a escribir algo importante sobre conidas. Antes de volver a dejarla en casa de su madre, Chris había hecho un trabajo de reconstrucción más que decente. O, al menos, eso creía.

Dijo que intentaría robar un poco de tiempo en la oficina para investigar un poco en el ordenador central. Becky sabía que, para él, era complicado hacer cosas que no fueran del trabajo en la oficina, especialmente desde que le habían dado «la patada hacia arriba», pero parecía que quería intentarlo en serio. Durante toda la jornada escolar, Becky se estuvo preguntando si su padre habría hecho algún progreso. Incluso ahora, mientras la conversación sobre si Alyssa y Rob iban a durar más de una semana corría por la pantalla de su ordenador, lo único que realmente le apetecía era llamar a su padre.

Se le ocurrió que podría mandarle un mensaje por el chat. Nunca lo había hecho en horas de trabajo porque, aunque le tenía en su lista de amigos, no le había parecido apropiado. Pero ahora las cosas eran distintas y pensó que valía la pena intentarlo.

questgirl14: eh, papá!

Le dio a «enviar» y esperó. Sus amigas seguían charlando (parecía que se iba a montar un festival de cine de Drew Barrymore en casa de Natalie el viernes y que Alyssa no estaría invitada), pero la nueva ventana que había abierto permaneció en blanco varios minutos.

helichrysum: Beck? Qué sorpresa que aparezcas en mi pantalla.

questgirl14: cómo va el trabajo?

helichrysum: Como siempre. Cómo ha ido el cole?

questgirl14: bien. has tenido tiempo para investigar?

helichrysum: No tanto como me hubiera gustado. Solo he tenido unos veinte minutos para buscar a la hora de comer.

questgirl14: has encontrado algo?

helichrysum: Algunos síntomas de los que hablaron son similares a los del tizón de las acículas causado por *dothistroma*. Afecta a los pinos.

questgirl14: a lo mejor es eso!!

helichrysum: La plaga de Tamarisco solo presenta ALGU-NOS síntomas. De hecho, son muchos, pero el ciclo de la enfermedad es diferente y eso podría significar que se trata de algo completamente distinto.

questgirl14: hay cura para ese tipo de plaga?

helichrysum: Hay una forma de controlarla.

questgirl14: eso es mucho mejor que nada!!!!! crees que deberían probarlo?

helichrysum: Hay dos problemas. El primero es que, en estos momentos, no puedo estar del todo seguro de que es algo del tipo *dothistroma* y, si lo tratamos mal, podríamos causar mucho daño. El segundo es que el control requiere el uso de fungicidas de cobre. Podría resultar problemático llevar los barriles de eso con nosotros (será más difícil que transportar papel y ni eso nos salió bien) y tampoco sabemos si tienen la materia prima en Tamarisco para fabricarlo allí, lo que comporta un tercer problema, ahora que lo pienso. Seguramente, Tamarisco tendrá un ecosistema muy diferente. Si introducimos un fungicida de este mundo, podríamos acabar dañándolo más que la propia plaga.

questgirl14: no sé si eso es posible.

helichrysum: Lo hablaremos con ellos el martes. Mientras, intentaré investigar mucho más.

questgirl14: gracias papa. es genial que estés haciendo esto. te dejo seguir trabajando.

helichrysum: Interrúmpeme cuando quieras.

questgirl14: seguro!!!!

Su padre había sacado unos cuantos puntos destacables del ecosistema de Tamarisco. Al fin y al cabo, las plantas eran azules y la tierra, negra. ¿Quién sabe cómo afectaba eso a la composición de las cosas? Probablemente, papá habría empezado a aplicar la ciencia en las historias de Tamarisco si hubieran continuado contándolas después de separarse de mamá. Después de todo, dedicaron mucho tiempo a la estructura lógica del mundo antes de que ella cortara por lo sano. Pero como no habían entrado en temas científicos, existía una clara posibilidad de que Tamarisco se rigiera por leyes físicas significativamente diferentes. «La probabilidad es buena, Beck, puesto que es un universo diferente y es producto de tu imaginación.» No habría respuestas fáciles. Becky lo sabía.

punkrockprincess: eh becky, sigues ahi?

questgirl14: sí, estoy aquí, pensando. por mi, ok drew barrymore, no alyssarob, menos aun dillon y traigo las palomitas para el viernes. las de la última vez tenían que ser venenosas!!!!!!!

Chris tenía que levantarse del ordenador para ir a cenar con Lisa. Cuando la gente había empezado a marcharse de la oficina, le había resultado mucho más fácil acceder al ordenador central sin interrupciones y sin tener que dar explicaciones a nadie sobre lo que hacía. Al fin y al cabo, el ordenador central era para los científicos en activo. Le parecía que estaba haciendo progresos, pero había quedado en encontrarse a las siete y media con Lisa en un restaurante de comida cruda que estaba de moda. Apagó, por fin, su ordenador a las siete y cuarto, lo que significaba que iba a llegar diez minutos tarde.

Lisa le dio un toquecito juguetón en la muñeca por haberla hecho esperar y, acto seguido, se enfrascó en el relato de su fin de semana. Su más que patético novio, Ben, se había presentado en casa por sorpresa y, por lo que Chris pudo inferir, habían pasado todo el tiempo juntos intentando reproducir la mayor parte del Kama Sutra.

Chris prestó al relato erótico de Lisa la atención que creía que merecía. Imaginaba que no le costaría demasiado hacer ver que escuchaba atentamente cada una de sus palabras. Lisa parecía totalmente entregada a su propia historia. Entre tanto, los pensamientos de Chris regresaron a su investigación.

«Quizá sea una forma de *dothistroma*, la forma tamarisca. La razón por la que la plaga no actúa exactamente igual que aquí son las diferencias que existen en el ecosistema. Si puedo identificar esas diferencias, tal vez la *dothistroma* sea la respuesta. Entonces, podría aplicar lo que sé sobre las diferencias para identificar un modo de crear una variación en el método de control...»

—A algunos les han vaciado un vaso en la cara por mucho menos, cielo —le espetó Lisa.

Chris miró los ojos encendidos de Lisa.

—¿Eh?

—Mira, Chris, tal vez tu problema sea que, en realidad, eres un eunuco. Descarté la idea hace tiempo, pero si eres capaz de escuchar mi relato del jardín de las delicias sin cambiar de expresión, a lo mejor es que no tienes pelotas de verdad. O eso, o estás pensando en algo mucho más atractivo.

Chris se sonrojó.

—Lo siento. Me he distraído.

—Tendrás que explicarme cómo puede alguien distraerse de algo como lo que te estaba contando.

Chris arqueó las cejas.

—Te llevarás una decepción.

—Querido, si no me la he llevado ya, no me la llevaré nunca.

—Estaba pensando en algo que he estado haciendo en el trabajo.

Lisa alzó ambas manos.

—Y decían que eso no iba a ocurrir.

Chris alargó la mano para tocarle el antebrazo.

—Lo que he estado haciendo en el trabajo no tenía nada que ver con el trabajo.

Lisa se inclinó hacia delante.

—Mejor aun. —Sonrió maliciosamente—. ¿Has estado haciéndote a una nueva empleada?

Chris se rio a carcajadas.

—No exactamente. —La relación de ambos era de esas en las que no hay secreto alguno, como había quedado probado por los detalles que ella le había estado aportando los últimos quince minutos. Pero, ¿realmente estaba a punto de revelarle tanto?— He estado trabajando en un problema de Tamarisco.

A Lisa se le nubló el rostro. Lo primero que pensó Chris fue que estaba reaccionando mal a su confesión, pero, en seguida, se dio cuenta de que seguramente estaba intentando recordar qué era Tamarisco.

—El mundo fantástico que creé con Becky —añadió para ayudarla.

Lisa abrió los ojos para darle a entender que sabía de qué le hablaba y, rápidamente, los relajó.

—Si no fuera porque no es realmente un mundo fantástico —se apresuró a comentar.

—¿Cómo?

—No te vas a creer lo que he hecho el fin de semana.

Chris dedicó unos minutos a contar a Lisa todos los detalles de su viaje a Tamarisco, los problemas que estaban teniendo los ciudadanos y el trabajo que había hecho desde que había regresado. No se dio cuenta hasta que hubo terminado de que Lisa había permanecido extrañamente callada todo el rato. Bebió un sorbo de agua y esperó que ella reaccionara.

—Te has inventado esa historia mientras te hablaba porque querías superarme, ¿verdad? —dijo lentamente.

Chris sonrió.

—Ocurrió de verdad.

—Chris, yo...

Chris levantó una palma.

—Lisa, ocurrió de verdad.

Lisa le miraba boquiabierta. «Después de tantos años, he logrado dejarla perpleja.»

—Es obvio que no te he prestado mucha atención últimamente —sentenció ella con un punto de tristeza en la voz.

—Sé que no es fácil de entender.

—La física nuclear es lo que no es fácil de entender. Esto... Desgraciadamente, esto es mucho más fácil de entender. Chris, estás tan hecho polvo por tu relación con Becky que estás empezando a ver visiones.

Chris sacudió la cabeza enérgicamente.

—No me hagas de Polly, Lisa.

—¿Qué quieres decir con que no te haga de Polly?

—Pues que ya me han dado el sermón sobre dar pie a los delirios de Becky.

—¿Los delirios de Becky? ¿También cree que puede ir a Tamarisco?

—Te lo he dicho hace un par de minutos. Becky fue la primera y, al principio, me pareció tan disparatado como a ti ahora, pero no paraba de hablar de ello y empecé a creerla. Y, después, este fin de semana, he ido con ella.

Lisa perdió la mirada por encima del hombro de Chris unos instantes.

—Esto es material propio de *Noticias del Mundo*. Lo sabes, ¿no?

—Ya sé que lo parece.

Lisa se rio y le clavó la mirada.

—¿Sabes? Siempre di por sentado que al menos parte de lo que decía ese periodicucho era verdad. Quiero decir que no te puedes sacar de la manga todo eso, ¿no?

Dicho esto, Lisa estiró el brazo y le tocó la mano. De nuevo, permaneció unos segundos callada. A Chris no se le ocurría nada para romper el silencio.

—Y dices que ahora hay una plaga terrible, ¿no?

—Nadie sabe cómo erradicarla.

Lisa arrugó la nariz.

—Menuda mierda —dijo, lo cual, viniendo de ella, era empatía de primera.

—Dímelo a mí.

Lisa le dio unos golpecitos en la mano.

—Mi historia del jardín de las delicias también ocurrió de verdad, ¿sabes? Y todavía no te he contado lo que hicimos con la alcachofa de hidromasaje.

Chris se rio entre dientes.

—Me muero de ganas de escucharlo.

El segundo viaje a Tamarisco fue menos desconcertante, aunque solo algo menos. La tentación de abrir los ojos mientras flotaba fue grande: quería saber hacia dónde viajaba y cómo llegaba hasta ahí, pero instintivamente sabía que habría sido un error. El rostro de la voz portentosa no apareció esta vez. Chris olvidó mencionárselo a Becky para saber si a ella también se le había aparecido la primera vez. Tal vez fuera realmente una especie de guardián de la puerta, que había decidido dejarle pasar.

Una vez allí, Chris no podía evitar mirar a su alrededor mientras los demás hablaban. En aquel lugar, muchas cosas le parecían familiares e indescriptiblemente extrañas a la vez. Incluso el aire parecía distinto. Era más fresco y claro, e incluso respirar normal era tan purificador como si aguantara el aire y lo soltara detenidamente.

«Hicimos un buen trabajo con este sitio, Beck. Si no fuera por el pequeño detalle de la plaga devastadora...»

Como en la primera ocasión, había un grupo de dirigentes en la sala de juntas. ¿Acaso estaban ahí a todas horas? Cuando él y Becky llegaron, el grupo se encontraba en medio de una discusión sobre el hijo del vicecanciller de los espinas, un muchacho al que Becky había conocido, según parecía. Miea sospechaba que los espinas habían intervenido en la creación de la plaga, pero resultaba que ahora el muchacho había ido a la Delegación del Gobierno de la ciudad de Tamarisco a pedir asilo. Miea había ordenado que le retuvieran para interrogarle. Después del interrogatorio, decidirían qué hacer con él.

Cuando acabaron con ese tema, se giraron hacia Chris y le preguntaron si había descubierto algo. A diferencia de la primera vez, Thuja, el ministro de agricultura se mostró considerablemente más comunicativo e interrogó a Chris sobre sus hallazgos de los últimos días.

—Sí, es una posibilidad —respondió Chris a una pregunta sobre la plaga por *dothistroma*—. Ahora mismo, es imposible asegurarlo sin más análisis.

—Si su ecosistema es diferente, sin duda, sería necesario.

—El caso es que no sé realmente hasta qué punto son distintos nuestros ecosistemas. Podrían ser extremadamente compatibles o completamente ajenos. No será fácil de determinar, porque no puedo traerme ninguna máquina y las suyas están calibradas para su mundo, así que solo nos queda lo que podemos averiguar a simple vista.

Si bien lo que decía era cierto, también lo era que Chris se moría de ganas de salir al exterior. En primer lugar, porque estaba de visita en otro mundo y lo único que había visto hasta entonces era aquella sala. Pero, sobre todo, porque hablar de la estructura del planeta no dejaba de ser un simple ejercicio intelectual. Necesitaba tocar las plantas, palpar la tierra y entender cómo soplaba el viento y se movían las nubes. Todo aquello podía darle pistas y un punto de referencia para empezar a trabajar. Tal vez nunca fuera suficiente sin un instrumental adecuado, pero sería algo más de lo que tenía ahora.

Sin embargo, el viaje al exterior tendría que esperar. Thuja parecía dispuesto a formularle decenas de preguntas, que no hacían más que subrayar la evidencia de que, en lo que a la ciencia se refería, hablaban idiomas muy distintos. Además, estaba el tema del tiempo. Chris no tenía ni idea de cuánto podía durar cada visita a Tamarisco. Becky sabía que una especie de «tirón» anunciaba el final de su estancia, pero no podía calcular el rato que pasaría antes de que se produjera. Decía que, a veces, tenía la sensación de que podría quedarse horas, mientras que, en otras ocasiones, le parecía que iba a ser muchísimo menos. ¿Era simplemente algo relativo basado en cómo se sentía ella con lo que estaba haciendo? ¿O las dotaciones de tiempo en Tamarisco variaban según una combinación de factores que ninguno de los dos conocía? ¿Habrían cambiado esos factores ahora que viajaban los dos? Unas cuantas respuestas simples bastarían para llevar mejor esos obnubilantes asuntos.

Un joven que se sentaba al lado de Thuja se inclinó hacia el ministro.

—Podemos encargar a un equipo entero de analistas que diseccione la composición del entorno de diversos modos. —Miró a Chris—. Si usted pudiera hacer lo mismo en el suyo, tal vez podríamos llegar a un punto común.

Chris asintió.

—Eso me llevará tiempo, pero podría ser útil.

—El tiempo se está convirtiendo en todo un lujo —intervino Miea, quien, como en la primera reunión, poco había intervenido hasta el momento.

—Majestad —dijo Thuja—, tenemos pocas opciones.

—El tiempo no es una de ellas —replicó la reina en tono seco—. Estoy segura de que no será necesario que le relea sus informes, ¿verdad?

Thuja bajó la mirada a sus documentos, pero Chris distinguió su expresión ceñuda. Desgraciadamente, ambos tenían razón. Si los informes eran precisos, la plaga avanzaba cada vez más rápido. Las provisiones de alimentos empezaban a disminuir. Más insectos y animales pequeños morían como consecuencia de ello. En cuestión de meses, Tamarisco podría empezar a tener problemas para abastecer a sus ciudadanos. Pero, al mismo tiempo, nadie ofrecía una alternativa mejor al exhaustivo análisis comparativo de los ecosistemas.

—Volveré dentro de cuatro noches —anunció Chris—. Haré todo lo que pueda por mi parte y quizá sus analistas puedan hacer lo mismo.

—¿Hay alguna posibilidad de que pueda volver antes? —preguntó Miea.

Chris negó con la cabeza.

—Me temo que no. Becky no volverá a estar conmigo hasta el sábado y no puedo volver sin ella. Ya lo he intentado.

—¿Ah, sí? —dijo Becky, sorprendida. Fueron sus primeras palabras en toda la reunión.

Chris se volvió hacia ella y le sonrió.

—¿Te sorprende?

Becky le devolvió la sonrisa.

—No, supongo que no. Pero tal vez puedas volver de alguna manera. —Se giró hacia Miea—. No sé... ¿Podrías tú abrir otra puerta para mi padre?

Miea asintió con tristeza.

—Becky, yo no abrí la primera. No estoy segura de cómo ocurrió. Fue la providencia, o un accidente extraordinario, o cualquier otra cosa. Pero sé que no fui yo quien abrió la puerta. No conozco ninguna forma de recrear esto.

Chris trasladó la mirada de la cara de decepción de su hija a la cara de decepción de la reina. Estaba convencido que su propia cara reflejaba la de ambas. Habría agradecido poder utilizar las noches que no estaba con Becky para viajar a Tamarisco y ayudarles a resolver el problema. Desafortunadamente, no parecía posible.

—Chris, ¿podría hablar contigo a solas fuera un minuto? —le preguntó Miea.

Chris se levantó y la siguió al exterior de la sala.

—No pretendo entender cómo funcionan las cosas en tu mundo. Becky me ha contado por encima lo de tu divorcio y el acuerdo que tienes con tu ex mujer, y mencionó que las cosas están tirantes entre ambos. Soy consciente, pues, que lo que te voy a pedir es problemático, pero, ¿hay alguna manera de que puedas pasar más días con Becky?

—Creo que sería más fácil que tú encontraras otra puerta. «Tirantes» ni siquiera se acerca a describir cómo es mi relación con ella últimamente.

La reina bajó la mirada.

—Me preocupa que no podamos encontrar una solución a tiempo si solo puedes venir dos veces por semana.

—Tu preocupación está justificada y ojalá pudiera hacer algo. Créeme: haría lo que fuera por ayudarte, especialmente si eso también significa pasar más tiempo con Becky, pero puede que no sea posible.

Miea asintió tristemente.

—Lo comprendo.

Parecía increíblemente vulnerable en ese momento, tanto que, en lugar de una reina, parecía solo una joven confusa. Chris deseaba con todas sus fuerzas poder ayudarla. Pero, ¿qué podía hacer para convencer a Polly de que le dejara pasar más noches con Becky? ¿Existía la más mínima posibilidad, especialmente después de sus últimas discusiones? Difícilmente.

—Lo intentaré —añadió Chris, y lo dijo de corazón, aunque no tenía ni idea de cómo lo iba a hacer.

Miea levantó la mirada, la fijó en los ojos de Chris y le tocó el brazo.

—Podría marcar la diferencia para nuestro mundo.

—Te lo prometo —insistió él, dándole un apretón en el hombro—. Haré todo lo que pueda.

16

Las opiniones de Philip Keller estaban, literalmente, poniendo enferma a Becky. La conversación sobre el sufragio femenino en la clase de historia se había convertido en una batalla campal verbal después de que Phil anunciara que había sido un error permitir el voto a las mujeres. Becky se tomó un minuto para devolver los ojos a sus órbitas mientras algunas de sus compañeras se abalanzaban sobre él. Como era de esperar, los chicos de la clase, que individualmente eran majos, se atrincheraron junto a Phil. Excepto Cam Parker, cuya alma era claramente tan bonita como el resto de su ser. Cam consiguió conjugar la necesidad del sufragio y el calificativo de «neardental» dirigido a Phil en una misma frase. Fue impresionante.

Aun así, Phil seguía en sus trece. Enumeró una serie de argumentos pre-neardentales sobre los «padres fundadores» y el hecho de que las mujeres no estaban «adecuadamente preparadas» para tomar decisiones sobre el gobierno, y Becky acabó tan asqueada que pensó que iba a vomitar de verdad. La náusea, una reacción que nunca antes había experimentado en un debate de clase, le impidió incluso participar en la conversación. Hasta que Phil pronunció la siguiente frase:

—La realidad es que desde que las mujeres tienen derecho a voto, el país está bastante peor que antes. Solo hay que sumar dos y dos.

Becky saltó de su silla. El aula se tambaleaba ante sus ojos y se le removía el estómago, pero no podía dejar pasar ese comentario.

—¿Estás de broma? Desde que las mujeres tienen el voto, ha sido posible el movimiento por los derechos civiles, el fin del comunismo, la revolución de la información...

—¡Y todo lo han hecho hombres! O sea que, de todos modos, ¿qué habéis hecho las mujeres con vuestro voto?

A Becky se la llevaron los demonios. Estaba tan enfadada que hasta sintió un mareo y tuvo que sujetarse en la esquina del pupitre para no caerse.

—Hemos evitado que trogloditas como tú mandaran el mundo a la mierda. ¡Eso es lo que hemos hecho!

Phil se rio en su cara.

—Es evidente que no tienes claros los hechos.

De repente, Becky se desplomó en su silla. Y no porque Phil Keller la hubiera derrotado con su lógica, ni porque estuviera demasiado nerviosa para continuar, sino porque, literalmente, no podía seguir manteniéndose en pie. La sangre le latía en la cabeza y sentía calor y frío a la vez. Se dio cuenta, entonces, de que lo que le estaba sucediendo no tenía nada que ver con la batalla que se estaba librando en el aula.

Becky notó que su cabeza caía hacia un lado por inercia propia y vio que Lonnie se agachaba a su lado.

—Becky, ¿estás bien? Estás blanca como la cera.

Becky intentó erguirse en su asiento. Ahora había más personas de pie alrededor del pupitre, pero ella solo distinguía formas. Tendió una mano débil a su mejor amiga.

—Estoy bien —dijo reuniendo casi toda la energía que le quedaba.

Y, entonces, su cuerpo cedió.

Era increíble que volvieran a estar hablando de recortes de plantilla. ¿Cómo podían haberla fastidiado tanto esos idiotas de la dirección ejecutiva? El departamento de Chris había logrado eludir los despidos cuatro meses antes, pero los ánimos de la gente todavía estaban tocados y la cosa aun iría a peor. Chris no había estudiado económicas, pero, aun así, sabía que si se hacen recortes, lo mejor para la salud emocional de la empresa es recortar de una vez a fondo en lugar de recortar superficialmente y tener que volver a hacerlo. Los empleados que sobreviven a esto, pasan años con la sensación de caminar sobre arenas movedizas.

Las reuniones como aquella le hacían odiar su trabajo muchísimo más de lo que ya lo odiaba normalmente. ¿A cuánta gente podría salvar si se levantaba ahora, llamaba payaso de feria al director de operaciones y conseguía que le despidieran? Si estuvieran haciendo bien su trabajo, sabrían que no necesitaban reemplazarle y que, por tanto, podrían mantener a unas cuantas personas que realmente sí hacían algo. De hecho, si realmente quisieran introducir cambios con un efecto positivo permanente en la empresa, podrían eliminar tres cuartas partes del equipo directivo y dejar que el resto de la plantilla siguiera trabajando.

Era en momentos como ese cuando lamentaba haber rechazado esos trabajos. Sí, se encontraban muy lejos. Sí, estaría sujeto a los recortes en lugar de ser quien los ejecutaba. Pero, al menos, en esos trabajos, no sentiría la necesidad de rociarse con desinfectante cada vez que salía de una sala de reuniones. ¿Qué le hacía pensar que algún día acabaría encajando en esa clase de trabajo? Por enésima vez, se juró acabar rápido con ese tema. Aunque significara un gran recorte de sueldo, necesitaba salir de la dirección.

Mientras el interventor cotorreaba sobre «precisión quirúrgica» y opciones de subcontratación, los pensamientos de Chris vagaron hacia Tamarisco. Miea le había parecido tan desesperada la noche anterior... Tan convencida de que necesitaban una solución inmediata para la plaga porque, si no, sería demasiado tarde... Tenía razón en que los progresos serían lentos si él solo podía contribuir dos veces por semana, pero todavía no había pensado en ningún argumento que pudiera convencer a Polly de que Becky tenía que pasar aún más noches con él. Si pudiera hablar con sus padres para que vinieran de visita, podría ganar un poco de tiempo. Polly aún les quería y siempre dejaba que Becky estuviera con ellos durante sus visitas. En el mejor de los casos, podía ser una solución a corto plazo, pero sus padres nunca se quedaban más de cuatro o cinco días y no se le ocurría nada que pudiera prolongar la visita.

Necesitaba pasar el mayor tiempo posible en Tamarisco. Tenía que haber un modo de acelerar el proceso analítico. Estaba más convencido que nunca de que la plaga tamarisca tenía un equivalente en la Tierra: si no era la *dothistroma*, tenía que ser otra cosa, pero comprender las diferencias entre los ecosistemas revelaría su naturaleza.

—Chris, puede que tengamos que sacar a dos personas de tu departamento. ¿Tienes alguna idea de cómo afrontarlo?

Sabía que no iba a tener tanta suerte como para escapar de la guillotina esta vez. Hizo ver que anotaba algo en su libreta.

—Necesito dedicarle un poco de tiempo. Vamos bastante apurados.

Echar a dos personas destrozaría su departamento y tal vez hasta imposibilitaría su funcionamiento. Pero a la dirección ejecutiva no le interesaba escuchar eso. Cuando el director de operaciones se estaba dirigiendo ya a otro jefe de departamento para comunicarle más malas noticias, la secretaria de Chris abrió la puerta de la sala. Se disculpó por interrumpir y entregó a Chris una nota que decía: «Tiene una llamada urgente.»

Por algún motivo, Chris dobló el papel y se lo metió en el bolsillo. Estableció contacto visual con el director de operaciones y le indicó con mímica que tenía que hablar por teléfono. El hombre asintió y retomó su discurso. «Mientras le sirva dos cabezas en bandeja de plata, no le importa lo más mínimo si estoy o no en la reunión.» Chris se planteó si podría usar la excusa de la llamada telefónica para saltarse el resto de la reunión.

—¿Quién me llama? —preguntó Chris a su secretaria mientras caminaban por el pasillo.

—Su ex mujer.

—¿Polly?

Al darse cuenta de quién llamaba, se le erizó el vello de la nuca. Polly llevaba años llamándole a la oficina para fastidiarle con una cosa u otra, pero nunca le había sacado de una reunión para ello. No se trataba de algo arbitrario. Solo podía haber una razón por la que estaba al teléfono.

—¿Qué pasa? —preguntó Chris nada más levantar el auricular.

—Becky se ha desmayado en la escuela. Me acaban de llamar.

—¡Oh, Dios mío! ¿Qué ha ocurrido?

—Solo sé que se ha desmayado en clase —titubeó la voz de Polly—. Me voy ahora mismo al hospital.

—Nos vemos allí.

Chris colgó el teléfono, cerró los ojos e intentó respirar hondo un par de veces. «Es fuerte. Sabes que es fuerte. Esto no va a poder con ella.» Acto seguido, agarró la chaqueta y se dirigió a la puerta, donde solo se detuvo lo necesario para comunicar a su secretaria que tenía una urgencia familiar.

Cuando Becky enfermó, él había estado temiendo casi cada día una llamada como aquella. Incluso después de que entrara en remisión, cualquier llamada que recibía levantaba la liebre hasta que descubría quién era. Habían pasado tantos años que ya no era consciente de si todavía tenía la misma reacción, pero solo necesitaba escuchar el nombre de Polly para despertar la inquietud subyacente. Hacía mucho que se había convencido a sí mismo de que Becky había superado la enfermedad. Sin embargo, ahora nada podía convencerle de que hubiera otra explicación para aquel desmayo. Nunca había sido de naturaleza optimista.

Mientras conducía hacia el hospital, tratando de reprimir sus miedos lo suficiente para evitar un accidente, recordó el camino de vuelta a casa desde la consulta del médico la primera vez que Polly y él recibieron la noticia. Se sentía tan débil que apenas podía mover el volante. En el asiento de al lado, Polly parecía catatónica, con la mirada fija al frente y los ojos entornados traicionando su verdadero sentimiento de devastación. En lo más profundo de su corazón, Chris creía realmente que Becky se pondría bien. Por alguna razón absolutamente infundada, había tenido la certeza que ella superaría la leucemia. Aun así, tendría que soportar rigores y dificultades que ningún chiquillo de cinco años tendría que experimentar. Pensar en el dolor y el miedo que la niña tendría que sufrir le rompía el corazón. De repente, no pudo seguir conduciendo. Se las apañó para arrimar el coche a la cuneta antes de que los sollozos se apoderaran de su cuerpo. Se abrazó a Polly y ambos lloraron juntos. Lo sentía en el alma por Becky, por cómo iba a ser el siguiente año de su vida. Pero, a pesar de todo, seguía pensando con absoluta convicción: «Se pondrá bien. Al final, se pondrá bien.»

¿Por qué no tenía ahora esos pensamientos? ¿Por qué le parecían tan artificiales?

Encontró a Polly en urgencias. Al ya estaba con ella. Debía de haber salido del trabajo nada más recibir la llamada de Polly.

—¿Qué está ocurriendo? —preguntó Chris.

—Está consciente. Le están haciendo pruebas. Me han dicho que nos dejarán verla cuando terminen.

—¿Tienen los médicos alguna idea de qué ha pasado?

Por un breve instante, Polly le miró con incredulidad, como si se preguntara si de verdad él no había llegado a la única conclusión posible.

—No han dicho nada todavía, pero Chris... —Su voz se quebró y se volvió para abrazarse a Al. Al miró a Chris compasivamente mientras abrazaba a su mujer. Era obvio que hasta Al, que no había conocido a Becky cuando estaba enferma, entendía las implicaciones del asunto. Algo así era mucho más complicado de vencer por segunda vez.

Unos minutos más tarde, salió una enfermera a anunciarles que podían ver a Becky. Chris había estado todo el rato de pie y le sorprendió la inestabilidad de sus piernas al echar a andar. Respiró hondo un par de veces mientras se dirigía a la cama de Becky. «No permitas que te vea nervioso.»

Becky tenía un aspecto sorprendentemente normal. Estaba pálida y parecía hundida en la cama, pero seguía pareciendo ella misma. Chris no estaba seguro de lo que esperaba encontrarse cuando llegó al hospital, pero no esperaba verla como si tuviera una simple gripe. No sabía muy bien por qué. Sin duda, sabía perfectamente que esta clase de enfermedad no transformaba a la persona instantáneamente.

—He vomitado sobre uno de los médicos —dijo Becky al verles. Al dio un paso atrás muy teatral y Becky le premió con una sonrisa. Polly la besó y le tomó la mano. Chris le puso los labios en la frente y pegó un largo rato el rostro al de su hija, como hacía años.

—¿Os han dicho algo? —preguntó Becky.

Chris sacudió la cabeza.

—Les llevará un rato tener los resultados.

Becky asintió.

—Seguramente se van a poner las cosas feas de nuevo, ¿eh?

—No saquemos conclusiones antes de tener la información, nena.

Becky le observó detenidamente un momento. Los pensamientos que se escondían detrás de su rostro eran inequívocos. Después agachó la mirada y volvió a levantarla para mirar a su madre. Polly le estrechó la mano y Chris dejó de estar seguro de poder mantener la fachada mucho más tiempo.

Poco después, trasladaron a Becky a una habitación de planta. Unas horas más tarde, el médico pidió a Chris, Polly y Al que salieran al pasillo.

—No hay modo de endulzar esto, así que no voy a intentarlo —empezó el doctor—. El cáncer de Becky ha regresado. Lo tiene en varias partes del cuerpo y parece estarse extendiendo rápidamente.

Polly se aferró a los brazos de Al y dijo:

—¿Van a empezar a tratarla de inmediato?

—Podemos iniciar el tratamiento mañana por la mañana, pero no quiero darles falsas esperanzas. La enfermedad de Becky está bastante avanzada. Es increíble que no mostrara ningún síntoma hasta ahora. No ha pasado ni un año desde el último reconocimiento, pero esta clase de enfermedad puede avanzar muy deprisa en una persona tan joven.

El resto de la conversación llegó a oídos de Chris como si le hubieran hundido bajo el agua. Aunque participó haciendo algunas preguntas, no retuvo ninguna de las respuestas. En su cabeza no paraba de resonar la voz del médico diciendo: «El cáncer de Becky ha regresado.»

No era una falsa alarma. Y, esta vez, ni siquiera el médico estaba tratando de levantarles el ánimo.

Becky supo lo que sus padres le iban a decir tan pronto les vio entrar en la habitación. Siendo realista, sabía lo que estaba ocurriendo desde mucho antes que ellos. ¿Acaso había pensado que simplemente se le pasaría? A decir verdad, al menos una parte de ella sí lo había creído. Sin embargo, si aun albergaba alguna esperanza, se evaporó al ver las caras que traían. Mamá estaba haciendo todo lo posible por mantener la compostura y, a papá, parecía que le hubieran borrado el color de la piel. Incluso Al parecía del todo descolocado.

Mamá y papá se plantaron a ambos lados de la cama y le tomaron las manos. En ese preciso instante, a Becky se le llenó el estómago de mariposas. Quería apretar el botón de pausa. Cuando empezaran a hablar, todo sería real.

—Es horrible, ¿verdad? —preguntó.

Su madre le acercó la mano a la mejilla.

—El doctor iniciará el tratamiento mañana. Podemos intentar algunas cosas.

—¿Vuelve a ser la sangre? —Paseó la mirada de uno a otro y vio que se intercambiaban una mirada.

Su padre se arrodilló a su lado.

—Beck, está en varias partes.

Aun habiendo imaginado que podía ser peor esta vez, la noticia fue un duro golpe para Becky. ¿Cómo se puede reaccionar, si no, a algo como eso? Ninguno le había dicho directamente: «Becky, te estás muriendo», pero no era necesario. Sabía qué significaba que el cáncer estuviera en «varias partes». En los últimos años, había leído bastante sobre el tema en Internet.

Cerró los ojos, pero eso no consiguió detener las lágrimas que empezaban a brotar. Y entonces oyó llorar a sus padres. Notó la cabeza de su padre rebotando contra el colchón. ¿Se habían puesto así la última vez? Si lo habían hecho, ella no lo recordaba. De hecho, tampoco recordaba haber llorado ella la última vez. Recordaba lo horrible que habían sido los vómitos, cómo había odiado perder el pelo, cuánto le había costado dormir, pero no recordaba haber llorado. Tal vez fuera porque no había entendido lo que le estaba sucediendo en realidad. Tal vez fuera porque, en aquel momento, no había alcanzado a comprender el pronóstico.

Abrió los ojos y reposó la mano en la cabeza de su padre para intentar consolarle. Papá había pasado con ella esas primeras noches, llenando su cabeza con pensamientos sobre Tamarisco. ¿Quién iba a saber entonces que estaban creando algo real y que un día viajarían juntos a ese mundo? ¿Volvería a ayudarles ahora Tamarisco? ¿Les proporcionaría un lugar donde escapar de aquella lamentable realidad?

Al pensar en Tamarisco, recordó la plaga por primera vez desde que se había desmayado. Cuando se habían reunido la noche anterior con el consejo, Miea había hecho salir a papá para pedirle que acudiera más a menudo. Papá y ella lo habían comentado por la mañana, pero ninguno de los dos tenía ni idea de cómo conseguirlo.

Sin embargo, a Becky se le ocurrió algo ahora. Tamarisco también estaba enfermo, pero era posible que su padre encontrara una cura. Tal vez saliera algo bueno de su recaída.

—Quiero ir a casa —dijo Becky.

Papá levantó la cabeza.

—No podemos sacarte de aquí todavía, nena.

—Quiero irme lo antes posible. No quiero estar en el hospital más tiempo del necesario.

Mamá le dio unos golpecitos en la mano.

—Hablaré con los médicos —le aseguró Polly, con la voz temblorosa—. Estoy segura de que podrán administrarte un tratamiento ambulatorio.

—Y hay algo más —añadió Becky, observando cómo todos los ojos de la habitación se fijaban en ella—. Cuando salga, quiero repartir mi tiempo a partes iguales entre ambas casas.

—Cielo, no estoy segura que eso sea lo mejor... —empezó a decir mamá.

—No, mamá. No es discutible. Nunca me preguntasteis qué quería yo. Nadie me preguntó cómo quería que fueran las cosas cuando papá y tú os separasteis. A partir de ahora, sea el tiempo que sea, es lo que quiero.

Mamá y papá agacharon la cabeza a la vez. Fue casi como si rezaran. Al la miró a la cara con los labios apretados, le dio unos golpecitos en la pierna y se volvió hacia la ventana.

Ahora todo era distinto. Al levantarse esa mañana, su mayor preocupación había sido encontrar un modo de que su padre pudiera viajar más veces a Tamarisco. No era la solución que habría deseado, pero, como mínimo, tenía una. Esto les daría la oportunidad de cumplir con su misión.

Y, en estos momentos, necesitaba realmente una misión.

«Tal vez estoy destinada a no tenerlo nunca fácil», pensó Miea mientras se sentaba ante su escritorio a última hora de la noche tras otra agotadora serie de reuniones. «Tal vez el rumbo de mi vida adulta sea pasar de lo horrible a lo difícil y a lo extremadamente horrible para llegar a un final devastador.» Miea siempre había pensado que las pruebas que había tenido que superar después de la muerte de sus padres habían forjado una nueva fortaleza en su interior y que le habían proporcionado un ímpetu que la impulsaba de un modo indescifrable a crecer en su reinado. Sin embargo, tras otra sesión con el consejo en relación a la plaga, emergió en su mente la pregunta que ya no podía posponer más: «¿Soy la última reina de Tamarisco?»

No estaban más cerca de encontrar una cura para la plaga que el día que los granjeros habían descubierto las primeras plantas infectadas. Los botánicos no cesaban de realizar las mismas pruebas una y otra vez. Los ecologistas buscaban respuestas en el equilibrio entre las especies. Los espiritualistas registraban lo etéreo en busca de pistas. Los funcionarios interrogaban al hijo del vicecanciller de los espinos mientras los expertos en inteligencia indagaban otras posibles pistas de la implicación de aquel pueblo. Nada llevaba a ninguna parte. La pequeña corriente de esperanza que había renacido con la llegada del padre de Becky se había disipado al constatar claramente que el hombre necesitaba más tiempo para trabajar del que disponía aquel mundo. Le había prometido buscar el modo de poder acudir más a menudo, pero ni él ni Becky habían vuelto a aparecer. Era el mayor lapso de tiempo sin una visita de Becky desde que había llegado allí por primera vez. ¿Acaso habían abandonado Tamarisco, demasiado abatidos para testimoniar su fin?

Miea se levantó y se acercó al retrato de su padre que descansaba sobre un estante, cerca de la puerta. El retrato de su madre descansaba al otro lado, aunque ambos presidían la entrada al despacho a modo de centinelas. Todo el mundo le decía que su padre parecía especialmente plácido en aquella imagen, en paz con su reino, dolorosamente ajeno al futuro que tenía reservado. Miea estaba de acuerdo en lo de que rebosaba paz, pero siempre había percibido una ligera arruga en el rabillo de sus ojos. Algo rondaba por la mente de su padre. Tal vez algún asunto relacionado con un enredo diplomático, tal vez alguna idea sobre una nueva pieza musical que había escuchado la noche anterior, o tal vez alguna reflexión sobre los estudios de su hija. Miea solo estaba segura de una cosa: fuere lo que fuere, lo que su padre tenía en mente en aquel momento era importante para él. Solo en esos momentos mostraba su rostro esa arruga.

Miea había hablado a menudo con su retrato desde que se había convertido en reina. Creía que era una de las formas de llegar a él y confesarle sus preocupaciones, porque su expresión le decía que estaba evaluando seriamente todo lo que ella le decía. Nunca supo si la conexión que sentía con él en aquel lugar era real (ahora creía que el encuentro que habían tenido en la oscuridad la noche en que había conocido a Becky era algo completamente distinto), pero las conversaciones que había mantenido con él ahí la habían ayudado en numerosas ocasiones. Casi tanto como las conversaciones que habían tenido cuando él todavía vivía.

—Tú tampoco tienes respuestas para esto, ¿verdad? —dijo al retrato.

Uno de los pocos recuerdos reales que Miea conservaba de la última plaga era una conversación que su padre mantuvo con uno de sus ayudantes sin darse cuenta de que ella les estaba escuchando. Su padre había expresado al ayudante su frustración por no poder encontrar cura alguna en un tono desconocido para ella.

—Para lo que le sirvo, Tamarisco estaría mejor sin rey —había dicho y, en aquel preciso instante, Miea había comprendido por primera vez que su padre no era infalible, que su fortaleza y su sabiduría tenían límites. Aunque muy probablemente le habría parecido terrible descubrir que ella le había escuchado, sus palabras habían hecho que Miea le quisiera todavía más. Esa noche, cuando él había ido a desearle buenas noches a la cama, la muchacha le había dado un abrazo mucho más largo que de costumbre y, al separarse de ella, la había mirado como si comprendiera por qué lo había hecho. Jamás hablaron de aquel momento; no había hecho falta.

—¿Cómo preparo el reino para esto? —preguntó Miea—. ¿Cómo les digo que no tenemos futuro?

Miea cerró los ojos y reclinó la cabeza sobre el retrato. Sabía que su padre no podía ayudarla, pero necesitaba sentir su fuerza. Mientras dejaba que la absorbiera la oscuridad, notó una sensación diferente a la que solía experimentar cuando hacía este ejercicio. Se sintió confortada, sí, pero eso ya lo había sentido muchas otras veces. No, era algo más...

Sentía consuelo.

Ese pensamiento le debilitó las rodillas.

Al levantar la cabeza, aun con los ojos cerrados, notó una presencia en la sala. Turbada, se volvió rápidamente, esperando encontrar a Sorbus o alguno de sus ayudantes, algo avergonzada de que la hubieran sorprendido haciendo aquello. Sin embargo, encontró a Becky.

Se relajó al instante.

—Me alegro de que hayas regresado. Empezaba a estar un poco preocupada.

Becky no sonrió. Siempre sonreía cuando se veían. Lo hizo incluso aquel día que llegó y se marchó en seguida.

—Tengo que contarte algo —dijo—. ¿Te parece que nos sentemos un momento?

A Miea no le gustó el tono de Becky. «Me ha recordado a mí», pensó mientras se encaminaba al sofá.

Becky se sentó.

—Siento haber tardado tanto en regresar. He tenido que pasar unos días en el hospital.

Miea sintió un pinchazo de alarma.

—¿En el hospital? ¿Estás bien?

Becky bajó la mirada.

—No. —Levantó la vista y, cuando sus ojos se cruzaron, Miea sintió una oleada de tristeza que solamente había experimentado una vez—. Me estoy muriendo —añadió Becky en un susurro.

A Miea se le inundaron los ojos de lágrimas. Tiró de Becky hacia ella y enterró la cabeza de la muchacha en su hombro. Durante unos minutos, se sintió como si le hubieran arrebatado el control de su cuerpo. No podía hablar ni levantar la cabeza. No podía hacer nada más que abrazar con fuerza a Becky y sentir el temblor del llanto de la chica.

Finalmente, reunió suficientes fuerzas para erguirse en su asiento.

—¿Qué te ha ocurrido?

Becky respiró hondo y se secó los ojos.

—Mi cáncer ha regresado. Está por todas partes.

—¿Los médicos no pueden hacer nada? La otra vez te ayudaron.

—La otra vez era diferente. No estaba tan avanzado. —Becky la miró sin dejar de agitar la cabeza—. He sido una idiota. Empecé a notar cosas, pero intenté convencerme de que podía ignorarlas. Tenía que haber ido al médico antes.

—¿De verdad no hay tratamiento?

—Están probando cosas. Cosas que me hacen sentir fatal. Pero ninguna de ellas va a funcionar. Estoy intentando tener una actitud positiva, pero simplemente sé que nada puede ayudarme.

Miea no podía creerlo. Becky no parecía enferma. Parecía confusa y descentrada, pero no parecía enferma. Pero, claro, mirando los jardines de palacio, tampoco nadie diría que su reino estaba en grave peligro.

—Tienen que verte nuestros médicos.

Becky la miró con curiosidad, pero no dijo nada.

—Puede que la medicina tamarisca no sea exactamente como la vuestra. Ninguna de las otras ciencias es igual. Tal vez nuestros doctores puedan encontrar algo que los vuestros no encuentran. Alguna solución que puedan interpretar.

Becky asintió.

—Probaré lo que sea. Estoy realmente asustada.

Miea tomó la mano de Becky y se la llevó al corazón. Si le hubiera sido posible transferir parte de su fuerza vital a Becky, lo habría hecho sin reservas.

De nuevo, ninguna de las dos habló en unos minutos.

—De todo esto ha salido algo bueno —dijo Becky.

Miea apretó la mano de Becky y volvió a reclinarse en su asiento.

—He dicho a mis padres que, a partir de ahora, quería pasar el mismo tiempo en casa de cada uno. Eso significa que mi padre puede venir más a menudo para buscar una cura a la plaga.

Miea notó que se le volvían a humedecer los ojos, pero se los secó antes de que le saltaran las lágrimas.

—Becky, tienes que entender una cosa. Seguramente, tu padre estará desolado por lo que te está pasando. Probablemente, ahora mismo, tú eres lo único en lo que quiere pensar. No puede preocuparse por Tamarisco. ¿Cómo iba a hacerlo?

—Porque a mí me preocupa —respondió Becky enfáticamente, y fue la primera vez que su voz sonaba firme desde que había llegado—. A mí me preocupa y él sabe lo que significa para mí. Quizá vuestros médicos puedan encontrar algo, pero, si no pueden, sé que no podré hacer nada para mejorar. Pero si puedo hacer algo para que Tamarisco mejore, lo haré. Mi padre vendrá conmigo la próxima vez. Te lo aseguro.

—Becky, si no es así, lo entenderé. Y si no quieres volver más, también lo entenderé.

Becky se inclinó hacia delante y tocó el hombro de Miea.

—Esto es lo único que me da fuerzas para continuar —dijo.

Y con esto, ambas se fundieron en un abrazo.

17

Era el primer día decente de Becky. Por primera vez desde que se iniciaron los tratamientos experimentales, no se sentía como si tuviera los huesos de goma. Podía leer sin sentir náuseas y hasta comió un poco. Los médicos le habían dicho que tendría muchos días como ese; posiblemente muchos más, si los tratamientos funcionaban. E incluso si no lo hacían, todavía le quedaba un poco de tiempo antes de que su cuerpo empezara a desmoronarse. En días como ese, le costaba creer que estuviera tan enferma como decían. Era igual que cuando le daban los mareos y le sangraba la nariz. Se encontraba fatal un rato y, después, se sentía mejor, casi normal. En aquel preciso instante, casi habría podido convencerse de que iba a recuperarse.

Pensaba volver a la escuela el día siguiente. Mamá le había puesto un montón de trabas, pero Becky necesitaba realmente ir. ¿Qué se suponía que tenía que hacer? ¿Quedarse en cama hasta que se consumiera? Echaba de menos a sus amigos y algunos profesores. Echaba de menos a Ray, el conserje que la llamaba «pétalo», y a Janet, la guardia de seguridad que le contaba historias sobre sus traviesos gemelos mientras Becky aguardaba el autobús que la llevaba de vuelta a casa. Imaginaba que sería muy raro para todos los demás. La gente se volvía muy remilgada cuando alguien estaba realmente enfermo y sabía que al menos una persona pensaría que lo que tenía era contagioso. No quería ser el centro de atención ni el bicho raro del circo. Solo quería recuperar un pedacito de su vida.

Estaba mirando un álbum de fotos cuando llegó Lonnie. La chica había ido a verla un par de veces al hospital, pero era la primera vez que iba a su casa desde que había regresado. Se dieron un breve abrazo y Lonnie se sentó en la cama, al lado de Becky.

—¿Qué estás mirando? —preguntó Lonnie, señalando el álbum de fotos.

—El verano pasado en Maine.

Lonnie se inclinó hacia el álbum y empezó a pasar páginas.

—¿Hay alguna del señor Guapísimo?

Becky se rio.

—Se llamaba Kyle y, no, aquí no hay fotos suyas. La que lleva la cámara es mi madre. ¿Te crees que la arrastré al muelle y le pedí que le echara unas fotos al primer chico que me besó?

—Lo habrías hecho si te lo hubieras pensado dos veces. —Lonnie se apartó del álbum—. ¿Cómo te encuentras?

—Hoy estoy bien. Mañana... ¿Quién sabe? Pero ahora estoy bien. No tengo tratamiento hasta la semana que viene.

—Eso está bien. Me alegro mucho. Todo el mundo pregunta por ti.

—Mañana iré a la escuela.

Lonnie se alejó de ella y le hizo una mueca.

—¿Ah, sí?

—No piensas echarme un sermón como ha hecho mi madre, ¿no?

—No voy a echarte ningún sermón. Pero, ¿por qué? Vaya, yo, si no tuviera que ir, te aseguro que no iría.

—Quiero ir. No pienso ser simplemente una enferma el resto de mis días. Puedo caminar, puedo hablar y el cerebro aun me funciona. Voy a ir a la escuela.

Lonnie se encogió de hombros como diciendo que, a ella, nunca se le habría ocurrido ir. De hecho, no se le habría ocurrido.

—Si tú lo dices... —dijo en tono confuso y, entonces, se volvió hacia Becky con cara de preocupación—. Y ¿qué pasa si sufres, ya sabes, otro episodio?

—Estaré bien. No tengo intención de enzarzarme en otro debate con Phil Keller.

—Se siente fatal por aquello, ¿sabes? Creía que habías acabado en el hospital por su culpa.

Becky puso los ojos en blanco.

—Genial. O sea que ahora tengo que acercarme a uno de los gilipollas más grandes del colegio para que se sienta mejor.

Lonnie descartó esa idea con la mano.

—No, no te molestes. De hecho, cuando entres en clase, podrías tambalearte un poco al pasar por su pupitre.

Becky se rio ruidosamente.

—Eso es feísimo.

—Pero es buena idea, ¿no?

—Excelente. Aunque no lo haré.

—Deberías. Se lo merece.

Las dos rieron entre dientes y se sentaron con la espalda contra la pared.

—¿Cómo están tus padres? —preguntó Lonnie, mientras le desaparecía la sonrisa del rostro.

—Como te puedes imaginar. Ya conoces a mis padres. Mamá intentando hacer cosas y papá intentando animarme.

—¿Y tú, realmente, vas a estar de arriba para abajo cada dos por tres?

—Estaré bien, por lo menos ahora. Mamá intentó convencerme que esos «viajes extra» me iban a pesar. Le tuve que recordar que papá vive en Standridge, no en Miami. Tiene que entender que esto no es algo discutible.

—Imagino que le debe resultar difícil de entender.

Becky imaginó que seguramente sería verdad. No había impuesto este requisito para herir a su madre, a pesar de que sabía que sería duro para ella. Lo había hecho porque era lo más cerca que podía estar del equilibrio que tan desesperadamente había ansiado desde que sus padres se habían separado. Aparte de hacer que su padre volviera a la casa con mamá, Al y ella (lo que sí habría sido una imposición de verdad), no se le ocurrió nada más. Becky necesitaba estar con su padre tan a menudo como con su madre. Se había perdido muchas cosas con él y, por fin, habían recuperado un buen trecho. Becky no quería que su padre siguiera llevándose la peor parte.

Y, por supuesto, estaba su misión en Tamarisco. Becky se negaba a creer que fuera una coincidencia el hecho de que la enfermedad la hubiera golpeado con tanta virulencia justo cuando Miea había pedido más ayuda de su padre. Tamarisco les necesitaba y solo algo tan radical les permitiría viajar más a menudo. Si Becky estaba llegando realmente al final de su vida, quería que tuviera algún significado. Quería hacer algo más que morir. Si podía ayudar a salvar Tamarisco, aunque solo fuera facilitando el transporte a su padre, algo bueno habría salido de todo aquello.

Mamá jamás entendería esa parte. Viendo cómo reaccionaba a la simple mención de Tamarisco, Becky ni siquiera podía tratar de explicárselo. Volvería a decirle algo al respecto, pero no por ahora.

—Escucha, Lon, hay algo que no te he contado.

Lonnie arqueó las cejas.

—En circunstancias normales, si alguien me dijera esto, me esperaría malas noticias, pero me parece que las malas ya las hemos tenido.

Becky sonrió cariñosamente a su mejor amiga.

—No son malas noticias. Aunque te parecerá bastante raro.

—Estoy lista. Creo.

—Parte de por qué necesito pasar más tiempo en casa de mi padre es que allí puedo hacer algo que no puedo hacer en ninguna otra parte. Puedo viajar a Tamarisco.

A Lonnie se le abrió la boca, aunque a cámara lenta.

A Becky le entró la risa.

—Ahora mismo estás de lo más graciosa.

—Me alegro de estar aquí para animarte.

Becky cargó con el hombro sobre el de su amiga.

—No pasa nada si no me crees.

—Becky, ¿estás segura de que puedes hacer eso?

—¿Si estoy segura de poder hacer algo que he hecho más de una docena de veces? Sí, estoy segura.

—Quiero decir si estás segura de que no es... Ya sabes...

A Becky le costó un poco figurarse qué quería decir Lonnie.

—¿Quieres decir si estoy segura de que la enfermedad no me provoca alucinaciones? Al cien por cien. Puedes preguntarle a mi padre si quieres.

—¿Tu padre lo sabe?

—Todo. Ahora viene conmigo.

Lonnie sacudió la cabeza enérgicamente y se incorporó para sentarse sobre sus rodillas.

—¿Tu padre viaja contigo a un lugar fantástico que inventasteis los dos?

—Bueno, dicho así, suena poco realista.

—¿Hay algún modo de decirlo que no suene poco realista?

Becky tomó las dos manos de Lonnie.

—Lon, ocurre.

Lonnie se la quedó mirando un largo rato, como si intentara leerle la mente.

—¿Lo haces de verdad?

—De verdad.

Lonnie se tumbó en la cama.

—¡Es una pasada!

Becky se alegró de habérselo confesado por fin a Lonnie. Ahora que lo había hecho, no podía recordar por qué razón no se lo había contado de entrada. Por fin, podían hablar de esto como hablaban de todo lo demás. Becky le habló de Miea, de su viaje en guacasasa, del consejo del reino y del aspecto, el tacto, el olor y el sonido de todo. Lonnie le hizo un montón de preguntas y Becky se recreó en los detalles. Le resultaba casi tan emocionante como cuando lo había descubierto.

Entonces, le contó lo de la plaga. Por alguna razón, la invadió una pena tremenda al hacerlo. No lo había previsto y tuvo que ir al baño a buscar unas cuantas toallitas de papel.

—O sea que Tamarisco también está enfermo —dijo Lonnie cuando volvió Becky.

—Realmente enfermo. Pero lo vamos a arreglar. Creo, de verdad, que mi padre puede hacerlo.

Lonnie asintió y pareció perderse en sus pensamientos un momento.

—Esto es increíble —dijo—. Quiero decir que lo cambia todo, ¿sabes?

—Sí.

Volvieron a cruzar la mirada y Becky vio que Lonnie tenía los ojos brillantes.

—Gracias por dejarme participar —añadió Lonnie con un nudo en la garganta.

Becky rodeó los hombros de su mejor amiga con el brazo.

—Me encanta poder compartir esto contigo. —Becky tiró de ella y Lonnie reposó la cabeza sobre su hombro—. Pero, por supuesto, comprenderás que no vamos a divulgar nuestro secreto a los Phil Kellers del mundo, ¿verdad?

Lonnie se rio entre dientes.

—Mis labios están sellados. Por lo menos, hasta mañana.

Una de las cosas que Chris había aprendido como padre era que serlo te permitía acceder a recursos hasta entonces inalcanzables. La capacidad de actuar coherentemente a las dos de la mañana cuando había que calmar a un bebé, calentar un biberón y cambiar un pañal a la vez. La capacidad de navegar entre las turbulencias de una pataleta infantil sin gritar ni salir corriendo. La capacidad de repetir la misma payasada diez veces seguidas solo porque hace reír a tu hijo. La capacidad de encajar que tu hijo adolescente opte por dormir en casa de un amigo en lugar de por los planes que tú habías hecho con él una semana antes.

Cuando Becky le dijo que quería que siguiera trabajando con lo de Tamarisco, Chris rebuscó como nunca en lo más profundo de su reserva. Ahora, no podía pensar en Tamarisco; solo podía pensar en lo que le estaba ocurriendo a su hija. Intentar resolver el problema de Tamarisco exigía unas energías, una iniciativa y un optimismo que él no tenía. Una parte de él ni siquiera quería salvar a Tamarisco. Al fin y al cabo, si su hija se estaba muriendo, no importaba demasiado que nada viviera, ¿no?

A excepción de por el hecho de que a Becky sí le importaba. Se lo había dejado más claro que nada. Así pues, se sumergió en aquel pozo y se convenció a sí mismo de que tenía que encontrar una cura para la plaga. Además, eso le proporcionaría un beneficio colateral. Ir a Tamarisco suponía tiempo extra con Becky, un tiempo que, de otro modo, ella emplearía en dormir. Ahora, cada minuto contaba. El tictac del reloj que Chris había empezado a oír desde que Becky había empezado el instituto silenciaba ahora casi cualquier otro sonido.

Hoy, por fin, había salido de la sala de juntas y había visitado los vastos campos de cultivo de Ribault. Esa minúscula población agrícola había celebrado recientemente una improbable victoria en el torneo de correatrapa adolescente del reino. Todavía se veían pancartas de felicitación a los jugadores colgadas por todas partes. El paisaje, sin embargo, no podía ser menos alegre. Era un estudio de gris sobre negro. A lo lejos, Chris distinguió manchas verdes, pero tuvo que recordarse que aquello no era signo de salud. La vegetación sana era de un intenso azul. El verde indicaba la presencia de las bandas que anticipaban la necrosis.

El plan era examinar las porciones de campo verdes. La vegetación cenicienta se había perdido demasiado como para aportar datos útiles. Los botánicos tamariscos habían instalado una estación de trabajo móvil para poder analizar esquejes y facilitar a Chris los datos. Becky estaba de pie junto a su padre, observando al grupo que ya se había reunido allí.

—Vamos a tener que caminar y agacharnos mucho —le advirtió Chris—. ¿Estás segura que estás preparada para eso?

—Estoy bien. De hecho, muy bien. —Respiró hondo—.

A pesar de lo fastidiado que está todo esto, todavía huele bien.

Involuntariamente, Chris inhaló profundamente. El olor de Tamarisco era dulce, con reminiscencias al chocolate y las frambuesas que tanto gustaban a Becky. Los sonidos de la naturaleza también tenían una cierta cualidad musical, aunque discordante, como una composición de Philip Glass. Sin embargo, mientras escuchaba, percibió algunos sonidos armónicos, acordes mayores sobre un fondo atenuado.

—Si te cansas, quiero que regreses aquí a sentarte.

—Papá, estoy muy bien.

«Y si no lo estuviera, no me lo diría», pensó Chris. No había ninguna posibilidad de que se quedara allí sentada mientras la acción tenía lugar en los campos. Tendría que estar atento para percibir signos de cansancio en Becky.

Cuando llegaron a la estación de trabajo, uno de los botánicos le entregó un papel.

—Estos son los datos recogidos a partir de los esquejes que hemos cortado hace media hora.

Chris examinó el papel pero no alcanzó a determinar gran cosa. Sin duda, era un resultado de alguna clase de cálculo, pero la terminología asociada a los cálculos le era totalmente ajena. Si bien Becky y él habían inventado clases de plantas y animales al crear Tamarisco, no se habían detenido mucho en temas científicos. Las leyes físicas se cumplían a rajatabla. Becky había insistido en que fueran lo más cercanas posible a las que conocía, pero los detalles de esas leyes eran distintos. Chris suponía que los tamariscos habían inventado su propio enfoque científico (fuera el que fuera), que, sin duda, se regía por una serie de criterios distintos a los que él conocía. ¿Era así como habían llenado los tamariscos todas las lagunas que Becky y él habían dejado en su diseño? De aquel lugar se podría redactar un notable estudio de evolución paralela. Desafortunadamente, ese estudio jamás se llevaría a cabo. Chris solo podía llegar allí con Becky y, en el mejor de los casos, Becky tenía las visitas contadas.

Chris se obligó a ahuyentar estos pensamientos. Estaba ahí con un objetivo específico: un objetivo que se iba alejando a medida que Tamarisco se iba revelando más exótico. Ni siquiera sabía por dónde empezar.

Volvió a revisar el papel e hizo al botánico algunas preguntas para intentar crear un vocabulario común. Al constatar su imposibilidad, Chris decidió empezar por lo más fundamental.

—Me gustaría examinar los cuerpos fructíferos de la plaga. ¿Hay algún modo de ampliar un esqueje?

El hombre dio unos golpecitos a una caja octogonal fabricada con una especie de cristal.

—Eso es lo que hace esto.

—Gracias —dijo Chris, y se volvió hacia Becky—. Beck, ¿puedes traerme un par de esquejes recién cortados?

—Claro —respondió Becky, tomando un instrumento de corte que le ofrecía otro botánico.

Volvió con dos tallos y sus correspondientes hojas.

Chris puso los esquejes en la caja y acarició la superficie de la máquina con la mano. Era tan suave como el plástico, pero, incuestionablemente, se trataba de algún tipo de cristal.

—Okanogan —informó Becky.

—¿Qué?

—Está hecho de okanogan. El cristal moldeable, ¿recuerdas?

Okanogan, sí. Escuchar ese nombre fue como escuchar el nombre de un viejo amigo del instituto, algo vagamente familiar que desata un torrente de recuerdos. Becky había inventado el okanogan porque quería que las paredes de la habitación de Miea resplandecieran.

—Tiene que ponerlo aquí —indicó el botánico, y tomó uno de los esquejes de entre los dedos de Chris, abrió un cajón de la máquina y lo metió dentro—. Ahora se mira por el otro lado.

El otro lado del octágono era una pantalla panorámica, hecha del mismo okanogan que el resto de la máquina. Emergió una imagen magnificada del esqueje junto con una serie de números que llenaban a gran velocidad un lateral de la pantalla. El botánico enseñó a Chris cómo debía ajustar el aumento para examinar los cuerpos fructíferos del tallo. En esa planta en concreto, era ahí donde la plaga estaba germinando. Estudiarlos en diferentes campos y diversos estadios de la enfermedad le permitiría aprender sobre el progreso de la misma. Le sorprendió comprobar que aquel esqueje en concreto casi no presentaba cuerpos. Teniendo en cuenta la necrosis de la mayor parte del campo, cabía esperar un estadio más avanzado de la plaga en toda la vegetación de la zona. Echó un vistazo al campo. De cerca, le parecía más azul que desde su posición original. Si acaso, habría pensado que el campo tendría que parecer más azul cuanto más lejos. Más rarezas de Tamarisco.

—¡Qué raro! —exclamó el botánico, inclinándose hacia Chris para ver mejor la pantalla.

—¿El qué?

—Las cifras de composición no son las mismas en este esqueje que en el que le he mostrado antes. —El botánico volvió a sacar el papel que había entregado a Chris a su llegada—. No, no son las mismas. Similares, pero perceptiblemente distintas.

—¿Tomó el esqueje de otra porción de campo?

El botánico sacudió la cabeza.

—De un par de plantas más allá.

Chris reflexionó un instante.

—La plaga podría estar afectando de manera distinta a diferentes plantas con la misma raigambre. Tendremos que estudiarlo.

La expresión del hombre revelaba que no le había convencido la explicación.

—Eso espero.

—¿Qué puede ser, si no?

El botánico tocó la pantalla y miró la máquina.

—Nunca habíamos utilizado un analizador como este en el propio campo. Tenemos herramientas más pequeñas y menos precisas para ese fin. Esto es una máquina de laboratorio.

Solo espero que esto no signifique que se comporta de un modo poco fiable al aire libre.

Chris suspiró. En el mejor de los casos, el trabajo iba a ser difícil. Si las máquinas tamariscas no eran precisas, tal vez fuera incluso imposible.

Miea ya no creía que Thuja hubiera manipulado los informes presentados por Dyson. Y la noticia era buena y espantosa a la vez. Ahora admitía que se había negado a reconocer la realidad demasiado tiempo: el ministro de Agricultura no tenía ningún progreso del que informar referente a la plaga. El resumen de Dyson fue conciso y, por primera vez, Miea no puso en entredicho sus palabras. Así pues, despacharon rápidamente el asunto.

—¿Eso es todo, majestad? —preguntó Dyson, aparentemente algo inseguro.

—No tengo preguntas, Dyson. Gracias por tu tiempo.

Dyson se levantó lentamente. ¿Acaso se había presentado ante ella esperando una batalla? ¿Acaso era a lo que se había acostumbrado? ¿Estaba preocupado por lo que podía significar la aceptación de la reina?

—Gracias, majestad. Espero poder traerle más noticias a finales de semana.

Miea asintió y Dyson le sostuvo la mirada más tiempo del habitual. ¿Quería decirle algo? ¿Había podido leer algo en su ademán que le había inquietado o hasta hecho que se preocupara por ella? Dyson seguía mirándola y la situación se volvió violenta.

«Si tienes algo que decirme, dímelo», pensó Miea.

Por un segundo, pareció que Dyson iba a decir algo. Sin embargo, hizo una reverencia, se volvió y se encaminó a la puerta.

Miea había tenido pocos confidentes en su vida. Había compartido secretos con unos cuantos amigos de la infancia, pero, desde que había alcanzado la adolescencia y había empezado a cumplir con sus obligaciones diplomáticas de princesa, aquello le había resultado cada vez más complicado. Durante gran parte de su adolescencia, había hablado con su padre de lo que había considerado que podía hablarle y había dejado el resto sin contar.

Al conocer a Dyson, todo había cambiado. Él nunca parecía cansarse de escuchar lo que a ella le pasaba por la cabeza y ella nunca se cansaba de compartirlo. Habían sido unos meses emocionantes, unos meses liberadores, unos meses íntimos. No se había dado cuenta de cuánto echaba de menos la sensación de compartir de aquel modo hasta que había conocido a Becky. Y ahora también estaba perdiendo a Becky. Tal vez hubiera un mensaje implícito. Tal vez caía una maldición sobre aquellos a quienes se acercaba.

Dyson ya tenía la mano en el pomo de la puerta cuando ella habló:

—Becky está muy enferma.

Dyson se detuvo y se volvió hacia ella. De nuevo, parecía confuso.

—¿Qué le ocurre?

—Tiene cáncer. Los médicos dicen que se está muriendo. —La voz de Miea se quebró inesperadamente en la última palabra y se tapó la boca con la mano.

Dyson se le acercó unos pasos.

—¿Están seguros?

Miea sacudió la cabeza lentamente.

—Están probando tratamientos experimentales. Becky no parece muy optimista. Mañana la llevaré a los médicos de palacio.

—Quizá puedan encontrar algo. Por la misma razón que el padre de Becky podría encontrar respuestas a nuestra plaga.

—Eso espero. Es demasiado joven para pasar por algo así. —De nuevo, la voz de Miea se quebró al final de la frase y tuvo que recobrar la compostura.

Dyson la observó en silencio un momento, con una mirada respetuosa, aunque algo más personal que durante los informes.

—Mientras no lo sepamos todo, los milagros siempre son posibles.

Dyson volvía a citar al profesor Liatris, trayendo a sus oídos la época más maravillosa de su vida. Una vez más, Miea sintió que se le partía el corazón por tantos motivos que ni siquiera podía contarlos.

—Últimamente, me cuesta mucho creerlo.

—No, Miea.

La reina levantó la cabeza al oír su nombre. Dyson la miró con una expresión que hacía años que no veía. Y no había nada en el mundo que necesitara más en ese momento.

—Lo intento, Dyson. Intento convencerme de que los milagros aún son posibles.

—Es esencial, Miea. Incluso ahora. Especialmente ahora.

Dyson le sonrió cariñosamente y Miea se dio cuenta de que deseaba desesperadamente tomarle la mano, tirar de él y abrazarlo aunque solo fuera un minuto.

Pero no podía hacerlo. Por más que necesitara el consuelo, sería un error complicarse la vida de esa manera, complicar la vida de Dyson de esa manera. Ella era la reina, él trabajaba para uno de los ministros del reino y las acciones de todos los implicados eran críticas en ese momento. Sus sentimientos, los sentimientos de ambos, eran secundarios; primero estaba su trabajo.

La oportunidad de ir más allá de sus responsabilidades, si es que realmente existió alguna, había desaparecido en el puente de Malaspina varios años atrás.

—Gracias, Dyson. Agradezco tu compasión.

Dyson agachó la vista con los labios fruncidos.

—De nada, majestad. Tendré a Becky en mis pensamientos. Espero que nuestros médicos tengan buenas noticias.

Y, con esto, volvió a hacer una reverencia y se dirigió a la puerta, que, esta vez, sí abrió.

—Realmente, no lo sabemos todo, majestad —dijo de espaldas a ella, antes de salir.

Tras la marcha de Dyson, Miea se sintió desconectada.

Había notado físicamente cómo se rompía la conexión entre ellos. Por más motivos de los que podía enumerar, resbaló por su mejilla una única lágrima que, reticente a seguir cayendo, quedó suspendida en su barbilla. Entonces, entró Sorbus y su rostro profesional dejó traslucir un punto de alarma.

No podía sentirse así. Se secó la cara y se irguió.

—¿Ha llegado la ministra de Comercio, Sorbus?

—Sí, majestad.

—Me gustaría reunirme con ella en la sala de juntas pequeña. Me parece que es hora de salir un poco de mi despacho.

—Sí, majestad. —Sorbus no desapareció del umbral tan rápidamente como de costumbre—. ¿Puedo hacer algo por usted, majestad?

—Te agradecería una taza de argo. Estoy segura de que a la ministra también le apetecerá.

Sorbus inclinó la cabeza respetuosamente.

—Se la haré llevar a la sala de juntas inmediatamente.

Sorbus se marchó y Miea se levantó. Era hora de volver al trabajo. Volvió a secarse la mejilla, pero ya no estaba húmeda.

18

Papá estaba algo inquieto con la idea de que los médicos tamariscos examinaran a Becky.

—No van a inyectarte nada, ¿verdad? —dijo en tono grave antes de salir hacia los campos.

—No lo creo. La verdad es que no lo sé.

—No quiero que metan nada en tu cuerpo. No sabemos lo bastante sobre nuestras diferencias fisiológicas.

—¿Qué pueden hacerme, papá? —replicó Becky con frivolidad—. ¿Matarme?

Su padre la miró como si acabara de recibir un bofetón en la cara.

—Lo siento —se disculpó Becky, sintiéndose fatal—. No volveré a hacerlo.

Sin embargo, al entrar en la sala de exploraciones, Becky empezó a asustarse un poco. Aparte de una camilla para tumbarse, nada más le resultaba familiar. Papá y ella habían inventado los instrumentos de la medicina tamarisca (Miea había tenido un pequeño «susto» poco más de un año después del inicio de las historias), pero había sido hacía mucho tiempo y sin demasiado detalle. En el rincón, había un par de máquinas de okanogan parecidas a la que su padre había usado en Rabaul la otra noche. Becky ni siquiera recordaba haber inventado ninguna en sus historias. Sobre un atril, al lado de la camilla, había varios tubos enrollados. Becky no sabía si corría algo por el interior de ellos o si el color de los propios tubos iba cambiando como si algo pasara por dentro.

Becky recordó que los tubos estaban hechos de un material conocido como llunque, una especie de goma que conducía especialmente bien el sonido. Había creado el sistema de intercomunicación del palacio con otra clase de tuberías de llunque.

Becky miró a Miea con nerviosismo.

—¿Tu vienes aquí a hacerte las revisiones?

—Cada mes.

—¿Cada mes? ¿Te pasa algo?

En las historias que Becky había creado desde su casa, los mareos de Miea habían resultado ser inofensivas consecuencias de una falta de vitaminas.

Miea le sonrió.

—Se puede decir que sí. Soy reina. Una de las reglas es que la reina debe someterse a un examen médico mensual.

—Vaya. Entonces, supongo que debes conocer bien a los médicos, ¿eh?

Miea le puso la mano en el hombro para tranquilizarla.

—Hacen un trabajo excelente, Becky.

Becky estaba segura de ello. La pregunta que le rondaba la mente era cómo hacían su trabajo. Si bien recordaba los detalles importantes de casi todos los relatos que había contado sobre Tamarisco, por algún motivo, no lograba recordar ninguno en el que participaran los médicos.

Becky se sentó en el borde de la camilla y Miea se apoyó en ella, a su lado. En ese momento, no parecía una reina. Se la veía tan desenfadada... Si no hubiera sabido que Miea debía tener en la cabeza un millón de cosas, casi habría podido decir que parecía relajada.

—La doctora Nella tiene mal aliento —susurró Miea.

—¿Qué? —dijo Becky, entre risitas.

Miea sonrió maliciosamente.

—Es una enfermedad. No quieras saber cómo descubrimos esa información, pero su aliento es horrible. Me ha parecido buena idea advertírtelo. De todos modos, es una muy buena doctora.

A pesar de los nervios, Becky no pudo evitar encontrarlo divertido.

—¿Algo más que deba saber?

Miea se le acercó más.

—El collar que lleva se lo hizo su hija de ocho años. Es completamente ridículo, pero la doctora Nella lo lleva por razones sentimentales. Seguramente, no podrás apartar la vista del collar. Si te pregunta si te gusta, por favor, sé amable.

—Le diré que me encanta.

—No puedes, porque sabrá que mientes. Aunque, claro, tú vienes de otro mundo. Tal vez la bisutería infame es normal allí.

Era una conversación muy rara. Sin embargo, cuando la doctora Nella entró en la sala, Miea recuperó su habitual postura majestuosa. La doctora le hizo una reverencia y, acto seguido, se volvió hacia Becky. El collar no era tan feo como había dicho Miea, pero, sin duda, se veía que lo había hecho un niño.

—Su majestad me ha contado cosas fascinantes de usted —empezó la doctora.

Becky sonrió a Miea.

—No soy tan fascinante.

La doctora Nella obvió responderle.

—También me ha contado que está gravemente enferma.

Becky bajó la mirada.

—Me temo que esa parte es totalmente cierta. Ojalá mi enfermedad se asemejara a la fascinación que provoco.

La doctora se le acercó y le puso las manos a ambos lados de la cabeza, donde las mantuvo el tiempo suficiente para que Becky comenzara a sentirse incómoda. Las manos de la doctora Nella eran grandes e inusualmente calientes. Era como si le estuviera aplicando bandas de calor en la cara. Y, definitivamente, Miea no había exagerado con lo del aliento.

De repente, la doctora le soltó la cabeza y Becky se precipitó hacia delante con tanta fuerza que a punto estuvo de caerse de la camilla. Cuando se recompuso, miró a la doctora

Nella, pero la mujer se había alejado hacia el estante de las máquinas para tomar notas. Pasó unos minutos escribiendo, mientras Becky se preguntaba cómo había podido descubrir tantas cosas sujetándole la cabeza.

—Necesito que te tumbes —le pidió la doctora sin dejar de escribir.

«Desde luego, no pierde el tiempo con delicadezas», pensó Becky mientras se tumbaba.

—¿Estás bien? —le preguntó Miea, tomándole la mano.

—Sí. Solo es que cuesta un poco acostumbrarse.

Miea le apretó la mano.

—Me lo imagino.

La reina se retiró cuando la doctora Nella regresó con un carrito cargado con una bandeja de instrumental y un bote cilíndrico brillante hecho de malheur pulido. Durante los minutos siguientes, la doctora le observó los ojos y la boca, rascó los residuos de debajo de las uñas de sus pies y escuchó no solo el latido de su corazón, sino también algo emitido por su frente, su cuello, su estómago y su abdomen. Después paseó el instrumento de escucha por encima de su cabeza y entre sus piernas. El vaivén hizo que su collar se moviera y Becky vio que tenía un trozo pegado con celo. Tras esto, la doctora Nella pasó un peine de okanogan repetidamente sobre el mismo mechón de pelo de Becky y examinó la información que el peine le estaba dando.

A pesar de que la doctora no decía nada durante la exploración, Becky cada vez se sentía más cómoda. Habría cambiado el peine por la resonancia magnética semanal. Además, el tacto de la doctora Nelly tenía algo tranquilizante que atenuaba la aspereza de su personalidad. Quizá los médicos tamariscos no necesitaban ser amables gracias a sus manos.

—Por favor, súbete las mangas —le pidió de repente la doctora Nella.

Becky recordó la advertencia de su padre y se puso nerviosa.

—No quiero que me inyecte nada.

La doctora pareció turbada ante aquella declaración.

—¿Y por qué iba a inyectarte nada?

—¿Por qué quiere que me arremangue?

La doctora echó mano al bote de malheur.

—Tengo que aplicarte esto sobre la piel.

Becky no estaba segura de qué pensaba hacer la mujer con el bote, pero se arremangó igualmente.

Miea le tocó el hombro.

—¿No tenéis sensores de espuma allí de donde tú vienes?

¡Sensores de espuma! Becky los había olvidado por completo. Los había inventado para las visitas médicas de Miea en un momento en que se sentía frustrada y asustada por culpa de las decenas de análisis de sangre que le habían hecho durante su primer brote de leucemia.

—No —respondió Beck—, no tenemos, pero ahora los recuerdo.

La doctora vertió un fino hilo de gel rosa procedente del bote sobre ambos antebrazos de Becky, hasta las muñecas, e hizo penetrar el gel en su piel. Entonces, el gel empezó a burbujear y a sorberle la piel. Recordaba un poco al cosquilleo que puede producir una aspiradora. Mientras tanto, el gel se convertía en una espuma perlada que sobresalía unos centímetros por encima de su piel. Mientras Becky observaba cómo crecían los sensores de espuma, la doctora estaba ocupada haciendo otras cosas.

Cuando el proceso se detuvo, la doctora retiró la espuma, la metió en una jarra, la selló, la etiquetó y la metió en un armario. Después, le dio a Becky una toalla húmeda para limpiarse.

—La espuma tardará tres días en acabar el proceso. ¿A quién debo enviar los resultados?

—Déselos a Sorbus —respondió Miea—. Él me los entregará y yo los comentaré con Becky y con su padre.

La doctora Nella hizo una reverencia a Miea y asintió con la cabeza hacia Becky, antes de marcharse sin mediar palabra.

—Espero que no te hayas sentido muy incómoda —dijo Miea cuando la doctora se hubo marchado.

—No, en absoluto. Al principio, ha sido un poco raro, pero comparado con algunas de las cosas que me han hecho, esto ha sido coser y cantar.

Miea reposó un brazo sobre el hombro de Becky.

—Me alegro.

—¿Y ahora qué pasa?

—Tenemos que esperar los resultados.

—¿Crees que tiene alguna idea?

—Estoy convencida de que sí. Pero la doctora Nella es demasiado profesional para comentar nada sin tener las pruebas.

Los resultados estarían en tres días. Eso significaba que Becky los conocería pasados cuatro días. ¿Era posible que la medicina tamarisca encontrara una respuesta que los médicos de casa no podían encontrar? Pronto lo sabría.

Al día siguiente, al llegar a casa de la escuela, Becky estaba exhausta. Como de costumbre, la primera hora fue una especie de amalgama mientras trataba de poner en marcha su cuerpo, pero, después, estuvo bien durante bastantes clases. Sin embargo, después de comer, el cansancio aumentó, se arrastró hasta la parada del autobús y se durmió, con lo que casi se pasa de parada. El paseo hasta la casa, de bastante menos de doscientos metros, le pareció de más de cien kilómetros. Le había parecido una estupidez pedirle a su madre que fuera a recogerla en coche a la parada del autobús (y, sin duda, no quería que mamá la llevara en coche a la escuela), pero comprendió que, seguramente, tendría que hacerlo pronto.

Mamá la estaba esperando en la puerta.

—¿Cómo ha ido el día?

—Bien. Hemos visto un trozo de *Orgullo y prejuicio* en la clase de inglés. Colin Firth está hecho un chaval.

—¿Y te has sentido bien?

Becky asintió enérgicamente.

—Sí, me he sentido bien —dijo, y echó a andar hacia la cocina, con su madre detrás.

—¿Quieres algo?

—Creo que no. Solo voy a por un vaso de agua.

—Siéntate conmigo unos minutos.

Por el tono de su voz, Becky supo que su madre no la estaba invitando a charlar sobre cómo le había ido el día. Mamá quería hablar de algo serio. A Becky, lo que realmente le apetecía era irse a su habitación a descansar, echar incluso otra siesta, pero tendría que esperar. Se sirvió un vaso de agua y se sentó a la mesa. Su madre ya estaba sentada, con los dedos entrelazados.

—He investigado un poco y he hecho algunas llamadas. He oído hablar de un medicamento experimental distinto que creo que tendríamos que probar. Se llama Glivec y ha demostrado cierto éxito en casos avanzados.

Becky sacudió la cabeza lentamente. Era evidente que el último tratamiento que habían probado no había servido para nada, pero, ¿podían ir cambiando así como así?

—¿Cree el doctor Harner que me irá mejor este?

—No iremos al doctor Harner para este tratamiento —dijo mamá, compungiendo el gesto—. Le he llamado y se ha mostrado excepcionalmente cerrado. A veces pienso que los médicos son como los atletas profesionales: solo te endosan productos de compañías que les pagan. Celia me ha puesto en contacto con su oncólogo, pero ese médico solo trata a adultos y me ha presentado a otra doctora de Bridgeport, que se ha mostrado muy dispuesta. Tenemos visita mañana a mediodía.

—A mediodía aun estaré en clase.

Mamá entornó los ojos y ladeó la cabeza.

—Vendré a buscarte a la escuela. O podrías no ir. Tenemos que hacer esto.

Becky no tenía ni idea de cómo manejar la conversación con su madre. ¿Cómo iba a decirle que no creía que ninguna de esas medicinas experimentales funcionara? Becky había hecho sus propias investigaciones. Conocía las probabilidades.

—¿Hasta qué punto son terribles los efectos secundarios?

—Pues son cosas como diarrea, náuseas, vómitos y calambres musculares.

«Genial, me pasaré en el baño las pocas semanas que me quedan antes de que la enfermedad me deje postrada por completo.»

—No parece muy divertido, mamá.

—Ya lo sé, cariño. Ya lo sé. Pero no podemos cruzarnos de brazos. Los efectos de eso son aun peores, ¿no lo ves? Este medicamento ha conseguido algunos muy buenos resultados.

A Becky algo le decía que su verdadera única esperanza recaía en la doctora Nella, del mismo modo que le decía que su padre era la clave para resolver la plaga de Tamarisco. Si la doctora Nella daba con algún tratamiento y ella tenía este otro medicamento en su cuerpo, ¿no lo echaría todo a rodar? En el mejor de los casos, tendría que volver a pasar por una tanda de pruebas en Tamarisco.

Aun así, ¿cómo iba a explicárselo a su madre? Becky sabía que tenía que intentarlo. Las cosas se habían puesto muy serias. No podía hacer algo que creía que no la ayudaría y podía acabar con sus últimas esperanzas para evitar una simple rabieta.

—¿No te parece que podríamos dejarlo para la semana que viene? —preguntó Becky tentativamente.

—¿Por qué? Sabes que cada día cuenta. He intentado que la doctora nos recibiera hoy.

—Estoy esperando noticias de alguien.

Polly dejó caer la cabeza hacia atrás y frunció el ceño.

—¿De qué estás hablando? ¿Te ha llevado tu padre a ver a alguien sin contar conmigo?

«Venga, mamá, ¿acaso has tenido tú una larga conversación con él sobre el Glivec?»

—No ha sido papá. Ha sido... —Becky vaciló, preparándose para la tormenta—... Miea.

Mamá se quedó pasmada.

—¿Miea?

—La reina de Tamarisco. Me llevó a su doctora porque su medicina es diferente —dijo, acurrucándose y sin mirar los ojos de su madre.

Sin embargo, al ver que no decía nada, levantó la vista y la encontró con la cabeza gacha.

—¿Mamá?

Mamá la miró con la cara teñida de tristeza.

—Becky, Tamarisco es algo que está en tu imaginación porque estás enferma.

—Ya sé que es lo que crees, mamá, pero no es así.

Mamá alargó la mano y tocó la mejilla de su hija.

—A ti, te parece real.

Becky se aferró a la mano de su madre con ambas manos.

—Es real, mamá. Además de sentirlo, puedo olerlo, oírlo, saborearlo y verlo.

Mamá se llevó los dedos a los labios y volvió a agachar la cabeza.

—Ven conmigo —le pidió Becky—. Iremos a casa de papá esta noche y te llevaré a Tamarisco. Ya lo verás.

—Cielo, no me hagas hacerte esto —dijo mamá, con los ojos aun clavados en la mesa.

—¿Hacerme qué, mamá?

Polly respiró hondo y se levantó. Tenía los labios fuertemente sellados, pero sus ojos aun conservaban la candidez.

—No puedo ir a Tamarisco contigo. Por favor, no vuelvas a sacar el tema. Y vamos a respetar la cita de mañana. No podemos rendirnos, Becky. No podemos.

Una vez de pie, mamá abrazó a Becky y, después, se marchó.

«¿Por qué no quiere ir conmigo? ¿De qué tiene miedo?» Becky observó a su madre alejándose hacia el estudio y, después, subió a su dormitorio. Quería hacer sus propias averiguaciones sobre el Glivec. Y necesitaba desesperadamente una siesta.

Las noches sin Becky se habían convertido en algo casi insufrible. El reloj seguía corriendo a una velocidad vertiginosa. ¿Cuántos días más le quedaban? ¿Qué calidad tendrían esos días a medida que la enfermedad de Becky fuera progresando? Que ahora pudiera verla con mayor frecuencia era casi recochineo y le torturaba saber que aquel tiempo de más lo había conseguido a un precio imposible. Aun así, las noches que pasaba con él eran mucho más llevaderas que las que pasaba con Polly. Cuando estaba con él, era capaz de convencerse para centrarse en el momento, especialmente los días que ella parecía relativamente sana, y disfrutar de lo que compartían.

Esas noches también incluían los viajes a Tamarisco y las desconcertantes complejidades de aquel mundo. Hasta que consiguiera formarse una mejor idea de su ecosistema, conocimiento que seguía eludiéndole, no podría intentar plantear una solución para la plaga y, en casa, no podía hacer progresos significativos. Eso significaba que los días que Becky no estaba, él, además de extrañarla desesperadamente, tampoco tenía nada que le distrajera de echarla en falta.

Por primera vez desde que había descubierto que Becky volvía a estar enferma, Chris aceptó una invitación de Lisa para ir a cenar. Hablaban por teléfono casi cada día, pero verla en directo le iba a costar más que simplemente hablar. Lisa quería quedar en uno de sus restaurantes habituales, un hindú bullicioso donde una ferviente música de sitar se extendía bajo la penumbra de la sala. Chris no estaba de humor para eso. La convenció para encontrarse en un tranquilo café americano.

—Es raro escuchar el sonido del cuchillo y el tenedor en el plato mientras comes —dijo Lisa, cuando les hubieron servido la comida—. ¿De verdad te parece relajante?

Chris sacudió la cabeza ante la clase de observación que solo alguien como Lisa podía hacer y, después, se encogió de hombros.

—Ya nada me parece especialmente relajante.

—Lo sé, cielo —le dijo ella, alargando la mano para acariciarle el brazo—. Lo sé. —Y siguió acariciándole más de lo normal con un aire sorprendentemente meditabundo—. Tienes que prepararte para el futuro, ¿sabes? —añadió, pensativa.

Chris encontró irritante la afectación de su voz.

—¿Qué significa eso exactamente?

—Sé que entiendes todo esto a nivel intelectual, pero ese no es el caso. Dentro de poco, tendrás que afrontar una dolorosa realidad que es capaz de destrozar a una persona. No puedes abandonarte a la tragedia. Becky no querría eso.

Chris miró al techo.

—¿Por qué la gente siempre dice cosas así en estas situaciones?

Lisa se irguió en su silla y, cuando volvió a hablar, ya parecía ella de nuevo:

—Que sea un cliché no quita que sea lícito. De veras, piensa en ello. Becky odió que metieras la cabeza debajo del ala cuando os divorciasteis. Ya sabes lo que piensa de esto.

Aquel tono no era mucho mejor que el anterior. Había una razón por la que Chris se quedaba en casa las noches que no estaba Becky.

—Y, entonces, ¿qué te parece? —le espetó—. ¿Me pongo a bailar en el funeral? Tal vez podríamos dejarnos caer por un club de *striptease* o irnos todos juntos a pasar el fin de semana en Las Vegas. Si realmente le importo, Becky morirá antes de la temporada alta.

La respuesta de Lisa fue igualmente ácida:

—Para de darle la vuelta a las cosas, Chris. Sabes que no es eso lo que quiero decir.

El comedor parecía demasiado silencioso para aquella conversación. Quizás el hindú habría estado mejor. En una mesa de delante, un hombre sonrió tímidamente a su acompañante femenina. Seguramente, sería una de las primeras citas en la que él estaba empezando a darse cuenta de que ella le gustaba mucho.

—Ya sé que no es lo que quieres decir, pero la idea de prepararse para eso me parece ridícula. Lo único de lo que estoy seguro es de que, por terrible que crea que va a ser, será cien veces peor.

—Sé que es así como te sientes. Por eso estoy preocupada por ti. Tienes más probabilidades que la mayoría de gente de que esto te hunda del todo.

—Lisa, la mayoría de gente nunca se recupera de la pérdida de un hijo.

—Pero siguen adelante. Y me preocupa de verdad que tú no lo hagas. Gracias a Dios que ahora tienes ese lugar de fantasía. Tal vez si sigues viajando allí cuando Becky ya no esté no acabarás completamente catatónico.

Lisa había acompañado el «viajando» con unas comillas en el aire. Chris no quiso insistir en su significado. La conversación sin comillas ya era bastante inquietante.

—Solo puedo ir a Tamarisco con Becky. Asumo que, cuando ella desaparezca, Tamarisco desaparecerá también.

No lo había pensado hasta entonces y, hacerlo, le provocó repentinamente una profunda pena. Reprimió un sollozo con un trago de agua, cerró los ojos y respiró profundamente.

—Tal vez te equivoques en eso, Chris —dijo Lisa, recuperando la suavidad de su voz—. Tal vez puedas conservar Tamarisco.

Chris sacudió la cabeza.

—No, no podré.

—La gente necesita un lugar adonde ir cuando sufre. Tal vez ese sea tu sitio.

—Tamarisco no fue creado para eso, Lisa. Tamarisco ha sido siempre el lugar de Becky. Puede que fuera de Becky y mío, pero jamás estuvo destinado a ser solamente mío.

—Puede que tu misión sea mantenerlo vivo cuando ella ya no esté.

Chris miró a Lisa unos segundos sin añadir nada y, acto seguido, agachó la mirada y volvió a juguetear con la comida de su plato. Lisa no podía entenderlo. Nadie podía entenderlo.

Ni siquiera él.

19

Becky todavía estaba en su habitación cuando Polly escuchó el coche de Chris en el camino de entrada. Tiempo atrás, el sonido de la puerta del coche al cerrarse y el de Becky bajando a toda velocidad la escalera para ir a saludarle iban unidos como si estuvieran eternamente conectados. Recordaba haberse sorprendido la primera vez que Chris había ido a buscar a Becky tras la ruptura y había llegado hasta el porche sin que su hija hubiera salido aún de su cuarto.

Ese día no se sorprendió. Por primera vez en años, Polly echó de menos la conexión entre ambos ruidos. Escucharlos unidos de nuevo significaría que lo que Becky estaba viviendo no era más que una pesadilla.

Sonó el timbre y Polly abrió la puerta. Chris le dedicó la breve inclinación de barbilla con la que la saludaba siempre que le abría la puerta y ella le dejó entrar en el recibidor. A continuación, se acercó a la escalera y llamó a Becky:

—Cariño, está aquí tu padre.

—Gracias. Dos minutos.

—¿Quieres que te ayude?

—No, puedo sola.

Polly se volvió hacia Chris. Nunca sabía qué hacer mientras él esperaba. Una parte de ella quería invitarle a entrar a la cocina hasta que bajara Becky. Otra parte deseaba dejarle ahí solo. Había hecho lo segundo en incontables ocasiones, pero esa noche no quería que Becky se cansara más de lo necesario yéndola a buscar para despedirse.

Polly había hablado con varias amigas divorciadas sobre lo incómodo que se hacía el momento de la recogida y el regreso a casa de los hijos. Una amiga le contó que a ella le gustaba sinceramente el momento en el que veía a su ex marido porque se ponían al día de cómo les iba la vida, pero sin duda se trataba de la excepción a la regla. La mayoría expresaban sentimientos que iban de la hostilidad a la indiferencia, pasando por la lástima y la incomodidad. Algunas comentaban que la experiencia les traía malos recuerdos, pero Polly no lo entendía. Después de tanto tiempo, apenas recordaba cómo era estar casada con Chris. Actualmente, su relación se basaba exclusivamente en Becky.

Por supuesto, ninguna de sus amigas tenía ninguna experiencia en lo que significaba ahora tener una relación basada en Becky.

—¿Cómo está? —preguntó Chris mirando hacia lo alto de la escalera.

Polly cerró los ojos y asintió lentamente.

—No tiene un buen día.

Chris bajó la mirada.

—¿Alguna reacción al medicamento nuevo?

—Nada extraordinario. Ha vomitado un par de veces, pero la doctora nos advirtió que era normal. No he detectado ningún otro de los posibles efectos secundarios.

—¿Y aun así ha sido un mal día?

—Sí. Parece... floja. Como si se estuviera marchitando.

Chris dio dos pasos hacia la escalera y se detuvo. ¿Qué iba a hacer? Su mirada se cruzó con la de Polly por un instante y Polly percibió su frustración.

—Hoy tendremos una noche tranquila —dijo Chris.

—Estaría bien.

Chris parecía derrotado y a Polly le habría gustado disponer de algo de fuerza que poder compartir con él. ¿Acaso las familias compactas afrontaban las situaciones de ese tipo de otra manera? Polly suponía que nadie disponía de las reservas necesarias para llevar bien algo así.

Polly y Chris esperaron unos minutos más en el recibidor, a tres metros de distancia y en silencio, hasta que Polly escuchó que Becky bajaba la escalera. Chris subió la mitad de los escalones y la abrazó un momento antes de bajar de nuevo junto a ella. Cuando se acercaron, Polly le dio un largo abrazo.

—Que pases una buena noche, cariño —dijo Polly dejándole paso.

—Seguro que sí, mamá —respondió Becky suavemente.

Chris siguió a Becky hasta la puerta. Antes de salir, se volvió hacia Polly y repitió el gesto con la barbilla. Esta vez, a Polly le pareció que tenía un significado distinto.

La reunión era tan deprimente como casi todas las que habían mantenido desde que se había identificado la plaga. Cuanto más avanzaba la reunión y más informes de daños recibía, más apesadumbrada se encontraba Miea. Esta vez le habían detallado la pérdida de una microgranja, la devastación de una de las mayores arboledas de plumas del reino y la espantosa noticia de que unos frutos procedentes de arbustos afectados por la plaga habían envenenado a todo un coro de norbecks. Miea escrutó a las personas presentes en la sala y le pareció leer por vez primera la derrota en los rostros de sus consejeros. Sabía que habían mantenido la fachada de la esperanza por el bien de ella, pero ya les resultaba demasiado difícil. Dyson se las ingenió para sobrevivir a la letanía de desgracias sin agachar la cabeza, pero Miea sabía que él no era inmune al dolor que conllevaba constatar que su mundo se estaba desvaneciendo.

Mirando a Dyson, recordó la última vez que se habían visto a solas. No era la primera vez que pensaba en esa conversación desde que se había producido. Durante un instante efímero, se había sentido conectada a él como en la universidad. No necesitaba preguntarse si él se había sentido igual; sus ojos lo habían confirmado. Ese día, Dyson deseaba decir algo más. A lo mejor quería decir muchas cosas más. Sin embargo, Miea no se lo había permitido. No podía permitírselo.

Apenas habían pasado unos días y ya no estaba segura de por qué no se lo había permitido. Si realmente llegaba el fin, ¿de qué le servía la testarudez?

Afortunadamente, la reunión terminó unos minutos después. Después de catalogar varias bajas más. Después de que Miea declarara el estado de emergencia en otras tres regiones. No sabía cuánto tiempo iba a pasar antes de verse obligada a dejar a un lado los detalles para declarar sin tapujos lo que ya sabían todos los que estaban sentados a la mesa: el reino entero estaba en estado de emergencia.

—Dyson, ¿te importaría quedarte un minuto? —dijo mientras el consejo vaciaba la sala.

—Por supuesto, majestad.

Dyson dijo algo a Thuja y el ministro asintió, miró hacia Miea y le dedicó una amable reverencia. Ni siquiera Thuja tenía el ánimo suficiente para seguir siendo descortés con ella. Dyson se acercó a Miea, pero la reina se mantuvo en silencio mientras se terminaba de vaciar la sala. Se volvió hacia la ventana que daba al patio. Un jofler la miró desvergonzadamente desde el césped y ella le dedicó una sonrisa fugaz. El lagarto se alejó a toda velocidad.

—¿Puedo hacer algo por usted, majestad?

—El miedo es señal de una gran debilidad o de una gran sabiduría —dijo Miea citando al profesor Liatris como Dyson había hecho el otro día.

Dyson estaba de pie junto a ella.

—Por aquel entonces, no le hice mucho caso, pero me he dado cuenta de que tenía razón.

Miea se volvió hacia él y se dio cuenta de que hacía más de cuatro años que no estaban físicamente tan cerca. Por un instante, fue incapaz de pronunciar una sola palabra, mientras su razón y sus instintos se debatían. Solo podía mirar el rostro de Dyson y comprobar lo poco que parecía haber cambiado desde los días en que ella había memorizado hasta su último rasgo.

—Ahora mismo me siento a la vez muy débil y muy sabia —dijo Miea, sorprendida por lo floja que sonaba su voz.

—No eres débil, Miea. Nunca lo has sido.

La reina sonrió sin alegría y agachó la mirada. Las lágrimas se le agolparon tan deprisa que no las pudo contener.

—Pero estoy muy, muy asustada.

Miea se acercó a Dyson y le abrazó. Le sujetó como si la gravedad dependiera de él. Tardó un rato en darse cuenta de que él también la abrazaba, que apoyaba la cabeza sobre la suya y que el abrazo ni le había sorprendido ni le había molestado.

Era aterrador y emocionante, como su viaje a los campos para examinar las primeras hojas afectadas por la plaga. Abrazar a Dyson de aquel modo le ofrecía un extraño consuelo, pero nunca habría dado ese paso de no haberse producido una tragedia todavía mayor que la que les había separado.

—Estamos perdiendo la batalla, Dyson.

—Pero no la hemos perdido. Todavía no. Mientras esto sea así, puede que nunca la perdamos.

—Ya no sé qué decir a nuestro pueblo. Se supone que debo hablar al reino, pero no se me ocurre nada más que decir salvo: «Lo siento.»

Dyson la estrechó con más fuerza.

—El pueblo sabe que haces todo lo que puedes.

—¿De verdad lo sabe?

Dyson se separó lo justo para mirarla a los ojos.

—Claro que sí. Te querían cuando eras una niña, te querían cuando eras princesa y te quieren ahora. La manera como superaste la muerte de tus padres y devolviste un sentimiento festivo al reino después del duelo fue una increíble fuente de inspiración.

Miea se rio suavemente.

—Estaba destrozada por dentro y lloraba a escondidas.

—Todos lo suponíamos, y eso nos hizo quererte más. —Acercó la cabeza a la de ella—. Incluso los que nos quedamos atrás.

Las lágrimas de Miea regresaron y escondió la cara en el pecho de Dyson.

—Yo no te dejé atrás. Mi alma no te dejó atrás. Las exigencias del reino me abrumaron hasta el punto que no pude hacer nada para remediarlo. La muerte de mis padres me devastó, solo quería esconderme en mi cuarto, pero tenía responsabilidades enormes. Además, por si fuera poco, tuve que manejar las investigaciones para determinar la causa de su muerte, la eterna disputa con los espinas y ahora esta crisis que ha empequeñecido todo lo demás.

Dyson pasó los dedos por el cabello de Miea para consolarla, mientras dejaba que liberara todos sus sentimientos. Para la reina, se trataba de un lujo considerable. Pasaron varios minutos de pie, con el patio de fondo, sin decir nada. Finalmente, la llevó a un sofá y se sentó frente a ella.

—Tengo algo que contarte sobre lo que sucedió en el puente de Malaspina.

La nube que envolvía los pensamientos de Miea se disipó al escuchar esas palabras.

—¿A qué te refieres?

—Durante los últimos cuatro años, he llevado a cabo una investigación propia usando los recursos que me ofrecían la universidad y el despacho del ministerio. Me han ayudado personas con las que nunca pensé que llegaría a tener trato.

—¿Por qué? —preguntó Miea, asombrada por la noticia.

—Porque te conocía. Sabía que no creerías lo que te dijesen los investigadores si no coincidía con tus ideas. Sin embargo, aunque la distancia entre nosotros crecía, sabía que a mí sí me creerías. Recibí los resultados definitivos de la investigación poco después de que el ministro Thuja me pidiera que nombrara tu enlace con el ministerio. Quería decírtelo antes, pero me temo que nuestra historia personal se entrometió.

Miea sacudió la cabeza con tristeza.

—Nuestra historia personal. Pensaba que me detestabas.

—«Detestarte» no es la palabra adecuada.

Dyson le sonrió con una calidez que ella no veía desde hacía mucho tiempo. Un desfile de sentimientos variados la recorrió a toda velocidad. Pese a todo, necesitaba saber qué había descubierto.

—¿Cuál es el resultado de tu investigación?

—Miea, la muerte de tus padres fue accidental. No tuvo nada que ver con un sabotaje, con un acto de agresión de los espinas ni con nada parecido.

Miea irguió la espalda.

—Los investigadores me han repetido la misma hipótesis, pero los puentes no se hunden sin más. Ellos no sabían explicarme cómo se hundió y yo volvía a mandarles a buscar al responsable.

—Lo sé. Seguí muy de cerca la investigación oficial. Sin embargo, fue un accidente, Miea. El puente se hundió porque no pudo soportar el peso de todo el séquito. Voy a contarte lo que sé, algo que nunca descubrieron los investigadores oficiales, aunque parezca una triste ironía decírtelo hoy, porque la causa del accidente proviene de la época de la Gran Plaga. Los puntales del puente estaban sujetos por un compuesto que incluía kootenai, un organismo vegetal vivo en estasis. El kootenai tiene unas propiedades adhesivas asombrosas y se usó en la construcción de muchas estructuras antiguas. La plaga, que arrasó muchas otras plantas en la región, también mató el kootenai que unía los puntales. A los investigadores oficiales no se les ocurrió cotejar esta posibilidad porque hacía mucho que había terminado la plaga.

—Entonces, ¿por qué no se hundió el puente la primera vez que alguien lo cruzó después de la Gran Plaga?

—El resto del compuesto era lo bastante firme para soportar grandes cargas. Lamentablemente, la comitiva de viaje de tus padres era demasiado grande. Tal y como cuentan las crónicas, Amelan insistió en que les acompañara una enorme dotación de seguridad. Pese a todo, tal vez hubieran cruzado sin problemas de no ser por otro suceso. El vehículo de seguridad que abría la comitiva se estropeó y toda la expedición se detuvo sobre el puente mientras reparaban el vehículo. La presión era excesiva para el puente y los puntales cedieron. Si quieres, puedo enseñarte cómo recreé los hechos.

Miea imaginó esos últimos momentos, cuando sus padres

y la buena gente que viajaba con ellos se dieron cuenta de que el puente estaba condenado y no tenían escapatoria. Debían estar aterrorizados. Desesperados.

Mientras visualizaba mentalmente la escena, lloró otra vez por sus padres como si nunca hubiera llorado su pérdida. Dyson la estuvo abrazando en todo momento, y le dio tiempo para que reviviera su tragedia. «Ojalá hubieras estado aquí para abrazarme ese día, Dyson. Habría corrido a tus brazos. Habría exigido que te llevaran conmigo a palacio. Pero estaba perdida, y te perdí a ti.»

Finalmente, Miea levantó la mirada y le tocó la cara.

—Gracias. Cuesta creer que alguien haya sido capaz de hacer esto por mí.

Dyson le besó la mano.

—Solo espero que te ayude un poco.

—Necesitaré algo de tiempo para hacerme a la idea, pero sí, ayuda. Es diferente saber que nadie lo hizo deliberadamente. Aunque me entristezca pensar que se habría podido evitar fácilmente, es un consuelo saber que nadie quería hacerles daño.

—Es una carga menos a tus espaldas, Miea.

Miea miró fijamente a los ojos de Dyson y comprendió que así era. Saber que en el mundo había alguien dispuesto a ayudarla de esa manera y que la entendía lo suficiente para hacerlo la llenaba. Se acercó al hombre que pensaba que había perdido años atrás.

Y, aunque sobre sus hombros llevaba aun suficiente carga para hundirla junto al reino entero, se besaron, y Miea se sintió viva como jamás pensó volver a sentirse.

El cambio de aspecto que había experimentado Becky entre la noche del martes y el jueves aterrorizaba a Chris. El martes estaba animada y tenía la piel rosada. La noche del jueves estaba apática, sus ojos parecían nublados y tenía la piel pálida. No podía estar yéndose, ¿verdad? Les quedaba algo de tiempo, ¿no?

Becky comió poco y se tumbó en el sofá mientras Chris lavaba los platos de la cena. Le había comprado su helado favorito para el postre, el Remolino de Chocolate y Frambuesa de Stonyfield Farm, pero se había quedado en el congelador. Tal vez se lo comerían el sábado, si se encontraba mejor. Al terminar de limpiar la cocina, se sentó junto a ella y le acarició el cabello.

—Estoy hecha polvo, papá.

—Ya lo sé, cielo. ¿Puedo hacer algo?

—Me parece que no —suspiró—. Hoy me he pasado de la raya en la escuela. Como me encontraba bien, he ido a pasear con Lonnie a la hora de comer. Ha sido una estupidez.

No había sido una estupidez. Chris sabía que era la manera de luchar de Becky. Incluso una pequeña victoria habría estado bien.

—Ahora puedes descansar. Mañana te encontrarás mejor.

—A lo mejor sí —dijo con aire ausente—. A lo mejor solo es una reacción al medicamento nuevo. —Después de pronunciar estas palabras, pasó un rato absorta con la mirada fija en la pared—. Esta noche iremos a la isla de Mendana a investigar un poco, ¿verdad?

La plaga había devastado la minúscula isla y Chris pensaba que tal vez podría aprender muchas cosas de ella, siempre y cuando las máquinas tamariscas funcionaran con un mínimo de fiabilidad. Sin embargo, Becky no parecía en condiciones de viajar. Dadas las circunstancias, ya daba por sentado que tendría que llevar a Becky a la cama porque ella estaba demasiado agotada para caminar.

—Beck, a lo mejor tendríamos que dejar lo de Tamarisco por esta noche.

Becky se movió lo justo para mirarle.

—No podemos dejarlo.

—A lo mejor no nos queda otra alternativa. No sabemos cómo afectan a tu cuerpo los viajes. Puede que sean demasiado estresantes.

—¿Me estás diciendo que no deberíamos ir más?

Era evidente que la idea la estaba disgustando.

—Lo que digo es que tal vez deberíamos esperar al sábado para volver. Tienes días buenos y días malos, Beck. Este es uno de los malos.

Becky se incorporó en un intento demasiado burdo para convencerle de que estaba mejor de lo que él creía.

—Puedo hacerlo. Si los viajes me perjudicaran, lo notaría al llegar a Tamarisco, ¿no? Nunca noto nada.

Se trataba de uno más de los muchos dilemas a los que Chris debía hacer frente. Estaba claro que para Becky era tremendamente importante ir a Tamarisco. No obstante, era igualmente obvio que no estaba en condiciones de viajar. ¿Hacer el tránsito suponía acelerar su declive? Y en ese caso, ¿qué era más valioso: un número limitado de días llenos de momentos maravillosos o un número algo menos limitado de días esperando que llegara el final?

—¿De verdad crees que estás en condiciones tal y como te encuentras?

—De verdad.

Chris asintió.

—Entonces iremos a Mendana, pero volveremos pronto, ¿vale?

Una hora más tarde, estaban sentados en la cama de Becky. A Chris le costó oscurecer la mente porque no podía dejar de pensar en lo que ese viaje podía estar haciéndole a Becky. ¿Y si el esfuerzo le absorbía tanta energía que entraba en coma? Aunque estaba cansado de tanto discutir con Polly, no quería ser culpable de robarle una última conversación con su hija. Como sabía que Becky deseaba ir a Tamarisco, se obligó a dejar a un lado todas esas preocupaciones junto a todo lo demás. Becky necesitaba realizar esos viajes mientras el cuerpo se lo permitiera.

Aparecieron en el exterior del palacio y les esperaba un vehículo. En cuanto abrió los ojos, Chris miró a su izquierda para comprobar si Becky estaba bien. Becky estaba contemplando cuanto la rodeaba y respiraba exageradamente hondo.

La chica se dio cuenta de que la miraba y sonrió.

—Me encanta el olor de este lugar.

En vez de debilitarla, era como si el viaje la hubiera reanimado. «Tiene una fuerza de voluntad increíblemente poderosa», pensó Chris. «Está reuniendo toda la energía que le queda para demostrarme que todavía puede hacerlo. Si el destino fuera un poco más compasivo, estoy seguro de que podría luchar hasta expulsar esta enfermedad de su cuerpo.» Sin embargo, Chris sabía la verdad. Dejando a un lado los cuestionables experimentos radicales, nada, ni siquiera la fuerza del optimismo, podía erradicar la enfermedad de su hija. De todos modos, Chris estaba decidido a convencerse de que Becky había encontrado unas energías renovadas que iban a durar por lo menos hasta el fin de ese viaje.

El vehículo recorrió el trayecto de varios kilómetros que les separaba del puerto, y una vez allí se embarcaron en un velero rumbo a la isla de Mendana. Dyson, uno de los ayudantes del ministro de Agricultura, se reunió con ellos en el puerto para acompañarles durante el viaje de media hora.

—¿Alguna novedad en los últimos dos días? —preguntó Chris en cuanto zarpó el barco.

—Me temo que nada positivo. La reina ha declarado el estado de emergencia en dos regiones más del reino. En este momento, estamos evacuando todo lo que podemos de Jonrae. El marpodet se muere de hambre literalmente. Hemos trasladado varias docenas de especímenes a nuestras instalaciones para intentar mantenerlos con vida, pero no sé si lo conseguiremos. El marpodet se alimenta del néctar del ochoco, que solo crece en Jonrae, y los campos de ochoco están tan desolados que las pocas plantas supervivientes se marchitarán durante el traslado.

—Tenemos que hacer algo, papá —imploró Becky.

—Ya lo sé, cariño. Ojalá dispusiéramos de más tiempo y de más información. —Chris se giró hacia Dyson—. ¿Habéis logrado averiguar por qué obtenemos discrepancias en las calibraciones?

—Me temo que ese problema es tan desconcertante como todo lo asociado a esta plaga. Ayer hicimos varias pruebas a diferentes horas y las calibraciones eran consistentes.

—Puede que las máquinas se hayan ajustado a los cambios ambientales.

—Esperemos que sí. A ver qué descubrimos hoy. Un equipo ya lleva varias horas trabajando en nuestro puesto de Mendana.

Chris vio aparecer la isla en el horizonte. A media distancia, parecía casi desértica, pero a medida que se acercaban, Chris se percató de que lo que pensaba que era tierra (algo que le había parecido negro en un primer momento y que ahora le parecía gris oscuro) eran en realidad enormes grupos de plantas en los últimos estadios de la necrosis. Se trataba del peor caso que había visto hasta el momento, y estaba mucho más cerca del palacio que el resto de campos que había visitado, si bien este estaba rodeado de agua. ¿Podía ser que la enfermedad que estaba extinguiendo aquella isla estuviera navegando en ese momento hacia la ciudad que constituía el corazón de Tamarisco?

Desembarcaron y tomaron otro vehículo para ir al centro de la isla. Los árboles de la zona eran estériles y sus multitonales ramas pálidas estaban desnudas. Algunas flores frágiles asomaban ocasionalmente entre algunas hojas azules, pero la mayor parte de la vegetación que seguía viva no presentaba adorno alguno.

—El léngulo ha desaparecido —informó Dyson en tono apesadumbrado—. Hay otros lugares del reino en los que el léngulo ha sobrevivido a la plaga. Creí que podríamos inferir algo a partir de este detalle, pero aquí ha quedado exterminado.

Chris entendía demasiado bien el sentimiento de pérdida que transmitía la voz de Dyson. Cuando el vehículo se detuvo cerca del equipo que había llegado a la zona esa mañana, Chris bajó lentamente, como con un peso en el corazón.

—Es deprimente, ¿verdad? —comentó Becky—. ¿Recuerdas este lugar de las historias?

—El nombre me suena, pero no sé de qué.

—El Festival del Arco Iris.

—¿Era aquí? —Chris miró a su alrededor con una renovada sensación de desasosiego. La historia que habían creado sobre esa isla regresó a su mente con todo lujo de detalles. Era sobre el acontecimiento que convertía aquella región casi deshabitada en el destino de moda de Tamarisco durante un fin de semana al año, un festival que se celebraba frente al esplendor natural de cientos de variedades de flores en plena floración que exhibían el espectro completo del arco iris de Tamarisco. Ese año no habría Festival del Arco Iris—. Tenemos que ponernos a trabajar.

Examinó muestras con la maquinaria de los botánicos, leyó informes e intentó contextualizarlos. Como siempre, Becky le ayudaba en todo lo que podía. Aunque había muchas personas más disponibles para hacer lo mismo, el trabajo parecía animarla, por lo que Chris quería que Becky participara en todo lo que fuera posible. La Becky que veía en ese momento era muy distinta de la chica pálida con la que había estado sentado hacía menos de una hora. Se entregaba a fondo y, cuando Chris le preguntó si necesitaba descansar un poco, ella se burló de la absurdidad de la pregunta.

Desgraciadamente, parecía que volvía a haber problemas con los resultados. Dyson interrogó al personal sobre lo que habían descubierto durante la mañana y todos le juraron que las lecturas habían sido consistentes durante todo el día. Poco antes de que Chris llegara a la isla el tiempo estaba muy nublado y era posible que la luz del sol hubiera tenido un claro efecto en las plantas, a pesar de estar tan enfermas.

Chris reflexionó sobre esa posibilidad. El primer día que había salido a los campos fue muy soleado, pero el segundo estaba nublado y las lecturas mostraron menos discrepancias. ¿Podían simular de algún modo los efectos del sol para combatir la plaga con ese nutriente artificial? Era algo a tener en cuenta.

Mientras miraba una pantalla, oyó chillar a Becky. Se alarmó, pero al volverse hacia el lugar del que procedía el grito, entendió que su exclamación era de alegría. Se había arrodillado para acariciar a un animal bípedo, rechoncho y peludo, que no debía medir más de sesenta centímetros de altura.

—Es un chestatí —explicó Becky—. ¿Los recuerdas, papá? Parece un poco desorientado.

Chris imaginaba que el chestatí debía de estar realmente muy desorientado. Recordaba bien a esos animales dóciles de las historias de Tamarisco. Vivían en árboles y se alimentaban de los frutos de las ramas. El pequeño probablemente se preguntaba por qué tenía hambre todo el tiempo.

Becky se sentó en el suelo para acariciar al chestatí y el animal trepó sobre su regazo emitiendo un sonido sordo y grave. Por primera vez, Chris escuchó la música peculiar de la isla, grave y monótona. Como el chestatí que estaba con Becky era el que tenía más cerca, distinguía su sonido con claridad, pero le quedó claro que otros miembros de su especie contribuían al paisaje sonoro de la isla.

El animal se encaramó al pecho de Becky y le lamió la barbilla. Sorprendida, Becky se rio y se tumbó en el suelo. Abrazó al chestatí y le dio suaves manotazos juguetones, con lo que provocó que el chestatí también agitara una pata hacia ella. Los dos permanecieron tumbados en el mismo sitio varios minutos mientras Chris disfrutaba viendo el placer que reflejaba la cara de su hija. Su risa era melodiosa y sus ojos brillaban. El contraste con su aspecto en el apartamento era tan grande que estuvo a punto de echarse a llorar por el hecho de que Tamarisco, aun inmerso en su propia crisis, pudiera ofrecer a Becky momentos como aquel.

Pasado un rato, Becky se levantó y se sacudió el polvo. El chestatí se marchó tranquilamente, seguramente a buscar comida, pero Chris apenas reparó en ello. Sus ojos permanecieron en el lugar que los dos acababan de despejar.

Las plantas marchitas sobre las que se habían tumbado Becky y el animal eran ahora de color azul brillante.

20

Dos días más tarde, cuando Becky y él regresaron a Tamarisco, Chris seguía dando vueltas en la cabeza al extraño suceso de Mendana. Tomaron muestras de inmediato de las plantas que habían resucitado y descubrieron que estaban sanas y fuertes. Las lecturas de otros lugares fluctuaron a lo largo de todo el día. Chris y algunos científicos tamariscos intentaron encontrar otro chestatí, ya que se preguntaban si el animal, o quizá la interacción del mismo con Becky, había tenido algún tipo de efecto sobre la plaga, pero no encontraron ninguno por los alrededores. Era otro misterio que le hacía sentir a la vez más cerca y más lejos de encontrar una solución.

Ese día, Becky y él planeaban ir a otra región de Tamarisco afectada por la plaga y también habitada por chestatís. No había ningún motivo científico para creer que los animales tuvieran un efecto curativo en el ecosistema, pero llegados a aquel extremo era una estupidez ignorar incluso las especulaciones más alocadas.

Esa noche, Becky parecía encontrarse un poco mejor. La última vez que habían estado en Tamarisco, Chris se había maravillado ante su mejoría. La imagen de Becky jugando alegremente con el chestatí era casi tan incomprensible como la marca que ambos habían dejado en el suelo. Aquella noche, al volver a casa, su hija se había dormido a media frase y a la mañana siguiente le había costado levantarse para ir a la escuela. Esa noche, sin embargo, había comido un poco más durante la cena e incluso se había sentido con fuerzas para jugar una partida a un juego de mesa antes de hacer el viaje. Chris sabía que el futuro de Becky le iba a deparar más noches como la del jueves que como la actual, pero agradecía cualquier momento de respiro.

Aparecieron fuera del palacio, como la última vez que visitaron Tamarisco, y esperaban que les aguardara un vehículo. Todavía le resultaban confusos bastantes detalles de los tránsitos (además de lo más obvio, claro está). ¿Cómo podían saber, por ejemplo, dónde y cuándo se iban a presentar? ¿Tenían comitivas de bienvenida apostadas en todas partes por si acaso?

Sin embargo, esta vez no les esperaba ningún vehículo. En lugar del transporte, encontraron a uno de los ayudantes de Miea, que informó a Chris de que la reina deseaba verle a solas. A Chris le pareció extraño que Miea quisiera dejar a Becky al margen de una conversación de cualquier tipo, pero Becky le recordó que la doctora de Tamarisco debía entregarle los resultados de las pruebas ese mismo día.

—Debe tener malas noticias, papá —opinó Becky en tono resignado.

No había mencionado los resultados de las pruebas en todo el día, pero obviamente tenía más esperanzas depositadas en ellos de lo que Chris pensaba.

—No lo sabemos, nena. A lo mejor no tiene nada que ver con eso. Puede que quiera hablar en privado conmigo sobre lo que pasó en Mendana y que después te llame a ti para hablar sobre los resultados.

Chris pensó que esa idea no tenía sentido y dudaba haber convencido a Becky con un razonamiento tan superficial, pero era lo mejor que se le había ocurrido para intentar tranquilizarla.

En cuanto Chris llegó a palacio, Sorbus sacó a Miea de una reunión. La reina le invitó a seguirla a sus aposentos y pidió a su ayudante que trajera argo para ambos. Chris se sentó en un sofá y Miea se sentó frente a él en una silla de respaldo alto.

Era evidente que Miea quería comunicarle algo importante, pero esperó a que estuvieran sentados para decírselo.

—Hace unas horas la doctora Nella me ha entregado su informe sobre Becky.

Chris se puso nervioso de inmediato. Se había convencido a sí mismo de que no debía depositar ninguna esperanza en las pruebas. Incluso había intentado olvidarlas por completo. En ese preciso momento se dio cuenta de que no había conseguido ninguna de las dos cosas.

—¿Puede ayudarla?

—No ha encontrado nada.

A Chris se le encogió el corazón.

—Entonces vosotros tampoco podéis hacer nada.

Otro milagro potencial que resultaba ser una pura ilusión.

—No, Chris, no me has entendido. No me refiero a que no haya encontrado nada que pueda ayudar a Becky. Lo que digo es que no ha encontrado nada en absoluto. Aquí, Becky no tiene cáncer. Aquí Becky no tiene ninguna enfermedad.

Chris se inclinó más hacia Miea, como si no estuviese seguro de haberla escuchado bien.

—¿No está enferma?

Miea sonrió.

—No tengo manera de saber cómo está en Connecticut, pero cuando está aquí no está enferma.

Chris no sabía cómo reaccionar.

—A lo mejor son las máquinas. Hemos obtenido montones de lecturas inconsistentes en los campos.

—No son las máquinas. La doctora Nella sabía lo que debía buscar. Tenemos mucha experiencia en ese tipo de enfermedades.

Por supuesto. En las primeras historias que Becky había creado sobre Tamarisco, el tema había aparecido en muchas ocasiones.

—¿Cómo es posible que aquí no esté enferma?

Miea se incorporó en la silla. Chris nunca había visto brillar tanto sus ojos.

—Creo que nadie puede responder a esa pregunta, pero tengo una teoría. Becky me dijo que Tamarisco fue idea tuya.

Chris levantó una mano.

—Tamarisco fue idea de Becky, sin ninguna duda.

—Pero la idea de crear un mundo para las historias de antes de acostarse fue tuya.

—Sí, es cierto.

—Y lo hiciste para que Becky no pensara en los tratamientos contra el cáncer.

Chris asintió lentamente.

—Así empezó todo, sí.

Miea se levantó y se sentó junto a él en el sofá. Estaba tan repleta de energía que prácticamente vibraba. ¿Era la misma mujer que había hablado de su hogar de un modo tan atroz la última vez que se habían visto?

—Voy a exponerte mi teoría: Creo que Tamarisco se convirtió en realidad a causa de la enfermedad de Becky. Vosotros dos no contabais historias solo para distraer la mente de Becky. Estabais creando un mundo en el que ella nunca estuviese enferma.

De pronto, Chris tuvo una revelación. Se vio a sí mismo en el dormitorio de Becky en esos primeros días tras la enfermedad, completamente convencido de que su hija iba a mejorar. Su intención era que las historias la ayudaran en la etapa de transición. Sin embargo, el cuerpo de Becky solo había conseguido que el cáncer remitiera. En realidad, la batalla había estado perdida desde el principio. ¿Podía ser que, en el fondo, las historias tuvieran otro propósito? ¿Era posible que Miea tuviese razón? ¿Acaso estaban creando un mundo en el que Becky estuviera siempre bien? Si era cierto, se trataba de una fantasía mucho mayor de lo que él había imaginado nunca.

Las historias (y el tiempo que habían pasado juntos creándolas, la imaginación que habían liberado o el lenguaje especial que Chris y Becky utilizaban para comunicarse) siempre habían sido muy valiosas para él. Sin embargo, hasta ese momento, sentado en Tamarisco escuchando esa noticia asombrosa, no empezó a ser consciente de lo valiosas que eran en realidad.

Los recuerdos podían con él. La voz infantil de Becky contando la primera historia de Tamarisco. Su voz más madura susurrándole al oído que Tamarisco era real. La expresión de su hija al saber que la enfermedad había regresado. La imagen de Becky revolcándose despreocupadamente por el suelo con el chestatí.

Un sollozo le doblegó el cuerpo y se cubrió la cara con las manos. Lloró incontrolablemente durante varios minutos y la lluvia de lágrimas liberó un amplio abanico de emociones a la vez.

Sorbus llegó con el argo. Miea tocó suavemente el hombro de Chris y le preguntó si quería una taza. Chris asintió, levantó la cabeza y tomó la taza de madera tallada que contenía la infusión efervescente. Sorbió la bebida lentamente, dejando que las burbujas juguetearan por su cara y, a continuación, respiró hondo y miró a Miea.

—¿Estás bien? —preguntó la reina.

—No tengo ni idea.

—Hay más, o al menos yo creo que hay más. Dyson me contó lo que pasó el otro día con Becky y el chestatí en la isla de Mendana.

—Todavía intento encontrarle algún sentido.

—Creo que ya lo he encontrado. Se trata sencillamente de otra teoría, pero creo que es una teoría muy consistente. Las discrepancias en las lecturas cuando Becky y tú estáis en los campos tienen relación con esta idea. Creo que la noticia que nos ha comunicado la doctora Nella y la resurrección de esas plantas son una demostración definitiva de que Becky y Tamarisco mantienen una relación simbiótica.

Chris dejó la taza sobre la mesa. Su cabeza comenzaba a despejarse.

—¿Quieres decir que la plaga y el cáncer de Becky están relacionados?

—Lo que digo es que son lo mismo. Becky está más sana aquí que en vuestro mundo, y nuestro mundo está más sano cuando ella está aquí. La diferencia es simplemente una cuestión de escala.

La idea tenía sentido, o al menos tanto como podía tenerlo algo así. ¿Qué significaba aquello? ¿Qué importancia tenía?

—En cualquier caso, Becky está muy enferma en casa y no hay esperanzas de encontrar una cura. Supongo que eso implica que tampoco hay una cura posible para Tamarisco.

—A menos que Becky se instale aquí permanentemente.

Chris se sorprendió al escuchar esas palabras.

—¿Eso es posible siquiera?

—Creo que así es como siempre habría tenido que ser.

—Pero se ve arrastrada de vuelta a nuestro mundo en el momento más inesperado. No puede controlarlo. ¿Cómo va a quedarse?

—La noche que Becky y yo nos conocimos, yo meditaba sobre los problemas que teníamos en el reino. Mientras reflexionaba, me encontré hablando con alguien que tenía el aspecto de mi padre pero no hablaba como él. Esa conversación llevó a la apertura del camino entre Tamarisco y Becky. Anoche, después de hablar con la doctora Nella, medité del mismo modo con la esperanza de volver a contactar con esa presencia. Esta vez no se me apareció con el aspecto de mi padre. Francamente, no sé qué aspecto tenía. Hablaba con frases que yo no acababa de comprender, pero una poderosa energía fluyó de él hacia mí y me dijo: «Interpreta las señales.»

—Yo he hablado con esa cosa —dijo Chris, desconcertado.

—¿De verdad?

—La primera vez que vine. A mí también me dejó anonadado, y me dijo muchas cosas raras. «Absorbe esta fuente y todas las demás.» Llevo intentando averiguar qué quiere decir desde que lo escuché. Tiene algo que ver con esta conversación, ¿verdad?

—Puede que sí. Llevo la mayor parte del día intentando «interpretar las señales» y creo que he descubierto algo. Creo que si decidiese de veras que quiere quedarse, Becky podría hacerlo, pero solo si decidiera instalarse aquí permanentemente. Eso es lo que indican las señales sobre su salud y el efecto que causa en nuestro ecosistema. La señal más importante fue el simple hecho de que pudiera llegar hasta aquí. Creo que vuelve a casa porque considera que Connecticut es su hogar. Puede que no sea cierto. Tal vez este sea su hogar, y si lo reconoce se podrá quedar.

—¿Y aquí seguiría estando sana?

—Creo que seguiría estando tan sana como lo está ahora. Lo que está claro es que no tendría cáncer. Interpreta las señales.

Chris deseaba desesperadamente creer en la teoría de Miea, aunque era consciente de que era imposible ponerla a prueba. Aunque sus conjeturas no tenían peso científico, tenían sentido. Becky no estaba enferma en Tamarisco. Cuando tocaba las plantas de Tamarisco, sanaban. Incluso despertaba el ánimo juguetón en los chestatís hambrientos. Sin embargo, ¿podía vivir de verdad en el reino? Nada de lo que él sabía indicaba que fuera posible.

Pese a todo, a Becky no le quedaba otra alternativa. En casa, el tiempo se le acababa rápidamente. Si realmente podía instalarse en Tamarisco, quedaría libre de la enfermedad, el dolor y el miedo a la muerte. Si Miea tenía razón, a Becky le bastaba con decidir que quería quedarse allí para siempre para que el cáncer desapareciera.

—¿Me puedo quedar con ella? —preguntó Chris impulsivamente.

No se lo había planteado seriamente, pero, ¿acaso había algo que pensar? Lo más importante para él en el mundo iba a estar allí, y Tamarisco le ofrecía inagotables oportunidades de descubrir cosas nuevas. En casa, nada podía rivalizar con eso.

Miea ladeó la cabeza en un gesto solidario y la sacudió lentamente.

—No es lo que indican las señales. Este es el mundo de Becky, Chris. Fue creado para ella, como dijiste tú mismo.

Creo que eso también significa que no puedes elegir quedarte aquí.

—No puedes saberlo con certeza —respondió Chris en tono seco.

Miea le observó cuidadosamente.

—No puedo saber con certeza nada de lo que te he dicho. Lo que te estoy diciendo es el resultado de la especulación y la meditación. Chris, nada de todo esto puede comprobarse de antemano, pero creo que tengo razón. Lo creo de todo corazón.

—¿Y si Becky escogiera que yo me quedase?

La expresión de Miea se volvió más triste.

—No creo que una hija pueda tomar ese tipo de decisiones.

«Eso significa que la pierdo de todos modos», pensó Chris. Aunque, evidentemente, entre ambas alternativas había diferencias enormes.

—¿Dónde viviría?

—Aquí, en palacio, conmigo. —Miea sonrió ligeramente, casi como si intentara ocultar sus sentimientos—. Seríamos como hermanas.

A Miea le brillaban los ojos. «Lleva pensándolo todo el día», pensó Chris. No tenía ninguna duda de que Miea iba a querer a Becky y que cuidaría de ella. Él nunca podría volver a estar con su hija, pero sabría que llevaba una vida de comodidades rodeada de maravillas. ¿Podía cualquier padre desear algo mejor?

«Claro que podría. Podría desear poder compartirlo con ella.»

No era como mandarla a la universidad. Hacía poco se lamentaba porque, en cuanto fuera a la universidad, Becky solo le visitaría de vez en cuando. Ahora no dispondría ni siquiera de las visitas. Sin embargo, si Miea tenía razón, y a Chris no le quedaba otra alternativa que pensar que la tenía, Becky viviría. Llevaría una buena vida. Una vida como nunca habría soñado.

—Supongo que deberíamos ir a decírselo —propuso Chris en un tono algo inseguro.

Miea reposó la mano sobre la de él.

—Antes date tiempo para hacerte a la idea, Chris. Díselo cuando volváis a casa. Tengo otra idea respecto a cómo podemos pasar hoy el día juntos.

Mientras esperaba a su padre y a Miea, Becky exploró el jardín. Incluso entonces, cuando el reino se enfrentaba a tantos problemas, parecía encontrar algo nuevo allá donde miraba. Al inclinarse para contemplar una flor casi translúcida, sus ojos se posaron en un minúsculo pájaro de color entre naranja, azul y plateado tocado con un moño de plumas oscuras. Se le acercó dando saltitos, primero sobre una pata y luego sobre la otra, mientras giraba la cabeza rápidamente de un lado a otro. Becky dio un paso hacia el pájaro y este profirió un grito estridente, algo entre un gorjeo y un ladrido. El volumen del sonido sorprendió tanto a Becky que tropezó y cayó sobre su trasero. Se rio y el pájaro (que recordó que se llamaba graznafuegos) dio un picotazo a la suela de sus zapatillas y se alejó volando.

Becky no se levantó inmediatamente. Disfrutaba pasando las manos entre la frondosa hierba azul y respirando los aromas chocolateados del suelo de Tamarisco. A esa altura, las cosas incluso sonaban distintas, como si los insectos tocaran su propia música. Becky se echó hacia atrás y respiró hondo. Allí siempre se encontraba perfectamente. Se sentía más ligera, casi como si la gravedad fuese distinta en ese lugar, aunque sabía que no era cierto. En ese momento, le resultaba casi imposible creer que las cosas estuvieran yendo espantosamente mal tanto a su alrededor como en su cuerpo.

Papá llevaba un buen rato con Miea. ¿De qué estaban hablando? Tenía que estar relacionado con la revisión de la doctora Nella y, si Miea no había querido que ella estuviese presente, seguro que no eran buenas noticias. A lo mejor tardaban tanto porque a papá le estaba costando aceptarlo. Becky sabía que su padre se lo estaba tomando todo muy a pecho aunque intentaba que no se notara. La situación se parecía un poco a cuando mamá y él se divorciaron.

No, en realidad era totalmente distinta.

Rodó sobre su cuerpo y apoyó la mejilla en la hierba fresca. La sensación le ofrecía consuelo. Sabía que pronto ya no podría visitar Tamarisco y quería memorizar todas aquellas sensaciones para aferrarse a ellas todo el tiempo que le quedase después de aquel día.

¿Cómo iban a ser esos últimos días? Nadie quería hablar con ella del tema, pero Becky sabía que iban a ser malos. Con suerte, si es que se podía hablar de suerte, entraría en coma antes de la peor parte.

Había evitado pensar en el tema porque era increíblemente aterrador. Como si morir no fuera bastante malo, además tenía que ser una muerte dolorosa. Becky no quería morir y, a pesar de que últimamente se había encontrado muy mal en casa, era surrealista pensar que la muerte estaba a la vuelta de la esquina. Interiormente, pensaba que todavía le quedaba mucho por vivir. Tenía muchos objetivos que cumplir, y creía que se suponía que debía cumplirlos. Le costaba imaginar, sobre todo en ese momento, que tanto estaba disfrutando allí tumbada, que pronto se le apagarían las luces, se sesgaría su vida.

Se estremeció y se incorporó hasta sentarse. «No lo hagas. No te tortures. No mejora nada.» Becky intentó volver a centrarse en lo que pensaba un momento antes, pero la música que escuchaba en el ambiente parecía desafinada. Un par de notas claras y monótonas interrumpían las hermosas armonías de los pájaros y los animales. Sacudió la cabeza, pero los sonidos no desaparecieron.

—Beck, ¿te encuentras bien? —preguntó su padre a una cierta distancia. Becky se levantó y miró hacia el lugar del que procedía la voz. Miea caminaba junto a él.

—Sí, estoy perfectamente. Solo probaba unas cosas.

Fue hacia ellos e intentó leer sus expresiones. Era evidente que su padre tenía muchas cosas en la cabeza, pero no parecía exactamente triste. Miea, por su parte, parecía contenta, y todavía sorprendió más a Becky que al reunirse la abrazara y le diera un beso en la mejilla.

—¿Os ha dicho algo la doctora Nella? —preguntó Becky.

Sus ojos volaban a toda velocidad de Miea a su padre. Papá estaba a punto de decir algo, pero Miea se le adelantó.

—Ha habido un problema con uno de los informes. Al parecer, últimamente varias de nuestras máquinas han dejado de ser fiables. Lo tendremos todo listo para tu próxima visita.

—¿Ese «problema con uno de los informes» significa que dice algo malo y queréis aseguraros?

—No, nada de eso. No tiene nada que ver.

Miea no hablaba como de costumbre y Becky sospechaba de sus palabras.

—Si tú lo dices...

—En serio, Becky. Los informes no dicen nada de lo que tengas que preocuparte. Solo necesitamos un poco más de tiempo.

—Cariño, no pasa nada —intervino papá—. De verdad que no.

Era evidente que sabían más cosas de las que decían, pero estaba bastante segura de que si hubiera ocurrido un desastre su padre no habría sido capaz de ocultárselo, así que lo dejó correr.

—¿Por qué habéis estado tanto tiempo ahí dentro?

—Miea y yo teníamos que hablar de algunos detalles. Sobre todo después de lo que pasó en Mendana el jueves. Tendríamos que haber venido a buscarte, pero hemos perdido la noción del tiempo especulando.

Becky asintió. Aunque el tiempo la despistaba, su padre podía estar diciendo la verdad. Podía imaginar a papá y a Miea debatiendo todo tipo de teorías sobre la historia de Becky y el chestatí. Ella misma tenía algunas teorías propias.

—Tendríamos que ir al campo cuanto antes. Habéis usado buena parte de nuestro tiempo ahí dentro. A saber cuánto nos queda.

—Becky, hoy tu padre y yo no vamos a ir a los campos —explicó Miea.

—¿Qué quieres decir? Lo del chestatí podría llevarnos a algo.

—Lo sé, pero también soy consciente de que hemos estado buscando una cura para la plaga incesantemente. Creo que lo mejor que podemos hacer es tomarnos un día libre. Tal vez nos permita ver las cosas con mayor perspectiva.

Becky miró a su padre y se encogió de hombros. Después, volvió a mirar a Miea.

—Me preocupa que se nos esté acabando el tiempo. Y me refiero al de todos.

Miea volvió a abrazarla. Definitivamente, algo raro estaba pasando.

—Ya sé que estás preocupada, pero tienes que confiar en mí. Hemos estado trabajando sin parar. Necesitamos tiempo para aclarar las ideas.

—Miea tiene razón, nena —añadió papá—. La verdad es que no me importaría tener la oportunidad de disfrutar un poco de este lugar.

—De acuerdo —cedió Becky, que hablaba lentamente y les miraba con extrañeza—. Si os parece buena idea, me apunto. ¿Qué tenéis pensado?

—Quiero llevarte a la universidad —respondió Miea—. Mi guacasasa nos está esperando.

«Chris es un buen hombre», pensó Miea mientras volaban. «En el pasado, ha tenido que hacerse el valiente por su hija muy a menudo y ahora he vuelto a poner su mundo patas arriba.» Estaba segura de que su primer vuelo en una guacasasa era una experiencia fascinante para él, pero seguro que tenía que esforzarse para exhibir la alegría que mostraba. Lo hacía por el bien de Becky, para evitar que se diera cuenta de que sus emociones estaban al límite. Era normal que lo estuvieran. La doctora Nella había aportado la información que iba a salvar a Becky y a Tamarisco. Miea reconocía que Chris tenía razón al afirmar que su teoría no era un hecho, pero los acontecimientos cuadraban con la hipótesis y el tiempo que ella había pasado en la oscuridad la noche anterior había reforzado su fe en la teoría.

Pese a todo, la solución implicaba que Chris no volvería a ver a Becky nunca más. Aunque era claramente preferible al otro destino posible de Becky, Chris debía de sentirse abrumado por el sentimiento de pérdida.

El pájaro aterrizó en el campo abierto frente a la Facultad de Humanidades. Evidentemente, las visitas informales no existían cuando la visitante era una reina, por lo que un equipo había volado antes que ellos para preparar el centro antes de su llegada. Cuando la expedición de Miea aterrizó, el decano Sambucus, que parecía un poco más canoso que como lo recordaba Miea, y una larga comitiva de alumnos les estaban esperando.

—Es un gran placer volver a verla, majestad —dijo el decano en cuanto Miea bajó de la guacasasa.

—Gracias, decano. Ha pasado mucho tiempo.

—Muchísimo tiempo, majestad. Espero que nos honre con visitas más frecuentes en el futuro.

Miea miró a Becky.

—Eso espero.

Miea intentó acabar rápido con las formalidades. El propósito de aquella visita no era saludar oficialmente a la universidad. Era mostrar a Becky y a Chris una parte de su vida. Afortunadamente, el decano Sambucus y el resto de su comitiva parecieron hacerse cargo de la situación y dejaron a los tres tan solos como podía estar Miea en un espacio público.

Las plantas de los alrededores del campus estaban en flor. La universidad era un paraíso botánico y exhibía todas las especies de flora tamarisca que permitía el clima. La Facultad de

Estudios Botánicos, en la que se habían licenciado tanto Dyson como Thuja, era la mejor del reino, y disponía de un personal de élite formado por el profesorado y científicos investigadores, muchos de los cuales participaban en misiones en otros lugares durante la presente crisis. Aquella región de Tamarisco se había salvado por el momento de la peor parte de la plaga y, según lo que Miea había descubierto aquel día, probablemente se salvaría para siempre. Miea era consciente de que existía la posibilidad de que Becky decidiese que no quería vivir en Tamarisco de forma permanente, pero le parecía una opción remota. ¿Cómo iba Becky a pensar en rechazar esa oportunidad si en su casa la esperaba la muerte?

Hicieron la primera parada de la visita guiada en el Salón Menziesii, el auditorio profusamente decorado construido gracias a una donación de sus trastatarabuelos. El edificio, construido a partir de enormes bloques de malheur, fue tallado por docenas de artesanos durante años. En la época de su construcción, los artistas consideraban que trabajar en una parte del salón era el encargo más prestigioso disponible, competían con agresividad por ganarse el honor y contribuían al proyecto con algunas de sus obras más apasionadas.

—Este lugar es increíble —valoró Becky mientras acariciaba un grabado de las colinas de Custis.

—El grado de detalle es extraordinario —añadió Chris—. Tantos estilos artísticos mezclados con tanta naturalidad.

Miea estaba encantada de verlos tan impresionados.

—En realidad es todavía una obra maestra mayor de lo que parece. Cada grabado está «sintonizado» por los ingenieros para que el sonido llegue igual a todos los asientos del salón.

—Caray —dijo Becky apoyando la oreja contra una pared—. Ojalá estuvieran celebrando un concierto ahora mismo.

Miea lanzó una mirada fugaz a Chris.

—Quizá la próxima vez que vengas.

La siguiente parada fue en el antiguo dormitorio de Miea. Como muchos de los edificios del campus, estaba construido de sólida uinta, una variedad violetaocre que se extraía de una cantera situada pocos kilómetros al sur. Comparados con la magia arquitectónica del Salón Menziesii, los dormitorios eran austeros, estructuras simples de líneas claras. Sin embargo, representaban el primer y único intento de Miea de vivir sola, y por ello ocupaban un lugar muy importante en su corazón.

—Me pregunto si podríamos visitar mi antigua habitación —dijo Miea entrando en un edificio.

—¿Dormías en un dormitorio normal? —preguntó Chris. Miea sonrió.

—Sí, aunque tuve que negociar bastante. No te creerías la suite que me tenían preparada.

Becky parecía fascinada incluso por ese entorno modesto.

—¿Y viviste aquí completamente sola?

—Con una compañera de habitación y un par de centenares de alumnos más.

—Es genial.

Se dirigieron a la habitación y Miea llamó a la puerta. Escuchó ruido dentro y una mujer de aspecto alterado abrió la puerta rápidamente.

—Ya sé que llego tarde, lo si...

La mujer dejó la frase a medias. Era evidente que esperaba a otra persona.

—Yo vivía aquí —explicó Miea—. ¿Te importa si entramos un momento?

La mujer no se movió y no dijo ni una palabra. Miraba a los tres desconcertada.

—¿Majestad? —preguntó finalmente en un tono muy bajo.

—Sé que no tengo derecho a imponerte lo que te pido. Este viaje ha sido un capricho. ¿Te importa si echamos un vistazo solo un minuto?

La mujer se apartó del umbral.

—No, no, por supuesto. Pasen —les invitó, y a toda prisa se puso a recoger comida, ropa y papeles sueltos.

—Apostaría que esta habitación estaba considerablemente más ordenada cuando tú vivías aquí —susurró Chris.

—La verdad es que no.

Becky le tiró del brazo.

—¿Cuando eras una adolescente eras dejada?

Miea puso los ojos en blanco.

—Todavía lo soy. Lo que pasa es que no os dais cuenta porque hay personas que lo recogen todo inmediatamente.

Becky dio una palmada juguetona en el pecho de su padre.

—¿Lo ves, papá? Ser desordenada tiene algo de la realeza.

—Gracias, Miea —dijo Chris con seriedad, aunque estaba sonriendo. La excursión parecía relajarle. Tal vez había comenzado a aceptar la conversación que habían mantenido.

Era evidente que la mujer que vivía en la habitación se sentía incómoda por tener allí a la reina. Había dejado de recoger, pero estaba inmóvil y nerviosa en un rincón. Miea se acercó a la ventana para contemplar el vasto prado y su vibrante arco iris de flores silvestres. Dyson y ella habían ido de pícnic a ese mismo prado la última vez que ella había estado allí. Ese día no había podido regresar a su dormitorio.

—Es una vista maravillosa, ¿no crees? —comentó a la mujer. La vista fue la única concesión que hizo en lo referente a recibir un trato especial. La posición de esa ventana ofrecía las mejores vistas de todo el edificio.

La mujer dio un paso al frente.

—A veces paso horas mirando ese prado. Majestad, no me habían dicho que esta habitación fue suya. Si lo hubiera sabido, la habría cuidado mejor.

—No seas tonta. Ahora es tu habitación, y deberías vivir en ella como más te guste. Yo lo hice, puedes estar segura. —Miea miró por la ventana durante otro largo rato. Había perdido muchas cosas desde la última vez que había estado allí de pie. Sin embargo, por primera vez en mucho tiempo, y quizá por primera vez desde aquella última vez, tenía motivos para creer que se acercaban cosas buenas. Hasta había recuperado a Dyson.

Se volvió y sonrió a la mujer.

—Tenías prisa y te estoy entreteniendo. Ya nos vamos.

Salieron del dormitorio y se dirigieron al centro del campus. En el patio había gente leyendo, comiendo, tumbada sobre sábanas o conversando con amigos. Algunas personas se levantaron y le hicieron una reverencia al verla pasar, y Miea saludó educadamente con la mano. Un grupo de alumnos se puso a seguirla a una cierta distancia, probablemente pensando que no se había dado cuenta. Aunque nunca había pasado desapercibida entre la multitud cuando iba a la universidad, cuando formaba parte del alumnado llamaba mucho menos la atención.

Había un grupo de alumnos jugando a palodisco. El lanzador lanzaba el disco a distancias imprevisibles y otros tres intentaban desesperadamente atraparlo con el palo, riéndose e intercambiando insultos con el lanzador durante el proceso.

—Me encanta este juego —dijo Becky, que se detuvo a mirarlos.

—¿Jugáis a palodisco en el lugar del que vienes?

—No, me lo inventé. Pero pude jugar durante una de mis excursiones. ¡Marqué y todo!

—Es impresionante para alguien sin experiencia.

—Sí —coincidió Becky con orgullo, y se volvió para admirar las travesuras de los participantes—. ¿Crees que me dejarían jugar?

Miea sonrió.

—Algo me dice que te dejarán. —Se acercaron un poco más y Miea llamó al lanzador—. Disculpa...

El lanzador lanzó el disco a decenas de metros de distancia de sus compañeros y se volvió hacia ella riéndose de lo que acababa de hacer. Sin embargo, al ver a Miea su expresión se serenó y le dedicó una reverencia torpe. Un jugador recuperó el disco y los cuatro le hicieron una reverencia a la vez.

—Lamento interrumpiros, pero me preguntaba si os importa que mi amiga juegue unos minutos con vosotros.

Los cuatro se incorporaron, se miraron y se dijeron algo que Miea no alcanzó a escuchar.

—Por supuesto, majestad —dijo uno de los jugadores,

que ya caminaba hacia Miea. Becky fue a su encuentro y agarró el palo.

—Mira, papá —dijo—. Esto se me da realmente bien.

Cuando retomaron el juego, el lanzador lanzó varios discos fáciles hacia Becky, mirando a Miea tras cada uno de los lanzamientos. Después de unas cuantas jugadas parecidas, Becky dijo:

—Puedes tirar más fuerte. Sé lo que estoy haciendo.

Volvieron a jugar, pero siempre a un ritmo algo menos frenético que cuando Miea les había interrumpido.

Miea se volvió hacia Chris, que aplaudió una captura difícil de Becky.

—Se lo está pasando realmente bien.

—Ni te imaginas cómo deseaba volver a verla así.

—Ya sé que lo que te he dicho hoy te habrá abrumado, pero recuerda esta imagen. Becky puede seguir así todo el tiempo. Puede que Becky estuviera hecha para esto desde el principio.

El disco trazó una espiral alejándose a la izquierda de Becky, que corrió tras él con el palo en alto. Sabía que podía alcanzarlo si corría con todas sus fuerzas. Trató de cazar el disco al vuelo... Y, de pronto, se sintió como si la hubiera atropellado un tren. El palo se le escapó de las manos y cayó de bruces al suelo. No vio al chico que había tropezado con ella hasta después de aterrizar. Estaba algo desorientada, pero también estaba bastante segura de no haberse hecho daño.

El chico se levantó rápidamente y corrió a su lado.

—Lo siento mucho. ¿Estás bien?

Becky se levantó y se sacudió el polvo. Hizo un gesto a su padre, que trotaba hacia ella con una expresión preocupada.

—Sí, estoy perfectamente. Debería haber mirado por dónde iba. ¿Tú estás bien?

—Claro, claro. —El chico corrió a recoger el palo y se lo dio cortésmente—. ¿La reina hará que me detengan? —preguntó con nerviosismo.

Becky soltó una carcajada.

—Seguro que te puedo conseguir una reducción de la pena.

El chico parecía preocupado.

—De verdad que ha sido sin querer.

—Era broma. La reina no te hará nada.

El chico miró a Miea y volvió a mirar a Becky.

—¿Cómo la conociste? ¿Eres su prima, o algo así?

—Supongo que podríamos decir que somos parientes lejanas.

—¿Vas a venir a estudiar aquí?

Becky miró el campus y suspiró.

—Ojalá pudiera, pero vivo muy lejos. Seguramente esta será la única vez que pueda venir.

—Es una lástima. —El lanzador hizo un gesto al chico y este se lo devolvió—. ¿Quieres que hagamos unos lanzamientos más? Te prometo que tendré los ojos bien abiertos.

Volvieron a jugar y el lanzador realizó unos cuantos lanzamientos penosos que Becky podría haber cazado tumbada en el suelo. Tuvo que pedirle otra vez que lanzara más fuerte. Los efectos del choque no la habían afectado en absoluto.

Si Chris tenía alguna duda acerca de lo que Miea le había dicho sobre la salud de Becky, la reacción de la muchacha ante la colisión la había disipado por completo. Los niños enfermos no se levantan de un salto de ese modo. Por lo que a él respectaba, aun estando en buena forma, si él mismo hubiera chocado contra alguien como ese chico y Becky, se habría quedado un buen rato tendido en el suelo.

De vuelta en casa, hablaría con Becky sobre la posibilidad de vivir en Tamarisco. Era obvio que no había otra alternativa. Aunque la teoría de Miea resultara errónea, no estarían peor de lo que estaban. Ver a Becky tan enérgica le animaba a creer que Miea había descubierto la manera de mantenerla siempre igual.

De momento, solo quería verla jugar y grabar su vitalidad en su memoria. Quería recordarla así para siempre.

Miea parecía disfrutar casi tanto como él viendo a Becky. Le había dicho que serían como hermanas si ella vivía en el reino. Mientras se alejaban del patio y continuaban su visita a la universidad, Miea pasó un brazo sobre los brazos de Becky. Exactamente como lo habría hecho una hermana mayor.

Se acercaban a la Facultad de Tecnología, otro edificio de construcción atractiva hecho de la misma piedra anaranjada que muchos otros, cuando Chris notó que algo presentaba resistencia a sus pasos.

—¿Has notado eso, Becky? —preguntó.

—Sí. Tenía la esperanza de que el tirón se olvidara de nosotros un rato más.

El tirón fue más intenso que de costumbre. Tal vez se lo pareció por lo que había aprendido ese día. ¿Cómo iba Becky a combatir una fuerza como aquella simplemente decidiendo que quería hacerlo?

Miea abrazó a Becky y se dirigió hacia Chris. Antes de que pudieran tocarse, Chris sintió que salía disparado.

Al abrir los ojos se vio sentado en la cama de Becky. Ella estaba tumbada encima de él, con la cabeza en su pecho, y dormía con una respiración suave.

Esa noche, Becky había vivido una aventura formidable y, sin duda, había sido el momento más distendido que había disfrutado en semanas. Sin embargo, el viaje le había pasado factura física. Mientras la metía bajo las sábanas, Becky no movió ni un músculo.

Chris observó su silueta inmóvil durante unos minutos. Ya no era la persona sin limitación alguna a la que había visto correr apenas un rato antes. Nunca volvería a ser esa persona en este mundo.

No, a pesar de las dudas que albergaba, ya no quedaba más alternativa.

Por la mañana, contaría a Becky lo que le había dicho Miea.

21

Chris durmió mal y a la mañana siguiente se levantó antes de las seis. Se había pasado la noche pensando en lo que tenía que decirle a Becky. ¿Cómo se preparaba uno para ese tipo de conversaciones?

Mientras esperaba que ella despertara, intentó leer el periódico y, después, parte de una novela que acababa de empezar, pero no lograba concentrarse. Intentó ver la televisión, pero a aquellas horas de un domingo daban poca cosa más que programas de teletienda. Se le pasó por la cabeza volver a sacar los DVD de vídeos caseros, pero hasta él era consciente de lo ridículamente sensiblera que era la idea. No era momento de autocompadecerse. La autocompasión había quedado suspendida de forma temporal o, quizá, permanente. La melancolía no le iba a seducir nunca más.

Al final optó por volver a sentarse en el sofá y mirar el techo, un ejercicio de meditación que resultó ser más reparador que pasar horas dando vueltas en la cama.

Becky entró en la sala hacia las nueve y media.

—¿Hay algo interesante ahí arriba? —preguntó.

Chris se incorporó y la invitó a sentarse junto a él. Becky tenía los ojos hundidos y su piel parecía amarillenta. Chris deseó poder verla jugar a palodisco otra vez.

—Cariño, hay algo serio de lo que me gustaría hablarte.

Becky se dejó caer en el sofá.

—Lo sabía. Sabía que anoche Miea tenía una malísima noticia y no me la quiso contar.

—Es verdad que tenía una noticia, Beck, pero no era malísima. Es extraordinaria. Quiero decir extraordinaria de verdad. A todos los niveles.

Le contó todo lo que Miea le había explicado sobre los hallazgos de la Dra. Nella y sobre la conexión entre Becky y Tamarisco.

—¿Puedo vivir allí? —preguntó Becky en cuanto terminó.

—Allí podrás vivir bien, sin ninguna enfermedad.

—Por eso anoche era capaz de correr tanto. No entendía qué estaba pasando.

—Tendrás toda la energía de una chica de catorce años muy, muy sana.

Becky dejó que su mirada se perdiera en la media distancia mientras intentaba asimilarlo. Volvió a mirar a Chris.

—¿Me podrá venir a ver alguien?

Chris sintió que las lágrimas acudían a sus ojos y las reprimió.

—Me temo que no, cielo.

—¿Puedo volver de vez en cuando?

—No, a menos que Miea no esté interpretando bien las señales. Es un pasaje solo de ida, Beck.

Becky interpretó muy lentamente el significado de esas palabras. Chris la observó mientras ella pensaba e imaginaba un futuro sin las personas que siempre había tenido a su alrededor. ¿Qué cara le debía pasar por la cabeza? ¿La de Polly? ¿La de Lonnie? ¿La de algún tipo de quien nunca le había hablado? ¿La suya?

—Así que si voy, voy sola. Para siempre.

Chris se obligó a aguantar. Necesitaba todas sus fuerzas. No podía pensar en sí mismo de ningún modo.

—Tendría que ser así.

Becky bajó la mirada.

—No sé si podría hacerlo.

Chris tomó las dos manos de Becky entre las suyas y las apretó con firmeza.

—Piensa en la alternativa, nena. Sabiendo lo que sabemos, ¿cómo va a ser solo una opción? Te acaban de conceder una maravillosa segunda oportunidad en la vida. Puedes vivir en un sitio espectacular sin ninguna traba. Piensa en las mejores vacaciones que se te ocurran, multiplícalas por cinco y estarás hablando de un mal día en Tamarisco.

Becky le miró fijamente un largo rato y, al final, desvió la mirada.

—Es que es algo muy definitivo.

—También lo sería la decisión de no ir.

Becky le miró otra vez con ojos cubiertos de desconcierto, enfermedad e inocencia.

—Tú quieres que lo haga.

—No —replicó con una risa seca—. Yo lo que quiero es la tercera opción, la que me permite ir contigo o, como mínimo, visitarte varias veces a la semana. Desgraciadamente, parece que no es una de las posibilidades.

Becky se inclinó hacia él y Chris se la acercó. La sentía intensamente. Chris sabía que tenía que memorizar esa sensación. Permanecieron varios minutos en silencio. Entonces Becky se reclinó en el sofá con el brazo de Chris a su espalda.

—¿Si voy terminará la plaga?

—Cada vez que vas, Tamarisco mejora. Si te quedaras allí permanentemente, la plaga desaparecería.

—Es increíble.

—Puedes creerlo, Beck. Piensa en cómo te sentías anoche en la universidad. No estabas enferma. Estabas completamente recuperada. Un tipo enorme de la universidad te hizo un placaje y te levantaste enseguida.

Becky miró el techo como había hecho su padre.

—¿Cómo se lo decimos a mamá?

—Ya se nos ocurrirá algo.

Becky se inclinó hacia delante.

—Papá, ella no cree en nada de todo esto.

—Pensaremos algo. Llegados a este punto, eso no puede ser un impedimento.

—Pero lo es, papá.

Chris comprendía, incluso mejor que Becky, que la reticencia de Polly podía parecer un obstáculo enorme. Sin embargo, esta vez no pensaba permitir que se interpusiera en su camino.

—Yo me ocuparé de tu madre —dijo, aunque era consciente de que hacía años que no se «ocupaba» de Polly con eficacia. Daba igual. Su historia no tenía importancia alguna en ese momento.

—No la podemos obligar a tragárselo. No podría vivir con eso. Sin su bendición, no podría vivir tranquila. No puedo llevar una vida feliz en Tamarisco si sé que ella llora mi muerte.

Chris no había previsto esa complicación en concreto. Debería haberse dado cuenta de que Becky querría que tanto Polly como él sobrellevaran la situación, pero él no pensaba en esos términos. Lo único que entendía era que Tamarisco era un regalo inmenso. Uno no podía rechazar un regalo como aquel.

—Entonces conseguiremos su bendición.

—No será fácil, papá. Pensará que los dos hemos perdido la cabeza.

—Hablaremos con ella esta tarde, cuando te lleve de vuelta.

«Absorbe esta fuente y todas las demás», pensó Chris repitiendo las palabras de aquella voz sobrenatural, algo que hacía a menudo últimamente.

El optimismo resultó ser algo fácil de recordar, a pesar de que Miea lo había utilizado con muy poca frecuencia durante los últimos años. Al despertarse aquella mañana se había sentido todavía más revitalizada que tras escuchar las noticias de la Dra. Nella. Su mundo iba a vivir. Becky iba a vivir. Volvía a haber un futuro, un futuro realmente prometedor. Además, ese día Dyson iba a ir a comer con ella y, por primera vez desde su reencuentro, no se trataba de una visita por motivos de estado. La noche anterior, había hablado con él. Se lo había contado todo y Dyson se había mostrado tan eufórico como lo estaba ella. Ese día pensaba cerrar la puerta de sus aposentos, iba a insistir en que no la molestase nadie (había cancelado una reunión con el ministro de Transporte para ganar tiempo para la comida) y hablarían sobre cualquier cosa menos de la plaga.

—¿Me necesitaba, majestad? —preguntó Sorbus entrando en su despacho.

Miea se levantó del escritorio y se acercó a su ayudante de mayor confianza.

—Sorbus, tenemos que hacer algunos planos. Necesitamos un equipo de construcción y un decorador inmediatamente.

—Por supuesto, majestad. ¿Les puedo adelantar algo acerca de cuál será su tarea antes de que lleguen?

—Vamos a hacer algunas reformas en la parte residencial. En las habitaciones que hay justo junto a las mías.

—¿Se refiere a sus antiguos aposentos, majestad?

—Sí. Ya no necesito ni los archivos, ni los estudios ni las maquetas que tengo allí. Podemos llevarlos al almacén. No, podemos deshacernos de ellos por completo... Creo. Te lo concretaré más adelante. Quiero que ese espacio vuelva a ser habitable. Quiero tirar unas cuantas paredes para hacerlo más abierto. Quiero una puerta que salga directamente al jardín. Quiero ventanas más grandes... Y un tragaluz en el dormitorio.

—Lo haré saber a los constructores.

—Pide al decorador que piense en maneras creativas de usar el payette. Y el seney, también. Me parece que le gusta mucho esa tela.

—¿«Le», majestad?

Miea sonrió de oreja a oreja. Estaba tan ocupada gesticulando e imaginando maneras de mejorar ese espacio que había olvidado explicar a Sorbus por qué quería hacer todo eso.

—Vamos a construir estas habitaciones para Becky.

Sorbus asintió.

—Es muy generoso por su parte ofrecerle un lugar en el que instalarse durante sus visitas.

—Pronto dejará de visitarnos. Becky viene a vivir al reino.

—Pero yo pensaba...

—Nada es exactamente como nosotros pensábamos, Sorbus. Y eso es algo muy bueno.

Habían pasado las últimas horas en el sofá. Por la mañana, Becky se había sentido con fuerzas para sentarse fuera, pero la energía se le había agotado rápidamente y apenas había conseguido volver a entrar al apartamento. Durante el resto del día, Becky había apoyado la cabeza en el regazo de Chris y habían visto la televisión.

Chris no había retomado su conversación sobre Tamarisco. ¿Había aumentado la carga tan pesada que Becky ya tenía que soportar? Había una posible cura para la enfermedad de Becky, pero conllevaba compromisos y problemas adicionales, incluido uno que había obviado por completo: Polly. ¿No sería irónico que su imaginación hubiera contribuido a generar una nueva vida para su hija enferma y la falta de imaginación de su ex mujer evitara que Becky gozara de ella?

Hacía mucho tiempo que Chris había dejado de ensayar discursos para Polly. La preparación tenía poco que ver con su capacidad de convencerla. Sin embargo, esta vez, mientras acariciaba el cabello de Becky sentado en el sofá, refinó la estrategia con la que pretendía abordar el tema. Le resultaba frustrantemente fácil anticipar las respuestas de Polly.

Becky comió un poco antes del trayecto de vuelta a Moorewood, pero vomitó en el arcén antes de llegar al puente. Al volver al coche, le dedicó la sonrisa más desgarradora que Chris había visto. El tipo de sonrisa que indicaba que ella era consciente de que pronto considerarían que aquel era uno de sus días buenos. Fue en ese preciso momento cuando Chris se dio cuenta (aunque pensaba que ya lo sabía) de que no estaba preparado para afrontar la decadencia física de su hija.

Al llegar a casa de Polly, Chris ayudó a Becky a salir del coche y entrelazó el brazo con el de ella al acercarse a la puerta.

—¿De verdad vas a hablar con ella ahora mismo? —preguntó Becky, insegura.

—De verdad que voy a hablar con ella.

—¿Quieres que me quede?

—Me parece que será mejor que no.

Becky le apretó el brazo afectuosamente y entró en la casa. Polly apareció enseguida y abrazó a su hija.

—Tengo que hablar contigo unos minutos —anunció Chris mientras Polly todavía abrazaba a Becky.

—Voy a mi cuarto —dijo Becky, y dio un beso en la mejilla a su madre. Miró la escalera y suspiró—. No, mejor voy a la cocina.

Becky tendió una mano a Chris y él la tomó un momento antes de que se fuera.

—¿Qué pasa? —preguntó Polly al ver que Becky doblaba la esquina.

Chris optó por meterse de cabeza en la conversación. Los preliminares no servían para nada.

—Ayer descubrí algo que curará a Becky.

Polly se sobresaltó, pero recuperó la compostura rápidamente.

—Ya hemos comenzado con el Glivec. No cambiaremos de rumbo para probar alguna alternativa alocada. No se ha demostrado que la medicina alternativa funcione.

—Polly, no te estoy hablando de medicina alternativa ni de un medicamento milagroso. Hablo de Tamarisco.

Por un momento, Polly puso cara de disgusto, como si Chris se las hubiera ingeniado para decepcionarla a pesar de lo poco que ya esperaba de él, pero, entonces, hizo una mueca y volvió su furia.

—Debes de estar bromeando. ¿No crees que ya lo estoy pasando bastante mal sin que me aterrorices con tus fantasías? ¿Qué vas a decirme? ¿Que los «médicos» de Tamarisco han descubierto que solo tiene que pasar más tiempo hablando con duendecillos?

La ira de Polly no afectó a Chris.

—¿Sabes una cosa que me maravilla? Estás dispuesta a probar cualquier pastilla que te mencionen aunque esté poco probada clínicamente, pero no eres capaz de abrir la mente a cualquier otra cosa.

—La investigación científica y los mundos imaginarios son cosas distintas, Chris.

—Sí, es verdad. Son cosas radicalmente distintas. Solo una de ellas ofrece a Becky la posibilidad de mejorar.

Polly miró fijamente a Chris. Si intentaba hacer que desviara la mirada, había elegido un mal momento. Finalmente, Polly sacudió la cabeza y dijo:

—Voy a pasar algo de tiempo con mi hija. Ya sabes dónde está la puerta.

—Polly, los dos queremos lo mismo. ¿Qué puedes perder por escucharme?

Polly le volvió a mirar, levantó las manos en un gesto de resignación y se sentó en la escalera que llevaba al segundo piso.

—De acuerdo, Chris. ¿Qué tienes que decir?

Chris se acercó a la escalera y se sentó en el escalón de debajo del de su ex mujer.

—Tamarisco existe por una razón.

—Eso supone creer que Tamarisco existe.

Chris ignoró el comentario.

—Existe porque es el hogar de Becky.

Polly frunció el ceño.

—¿Qué?

Chris se inclinó un poco hacia delante.

—En Tamarisco, Becky no está enferma.

—Eso es muy reconfortante, Chris. Totalmente irrelevante, pero reconfortante. No me puedo creer que estés haciendo esto. Comenzaba a convencerme de que sería mejor que pasáramos por esto juntos. Soy una imbécil.

A Chris le costaba cada vez más mantener a raya su propio enfado, pero se esforzó por conseguirlo.

—Lo que te estoy diciendo no es totalmente irrelevante. Es su única esperanza. Tamarisco surgió porque allí Becky puede ser una niña sana.

Polly hizo otra mueca.

—Esa es tu nueva teoría.

—No es una teoría. Tendrías que haberla visto cuando estuvimos allí anoche.

Polly entrecerró los ojos y se puso roja.

—¿Tú estuviste allí anoche?

—Sí. Estuve allí anoche. He estado en Tamarisco muchas veces. Tendrías que ver a nuestra hija...

—... Chris, ¿escuchas lo que estás diciendo?

—Polly, tienes que prestarme atención. Ya sé que parece una locura. Yo apenas lo creía cuando Becky comenzó a hablar del tema, pero esto ha pasado por un motivo. Becky puede vivir en Tamarisco. Cuando está allí, está llena de vida como nunca.

—Dios mío.

¿Se estaba planteando la posibilidad de que fuera cierto? Chris continuó presionando.

—Lo sé. Son muchas cosas de golpe. Me he pasado toda la noche pensando en ello. No la volveremos a ver, pero sabremos que está bien.

Polly permaneció un rato en silencio. Al volver a hablar, lo hizo con un timbre de voz más suave.

—Lo siento mucho, Chris. Has llegado incluso más lejos que yo. Escucha, he estado hablando con una buena terapeuta. A lo mejor podrías ir a ver a uno de sus socios.

Chris se sintió como si hubiese sufrido una súbita bajada de azúcar.

—Crees que lo estoy imaginando.

—No lo creo, lo sé. Aunque estoy devastada por lo que le está pasando a Becky, y aunque me duele cada momento que pasa, sé que lo que estás experimentando es mucho más perjudicial para ti.

—No son visiones.

Polly se levantó. Estaba mucho más alta que él.

—Busca ayuda, Chris. Hazlo por Becky.

—No son visiones. Puedo demostrártelo.

Polly bajó la escalera pasando junto a él y se fue hacia la cocina.

—Te mandaré el número de teléfono de mi terapeuta por correo electrónico. En su consulta hay muchos otros médicos.

Dicho esto, Polly dobló la esquina y entró en la cocina a ver a su hija. Chris se sentía humillado. Pensó por un momento en seguir a Polly por el pasillo, pero no quería tener un enfrentamiento desagradable con ella delante de Becky. Chris optó por esperar unos minutos en la escalera por si acaso Becky salía a buscarle.

Cuando fue evidente que no iba a ir, se fue de la casa. Se sentía tan derrotado como siempre que salía de esa casa.

«Absorbe esta fuente y todas las demás.»

Esta vez no podía permitir que Polly se saliera con la suya. Durante los últimos cuatro años, había cedido muchas veces frente a ella. Esta vez no había margen para concesiones.

22

Cada vez que llegaba a Tamarisco en aquel punto, Becky se sentía como un juguete hinchable que se volvía a hinchar. Durante la última semana se había sentido cada día más débil en casa. Había leído que el Glivec hacía maravillas con algunas personas, pero a ella no le estaba causando ningún efecto aparte de provocarle unas náuseas insufribles. Los intervalos en los que estaba tan cansada que no se podía mover eran cada vez más largos. Esa noche, papá había tenido que llevarla al dormitorio y le había costado levantar la cabeza para darle el beso de buenas noches. Dos días atrás, se había dormido mientras oscurecía los recuerdos y no había llegado a completar el tránsito a Tamarisco. Esta vez, papá se había quedado junto a ella para asegurarse de que no le volvía a pasar.

Sin embargo, al llegar a palacio se notó intensamente despierta y espabilada. Respiró hondo y le pareció que podría inspirar todo el aire del reino sin acabarse de llenar los pulmones. Tal vez la mente la engañaba, sobre todo ahora que sabía todo lo que sabía sobre aquel lugar, pero nunca se había sentido tan bien en su hogar. Nunca en toda su vida.

Y quizá no volviera a sentirse nunca así de bien. Mamá había pisoteado a papá cuando él había intentado hablar con ella sobre la idea de que Becky viviera en Tamarisco, y después rehuía el tema por completo con ella.

Cuando Becky trataba de convencerla de que Tamarisco era su única posibilidad, su madre simplemente decía:

—El Glivec necesita un poco de tiempo.

Una y otra vez, Becky había intentado convencerla de que fuera a ver el palacio en persona para comprobar que era real, pero su madre era un muro de hormigón y se negaba a explicarle por qué no quería hacerlo. Becky no lo entendía. Sabía que su madre no quería que muriese, pero tampoco estaba dispuesta a concederle la única oportunidad que tenía de vivir. Papá parecía cada vez más desesperado. Había llamado a mamá varias veces (aunque solo servía para que le colgara el teléfono) y el día anterior se había presentado en casa de mamá sin avisar. Esa noche había dicho a Becky que tenía que plantearse tomar aquella decisión sin la aprobación de su madre, pero Becky no se veía capaz. ¿Cómo podía vivir en Tamarisco sin despedirse de su madre y sabiendo que mamá iba a vivir el resto de sus días pensando que su hija estaba muerta?

Sorbus la acompañó a los aposentos de Miea y anunció que la reina iría enseguida. Ese día había mucho ruido en palacio y se escuchaban ruidos de sierras y martillazos al otro extremo del pasillo. Teniendo en cuenta lo incierto de la situación, parecía un momento bastante extraño para hacer reformas.

Unos minutos más tarde, Miea entró en la habitación y abrazó a Becky con entusiasmo.

—¿Cómo te encuentras? —preguntó.

—Genial. Estoy estupendamente, de verdad.

—Hacía unos días que no venías. Estaba un poco preocupada.

Becky arrugó la nariz.

—La otra noche tuve un problema cuando venía hacia aquí.

Miea le tomó la mano.

—Oh, Becky.

—Pero esta noche estoy aquí. Mi padre me estaba vigilando en el otro lado.

Miea miró la mano de Becky y se la estrechó.

—¿Has hecho progresos con tu madre?

—Nada. Nada de nada. Diría que estamos retrocediendo, pero empezamos tan atrás que ya no se puede retroceder más.

—Lo siento mucho por ti. Me asusta que el otro día no consiguieras hacer el tránsito. ¿Y si hoy regresas a tu casa y no te vuelvo a ver?

Becky no quería pensar en ello, pero no podía quitárselo de la cabeza. Era consciente de que si no podía hacer el tránsito de nuevo, su última esperanza se desvanecería, pero, ¿qué pasaría con Tamarisco? Si Becky estaba demasiado enferma para volver, la plaga se apoderaría del reino entero. ¿Moriría Tamarisco en el mismo momento que ella o pasaría otra cosa? Tal vez ocurriría justo lo contrario. A lo mejor al morir ella Tamarisco quedaría libre de su enfermedad. Si las cosas iban mal para ella, siempre podía aferrarse a esa idea.

—No puedo venir sin la bendición de mi madre, Miea. Simplemente, no puedo. Nunca sería tan egoísta.

Miea la observó atentamente.

—Ya sé que no puedes. —Se quedaron en la misma postura un largo rato y finalmente Miea le dio unos golpecitos en la mano—. Ven a dar un paseo conmigo.

Salieron al jardín, lo primero que había visto Becky del exterior de Tamarisco. Los jardineros cuidaban las flores y las plantas, los pájaros revoloteaban y los animales terrestres correteaban por el jardín. Era tan hermoso como cada vez que salía a verlo. Sin embargo, el sonido era diferente. La música en el ambiente estaba todavía más desacompasada que la última vez que había salido al aire libre. Un profundo sonido grave casi gutural flotaba en el ambiente completamente desacorde con las melodías más agudas.

Cruzaron el jardín hasta llegar al campo desde el que Becky había iniciado su viaje en guacasasa. El simple hecho de estar allí despertaba en Becky la sensación de estar volando. Aquel primer viaje, durante el que había conocido al microgranjero y los jugadores de palodisco, y había visitado los pantanos burbuja, había sido una de las experiencias más emocionantes de su vida. La había hecho sentir que pertenecía a Tamarisco, aunque por aquel entonces no era consciente de hasta qué punto.

Al llegar al claro, Becky vio manchas verdes que salpicaban el campo y descendían hasta el valle que se extendía por debajo.

—¿Eso es lo que creo? —preguntó con ansiedad.

Miea asintió.

—La plaga llega a palacio. Estas han aparecido durante los últimos dos días —explicó Miea, y señaló hacia la colina—. Buena parte de la hojarasca de Ciudad de Tamarisco ya presenta necrosis. El ciclo letal se acelera rápidamente.

—A lo mejor si paso un tiempo en la ciudad las plantas revivirán.

—Probablemente lo hagan, pero no durará mucho. Será mejor que no creemos falsas esperanzas a los ciudadanos.

Becky observó los edificios, que apenas eran visibles a tanta distancia.

—Deben de estar aterrorizados por todo lo que está ocurriendo.

—Están tan callados que da miedo. Normalmente la ciudad es bulliciosa y cacofónica. Ahora está en silencio. La mayoría de ciudadanos se quedan en casa y los que salen hacen las cosas con desgana. Parecen resignados. Creo que preferiría una revuelta.

«Son conscientes de que no tendría sentido», pensó Becky. «Quieren demasiado a su reina para empeorar todavía más las cosas.»

—Seguiré intentándolo, Miea. Deseo tanto que esto salga bien por Tamarisco como por mí misma.

Miea puso el brazo sobre los hombros de Becky y contemplaron el campo, la ladera, la ciudad y la gran extensión de Tamarisco que tenían frente a ellas. La vista desde aquel punto era fantástica y, esforzándose un poco, Becky podía visualizar el reino de su imaginación.

Era un reino lleno de maravillas soñado por una niña con cantidades ilimitadas de esperanza.

—Ahora necesito un poco de esa esperanza —susurró Becky.

Su intención no era decirlo en voz alta, pero era evidente que lo había hecho, porque Miea le estrechó el hombro.

Becky respiró hondo una vez más. El aire de Tamarisco le llenó los pulmones.

Tres días más tarde, Becky estaba tumbada en la enfermería de la escuela esperando a que su madre fuera a por ella. Mientras iba con Lonnie hacia la segunda clase del día, había sentido que le fallaban las piernas. Se había sentado en el suelo del pasillo mientras los demás pasaban a toda prisa junto a ella. Algunos le habían preguntado si estaba bien, pero Lonnie les había hecho seguir su camino con un gesto. Una vez despejados los pasillos, Lonnie la ayudó a ir hasta la enfermería y se quedó con ella.

—Puedes ir a clase, estaré bien —dijo Becky.

Lonnie ya le había llevado un vaso de agua, otra almohada y una papelera por si tenía ganas de vomitar.

—No voy a ir a clase.

—Me estás usando como coartada para hacer campana.

—Me has pillado a la primera. Me conoces demasiado bien.

Becky intentó sonreír, pero no sabía si había logrado que su cara reflejara la sonrisa. Se sentía muy apática, como si pudiera dormirse con solo cerrar los ojos. No quería cerrarlos. No quería que su madre la encontrara inconsciente. Becky intentó incorporarse, pero el esfuerzo le resultaba agotador y volvió a recostarse.

—¿Te ayudo? —se ofreció Lonnie.

—No, así estoy bien.

Lonnie se inclinó hacia ella y le acarició el pelo. Becky tenía la frente húmeda y, en otras circunstancias, Lonnie seguramente se habría burlado de ella.

—Ya sabes que te quiero, ¿verdad, Beck?

—Yo también te quiero, Lon.

—Las mejores amigas deberían decírselo más a menudo.

—Tienes razón. Lo tendré presente.

—A mí me da igual. Pienso retirar tu número.

El comentario era extraño incluso para alguien como Lonnie.

—¿Qué significa eso?

—Como en el béisbol, cuando un gran jugador se retira y no vuelven a usar su número nunca más. Tú eres mi última mejor amiga.

A Lonnie se le quebró la voz al pronunciar la última palabra y las lágrimas le resbalaron por ambas mejillas. Becky nunca había visto llorar a Lonnie de ese modo. Las lágrimas por sus novios goteaban; estas caían a chorro.

—No quiero ser tu última mejor amiga, Lon.

Lonnie se sorbió la nariz y se frotó los ojos.

—No te estoy pidiendo tu opinión.

—No quiero serlo de verdad, Lon.

—Y a mí me da igual de verdad.

Mamá llegó pocos minutos después. Parecía terriblemente inquieta. Se puso de rodillas, abrazó a Becky y después se volvió y abrazó un buen rato a Lonnie.

—¿Te ves con fuerzas para levantarte? —le preguntó al volverse hacia Becky.

—No estoy segura.

La enfermera se le acercó y dijo:

—Si quiere, tenemos una silla de ruedas.

Alarmada, Becky miró a su madre.

—Mamá, no quiero salir de aquí en una silla de ruedas. Puedo caminar.

Se incorporó hasta sentarse y agradeció que la habitación no se pusiese a dar vueltas inmediatamente. Con mamá a un lado y Lonnie al otro, se puso en pie. Las piernas no le flojeaban tanto y pudo dar algunos pasos inseguros. Con su mejor amiga y su madre sujetándole los brazos, consiguió llegar al coche.

Lonnie le dio un fuerte abrazo antes de que se sentara en el asiento del acompañante y otro antes de cerrar la puerta.

—Te vendré a ver después de clase.

—No te olvides.

—Vendré. Y seguro que retiraré tu número, Beck. Nadie lo volverá a llevar.

—Ya hablaremos de eso esta tarde.

Lonnie se apartó del coche y se despidió con la mano mientras el vehículo se alejaba. Becky miró hacia atrás y vio que Lonnie se secaba los ojos con el dorso de la mano que había usado para despedirse.

Mamá salió del aparcamiento y la escuela empezó a alejarse. La estuvo observando hasta que desapareció de la vista.

23

Durante las últimas dos semanas, desde que Becky había dejado de ir a la escuela, Chris solo iba a trabajar los días en los que su hija estaba con Polly. La reestructuración había comenzado y la dirección se había mostrado menos comprensiva de la cuenta con su decisión de quedarse en casa con ella, dadas las circunstancias, pero a él sencillamente le daba igual. Si sus superiores creían de verdad que iba a elegir pasar más tiempo en el trabajo antes que aprovechar hasta el último momento que pudiera compartir con Becky, estaban tremendamente equivocados.

Becky ya no se movía mucho y necesitaba ayuda para subirse al coche cuando tenía que ir de una casa a la otra. Los traslados pasaban factura y tal vez hubiera sido mejor dejarla solo en un sitio, pero Becky insistía en continuar alternando las casas. Polly protestaba insistentemente, pero se detenía en seco cada vez que Becky dejaba claro su deseo. Chris no entendía muchas cosas de Polly, pero comprendía que Becky era, y siempre había sido, una parte tan esencial de su vida como de la de él. Polly no iba a permitir que el tema se convirtiera en un campo de batalla entre su hija y ella en ese momento.

Sin embargo, sí batallaba sin problemas en muchos otros frentes. Los trayectos entre la casa de Chris y la de ella siempre eran difíciles, y quedaban marcados por diálogos tensos sobre Tamarisco. Polly se negaba rotundamente a creer que Tamarisco existiera y rechazaba cualquier oferta de ver las pruebas en persona al tiempo que insistía vehementemente a Chris para que iniciara terapia. Ni siquiera Becky podía convencerla. Polly se limitaba a perpetuar una auténtica fantasía: que el Glivec haría efecto de pronto en la enfermedad de Becky. Chris sabía que el fármaco experimental había funcionado en un número esperanzador de casos. No obstante, también sabía, igual que lo habría sabido Polly si hubiese prestado atención a los estudios, que si fuese a funcionar, ya habría dado alguna muestra de ello a esas alturas.

—Nena, si consigues llegar esta noche, quédate —le había dicho Chris la noche anterior.

Hacía semanas que él no iba a Tamarisco porque tenía que vigilar que Becky fuera capaz de hacer el tránsito desde el otro lado.

—No, papá, no me quedaré —dijo Becky enfatizando tanto sus palabras como podía en esos momentos.

—Becky, tienes que hacerlo. ¿Cómo puedes poner los sentimientos personales de tu madre, los míos o los de cualquier otra persona por encima de tu propia vida?

—Basta, papá, por favor.

Al final, no tuvo importancia. Por primera vez desde que él la vigilaba, Becky no consiguió cruzar al otro lado. Esta vez no se había quedado dormida. Pasaba alguna otra cosa.

Becky parpadeó y le miró con tristeza.

—No puedo oscurecer nada —explicó—. No consigo concentrarme.

Sollozó entre sus brazos y no paró hasta que se quedó dormida. Si Becky no era ni siquiera lo bastante fuerte para controlar sus pensamientos, algo que había dominado con maestría durante los últimos meses, cabía la posibilidad muy real de que nunca más pudiera ir a Tamarisco.

¿Era demasiado tarde para apuntarse a la fantasía de Polly?

Tenían que volver a casa de Polly a las 10 de la mañana. Como de costumbre, Chris se despertó a las 6, echó un vistazo a su hija, que todavía dormía y, a partir de entonces, trató de mantenerse ocupado. Sin embargo, también como de costumbre, terminó en el sofá, sumido en el sucedáneo de meditación que había comenzado a practicar; la cabeza hacia atrás, los ojos en el techo y un mantra basado en la repetición de pensamientos sobre Becky. A las 9.15 despertó de su trance y comprobó que Becky todavía dormía. Odiaba tener que despertarla, pero comprendía que la incomodidad de arrastrarla fuera de la cama era preferible a la tensión adicional que tal vez sentiría su hija si la llevaba tarde a casa de Polly.

Al entrar en el dormitorio de Becky, la encontró tumbada bocarriba, exactamente en la misma posición que estaba cuando Chris se había despertado esa mañana. Le dio un beso en la frente y le acarició el pelo.

—Nena, tenemos que irnos pronto.

Becky no se movió. Tenía la piel caliente y veía que respiraba de forma superficial, pero sus palabras no habían causado ningún efecto en ella.

—¿Beck? Beck, tenemos que irnos.

Chris había leído mucho sobre la enfermedad de Becky, y sabía cómo progresaban sus fases hacia el final. A veces el paciente entraba en coma y entonces el cuerpo se derrumbaba. A veces todo sucedía a la vez.

—¿Beck? ¿Nena?

Becky abrió ligeramente los ojos y le miró fijamente.

—¿Crees que te puedes levantar?

Becky volvió a cerrar los ojos, como perdida por unos instantes, y entonces los abrió un poco más que antes.

—Me parece que no.

Podía ayudarla a ir hasta el coche para llevarla a casa de Polly, pero le pareció que el trayecto sentada sería una tortura para ella. También podía llamar a una ambulancia para que la llevara al hospital, pero sabía que Becky no quería eso. No deseaba pasar sus últimos días en un lugar tan impersonal.

—Ahora vuelvo —dijo, y fue al teléfono de su dormitorio.

Le costó un buen rato pulsar el botón de llamada rápida. Sabía cómo era recibir una llamada de ese tipo y no se lo deseaba a nadie. Finalmente, pulsó el botón y esperó a que su ex mujer contestara.

—Polly, tienes que venir.

—¿Qué pasa? —preguntó Polly, y sus dos palabras expresaron todas las emociones que él ya sentía.

—No puedo levantarla. Tienes que venir a verla y decidiremos qué hacer.

A causa de un accidente, solo había un carril del puente abierto. Polly esperaba en el coche, suspendida entre Moorewood y Srandridge, preguntándose si el error de algún conductor iba a costarle la oportunidad de compartir los últimos momentos de conciencia de su hija.

La conversación con Chris había durado menos de un minuto, pero su mensaje era inconfundible. Becky estaba entrando en las últimas etapas de la enfermedad. Tal vez resistiría un poco más, e incluso podía remontar un poco, pero ya no era posible creer que ningún intento de combatir aquella terrible enfermedad podía tener éxito.

Durante los últimos meses, Polly había pensado muchas veces cómo iba a ser la vida sin Becky, pero, en ese momento, se dio cuenta de que no estaba preparada para afrontarlo. Al dejar atrás el atasco del puente, de camino hacia el apartamento de Chris, se percató de que lo había subestimado todo: el desconsuelo, el dolor y el deseo desesperado de detener el tiempo para evitar que aquello ocurriese. Mientras los sentimientos la envolvían y amenazaban con ahogarla, combatió el impulso desenfrenado de aparcar el coche y sucumbir a su peso. Lo único que evitó que la derrotase la tristeza fue la necesidad de volver a hablar con su hija y abrazarla mientras ella todavía pudiera sentirlo. Más tarde habría tiempo para sucumbir a la pena. Después, ya no lucharía contra ella.

Mientras subía al apartamento de Chris en el ascensor, la asaltó un momento de duda. Una última chispa de esperanza ciega le dijo que si no entraba en el piso no pasaría nada. Entonces se abrieron las puertas del ascensor, la chispa se apagó y Polly caminó hacia lo inevitable.

—Está más despierta que cuando te he llamado —la informó Chris al abrirle la puerta—, pero sigue yendo y viniendo.

—Me ha costado mucho llegar. Tenía miedo de...

No pudo terminar la frase.

Chris se apartó de delante de ella.

—Ve a verla.

Al entrar al dormitorio, Polly encontró a Becky tumbada con la cabeza apoyada en dos almohadas. Parecía alicaída y estaba pálida, pero sus ojos conservaban parte del brillo, aunque apenas fuera un destello. Becky levantó una mano hacia ella lentamente y Polly corrió a su lado, la abrazó y se la acomodó en el pecho. Había conseguido no llorar desde la llamada de Chris, pero ya no podía contenerse más. Metió la cabeza entre el pelo de su hija y dejó caer las lágrimas.

—Ven conmigo, mamá —dijo Becky suavemente.

Polly volvió a dejar a Becky sobre las almohadas y le tomó la mano.

—¿Adónde quieres que vaya contigo, cariño?

—A Tamarisco.

Polly cerró los ojos y notó que las lágrimas le resbalaban por ambas mejillas.

—Ya sabes que no podemos ir.

—Sí podemos, mamá. Deja que te lleve.

Polly no se dio cuenta de que Chris había entrado en la habitación hasta que le vio de pie junto a ellas.

—Polly, por favor.

Había hecho todo lo posible por evitar aquel momento. No quería demostrar a su hija que Tamarisco no era más que una obra de la imaginación. Por algún motivo, Becky y Chris compartían aquella fantasía y, en cierto modo, siempre lo habían hecho, pero Polly no podría interpretar un papel como ellos. Nunca había podido hacerlo.

—Becky, Tamarisco es una fantasía. Es una fantasía maravillosa que creaste con tu padre, pero no es real.

Becky cerró los ojos y una lágrima cayó hacia su sien.

—Tienes que creerme. Tienes que creer que allí estaré bien.

Polly reposó la cabeza sobre el corazón de Becky y sollozó. ¿Qué podía hacer para consolar a su hija? ¿Cuánto tiempo quedaba? Debía tomar muchas decisiones difíciles, pero no estaba en su poder mejorar la situación ni siquiera un poco.

Chris le apoyó la mano en el brazo.

—¿Podemos hablar fuera un segundo?

Polly no quería soltar a Becky ni un minuto.

—Ahora no, Chris.

—Tiene que ser ahora.

Polly deseaba con todas sus fuerzas quedarse donde estaba, pero se levantó lentamente y besó a Becky en la frente.

—Vuelvo en un minuto, cariño.

Becky parecía desconcertada y desvalida. A Polly le costaba imaginar qué debía estar pasando por su cabeza. Tuvo que hacer un esfuerzo heroico para darle la espalda.

Polly miró a Chris entre las lágrimas. Parecía sorprendentemente entero a tenor de las circunstancias. ¿Cómo era posible? Conocía demasiado bien a Chris para pensar que no le estaba afectando. Desvió la mirada y fue al salón. Escuchó que se cerraba la puerta del dormitorio de Becky. Al volverse, vio que Chris estaba apenas a un metro de ella.

—Tienes que dejarla ir —dijo con firmeza.

Polly se rio con amargura.

—No sabía que tuviera otra opción.

—No me refiero a eso, y creo que ya lo sabes. Lo que quiero decir es que tienes que dejarla ir a Tamarisco.

Polly se llevó una mano a la cara y cerró los ojos. Intentó respirar con normalidad, pero no pudo contener un sollozo.

—Chris, nuestra hija se muere ahí dentro. Puede que estos sean los últimos momentos que pase despierta. Si tienes un mínimo de compasión, no los echarás a perder con otra de tus discusiones fantasiosas.

Chris le agarró los hombros. El gesto la sorprendió tanto que dejó caer la mano y abrió los ojos.

—Polly, no se trata ni de ti ni de mí. Esto no tiene nada que ver con lo que nos haya ocurrido en el pasado ni con lo que nos vaya a pasar en el futuro. Esto es exclusivamente sobre Becky. Puedes decir que estoy fantaseando. Puedes decir que necesito ayuda médica. Pero el corazón te dice que Becky cree en Tamarisco. Da igual si crees que puede ir o no, y tampoco importa si crees que allí puede llevar una vida sana. Lo único que importa es que Becky quiere tu permiso y lo necesita. Necesita creer que no vas a pensar que está muerta.

—¿Y cómo voy a conseguirlo?

—Haciendo todo lo que puedas para convencerla.

Polly miró el suelo. Se sentía como si el aire que la rodeaba la estuviera empujando hacia el suelo.

—No puedo hacer teatro, Chris. Esa es tu especialidad.

—Tienes que intentarlo. Tienes que hacerlo por Becky. Tiene que saber que te parece bien que ella cruce. Si la dejas ir, suponiendo que no sea demasiado tarde, tendrá un futuro extraordinario.

El cuerpo de Polly se estremeció al pensar en el escaso futuro que le quedaba a Becky.

—No puedo creerlo. Nunca lo creeré.

—Pues oblígate a creerlo —insistió Chris tajantemente—. Mira, Polly, puede que tengas razón. Puede que Becky y yo estemos atrapados en mitad de una gigantesca alucinación conjunta. Sé que no es así, pero incluso si lo es, aunque estemos completamente locos, tu bendición dará a Becky un poco de paz y esperanza cuando llegue el fin. ¿Qué mal puede hacerle?

Polly miró a los ojos de Chris. Mostraban una determinación en la que no se había fijado hasta entonces. Estaba convencido de que tenía razón. Sin lugar a dudas.

Por primera vez, Polly comprendió que, de algún modo, Chris la tenía. Polly había dedicado tanto tiempo a demostrar a Becky que Tamarisco era un sueño que no se había planteado la posibilidad de que Becky encontrara consuelo pensando que su madre compartía ese sueño. Chris estaba en lo cierto. Si ofrecía algo de consuelo a Becky, era toda una bendición.

—¿Me creerá?

La expresión de Chris se suavizó.

—Te creerá si dejas que te crea.

Polly volvió a cerrar los ojos y se agarró las manos. Entonces volvió a mirar a Chris y pasó frente a él en dirección al dormitorio de Becky.

Becky le clavó la mirada en cuanto dobló la esquina. A pesar de lo enferma que estaba, todavía mostraba un rastro de esperanza. Al verlo, Polly se dio cuenta de que Becky la iba a creer. Becky quería creerla desesperadamente.

Polly se arrodilló junto a la cama, tomó la mano de su hija y dijo:

—Cuéntame algo de Tamarisco.

Becky sonrió con esfuerzo.

—Suena a música.

—¿Música de la buena?

—Música mágica.

Polly besó la mano de Becky.

—¿Y es bonito?

Los ojos de Becky consiguieron brillar un poco.

—Precioso. Tiene colores que no has visto nunca.

Polly sonrió tratando de transmitirle todo el ánimo que podía.

—Suena genial.

Becky estrechó ligeramente la mano de su madre.

—Es real, mamá.

Polly volvió a apoyar la cabeza sobre el corazón de su hija.

—Ya lo sé, cariño. He tardado mucho en creerlo, pero ahora lo creo. Sé que puedes ir a Tamarisco y que allí estarás bien.

Polly notó que el pecho de Becky se alzaba.

—Debería irme pronto.

—Ya lo sé. Deja que me quede así un ratito, ¿vale?

—De acuerdo, mamá.

Becky levantó una mano y la reposó sobre el pelo de Polly. En ese momento, Polly se sintió más fuerte.

—¿Es el tipo de música que me gusta a mí o el que os gusta a tu padre y a ti?

—Es el tipo de música que le gusta a todo el mundo.

Polly estrechó la mano de Becky con un poco más de fuerza. Había hecho todo lo que podía. Tal vez sirviera para algo.

24

Después de hablar con Polly, Becky pasó varias horas durmiendo. Chris y Polly permanecieron sentados en silencio junto a la cama la mayor parte del tiempo. Chris explicó a Polly que, cuando Becky se despertase, la ayudaría a hacer el viaje a Tamarisco. Su ex mujer no discutió. Preguntó qué pasaría si Becky no podía «hacer el viaje» (algo que él interpretó como una clave para decir «cuando descubra que se lo ha estado imaginando todo»), pero Chris respondió que no debían preocuparse por eso y ella no le puso las cosas difíciles.

Al había llegado al apartamento hacía unos minutos. Polly y él habían ido a la sala de estar y Chris les había escuchado hablar sin distinguir lo que decían. Chris se alegraba de que se tuvieran el uno al otro; Polly iba a necesitar mucho más apoyo que él.

Chris pensó que, cada minuto que dormía, Becky estaba un minuto más débil. ¿Conservaría la fuerza suficiente para hacer el tránsito? ¿Se despertaría siquiera?

A las 2 decidió intentar despertarla. Durante los últimos años, había pisado el freno del tiempo, con la esperanza de ralentizar la evolución de Becky hacia la edad adulta. Irónicamente, en ese momento, tenía prisa por el devenir de las cosas. Evidentemente, no era porque quisiese que ella se marchara, sino porque sabía que tenía que irse antes de que fuera demasiado tarde.

Le dio un beso en la frente y le acarició el pelo. Becky no

respondió inmediatamente, pero, al final, se movió un poco y abrió los ojos a medias.

—Hola, nena. ¿Cómo vas?

Becky gruñó y volvió a intentar cambiar de postura. Chris la ayudó a incorporarse hasta dejarla sentada y le colocó varias almohadas tras la almohada.

—¿De verdad le parece bien a mamá?

—Sí, cielo. Me lo ha dicho.

—Entonces, ¿ya cree en Tamarisco?

Chris le volvió a besar la frente.

—Me parece que está muy celosa porque no aceptó tu oferta de hacer una visita al reino.

La expresión de Becky mostró preocupación.

—Todavía puedo llevarla.

—No nos podemos arriesgar, nena. No queremos tener que esperar a mañana para que vayas sola.

Becky miró la colcha y después echó un vistazo a su alrededor.

—Ya lo sé. Tienes razón.

Chris fue a la sala de estar a buscar a Polly y Al y los tres volvieron juntos y se quedaron junto a la cama de Becky. Durante un largo rato, nadie dijo nada. Chris se sintió suspendido, como si el tiempo se hubiese detenido mientras estaban ahí dentro. De pronto, se le hizo cuesta arriba seguir adelante.

Finalmente, Al se inclinó hacia Becky y le dio unos golpecitos en la pierna.

—Según me han dicho, vas a hacernos un truquito de magia.

Becky sonrió.

—No sabías que era maga, ¿verdad?

—Eso no es verdad. Siempre he sabido que escondías algo en la manga.

Becky sonrió a Al y sus ojos parecieron brillar. A Chris le asaltó la duda al ver que su hija estaba relativamente despierta. Tal vez disponían de uno o dos días más como aquel. A lo mejor podía pasar un poco más de tiempo con ella, pero sabía que no debía pensar así. En cualquier momento podía ser demasiado tarde.

—Creo que sería buena idea comenzar —dijo.

Becky asintió.

—Sí, tienes razón.

—¿Quieres apoyarte en mí como hicimos ayer?

Becky intentó sentarse un poco más erguida.

—Estaría bien.

Chris ayudó a Becky a sentarse al borde de la cama. No tenía bastantes fuerzas para sostenerse erguida y, al mirarla a los ojos, Chris comprendió que la situación la entristecía.

—No pasa nada, nena. Muy pronto volverás a estar peleándote con un chestatí. A lo mejor justo después de la enorme cena de estado que se celebrará en tu honor para darte la bienvenida a tu nuevo hogar.

Se sentó junto a ella y Becky se inclinó hacia él. Polly se sentó al otro lado y acarició el brazo de Becky. Hasta ese momento, Chris no había estado seguro de cómo pensaba participar Polly o de si iba a tomar parte en aquello. Le alegraba comprobar que estaba apoyando a su hija.

Al se acercó a Becky y le dio un abrazo.

—Me parece que este es un momento para papá y mamá —dijo con un nudo en la garganta. Becky le miró afectuosamente—. Gracias por ser una compañera de piso genial —añadió.

Becky se inclinó hacia él y Al la volvió a abrazar.

—Sigue haciendo sonreír a mamá.

—Lo haré, Becky. Te lo prometo.

Al volvió a estrechar a Becky entre sus brazos, dio un beso a Polly en la coronilla y salió del dormitorio.

Becky se apoyó en Chris y, entonces, se volvió hacia su madre y se apoyó en ella. Polly se la acercó y giró la cara de Becky hasta que sus frentes se tocaron. Chris se preguntó por un momento si conceder a Polly y Becky un rato a solas, pero no quería interrumpirlas en ese momento.

—Eres mi vida —dijo Polly con voz entrecortada—. Lo sabes, ¿verdad?

—Te quiero, mamá.

—Eres lo más perfecto que me ha pasado nunca. Lo recordaré siempre.

Becky se echó a llorar y las dos continuaron con las caras juntas, mezclando sus lágrimas. Hacía años que Chris no escuchaba a Polly decir «eres mi vida» a Becky, desde mucho antes del divorcio. Le vino a la cabeza la imagen de Polly meciendo a su bebé después de darle el pecho, diciéndole esas palabras. El futuro había resultado ser muy distinto al que él había previsto por aquel entonces.

Polly sostuvo entre sus manos el rostro de Becky y le dio un beso en cada mejilla.

—Ve a apoyarte en tu padre —le pidió—. Así es como funciona, ¿verdad?

Becky se inclinó hacia él y Chris la tomó entre sus brazos.

—¿Quieres que contemos una última historia de Tamarisco antes de que te vayas? —sugirió.

Becky se sorbió la nariz.

—No creo que pueda.

Chris la sujetó con más firmeza.

—¿Te parece bien si cada noche cuento una historia yo antes de acostarme? Evidentemente, tú saldrás en todas.

—Me gustaría mucho.

Chris le dio un beso y la estrechó todavía más fuerte.

—Te quiero, cariño.

—Te quiero, papá.

Chris se apoyó la cabeza de Becky en el pecho y la abrazó un largo rato. Sabía que tenía que dejarla ir, pero le resultaba más difícil todavía de lo que se había imaginado. Finalmente, se separó de ella y dejó que se apoyase en él sin sujetarla.

—¿Papá? —le llamó suavemente.

—Dime, nena.

—Gracias.

—Para lo que haga falta, Beck.

Becky no dijo nada más y Chris supuso que había comenzado el proceso de oscurecimiento. No tenía ni idea de lo que debía hacer si Becky tenía problemas durante el tránsito. Durante las últimas semanas había dejado que se apoyase en él sin un propósito concreto, simplemente porque ella pensaba que servía para algo. Se le ocurrió que tampoco podría saber si Becky lo había conseguido. ¿Cómo iba a poder distinguir un tránsito sin problemas a Tamarisco de algo totalmente distinto? ¿Y si se veía arrastrada de vuelta? ¿Cómo la iba a ayudar durante sus últimos días a aceptar que la teoría de Miea era equivocada?

Pasaron varios minutos y Chris sintió que el cuerpo de Becky se debilitaba. No la quería mover por si acaso todavía estaba viajando, pero la cabeza le funcionaba a toda velocidad. ¿Era demasiado tarde para llamar a una ambulancia? ¿Era posible que el hospital la mantuviese con vida el tiempo suficiente para buscar un último milagro? ¿Había algo que la ciencia pudiera hacer por ella que no pudiese hacer Tamarisco?

Chris sintió el cambio antes de verlo. El pánico que había comenzado a apoderarse de él se disipó como si le hubiese envuelto una oleada de calma. Respiró hondo y repitió el proceso, exhalando lentamente y a un ritmo uniforme. Una ola de sentimiento le cubrió por completo, pero en lugar de devastarle le abrazó.

Chris miró la cama y su alma se agitó.

—Está allí —dijo a Polly—. Lo ha conseguido y puede vivir en Tamarisco permanentemente. Miea tenía razón.

—¿Cómo lo sabes? —preguntó Polly mientras pasaba una mano por la cara del cuerpo sin vida de su hija, llorando sin parar.

—Mira la colcha.

Polly se separó un poco de Becky y contuvo la respiración.

—Era el edredón viejo, ¿verdad?

—Lo era.

Lo era, pero ya no era el mismo.

La colcha blanca de Becky estaba teñida del tono más intenso de azul tamarisco.

25

Gage absorbió la presencia de ese mundo completamente vivo y sintió un nivel elevado de gozo. Se concentró y soñó en las posibilidades que ofrecía. Esa historia era tan inesperada y tan profundamente enriquecida que Gage apenas había comenzado a considerar sus implicaciones. Era un nuevo hogar. Un hogar para aquellos que vivían en el hogar equivocado. Al menos para aquellos que pudieran imaginarlo.

En ese mundo había nuevos dones. Tal vez también nuevas oportunidades de conceder dones gracias a ese mundo. Era algo que debía explorar.

Era un viaje al que daba la bienvenida. El capítulo más reciente de la historia del propio Gage.

Gage se maravilló de nuevo ante la maravilla del potencial.

Becky cerró los ojos y escuchó la música que siempre flotaba en el aire de Tamarisco. Los sonidos siempre eran interesantes, aunque se reinventaban constantemente, pero a diferencia de lo que ocurría cuando acudía temporalmente, nada sonaba discordante.

Contempló el cielo turquesa. ¿Estaba su hogar original en alguna parte por ahí arriba? ¿Estaba en otro lugar? Se había detenido a planteárselo al menos una vez al día, y se preguntaba qué debían de estar haciendo papá, mamá, Al, Lonnie y el resto de sus amistades. Miea le había contado que, a veces, imaginaba conversaciones con su padre y Becky comenzó a hacer lo mismo. Era asombroso lo auténticas que parecían aquellas conversaciones. Desde entonces, Becky «charlaba» con su padre todas las noches, le contaba lo que pasaba en Tamarisco y le preguntaba cómo le iba la vida.

Sabía que estaba bien. Todos estaban bien. En sus últimos instantes antes de partir hacia Tamarisco para siempre, Becky se dio cuenta de que lo estarían. Pese a todo, les echaba de menos.

—¿Vuelves a buscar pájaros invisibles? —preguntó Rubus haciendo chocar el hombro contra el de ella, mientras levantaba la vista con un gesto exagerado.

—¿No los ves en serio? Me preocupas.

Becky sonrió, le empujó juguetonamente y continuaron el paseo.

El muchacho espina fue una de las primeras grandes sorpresas que le recibieron al poco tiempo de instalarse en Tamarisco. Un día, mientras caminaba con Miea por un pasillo, le vio venir en sentido contrario cargado con un montón de libros.

—Rubus —dijo Becky alegremente al verle.

El chico se detuvo, miró la cara de Becky un instante y se quedó boquiabierto.

—¿También has venido aquí de visita? —preguntó el chico.

Becky miró a Miea y sonrió.

—La verdad es que ya no estoy de visita. Me acabo de instalar aquí.

—¿En el palacio?

—Este es el nuevo hogar de Becky —explicó Miea.

Rubus reflexionó un rato inusualmente largo su respuesta y finalmente abrió los ojos como platos.

—¿Tú eres... la chica?

—Bueno, soy una chica.

Rubus dio una palmada.

—Sabía que tenías algo especial.

Becky soltó una risita nerviosa.

—Intentaré tomármelo como un cumplido. Bueno, ya sabemos qué hago yo aquí. ¿Y tú?

—Trabajo para la reina —contestó indicando respetuosamente a Miea con la cabeza—. He renunciado a mi pueblo natal y he desertado a Tamarisco. Yo no nací para ser un espina. Mi sitio está aquí.

Becky levantó las puntas de los pies.

—Caramba.

—Rubus estudia nuestra cultura —explicó Miea—. Espero que en cuanto obtenga una perspectiva objetiva de nuestro pueblo nos pueda ayudar formando parte de nuestro cuerpo diplomático.

—La mayoría de espinas son buena gente —añadió Rubus—. A excepción de los integrantes del gobierno, como mis padres. Puede parecer una locura, pero a lo mejor puedo ayudar a aunar los dos pueblos.

Becky le dedicó una amplia sonrisa.

—A mí no me parece una locura. Me parece un gran sueño. —Calló un instante y sintió que se le calentaban las mejillas—. Entonces, ¿trabajas en palacio?

Rubus señaló en la dirección de la que venía.

—Justo al otro extremo del pasillo.

—Caray. Genial.

Rubus sonrió.

—Parece que, al final, podremos volver a vernos.

Y, de hecho, se acabaron viendo bastante, pero para conseguirlo Becky tuvo que poner bastante de su parte. Al principio, Miea trató de mimarla. La reina le dijo que su única responsabilidad consistía en acostumbrarse a las escuelas tamariscas y sacar buenas notas. Becky le dejó muy claro que no tenía ninguna intención de convertirse en una mimada de palacio. Para empezar, disponía de mucha energía que necesitaba gastar. Aunque solo dormía cuatro o cinco horas cada noche, se sentía completamente despierta todo el tiempo. Nunca había sido consciente de que uno pudiera sentirse tan bien.

Pero lo más importante era que había demasiadas cosas por hacer. La plaga había desaparecido rápidamente, pero las personas, la flora y la fauna de todo Tamarisco habían sufrido mucho durante los malos tiempos y necesitaban ayuda para recuperarse. También tenía otras tareas, como ayudar a Miea a desarrollar algunas ideas que se le habían ocurrido y que nunca había tenido tiempo de poner en práctica ella misma. Tamarisco era un lugar asombroso, pero siempre podía serlo un poco más. Lo único que hacía falta era imaginación y convicción, y Becky disponía de enormes cantidades de ambas cosas.

Miea captó el mensaje de Becky bastante rápido y le confesó que había conocido a alguien que era exactamente como ella a su edad. Los fines de semana mandaba a Becky a las microgranjas en misiones de ayuda y, entre semana, después de las clases, trabajaba con Rubus y le ayudaba a aprender la cultura de Tamarisco y a buscar el modo de dirigirse directamente a los ciudadanos de Armaespina. Al principio, trabajaban sobre todo en uno de los despachos del palacio, pero últimamente habían tomado la costumbre de dar largos paseos por el prado.

Ese día, llevaban unos veinte minutos caminando cuando escucharon un crujido a unas decenas de metros por delante de ellos. Becky esperaba ver un animal saltando o un pájaro alzando el vuelo, pero, en lugar de eso, de entre las flores silvestres salieron dos chicos dolorosamente delgados, tal vez de seis o siete años, cuyo atuendo consistía simplemente en una tela que les rodeaba las caderas fláccidas. Se miraron, contemplaron el cielo, observaron el paisaje a su alrededor y, finalmente, se volvieron a mirar. Parecían confundidos.

—No me siento igual —observó uno de los niños moviendo los brazos y estirando las piernas escuálidas.

—Yo tampoco —coincidió el otro niño. Respiró hondo—. Me siento... Cómodo. ¿Dónde estamos?

—Se parece al lugar de mis historias.

—No tiene nada que ver con el lugar de tus historias.

—Tienes razón, no es lo mismo. No se parece a nada en el mundo.

Se rieron a carcajadas, despreocupadamente. Becky y Rubus se miraron y volvieron a observar a los niños sin poder decir ni una palabra.

Uno de los muchachos arrancó una flor silvestre y se la comió.

—¿Eso se come? —preguntó el otro muchacho.

—No lo sé. Me parece que sí.

El otro niño también recogió una flor, le dio un mordisco y la masticó más cuidadosamente.

Becky se les acercó lentamente.

—¿Hola?

Los chicos se volvieron inmediatamente al escuchar su voz y tiraron las flores al suelo como si hubiesen cometido un delito terrible.

—No pasa nada —les tranquilizó Becky—, no tengáis miedo.

—No pensábamos robar. Es que tenemos mucha hambre.

—Podemos solucionarlo. Os acompañaremos para que podáis comer.

Rubus se situó junto a Becky.

—Comida con un sabor mucho mejor que el de las flores.

Los muchachos parecían fascinados por la información.

—Las flores estaban buenas.

Becky les tendió la mano.

—Entonces os encantará lo que os puede preparar la cocina.

Uno de los chicos tomó la mano de Becky con inseguridad mientras el otro tomaba la de Rubus. Los cuatro emprendieron el camino de vuelta a palacio.

—Esto no es Awassa, ¿verdad?

Becky sacudió la cabeza.

—Es Ciudad de Tamarisco.

—¿Tenemos que volver?

—Todavía no lo sé. Supongo que lo averiguaremos.

—¿Y dices que aquí tenéis comida?

—Tenemos montones de comida.

El chico reflexionó un minuto. Finalmente, echó la cabeza hacia atrás y se rio a carcajadas más estridentes todavía.

—Sí que es como el lugar de mis historias. Amare no me creía cuando yo le decía que podía haber algo más.

Becky se volvió hacia Rubus. Parecía que los ojos se le fueran a salir de las órbitas. Rubus se inclinó hacia ella.

—¿Qué está pasando aquí?

—No tengo ni idea. Por lo visto, no eres el único que tiene mucho que aprender de esta cultura. ¿No es genial?

Los viernes siempre eran los días más complicados. Chris pasaba todos los viernes en el campo, algo que adoraba, pero el trabajo le llevó hasta los condados de Fairfield y Westchester, lo que implicaba tener que enfrentarse al tráfico de hora punta durante la mayor parte del camino de vuelta a Standridge, que incluía un interminable atasco en la 95. Sabía que no debería quejarse, teniendo en cuenta que su desplazamiento al trabajo durante los otros cuatro días laborables consistía en veinte agradables minutos remontando el cauce del río Connecticut, pero le costaba acordarse de ese detalle cuando tenía una cita para cenar a las siete y media, eran las seis y cuarto y estaba a treinta kilómetros de casa yendo a veinte por hora.

Al llegar a casa se dio cuenta de que, si salía del apartamento en cinco minutos y no encontraba tráfico en el puente, solo iba a llegar ligeramente tarde. En cuanto volviera a subir al coche podía llamar a Nigella.

Durante el último año, Chris se había ganado cierta reputación como médico botánico. Había regresado al trabajo un mes después del tránsito de Becky y, de pronto, le pareció sumamente fácil hacer algo que debería haber hecho hacía años. La primera vez que su jefe insinuó que su departamento reestructurado estaba rindiendo menos de lo debido a causa de su larga ausencia, Chris limpió el escritorio. No quería recibir un trato especial por lo que había tenido que pasar, pero esa completa falta de empatía ilustraba hasta qué punto había perdido el alma la oficina y hasta qué punto no tenía nada que ofrecerle. Ya le habría costado bastante ser ejecutivo para una empresa en la que él confiara. En esas circunstancias, era imposible. Llamó a varios contactos que había establecido durante los años que llevaba medio buscando otro trabajo y resultó que una granja del sur de Connecticut necesitaba ayuda para curar, precisamente, una plaga que afectaba a sus tomateras. Unos meses trabajando por cuenta propia para algunos agricultores le llevó a un puesto a tiempo completo con la red más grande de cultivos de la zona. El trabajo le ofrecía mucha tierra debajo de las uñas y no le exigía hacer ni un solo informe de presupuestos.

El único inconveniente era que necesitaba algo de tiempo para lavarse para las cenas de los domingos, y esa noche no disponía de tiempo. En cuanto terminó de frotarse, sonó el teléfono. Chris comprobó quién llamaba, vio que era Lisa y contestó.

—Ahora no puedo hablar —dijo a modo de saludo.

—Si no puedes hablar, ¿por qué has descolgado el teléfono?

—Después de todos estos años, todavía te encuentro irresistible.

Lisa se rio al otro extremo de la línea.

—Ojalá pudiera enseñar a Ben a sentirse igual. Seis meses después de casarnos, va y decide que necesita volver a la carretera. Me parece que voy a ser una esposa a tiempo parcial.

—El otro día te quejabas porque te daba la impresión de que pasabais demasiado tiempo juntos.

—La verdad es que no lo decía en serio.

Chris eligió una camisa nueva y se la puso sin soltar el teléfono.

—Te prometo que mañana seré más solidario. De veras que tengo prisa.

—¿Otra velada sensual con Nigella?

Lisa alargó la segunda sílaba del nombre de Nigella para hacerlo sonar especialmente exótico.

—Ese es el plan, sin duda. Eso si consigo colgarte el teléfono.

—Es demasiado perfecta para ti, cariño. La vida sin adversidades es muy aburrida.

—Me muero de ganas de comprobarlo. Lo que pasa en realidad es que estás enfadada porque conocí a Nigella yo solito.

—Me declaro culpable. Te concerté citas con un montón de mujeres estupendas. Si me hubieras dicho que estabas preparado para volverlo a intentar, te habría concertado muchas más.

Chris se volvió a poner los zapatos y agarró las llaves del coche.

—Probablemente sea cierto, pero es irrelevante. Por no hablar de que no tenía ni idea de que estaba preparado para volver a intentarlo.

—Bueno, pues ve a disfrutar de una cita fabulosa y procura no pensar en que yo estoy aquí muriéndome de pena.

—¿Ya se ha ido Ben?

—No tiene el primer viaje hasta dentro de un par de semanas, pero yo me voy muriendo de pena por adelantado. Dale un beso a Nigella de mi parte.

Chris colgó el teléfono y se dirigió a la puerta. Al agarrar el pomo, recordó que se había dejado el móvil en la otra chaqueta y cuando entró en el dormitorio para cogerlo escuchó que llamaban a la puerta.

«No voy a salir nunca de aquí.»

Recuperó el teléfono y abrió la puerta.

Polly estaba fuera.

—Vaya, ibas a salir. Lo siento, debería haberte llamado.

Chris abrió más la puerta y se retiró para dejar entrar a Polly. Al pasar junto a él, Polly le dio un beso en la mejilla, algo que había comenzado a hacer pocos días después del evento que Chris nunca iba a poder considerar un funeral.

—No te preocupes. ¿Qué pasa?

Polly ladeó la cabeza hacia la izquierda.

—He tenido otro de esos ataques irresistibles que me obligan a venir a pasar un poco de tiempo en su habitación. Ya sabes, para sentir lo que sentimos cuando estamos ahí dentro. ¿Me puedes conceder unos minutos?

Nigella lo comprendería. Si la llamaba al móvil, probablemente conseguiría hablar con ella antes de que llegara al restaurante y podría atrasar la cita a las ocho. Seguramente debería haberlo pensado desde el principio. Algunas sutilezas de salir con alguien todavía se le escapaban.

—Sí, claro. Pasa.

La visión de la colcha azul en el momento en que Becky finalizó el tránsito había establecido un renovado nivel de comunicación entre Chris y Polly. Polly nunca había admitido directamente que creía que Becky estuviera viviendo felizmente en Tamarisco, pero tal vez no necesitaba hacerlo. Durante los días siguientes habían hablado mucho, y habían compartido historias de la chica a la que habían conocido conjuntamente durante diez años y de forma independiente los últimos cuatro. Aunque Chris echaba muchísimo de menos a Becky, a Polly parecía costarle más aceptar su marcha, y Chris se solidarizaba con ella de corazón y quería encontrar la manera de aliviar un poco su dolor.

Chris era consciente de que tenía la ventaja de disponer del dormitorio de Becky en su apartamento. Había pasado un rato cada noche en esa habitación y las «conversaciones» que mantenía con Becky eran extremadamente realistas. Le venían a la cabeza detalles que era imposible que se hubiera imaginado. Chris se dio cuenta de que todavía debía quedar abierta alguna versión del camino que llevaba a Tamarisco. No bastaba para permitirle viajar al reino (lo había intentado varias veces), pero sí era suficiente para mantener el equivalente cósmico de una línea telefónica. Le otorgaba un cierto sentimiento de paz y de conexión con su hija y, aunque no era de ningún modo algo que pudiera sustituir a la sensación de estar con ella, le ofrecía un consuelo mucho mayor que un álbum de fotos, un DVD o uno de los juegos de mesa favoritos de Becky. Chris era consciente de que Polly necesitaría más tiempo para hallar la misma conexión, pero pensaba que podía terminar por encontrarla y, por eso, la había invitado a pasar algo de tiempo en la habitación de Becky, diciéndole que podía ir siempre que quisiera.

Chris llamó a Nigella y regresó a la habitación de Becky para acompañar a Polly. El ambiente del dormitorio era distinto, más cálido y con un ligerísimo aroma a chocolate y frambuesa. Como siempre que entraba, Chris sintió que los músculos se le relajaban y el tiempo se ralentizaba. Pasaba buena parte de los días pensando en qué debía estar haciendo Becky. La imaginaba en la corte con Miea, planeando a lomos de una guacasasa o estudiando poesía tonal en la escuela. Sin embargo, cuando estaba allí, sabía que hacía algo más que imaginarlo.

Mientras veía a Polly sentada sobre la colcha azul, se percató de que ella había comenzado a sentir algo parecido. Se sentó junto a ella, cerró los ojos y permitió que las imágenes le inundaran la mente. Algo sobre una sinfonía norbeck. Algo sobre una fiesta de la cosecha. Algo sobre una boda real.

—Parece que esté aquí, ¿verdad? —preguntó Polly en un tono maravillado que le recordó a sus primeros días juntos.

Chris acarició la colcha azul.

—Está aquí. Siempre está aquí.

Nota del autor

Mientras escribía esta novela, tenía muchas cosas en la cabeza e intenté trasladar cuanto pude al papel sin descuidar ninguna. Fueron varios quienes la leyeron antes de su publicación y cada uno la interpretó de un modo distinto.

Me interesa mucho vuestra interpretación. Si tenéis un momento, escribidme un correo electrónico con vuestros pensamientos a:

laronica@fictionstudio.com

Gracias.